日读一篇识广西

——八桂文脉史痕录

刘硕良 ／**黄权才** ／选编

漓江出版社

弁　言

一、本书为便于读者了解八桂文脉史痕，更好地认识广西、读懂广西而编选。

二、读史诵文重在有恒。一年365天，天天皆可开卷。本书按日读一篇，选收370余篇精彩诗词、散文、论说、故事，按年代编排，以古近代为主。春秋至晋朝5篇，唐五代37篇，宋元时期92篇，明代62篇，清代101篇，民国以来78篇。

三、本书体恤读者光阴宝贵，一篇只占一页，多则千字，少则数百。选文精短，特色鲜明；附文仅限出处及相关信息，不作详注，略有点评。

四、本书涵盖广泛，气息丰盈，国家大事、乡土民情、为文为人、立德立言，几乎无所不包，而以独特视角与感性形式叙之议之，读来不觉枯燥乏味。

五、楹联、绘画向为中华文脉所系，本书旨在选文，亦不舍其他式样之精华。书后特录名联、书画与碑帖若干，以增阅读之情趣并见中华文史昌盛于万一，幸有识者鉴之。

2016年9月

新中国成立67周年前夕

目　录

- 春秋时期至晋朝 -

- 唐五代时期 -

- 宋元时期 -

- 明　代 -

- 清 代 -

- 民国以来 -

增录一 楹联艺术

增录二 绘画艺术

增录三　书帖拾粹

春秋时期至晋朝

1

传唱楚地的千年壮歌——《越人歌》

今夕何夕兮，搴舟中流。
今日何日兮，得与王子同舟。
蒙羞被好兮，不訾诟耻。
心几烦而不绝兮，得知王子。
山有木兮木有枝，心悦君兮君不知。

此诗出于汉代刘向《说苑》，南朝陈国徐陵《玉台新咏》、北宋郭茂倩《乐府诗集》等古籍收录。春秋时期楚令尹子皙，在公元前528年的舟游盛会中，一位划船的越人为他唱了一首歌，以歌代言表示敬意。

壮族学者认为这是一首古老壮歌，有多种现代译本。欧阳若修、周作秋、黄绍清等编著的《壮族文学史》第七章收入《一首汉字记音的古老壮歌——越人歌》，并引录壮族学者韦庆稳根据壮语译读：

今晚是何佳节
舟游如此隆重
船正中坐的是谁呀
是王府中大人
王子接待又赏识
我只有感激
但不知何日能与您再来游
我内心感受您的厚意

2

贤官留下的政声

《陈临歌》《喻猛歌》《巷路歌》三首赞歌见于古文献，《广西大百科全书》都予以著录。

东汉时陈临为苍梧太守，有惠政，苍梧百姓感激他，赞美他。赞美歌有两首，流传残句：

“苍梧陈君恩广大，令死罪囚有后代。德参古贤天报施。”

“苍梧府君惠及死，能令死人不绝嗣。”

北齐时，魏收《午日咏岭外风土》诗句中有“因想苍梧郡，兹日祀陈君”。可知苍梧端午节，其风俗纪念的是陈临。

苍梧人对清正廉明、有功于地方、有恩于百姓者，常怀感念，后来喻猛、贾琮也得到赞美。《喻猛歌》：

“于惟苍梧，交趾之域。禹贡厥人，岛夷卉服。大汉唯宗，迪以仁德。出自中台，镇于外国。鸠集以礼，南人入服。简于帝廷，功化毕植。”

此诗赞美东汉和帝时（89—105）喻猛太守。

《巷路歌》：

“贾父来晚，使我先反；今见清平，吏不敢饭。”

汉灵帝中平元年（184），贾琮为交趾刺史，《后汉书·贾琮传》：

“岁间荡定，百姓以安，巷路为之歌曰……在事三年，为十三州最。”

巷路，此指街巷市民、路上过往行人，也就是百姓。“吏不敢饭”，因为贾琮厉行廉政，各级官吏不敢到民家吃饭。宋周必大记录，南宋孝宗淳熙六年（1179）春，他在给帝王上的历史文化课中，引用了贾琮故事，并展开讲解。

3

“我所思兮在桂林”

——东汉张衡《四愁诗》

我所思兮在桂林，欲往从之湘水深，
侧身南望涕沾襟。
美人赠我琴琅玕，何以报之双玉盘？
路远莫致倚惆怅，何为怀忧心烦伤？

公元前214年，秦始皇将岭南地区纳入大一统的政治文化版图中，设置桂林、南海、象郡三郡，桂林郡郡治在布山县（在今贵港市境内）。作为泛地理概念，“桂林”指盛产桂树的郁江两岸，甚至指今广西地区。东汉张衡（78—139）诗中的“桂林”，是泛地理概念。诗句“我所思兮在桂林”，唐代刘复《长相思》诗句“长相思，在桂林，苍梧山远潇湘深”即承此。《桂林风土记》《舆地纪胜》《方舆胜览》《粤西诗载》等古文献皆引用或收录这一诗篇。

“我所思兮”常见于古人的作品中，成为一个千古流行的句式，如明刘基有句：“我所思兮在潇湘，苍梧九疑渺无际。”

4

郁林布衣论“阴阳不和”

天有阴阳，阴阳有四时，四时有政令。春夏则予惠，布施宽仁；秋冬则刚猛，盛威行刑。赏罚杀生，各应其时，则阴阳和，四时调，风雨时，五谷升。今则不然，长吏多不奉行时令，为政举事，干逆天气，上不恤下，下不忠上，百姓困乏而不恤哀，众怨郁积，故阴阳不和，风雨不时，灾害缘类。水者阴盛，小人居位，依公营私，谗言诵上。雨漫溢者，五谷有不升，而赋税不为减，百姓虚竭，家有愁心也。

这段文字，乃是养奋的《举贤良方正对策》。养奋，字叔高，东汉郁林（在今贵港市境内）人。和帝时举贤良方正，和帝问：“阴阳不和，或水或旱。”

养奋答如此文。养奋一介平民，巧妙运用阴阳学说，暗中建议和帝改变“阴”人（皇后、嫔妃、外戚及太监）干政的局面。

历来地方文献记载，有汉献帝初平四年（193）八月立的《养奋汉和帝时举方正碑》。清代商盘于乾隆二十年（1755）春至秋任郁林知州时，寻访古碑，未见，作《访养奋古碑歌》，其中云：“汉代多鸿生，通经饰吏治。江都阐天人，长沙愤时事。厥后养叔高，布衣前谒帝。上书论五行，为国葆元气。”

5

美女名篇《懊侬歌》

丝布涩难缝，令侬十指穿。
黄牛细犊车，游戏出孟津。

诗原载于《乐府诗集》卷46，作者为绿珠，历来选本多有选录，是文学史名篇。张明叶《中国古代妇女文学简史》：“《懊侬歌》本只一曲，后人广之为十四曲，宋少帝更制新歌三十六曲。它的本词只四句……首述制作车幔劳作的艰辛，次叙黄牛犊车优游嬉戏的欢乐，展示了生活本身的内在联系。《历朝名媛诗词》说：‘〈懊侬歌〉古音古义，自是妙女。’后来诸多仿作，都不及此古朴天然本色。”

绿珠（？—300），传说原姓梁，博白人，出生地在今广西博白县双凤镇绿罗村双角山下。貌美，为古代著名美女，多才多艺。石崇为荆州刺史时曾为交趾采珠使，遇见她而生爱意，以珍珠三斛为聘礼，纳为妾。赵王伦专权时，伦党孙秀曾向石崇指名索取绿珠，《晋书·石崇传》记：“崇时在金谷别馆，方登凉台，临清流，妇人侍侧。使者以告。崇尽出其婢妾数十人以示之，皆蕴兰麝，被罗縠，曰：‘在所择。’使者曰：‘君侯服御丽则丽矣。然本受命指索绿珠，不识孰是？’崇勃然曰：‘绿珠吾所爱，不可得也。’使者曰：‘君侯博古通今，察远照迩，愿加三思。’崇曰：‘不然。’使者出而又反，崇竟不许。秀怒，乃劝伦诛崇。崇亦潜知其计，乃与黄门郎潘岳阴劝淮南王允、齐王冏以图伦、秀。秀觉之，遂矫诏收崇及潘岳、欧阳建等。崇正宴于楼上，介士到门。崇谓绿珠曰：‘我今为尔得罪。’绿珠泣曰：‘当效死于官前。’因自投于楼下而死。”

绿珠刚烈，以爱殉情，历来得到赞美。宋邹浩《绿珠井》诗：

玉容捐委画楼尘，一死甘酬石氏恩。
古庙有碑旌节义，西风无主逐香魂。
孤村夜静鸣归鹤，双岭云寒唳断猿。
试向绿萝寻旧迹，断碑遗井见清源。

唐五代时期

6

民族融合的丰碑

——上林《六合坚固大宅颂》

维我宗祧，昔居京兆，流派南邑，上望无阶。列牧诸邦，数封穷日，分绦县宰，不可无□。自余承彝，获称登次，开场拓境，置州占□，如□□冢垠崖。宜于今日也。其近修兹六合坚固大宅，以万世澄居……

这段文字出自《澄州无虞县清泰乡都万里六合坚固大宅颂一首诗一篇并序》（简称《六合坚固大宅颂》），作者署名“岭南大首领〔鹣〕州都云县令骑都尉四品子韦敬办制”，落款时间为“永淳元年岁次壬午十二月十五日”。碑立于今上林县澄泰乡洋渡村麒麟山石牛洞。

永淳元年（682），当地壮族先祖韦敬办为韦氏家族新建大宅而作此文，文章并没有称颂建筑，却是叙述家族来源，提出永保家业、维护一方安定的主张。韦敬办称，“维我宗祧，昔居京兆，流派南邑”，成为一方首领。唐之“京兆”即长安城。唐代韦氏家族在今上林县境内发展壮大后，他们没有采取不断扩张的策略，而是选择了保境安民、享受一方宁静的安逸生活。他们的处世格言是：“博文则物色益兴，用武则悬巇斩绝。”“兴”是人之所求，“绝”是人之所避。他们“博文”以求“兴”，避免“用武”以防“绝”。整篇文献流露的是老子的“小国寡民”思想，其“大宅”即是远离纷争的小国。壮族先民的这一思想非常具有特色，极具研究价值。

7

“同气之义实隆，股肱之情弥重”

——上林《智城碑》

韦使君性该武禁，艺博文枢，窥祸福于未萌，察安危于无像。往以萧墙起衅，庭树睽阴，蓄刃兼年，推锋盈纪，遂乃据兹险奥，爰创州庐。烈位颁曹，砥平绳直，周回四面，悉愈雕镌；绝壁千寻，皆同刊削。前临沃壤，凤粟与蝉稻芬敷；后迩崇隅，碧雾与翠微兼映；澄江东逝，波开濯锦之花；林麓西屯，筱结成帷之叶；傍连短峤，往往如堙。斜对孤岭，行行类阙。表山内水，扼暴客之咽喉；涧户汤池，为奸穴之钤键。重门一闭，无劳击柝之忧。沟洫再施，永绝穿窬[1]之患。故得冤踪退散，俾……意洽金兰，同气之义实隆，股肱之情弥重。

这段文字出自《廖州大首领左玉钤卫金谷府长上左果毅都尉员外置上骑都尉检校廖州刺史韦敬办智城碑一首并序》（简称《智城碑》），武则天万岁通天二年（697）摩崖于今上林县覃排乡爱长村智城山石壁。文中描述韦敬办治下的远离纷争的小国之美，无异于世外桃源。其中透露，韦敬办创此宁静之区的原因：“往以萧墙起衅，庭树睽阴，蓄刃兼年，推锋盈纪。”韦敬办强调，民族内部的价值观必须是“同气之义实隆，股肱之情弥重”，必须精诚团结。

韦敬办原建“六合坚固大宅”，又为此地取名“智城”，其智值得称道。当时中央朝廷政治斗争惨烈，而此方因韦敬办之智得到安宁。唐玄宗登基后，以孝治国，避免祸起萧墙，唐朝因唐玄宗之智而得“开元之治”。韦敬办与唐玄宗历史地位虽不可比，但比较可知，韦敬办之智亦是高明。

---

① 窬（yú）：从墙上爬过去。

8

开元名相钦州守岁

故岁今宵尽，新年明旦来。
愁心随斗柄，东北望春回。

诗题为《钦州守岁》，作者张说。张说（667—730），字说之，洛阳人。早年参加制科考试，策论为天下第一，历任太子校书、左补阙、右史、内供奉、凤阁舍人。后因朝廷斗争，不附权贵，于长安四年（704）被流放至钦州。张说在钦州作诗颇多，有《岭南送使二首》《南中送北使二首》《岭南送使》《南中别王陵成崇》《南中别陈七李十》《南中别蒋五岑向青州》等诗篇。《岭南送使二首》云：

狱中生白发，岭外罢红颜。
古来相送处，凡得几人还。

万里投荒裔，来时不见亲。
一朝成白首，看取报家人。

当时的钦州，治所在今灵山县旧州镇。他在钦州过的是流放生活，是“特殊生活”。他知道，贬谪岭南者，“凡得几人还”，多是客死他乡。但他乐观对待自己的际遇，不仅没有绝望，还有梦想，觉得还有“春回”之日。过年之后不久，即如其所料，他在政治上翻身了。次年正月唐中宗恢复帝位，张说得召还，历任兵部员外郎、工部侍郎、兵部侍郎、弘文馆学士、中书侍郎，封燕国公，成为开创“开元之治”的名相。

9

唐代《谒尧帝庙》诗记载桂林尊崇尧庙

祖龙开国尽遐荒，庙建唐尧镇此邦。
山卷白云朝帝座，林疏红日列仙幢。
巍巍圣迹陵松峤，荡荡恩波洽桂江。
瞻仰威灵共回首，紫霞深处锁轩窗。

作者是唐代道士轩辕弥明，作于开元二年（714），宋代刻石为诗碑，明代诗碑存于桂林府学内，张鸣凤《桂故》有记载。文天祥《跋道士娄君复诗卷》："余去年行岳麓下，遇山人，谭弥明出处，谓八桂尧庙，有弥明题墨在焉。世见石鼎联句，高古奇崛，谓是昌黎寓言。今观娄君三卷，则知弥明嫡孙正自堂堂也，何寓言之疑之有?"

儒教尊崇舜帝、尧帝，建舜祠以为纪念。桂林每年进行的舜祠、尧庙祭祀典礼，推动了儒教文化在广西的传播。唐代莫休符《桂林风土记》："尧山庙，在府之东北，隔大江与舜祠相望，遂名尧山。山有庙，绝灵，四时公私飨奠不绝。北接湖山，连亘千余里。天将降雨，则云雾四起，逡巡风雨亘至。每岁农耕候雨，辄以尧山云卜期。"宋代张栻于淳熙二至四年（1175—1177）知静江府，为广南西路安抚经略使，重建尧帝庙、舜帝（亦称虞帝）庙，淳熙四年二月落成典礼，唱诵其所作的《谒陶唐帝庙词》。此前请朱熹作歌词《虞帝庙迎送神乐歌词》，也在典礼上唱诵。朱熹歌词云："虞之阳兮漓之浒，皇降集兮巫屡舞。桂酒湛兮瑶觞，皇之归兮何许。"

10

张九龄赞美桂林“佳山川”

理棹虽云远，饮冰宁有惜？
况乃佳山川，怡然傲潭石。
奇峰岌前转，茂树隈中积。
猿鸟声自呼，风泉气相激。
目因诡容逆，心与清晖涤。
纷吾谬执简，行郡将移檄。
即事聊独欢，素怀岂兼适？
悠悠咏靡盬，庶以穷日夕。

作者张九龄（678—740），是唐玄宗时著名贤相，也是诗人。一名博物，字子寿，韶州曲江（今广东省韶关）人。他对岭南贡献极大，主持开凿大庾岭新路，加强了岭南与中原的联系，加速了岭南地区的发展。他在开元十八年（730）出任桂州都督、岭南道按察使，在视察的途中乘舟游漓江，写下这篇政治抒情诗《巡按自漓水南行》，诗中涉及沿途景物，赞美“佳山川”。后来诗人纷起应之，如宋代陶弼，为钦州东、南、西、北、中五湖赋诗，首句中有“佳山水”。

11

宋之问与宁原悌的交往

宋公爰创宅，庾氏更诛茅。
间出人三秀，平临楚四郊。
汉臣来绛节，荆牧动金铙。
尊溢宜城酒，笙裁曲沃匏。
露荷秋变节，风柳夕鸣梢。
一散阳台雨，方随越鸟巢。

诗题《宋公宅送宁谏议》，作者宋之问（？—712），与沈佺期同为唐代著名宫廷诗人。高宗上元二年（675）进士。历任洛州参军、尚方监丞、左奉宸内供奉。中宗神龙元年（705）被贬为泷州参军，次年逃回洛阳友人家中藏匿。景龙元年（707）任鸿胪寺丞，次年任考功员外郎，转户部员外郎，兼修文馆直学士，再次年任越州长史。景云元年（710）流放钦州，未赴贬所，流连于桂州（今桂林市）。此诗作于太极元年（712）。是年八月，宋被赐死于桂州驿。

宁谏议，即宁原悌（一作悌原），广西钦州人，玄宗朝以谏议大夫兼修国史，以敢于秉笔直书而名载史册。《明一统志》卷82："宁悌原，钦江人。少好学，永昌中进士，累官至谏议大夫兼修国史。一日，玄宗取所修史阅之，见直书隐巢事，谕曰：'白马求卿，黄金赎罪。卿以为何如?'悌原叩首曰：'周公诛管蔡，季友鸩叔牙。虽太宗不得已之诛，亦隐巢有以自取尔。'由是忤旨，去官而卒。葬于大墓山，诏发岭南五府兵以给葬事，立祠于上蒙村。"

"隐巢事"，即唐太宗即位前发动的玄武门之变，杀害了长兄李建成（后来追封"隐王"）、四弟李元吉（追封"巢王"）。此历史事件，唐王朝历来是遮掩的，而宁原悌秉笔直书，唐玄宗就不让他继续修国史了。

12

沈佺期由今东兴市入越南的记录

我来交趾郡，南与贯胸连。
四气分寒少，三光置日偏。
尉佗曾驭国，翁仲久游泉。
邑屋遗甿在，鱼盐旧产传。
越人遥捧翟，汉将下看鸢。
北斗崇山挂，南风涨海牵。
别离频破月，容鬓骤催年。
昆弟推由命，妻孥割付缘。
梦来魂尚扰，愁委疾空缠。
虚道崩城泪，明心不应天。

诗题《度安海入龙编》，作者沈佺期（约656—约715），字云卿，相州内黄（河南内黄）人。高宗朝进士。官至考功郎中、给事中。与宋之问同为唐代著名宫廷诗人，称“沈宋”。因贪赃及媚事张易之，神龙元年（705）流放驩州（今越南荣市），神龙三年遇赦北归，稍迁台州录事参军。神龙中，召见，拜起居郎，修文馆直学士，历中书舍人、太子少詹事。开元初卒。他至安海，先作《寄北使》诗，序云：“长安三年，自考功郎中拜给事中。非不旷任，意多惭沮。尝览文章，间有缘情之作。明年献春下狱，未及尽此词，被放南荒。行至安海，五月二十四日遇北使，因寄乡亲。”神龙三年春，获得赦罪的旨令，作《答宁爱州书》，诗句中隐约透露，是“宁爱州”向朝廷求情而得赦罪。爱州，唐朝安南都督府所辖之州，治所在今越南清化。宁氏爱州刺史“宁爱州”，当出自钦州宁氏家族。安海，在今广西东兴市。沈佺期在此见到历代的遗迹以及生产生活：“邑屋遗甿在，鱼盐旧产传。”

13

沈佺期《入鬼门关》诗

昔传瘴江路，今到鬼门关。
土地无人老，流移几客还。
自从别京洛，颓鬓与衰颜。
夕宿含沙里，晨行冈路间。
马危千仞谷，舟险万重湾。
问我投何地，西南尽百蛮。

沈佺期作于神龙元年（705），第三年他遇赦北归，在仕途上继续前行，可见鬼门关并不是死亡关。但是后来，北方贬谪来的官员，看到此关都十分恐怖。唐李德裕官至太尉、赐封卫国公，大中二年（848）被贬为崖州司户，次年正月抵达，再次年正月卒于贬所。他经过此关时作《流崖州至鬼门关作》："一去一万里，千之千不还。崖州何处在，生度鬼门关。"他是带着沉重的心理创伤走向贬谪地的，以为没有可能活着回来。

此关在北流江与南流江之间的陆路上，北来者乘舟溯北流江，转陆路，过此关，再乘舟顺南流江而下。关在今北流市境内，不知何时坍圮，今已无存。明末徐霞客到附近考察，还以未能到此关为遗憾之事："鬼门关在北流西十里，当横林之北，望之石峰排列，东与勾漏并矣。北流而县中峙，乃东者名仙区，西者称鬼蜮，何耶？余初是横林北望，心异仙境，及抵北流而后知其为'鬼门'，悔不能行其中，一破仙、鬼之关也。"

14

杜甫名句“宜人独桂林”

五岭皆炎热，宜人独桂林。
梅花万里外，雪片一冬深。
闻此宽相忆，为邦复好音。
江边送孙楚，远附白头吟。

此为唐朝著名诗人杜甫（712—770）于肃宗上元元年（760）作，诗题《寄杨五桂州谭（因州参军段子之任）》。岭北人历来传说岭南是极为炎热难耐之地，在段功曹的儿子赴桂林为官之际，杜甫作诗让他带给桂州长史杨谭（排行五），有托付关照之意。诗句赞美了桂林，用以安慰段功曹的儿子，并希望他在桂林好好生活。宋周去非《岭外代答》记“广右风气”，称“桂林气候与江浙颇相类，过桂林城南数十里则便大异。杜子美谓‘宜人独桂林’，得之矣”。杜甫此名句常为后人引用，如明初张以宁《代简广西参政刘允中》诗句：“五岭宜人独桂林，梅花雪片一冬深。”

15

“冰井泉香”，源于唐代文学家元结

苍梧郡城东二三里，有泉焉，出在郭中。清而甘，寒若冰。在盛暑之候，苍梧之人得救渴。泉与火山相对，故命之曰“冰泉”，以变旧俗。铭曰：火山无火，冰泉无冰。唯彼泉源，甘寒可徵。铸金磨石，篆刻此铭。置之泉上，彰厥后生。

此为元结《冰泉铭（并序）》。元结在大历三至四年（768—769）任容管经略使，官署设在梧州。在任期间，因见此泉水甘寒若冰，又鉴于此井与隔江的火山遥遥相对，乃改名为“冰井”，并作此文。后人在井之侧建冰井寺，称作“梵王宫”，为一方名胜。

“冰井泉香”，为梧州八景之一。游览冰井者，往往怀念元结。清施闰章《与同门李嵩岑佥宪》云：“有冰井泉，独甘洌。以元次山得名。仆尝就而饮之，作《冰井行》，忘其身在岭表，此足以濯尘缨、饫[1]清吏矣。”

① 饫（yù）：饱，足。

16

广西创办官学最早的记录

城之西北维，有山曰“独秀”。宋颜延之尝守兹郡，赋诗云：“未若独秀者，峨峨郛邑间。”嘉名之得，盖肇于此。不藉不倚，不骞不崩，临百雉而特立，扶重霄而直上。仙挹石髓，结而为膏；神凿嵌窦，呀而为室。罳滓可远，幽偏自新，胜概岑寂，人无知者。

大历中，御史中丞陇西公保障南服。三年政成，乃考宣尼庙于山下，设东西庠以居胄子，备俎豆仪，以亲释菜。虽峻址可寻，而丛薄未剪，公乃目常从以上，每指荒榛而授事。为力无几，得兹穴焉。闳而外廉，隘以傍达，立则艮其背，行则蹶其腓。于是申谋左右，朋进畚锸，壤之可跳者，布以增径；石之可转者，积而就阶。景未移表，则致虚生白矣！岂非天赋其质，智详其用乎？何暑往寒袭，前人之略也？譬犹士君子韬迹独居，懿文游艺，不遇知己发明，则蓬蒿向晦，毕命沦恨，盐车无所伸其骏，和氏不得成其宝矣。篆刻非宠，庶贻后贤。建中元年八月廿八日记。

此为摩崖在桂林独秀峰下读书岩口的《独秀山新开石岩记》，作者署名为“唐监察御史里行郑叔齐”，作于唐建中元年（780）八月二十八日。南朝宋景平元年（423），宋少帝任命颜延之（384—456）为始安郡（治于今桂林）太守。颜延之与谢灵运两人齐名，号称“颜谢”。颜在桂林的遗产有两件，一是留下了一句诗：“未若独秀者，峨峨郛邑间。”后人据此而定名独秀峰。另一件是独秀峰下的读书岩。唐大历八年至建中二年（773—781）李昌巙为桂州刺史，开辟相传颜延之读书的岩洞，在岩前创办官学（桂州学），监察御史里行郑叔齐作记。这是广西教育史上的一件重要文献，也是一篇优秀的散文。

17

韩愈家族与桂林有缘

——“江作青罗带，山如碧玉簪”

苍苍森八桂，兹地在湘南。
江作青罗带，山如碧玉篸。
户多输翠羽，家自种黄甘。
远胜登仙去，飞鸾不假骖。

此为韩愈作《送桂州严大夫同用南字（严谟也）》诗。韩愈（768—824），唐代著名文学家。严谟在长庆二年（822）四月赴任桂州刺史，白居易、张籍、王建等有诗送之，时任兵部侍郎的韩愈作此诗。韩愈家族与桂林有缘，祖父韩叡素，任桂州长史；叔父韩云卿，有摩崖于桂林的《平蛮颂》(大历十二年)、《舜庙碑》(建中元年)。韩愈三岁成孤儿，随任韶州刺史的叔伯兄韩会在韶州生活了一段时间，熟悉岭南。韩会卒于任上，后来韩愈由嫂郑氏鞠养。韩愈后来两次贬官广东，贞元十九年(803)以监察御史贬任阳山令，元和十四年（819）以刑部侍郎贬为潮州刺史。他可能也曾经游览过桂林，对桂林熟悉，故能够写出桂林的精彩。

18

“柳州柳刺史，种柳柳江边”

柳州柳刺史，种柳柳江边。
谈笑为故事，推移成昔年。
垂阴当覆地，耸干会参天。
好作思人树，惭无惠化传。

此为柳宗元《种柳戏题》诗。柳宗元（773—819），字子厚，“唐宋八大家”之一。元和十年（815）三月，被贬为柳州刺史，后人因称“柳柳州”。他在当年六月二十七日到任，十四年逝世于柳州。他在柳州时间虽然不长，但留下惠政颇多，文学作品亦多，影响丰厚绵长。种柳即其惠政之一。他觉得此举有四“柳”——人名、树名、政区名、江名皆含“柳”字，因而作《种柳戏题》诗。衡州太守吕温，更是加上一“柳”——“柳馆”，其《嘲柳州柳子厚》诗云：“柳州柳刺史，种柳柳江边。柳馆依然在，千株柳拂天。”如此，则是“五柳”了。“柳馆”，即今柳侯祠，原称“罗池庙”。柳侯祠碑刻属于全国重点文物保护单位。柳宗元在柳州留下的丰厚文化遗产，是柳州成为中国历史文化名城的重要条件。

19

柳宗元笔下的趁圩山民

郡城南下接通津，异服殊音不可亲。
青箬裹盐归峒客，绿荷包饭趁圩人。
鹅毛御腊缝山罽，鸡骨占年拜水神。
愁向公庭问重译，欲投章甫作文身。

此为柳宗元《柳州峒氓》诗。诗歌富含史料价值，为历来研究者所重视。“趁圩”一词，出现于文献者，最早的就是此诗篇，可见柳宗元吸纳了柳州方言。何继权先生于《珠江水运》2012年第7期发表的《千年渡口见证风雨沧桑》，摘要云：“郡城南下接通津，异服殊音不可亲。”专家考证，柳宗元一千多年前写下的《柳州峒氓》一诗，描述的就是站在柳州东门城楼上看到的情景：一群群身着少数民族服装的男女，乘坐渡船往来于沙角码头和窑埠码头之间，或者带来各种山货，到城门下的圩市摆卖；或者买了盐巴用竹叶包好，说说笑笑渡河回家。“欲投章甫作文身”，引用了《庄子·逍遥游》：“宋人资章甫而适诸越，越人断发文身，无所用之。”意为看了快乐的山民，真想抛弃烦琐的官务，扔掉礼帽（章甫），跟随山民生活。

20

桂州多灵山

大凡以观游名于代者，不过视于一方，其或傍达左右，则以为特异。至若不骛远，不陵危，环山洄江，四出如一，夸奇竞秀，咸不相让，遍行天下者，唯是得之。桂州多灵山，发地峭坚，林立四野。署之左曰漓水，水之中曰訾氏之洲。凡峤南之山川，达于海上，于是毕出，而古今莫能知。

此段文字出自柳宗元作于元和十二年（817）的《訾家洲亭记》。訾家洲，即今桂林市区内的訾洲，与象山隔江相望，系码头东南侧一沙洲，绵延数里。先是訾家所居，古称“訾家洲”，是唐代桂林一胜地，而至宋代盛况不再。宋绍熙四至五年（1193—1194）广西转运判官张釜《訾家洲》诗云：“訾洲风物柳州文，开卷清游入梦魂。老去一尊酬望眼，淡烟衰草莽连村。”刘克庄《訾家洲》二首之一：“来访唐时事，荒洲暮霭青。遍生新草棘，难认旧池亭。毁记欺无主，存祠怕有灵。今人轻古迹，此地少曾经。”

21

开发桂林南溪山之最早文献——《南溪诗序》

桂水过漓山，右汇阳江，又里余，得南溪口。溪左屏列崖巘，斗丽争高，其孕翠曳烟，逦迤如画。右连幽野，园田鸡犬，疑非人间。溯流数百步，至元岩。岩下有污壤沮洳，因导为新泉。山有二洞九室。西南曰“白龙洞”，横透巽维，蜕骨如玉；西北曰“元岩洞”，曲通坎隅，晴眺漓水。元岩之上曰“丹室”，白龙之右曰“少室”。巽维北，梯险至仙窟。仙窟北，又有石室，参差呀豁，延景宿云。其洞室并乳溜凝化，诡势奇状，仰而察之，如伞如拳，如栾栌支撑，如莲蔓藻井。左睨右瞰，似帘似帏，似松偃竹袅，似海荡云惊。其玉池元井，岚窗飙户，回还交错，迷不可纪。从少室梁溪向郭，四里而近；去松衢二百步而遥。余获之，自贺若获荆璆与蛇珠焉，亦疑夫大舜游此而忘归矣。遂命发潜敞深，磴危宅胜，既翼之以亭榭，又韵之以松竹。似谳方丈，如升瑶台，丽如也，畅如也。以溪在郡南，因目为“南溪”，兼赋诗十韵以志之。宝历二年三月七日叙。

作者李渤（773—831），字浚之，洛阳（今属河南）人。隐居嵩山，以读书业文为事。元和九年（814）应召入仕，历官著作郎、给事中。长庆元年（821），调任江州刺史，其间在庐山东北玉屏山南“白鹿洞”（后世几经扩建为白鹿洞书院）读书。宝历元年至二年（825—826）任桂州刺史、桂管防御观察使。在任期间，修浚灵渠，是灵渠建设史上的重要人物；向朝廷请准，建设桂管常平义仓，为防灾准备；开发桂林山水，建设桂林的南溪山、白龙洞等景点。他尤其钟情南溪山，离开桂林时，还写下《留别南溪》：“常叹春泉去不回，我今此去更难来。欲知别后留情处，手种岩花次第开。”李渤可谓桂林南溪山人文之祖。

22

海上丝绸之路的“见证人”——昆仑儿

昆仑家住海中洲，蛮客将来汉地游。
言语解教秦吉了，波涛初过郁林州。
金环欲落曾穿耳，螺髻长卷不裹头。
自爱肌肤黑如漆，行时半脱木绵裘。

此为张籍《昆仑儿》诗。《永乐大典》卷2342引《元一统志》：“张籍，唐诗人，宦游岭峤，至此州（郁林州），与昆仑儿诗云……”张籍（约767—约830），字文昌，唐代诗人。贞元十五年（799）进士，历任太常寺太祝、国子监助教、秘书郎、国子博士、水部员外郎、主客郎中，终国子司业。曾游历岭南，有《岭表逢故人》《送梧州王使君》《蛮中》等诗篇。《昆仑儿》作于郁林州（今玉林市）。昆仑儿，即唐诗中常见的“昆仑奴”，属于南海黑人，是尼格利陀人，又叫矮黑人，此类人现在仍散居在马来半岛以南的诸海岛上。来中国谋生的矮黑人，体壮力强，而性情温良，踏实耿直，是中国雇主喜欢的打工仔。张籍笔下的昆仑儿，虽然语言不通，但也从海上来中国寻求生活。他们爱打扮，保持着本民族特色。

23

正面描写壮族健儿的《黄家洞》

雀步蹙沙声促促，四尺角弓青石镞。
黑幡三点铜鼓鸣，高作猿啼摇箭箙[①]。
彩巾缠踍幅半斜，溪头簇队映葛花。
山潭晚雾吟白鼍，竹蛇飞蠹射金沙。
闲驱竹马缓归家，官军自杀容州槎。

作者是唐代诗人李贺。李贺（约791—约817），字长吉。生于福昌（今河南宜阳）昌谷，后世称李昌谷。李贺在长安当过三年奉礼郎的小官，元和八年（813）因病辞去奉礼郎回昌谷，二十七岁病逝。

“黄家洞”，应为“黄家峒”，即唐朝西原州黄橙峒（在今广西左右江一带）。黄橙峒人先后有黄朝曜、黄少卿等领导的武装反抗唐王朝斗争。后者于唐贞元十年（794）五月领导西原人民起义，攻邕管，围攻经略使孙公器，响应的人遍及左右江各地。长庆十一年（831），被唐王朝分化瓦解，归于失败。李贺此诗主要是揭露、嘲讽地方长官没有能够保境安民，反而在无力镇压暴动的情况下杀百姓以邀战功。官军成了反面，则黄家峒成了正面，他们轻盈灵活，出入自如，进退从容。诗句写他们的装束、装备，如黑旗、铜鼓、彩巾等，是重要的民族史料。

---

① 箙（fú）：盛箭的用具。

24

白居易赞“桂布白似雪”

桂布白似雪，吴绵软于云。
布重绵且厚，为裘有余温。
朝拥坐至暮，夜覆眠达晨。
谁知严冬月，支体暖如春。
中夕忽有念，抚裘起逡巡。
丈夫贵兼济，岂独善一身。
安得万里裘，盖裹周四垠。
稳暖皆如我，天下无寒人。

诗题《新制布裘》，作者是唐代著名诗人白居易（772—846），约于元和元年（806）作此诗。白居易在三首诗中提及桂布。《新制布裘》：“桂布白似雪，吴绵软于云。”《醉后狂言酬赠萧殷二协律》诗又说：“吴绵细软桂布密，柔如狐腋白似云。”《枕上作》：“腹空先进松花酒，膝冷重装桂布裘。”诗中说的桂布，很有可能就是历史有名的“郁林布”。因为广西贡赋布料只有怀泽郡“贡细白苎布”，怀泽郡在秦汉属桂林郡、郁林郡，郡治在今贵港市郁江上游的思怀乡。郁林布是细白苎布，而桂布密、白似云，特点相同。

桂布之名到清代还流传。清代厉鹗《金绘卣自湖南游桂林归赋赠》：“西南山水敌清都，天与诗人纵目殊。郡有颜公称二始，溪经元子署三吾。钓藤酒美能携否？桂布衣轻得浣无？笑我平生寡游历，相逢子细问娵隅。”唐代说“此布厚可以御寒”，厉鹗说“桂布衣轻”，说明桂布有了发展。

25

李德裕途经“歌舞地”

绛纱弟子音尘绝，鸾镜佳人旧会稀。
今日致身歌舞地，木棉花暖鹧鸪飞。

此为李商隐《李卫公（德裕）》诗。李商隐于大中元年（847）三月离京赴桂林，六月初九日到达。当年冬奉桂管观察使郑亚之命出使荆南，次年正月自江陵归桂林，三四月间离开桂林北归。在桂林期间，留下许多诗文。

李德裕于大中二年被贬为崖州司户，赴海南时，途经广西“歌舞地”。此地在今何处？广西人喜歌舞，难以具体确指何处，或许在象江边，宋代人持如是观点。陶弼《题献花铺》：“德裕南迁瘴海涯，路逢山女献山花。平泉公子伤春处，唯有东风吹草芽。”李纲《献花铺（唐相李德裕谪海南，道此有山女献花，因以名之，次壁间韵）》：“我亦乘桴向海涯，无人复献雨中花。却愁春梦归吴越，茗饮浓斟薄荷芽。”孙觌《九日次献花铺（李卫公贬海外，道过象江，蛮女献花于此）》：“古路三叉口，青裙两髻丫。更无陶令菊，空想卫公花。破屋堆黄叶，清江缭白沙。殷勤邀一醉，蜑酒压梨楂。”清代象州人、著名学者郑献甫纂写《象州志》，有“献花铺”条目，引用了古诗，而言“今不知所在”。献花铺随着历史流逝而为人淡忘，献花故事则因这些诗篇而传唱不绝。

26

李商隐诗篇记昭州生态

桂水春犹早，昭州日正西。
虎当官路斗，猿上驿楼啼。
绳烂金沙井，松干乳洞梯。
乡音殊可骇，仍有醉如泥。

题为《昭州》。李商隐于大中二年（848）正月奉桂管观察使郑亚之命，代理昭州郡守。昭州州治在今平乐县，当时是个小州，此诗记录了当时州城的生态状况。老虎出没于广西州县，在宋代仍有记录。周去非《岭外代答》卷9“虎”条：“虎，广中州县多有之，而市有虎，钦州之常也。”卷10：“古富州，今昭州昭平县，在漓江之滨，荆棘丛中，止有三家茅屋及一县衙，其所谓‘三家市’也。有舟人登岸饮醉，遂宿茅屋家，夜半觉门外托托有声，主人戒之曰：‘毋开门，此虎也。’奴起而视之，乃一乳虎将数子以行。今为县乃尔，不知昔日何以为州耶?”诗句“仍有醉如泥”，说的是当地人嗜酒。昭州有好酒，北宋梅挚《昭潭十爱》诗云：“我爱昭州酒，千家不禁烧。醥醪一爵举，瘴雾四时消。红叶和云踏，青帘傍水招。化浓民自醉，鼓腹日歌尧。”

27

梧州有“佳人故居”之称

桂水依旧绿，佳人本不还。
只应随暮雨，飞入九疑山。

此为大中三年（849）李群玉所作《桂州经佳人故居》诗。李群玉于大中二年底自五羊（今广州）至桂州，次年春离开桂州，沿漓江、桂江（桂水）而下梧州。《尚书》卷2：“舜即位五十年，升道南方巡守，死于苍梧之野而葬焉。”历来相传舜帝南巡，死于苍梧。二妃也赶至南方，死于湘江之畔。全州有二妃庙，柳宗元有《湘源二妃庙碑》。舜帝死于苍梧之说存在争议，但无可否认的是，由历来传说形成了梧州舜帝文化。舜帝文化中，就包括了二妃。李群玉认为，二妃（佳人）故居在梧州。李群玉还有《桂州经佳人故居琪树》诗：“种树人何在，攀枝空叹嗟。人无重见日，树有每年花。满院雀声暮，半庭春景斜。东风不知恨，遍地落余霞。”

28

曹邺直刺官仓鼠

官仓老鼠大如斗，见人开仓亦不走。
健儿无粮百姓饥，谁遣朝朝入君口？

这首短小精悍的《官仓鼠》诗，出自广西阳朔人曹邺。曹邺（约816—875），字邺之，晚唐著名诗人。大中四年（850）进士，曾任太常博士、祠部郎中、扬州刺史等职。此诗承袭《诗经》中的《国风·魏风·硕鼠》：“硕鼠硕鼠，无食我黍！三岁贯女，莫我肯顾……”曹邺将“官仓鼠”比作贪官，极尽讽刺。他为官，发誓不做“官仓鼠”，《将赴天平职书怀寄翰林从兄》有诗句：“岂学官仓鼠，饱食无所为。”宋陆游继承讽刺“官仓鼠”的笔法，作《寄奉新高令》诗：“岁饥民食糟糠窄，吏惰官仓鼠雀豪。只要闾阎宽棰楚，不须亭障肃弓刀。”

29

八桂学子求学谋仕之心路

我祖居邺地，邺人识文星。此地星已落，兼无古时城。
古风既无根，千载难重生。空留建安书，传说七子名。
贱子生桂州，桂州山水清。自觉心貌古，兼合古人情。
因为二雅诗，出语有性灵。持来向长安，时得长者惊。
芝草不为瑞，还共木叶零。恨如辙中土，终岁填不平。
吾宗戴豸冠，忽然入西京。怜其羽翼单，抚若亲弟兄。
松根已坚牢，松叶岂不荣。言罢眼无泪，心中如酒酲[①]。

此为曹邺《寄监察从兄》诗。曹邺向在监察部门任职的从兄倾诉：家世原祖居邺地，为曹操的后裔，有文化的传统。出生于桂州，山水钟灵毓秀，自己学有所成，作诗“出语有性灵”，持诗卷至京城，获得长者的赏识。但是因为朝中无人提携，仍然没有出路。希望已戴上法官帽（獬豸冠）的从兄相扶持。唐代科举文化派生出“行卷”，即举子拿出诗卷请名流鉴赏，如获得好评，并得到推荐，则有可能一举成名，从而走向仕途。但八桂弟子往往是朝中无人，前途渺茫。“言罢眼无泪，心中如酒酲”，欲哭无泪，徒唤奈何。

① 酲（chéng）：喝醉了神志不清。

30

曹邺成名知感恩

为物稍有香，心遭蠹虫啮。平人登太行，万万车轮折。
一辞桂岭猿，九泣东门月。年年孟春时，看花不如雪。
僻居城南隅，颜子须泣血。沉埋若九泉，谁肯开口说？
辛勤学机杼，坐对秋灯灭。织锦花不常，见之尽云拙。
自怜孤生竹，出土便有节。每听浮竞言，喉中似无舌。
忽然风雷至，惊起池中物。拔上青云巅，轻如一毫发。
珑珑金锁甲，稍稍城乌绝。名字如鸟飞，数日便到越。
幽兰生虽晚，幽香亦难歇。何以保此身，终身事无缺？

此为曹邺《成名后献恩门》诗。大中四年（850）曹邺中进士后，作诗向主考官裴休（791—864）叙述自己奋斗的历程，写明自己的品格（有节），感谢座师赏识，保证能如幽兰发幽香。后来，曹邺常常感念座师，先后作《登岳阳楼有怀寄座主相公》《翠孤至渚宫寄座主相公》等诗篇。曹邺请教在进入仕途后，如何才能终生在品德上没有亏缺——“何以保此身，终身事无缺？”这是个千古官场人物要思考的问题。

31

郑谷曹邺师生情

高名向己求，古韵古无俦。风月抛兰省，江山复桂州。
贤人知止足，中岁便归休。云鹤深相待，公卿不易留。
满朝张祖席，半路上仙舟。箧重藏吴画，茶新换越瓯。
郡迎红烛宴，寺宿翠岚楼。触目成幽兴，全家是胜游。
篷声渔叟雨，苇色鹭鸶秋。久别郊园改，将归里巷修。
桑麻胜禄食，节序免乡愁。阳朔花迎棹，崇贤叶满沟。
席春欢促膝，檐日暖梳头。道畅应为蝶，时来必问牛。
终须康庶品，未爽漱寒流。议在归群望，情难恋自由。
小生诚浅拙，早岁便依投。夏课每垂奖，雪天常见忧。
远招陪宿直，首荐向公侯。攀送偏挥洒，龙钟志未酬。

此为郑谷《送吏部曹郎中免官南归》诗。郑谷（约851—约910），唐朝末期著名诗人，“咸通十哲”之一。据《郑谷年谱》，郑谷在咸通十三年（872）前后投入曹邺门下求学。诗中有师生情：“小生诚浅拙，早岁便依投。夏课每垂奖，雪天常见忧。远招陪宿直，首荐向公侯。”曹邺给他讲学，还关心他的生活，关心他的前途，举荐他给上层人士。诗中首先是对恩师被免官回乡的同情，也称赞恩师功成名就，希望恩师安度乡居的生活。之前，曹邺出守洋州时，郑谷有《送祠部曹郎中邺出守洋州》诗。而郑谷离开师门时，曹邺有《送郑谷归宜春》。

32

海上运河诗中见

蛮岭高，蛮海阔，去舸回艘投此歇。
一夜舟人得梦间，草草相呼一时发。
飓风忽起云颠狂，波涛摆掣鱼龙僵。
海神怕急上岸走，山燕股栗入石藏。
金蛇飞状霍闪过，白日倒挂银绳长。
轰轰砢砢雷车转，霹雳一声天地战。
风定云开始望看，万里青山分两片。
车遥遥，马阗阗，平如砥，直如弦。
云南八国万部落，皆知此路来朝天。
耿恭拜出井底水，广利刺开山上泉。
若论终古济物意，二将之功皆小焉。

此为顾云《天威行》诗。“天威行”应为“天威径”。天威径，古文献有的称为“天威遥”，即今广西防城港市江山半岛的潭蓬古运河，当地人称为“仙人垄”。运河开通后，往来船只缩短了航程，减低了风险，相当便利。唐宋时期中国、东南亚乃至印度洋沿岸各国的船只往来于这条运河。运河曾经辉煌，它见证了北部湾畔各国各地的经济、文化、政治、军事的交流。相传此运河开凿于东汉马援，其后历代修浚。唐元和三年（808）安南都护张舟主持修浚的工程较大，而数十年后又不便于行船，故咸通年间（860—874）安南节度使高骈又修浚。修成后，高骈《过天威径》诗云：“豺狼坑尽却朝天，战马休嘶瘴岭烟。归路崄巇今坦荡，一条千里直如弦。”其幕僚裴铏作《天威径新凿海派碑》，另一幕僚顾云作上诗，写部队经过天威径，奔向安南，转战云南，迫使“云南八国万部落”归顺朝廷。

33

曹唐游仙诗独树一帜

殷勤相送出天台，仙境那能却再来。
云液既归须强饮，玉书无事莫频开。
花当洞口应长在，水到人间定不回。
惆怅溪头从此别，碧山明月照苍苔。

诗题为《仙子送刘阮出洞》，是曹唐的“大游仙”诗代表作之一。曹唐（生卒年不详），晚唐诗人，以游仙诗著名。《唐才子传》卷6：“曹唐，字尧宾，桂州人，初为道士，工文赋诗。大中间举进士，咸通中，为诸府从事。唐与罗隐同时，才情不异。唐始起清流，志趣淡然，有凌云之骨，追慕古仙子高情，往往奇遇而已，才思不减，遂作《大游仙诗》五十篇，又《小游仙诗》等，纪其悲欢离合之要，大播于时。”明代马洪《续游仙诗百首》，序云：“唐进士曹尧宾作游仙诗，飘飘有遗世独立之志。每风清月白之夜，辄歌数篇；既而就枕，必梦仙界，觉而纪之以诗，数凡百篇。”

34

胡曾赋诗赞美灵渠修浚之功

凿开山岭引湘波，上去昭回不较多。
无限鹊临桥畔立，适来天道过天河。

此为唐咸通年间胡曾的《咏史诗》中的《全义岭》，写的是灵渠，赞美咸通九年（868）鱼孟威修浚灵渠之功绩。此次修浚，鱼孟威有《桂州重修灵渠记》传世。兴安县全义岭，其地临湘、漓二水之源，亦谓之临源岭。唐代因全义岭而称全义县。

灵渠是世界最古老的人工运河之一，全长三十七公里，建成于公元前214年，汉代马援，唐代李渤、鱼孟威等相继主持修筑、修浚。运河把长江水系和珠江水系连接了起来，沟通五岭南北经济文化，对于五岭南北的社会经济文化的发展起到相当大的历史作用。五代末伍彬《分水岭》诗："前贤功及物，禹后杳难俦。不改古今色，平分南北流。寒冲山影岸，清绕荻花洲。尽是朝宗去，潺潺早晚休。"写的也是灵渠。

35

有关广西第一个状元赵观文的诗篇

一枝仙桂两回春，始觉文章可致身。
已把色丝要上第，又将彩笔冠群伦。
龙泉再淬方知利，火浣重烧转更新。
今日街头看御榜，大能荣耀苦心人。

诗题《贺赵观文重试及第》，作者褚载。唐昭宗乾宁二年（895）乙卯科初试，录取张贻宪等二十五人，赵观文名列第八。落第举子对此不满，纷纷要求重考。唐昭宗下令在武德殿重试。经过重试，赵观文状元及第。同榜进士褚载作此诗，另一同榜进士黄滔作《和同年赵先辈观文》诗："玉兔轮中方是树，金鳌顶上别无山。虽然回首见烟水，事主酬恩难便闲。"

赵观文，桂州（今桂林市）人，广西第一个状元及第者。五代王定保《唐摭言》卷7："昭宗皇帝颇为寒畯开路……王贞白、张玭诗，赵观文古风之作，皆臻前辈之阃阈者也。"

仙桂，指月宫上的桂树；龙泉，名剑；火浣，火浣布，具有不燃性，在火中能去污垢。褚载以仙桂借指赵观文，以再淬龙泉剑、重烧火浣布，写赵观文重考夺冠。

36

最好无如“碧莲峰里住人家”

陶潜彭泽五株柳，潘岳河阳一县花。
两处争如阳朔好，碧莲峰里住人家。

此为《阳朔碧莲峰》诗，作者沈彬。沈彬，唐末五代时江西高安人，唐末任阳朔县令，其间作此诗。宋江少虞《事实类苑》卷62“阳朔石峰”条:“桂州左右诸山，皆平地拔起数百丈，竹木蓊郁，石如黛染。阳朔县地尤佳，四面峰峦骈立。唐沈水部彬尝题诗曰……”清康熙《阳朔县志》卷1：“碧莲峰原为县治诸山之总名。奇峰环列，形如菡萏，亦似芙蓉，又名芙蓉峰。唐邑令沈彬有诗云……”宋周去非《岭外代答》“桂山”条记载：“阳朔诸山，唯新林铺左右十里内极可赏爱，青山绿水，团栾映带，烟霏不敛，空翠扑人，面面相属。人住其间，真住莲花心也!”

37

欧阳宾淡看“人归业尽水东流”

旧业分明桂水头，人归业尽水东流。
春风日暮江头立，不及渔人有钓舟。

诗题为《訾家洲》，作者欧阳宾（一作膑），广西灵川人，唐初安南都护欧阳普赞之后人。訾家洲，即今桂林市区内的訾洲，与象山隔江相望，系码头东南侧一沙洲，绵延数里。先是訾家所居，古称“訾家洲”，是古代桂林一胜地。它是由上流带来的泥沙堆积而成的，但唐代有个传说，是欧阳普赞冢墓被挖后的泥沙堆积成的，故欧阳宾说訾家洲是他家的“旧业”。

唐莫休符《桂林风土记》“欧阳都护冢”条：“府北郭松径尽处，有国初安南都护名普赞冢墓。普赞，灵川人，其宅今为圣寿寺。有庙在寺之北下，殁后殡于北郭。时有识地势者言，葬所有天子气。由是，官掘断。至夜，又有阴兵填平如旧。既而再掘，复平不已。时有效役者人，偶宿其所，夜闻鬼兵相语曰：‘能以青布运土投江，则我等无能为也。’及明，主吏闻宿者言，遂用青布辇运土投河，竟免阴兵填筑。今圹所掘处犹存，有石人、石柱皆在。松楸百余株，近为樵者斫伐无余。子孙自千数年湮没无闻。或云訾家洲因运此土流下成洲。有欧阳膑者题绝句曰……”欧阳宾到此，面对“旧业”，非常淡然，写下此诗。其精神为后人折服，清佚名著小说《守宫砂》第二十八回《开铁弓幸遇分牛虎，谈往事议打蒲家林》，开头诗：“旧业分明湘水头，人归业尽水东流。春风日暮江边立，不及渔人有钓舟。”乃改用欧阳宾的诗篇。

38

广西状元裴说宣言："为官岂肯肥？"

寂寥虽下邑，良宰有清威。
苦节长如病，为官岂肯肥？
山多村地狭，水浅客舟稀。
上国搜贤急，陶公早晚归。

诗题为《南中县令》，作者裴说。裴说，唐天祐三年（906）状元，官终礼部员外郎。关于其籍贯，仅见清吴任臣《十国春秋》卷75"桂州人翁宏传记"之后附记："同邑有裴谐者，唐人裴说之弟。"据此，裴说为桂州（今桂林市）人。

裴说有诗集一卷传世，代表作是《棋》："十九条平路，言平又崄巇。人心无算处，国手有输时。势迥流星远，声干下雹迟。临轩才一局，寒日又西垂。"但其诗中流露的官场伦理，也值得注意。他在《送人宰邑》诗中说：

官小任还重，命官难偶然。
皇恩轻一邑，赤子病三年。
瘦马稀餐粟，羸童不识钱。
如君清苦节，到处有人传。

他认为，做官应保持清节，留下芳名。为官而肥，指为官者贪名逐利，主要指贪财。元陆文圭《送节之衡之两舍人入燕》诗句："为官岂计多得钱，取印终须大如斗。"

39

状元梁嵩《代母作倚门望子赋》

苍苍茫茫，道远；倚倚望望，情伤。念荡子之久别，投慈心于远方。渺渺何之，动幽怀于眷恋；滔滔不返，向上国以观光。

当其截发投师，操心托迹，遥望帝都，俯登紫陌。啮臂于卫国门前，题柱于升仙桥侧。担簦[①]日久，希寸禄以资荣；负米程遥，仗何人而请益？征轮篷断，别骑尘飞。睇盼眷眷，凝思依依。欲历而既升云路，遥怜而独倚柴扉。汩没难明，我则每晨昏而怅望。宗支有托，汝曷无早晚以言归？常旷望于烟霄，每凄凉于蓬荜。杳杳兮故乡，寂寂兮旧室。几行雁阵空来，万里家书难述。水声遽惊怀古之思，别恨唯对秋风之夕。眷恋徘徊，愁心靡开。抑郁之情恒自切，湮沦之事有谁哀？驾一苇于津涯，诚难去矣；听孤鸿于碧落，得不悲哉！想彼淹留，伤予离索。踌躇兮不止，优游乎何托？盈庭之萱草徒荣，满眼之芦花自落。杨朱陌上萧条，而恨泪潸潸；汉武台边宛转，而残霞漠漠。恨陆海之高深，念行役以难寻。忆昔伯俞之志，宁无泣杖之心？见月而常怜独坐，闻蛩而每忆寒吟。动兹怀土之思，唯凭蜀魄；触尔还乡之计，暗托秋砧。

嗟夫！峨峨仲丘，殷勤士子，献书之疏复何如，干禄之心几时止？遣我日日望红尘，未见此心终未已。

梁嵩，龚州（今广西平南）人，生卒年不详。五代十国南汉白龙元年（925）状元。官至翰林学士。见时多苛政，不愿意继续做官，以需要侍奉母亲为由而辞职。此赋即为辞职而作，写出母子两地思念，情深殷切，南汉皇帝不得不批准辞职。历代相传，应考进士前，梁嵩在其家乡阆石山一岩中读书，后人称为梁状元读书岩，成为一方名胜——阆石钟英。明弘治初年平南县知县谭珪《阆石钟英》诗云："群峰突起翠岩峣，高插青云若兔毫。地脉养成龙虎气，坤灵钟出凤凰毛。百年文运辉东壁，一代英华压俊髦。自古名贤生不偶，玉堂青史姓名高。"谭珪以"一代英华"称赞状元梁嵩。

① 簦（dēng）：古代有柄的笠。

40

广西早期词人林楚翘的《菩萨蛮》

画堂春昼垂珠箔，卧来揉惹金钗落。簟滑枕头移，鬓蝉狂欲飞。　笑拖娇眼慢，罗袖笼花面。重道好郎君，人前莫恼人。

此作品收入多种唐五代词集中，属于名篇。刘毓盘《词史》：楚翘与林楚才，或系兄弟行辈。宋阮阅《诗话总龟》卷14：“林楚才，贺州富川人。《赠致仕黄损》诗云：‘身闲不恨辞官早，诗好常甘得句迟。’”据此推知，林楚翘当系贺州富川人。高文炳《唐宋词选译赏析》译文：“春日画堂珠帘垂，美人午睡被郎揉逗金钗坠。凉席滑一边，枕头移了位，鬓发蓬乱好像秋蝉飞。　媚眼盯郎流笑盼，罗袖盖上如花面。频频央求好郎君，有人来，别再这样腻烦人!”艳词状写儿女风情，多情郎、娇嗔妹之私房情态跃然纸上。词风属于“花间词”的风格。

41

翁宏名句“落花人独立，微雨燕双飞”

又是春残也，如何出翠帏。
落花人独立，微雨燕双飞。
寓目魂将断，经年梦亦非。
那堪向愁夕，萧飒暮蝉辉。

此为《春残》诗，作者翁宏。宋阮阅《诗话总龟》卷11：“翁宏，字大举，桂岭人。常寓居韶、贺间，不仕进。能诗宫词，云：‘又是春残也，如……’”翁宏和廖融、王元等交游、唱和，有《送廖融处士南游》诗。廖融《谢翁宏以诗百篇见示》：“高奇一百篇，造化见工全。积思游沧海，冥搜入洞天。神珠迷惘象，端玉匪雕镌。休叹不得力，离骚千古传。”王元《怀翁宏》：“独夜思君切，无人知此情。沧州归未得，华发别来生。孤馆木初落，高空月正明。远书多隔岁，独念没前程。”宋晏几道《临江仙》上阕：“梦后楼台高锁，酒醒帘幕低垂。去年春恨却来时。落花人独立，微雨燕双飞。”末句为时人所称道，其实是将翁宏名句拿来用。翁宏诗写闺中女子在暮春时节怀念远游的情郎，年年岁岁等郎归，而郎不归，她愁肠百结，魂魄将断，无限伤感。

42

阳朔道中风景好，应当得意看山来

平原翠削万琼瑰，顿辔尘沙眼暂开。
文网牵人宁底急，未妨得意看山来。

题为《阳朔道中》，作者石仲元，桂林人，字庆宗，号桂华子，五代末宋初桂林七星山道士，以诗名于当世，学诗者不远千里而来。天禧(1017—1021)中卒。《宋史·艺文志》记录有《石仲元诗》二卷。

嘉靖《广西通志》卷47："石仲元者，七星山道士也，负能诗名，世传其警句，如'石压木斜出，岸悬花倒生'之类甚多。学诗者不远千里而来，有南岳处士廖融者亦至。时杨徽之守湘源，融因诵仲元数篇，徽之大称赏，目为'玉方响'。然仲元于诗，自谓妙究精微，虽权贵求索，未尝轻予。或咎其太执，仲元曰：'诎道而信人，吾不为也。'复请去集中巧丽者，则曰：'诗者，假象而达意也。象非绮靡可见，言非迂疏可传。象丽而意达，不亦至乎！'"诗句中的"文网"，有解释为"法网"，应属于误解。诗意为：阳朔道中风景好，需要慢慢看，慢慢欣赏，用不着忙写诗以应付"文债"。正如当今到风景区，别忙着拍照，应先好好欣赏。

宋元时期

43

周渭为恭城银殿山题诗

插空峭壁白云迷，独上高巅万象低。
一路接天连楚界，两峰拔地镇南夷。
泉飞石涧游魂冷，风卷松涛匹马嘶。
踏破层崖心未折，凤凰山后鹧鸪啼。

诗题为《游兼山》，作者周渭（923—999），昭州恭城（今广西桂林市恭城瑶族自治县）人，字得臣，乾德元年（963）任右赞善大夫，后任永济县知县。开宝元年(968)知凤州，改棣州。太平兴国二年(977)为广南诸州转运副使，历知扬州、亳州、宋州，为益州转运使，终官彰信军节度副使。《宋史》有传。

兼山是银殿山（一名银锭山）的别称。此山海拔1885米，傲然矗立，高耸入云，四季常聚白云，冬季常有积雪，形似银色宫殿，故名银殿山。明邝露《赤雅》卷2："银殿山在昭州恭城，与九疑相望，山皆白石，四隅生白石笋。其高触天，浮云绕之，状如宫阙。"凤凰山、银殿山，都在县城东，相距不太远。

44

全州凭吊二妃魂

惟尧则天舜弗复，诞妃罔极恩亭育。
遏密无闻血盈目，南巡胡为泪染竹。
父轻夫重当何淑，沅湘岸�烟莓覆。
凝纹叠斑般郁郁，猿缘鼯号钩辀宿。

此节录柳开《讽虞嫔诗》诗。原序云：“湘水道全州城下，北走州之境，又独能产筠竹成纹。古书《今俗通》谓‘舜二妃溺于沅湘，挥泪为竹斑’者，在此也。复东南望九嶷山，才可百数里。州岸佛寺旁有妃庙，因讽妃事，作七言十九句诗一章，刻石留于妃庙中。”

作者柳开（947—1000），字仲涂，雍熙三年（986）知全州，淳化元年（990）知桂州，次年夏离开桂州。全州有二妃庙，唐柳宗元有《湘源二妃庙碑》文。“二妃”成为湘江文化的重要元素。元杨学文《湘江曲》：“二妃泪洒湘竹斑，湘江沅沅凝晓烟。月照古祠江水边，商船来往烧纸钱。桂花滴露江云寒，竹间一声啼断猿。”

45

陈尧叟《集验方》刻于桂州驿

莫辞征骑去迢迢，尽泻纯诚许圣朝。
北阙皇恩从此布，南方沴气必然销。
为诗自可怡情性，服药尝闻助摄调。
仙馆份闹官职好，定期骞翥上烟霄。

诗题为《送陈尧叟赴广西漕》，作者是朝廷大臣宋白。同时送行并有赋诗流传至今的有宋湜、杨侃，他们都希望陈尧叟到广西后大有作为。陈尧叟不负众望，在广西多有建树。

咸平元年（998）七月，陈尧叟上书朝廷，奏请因地制宜广植苎麻。次年，陈尧叟编辑《集验方》一书，并刻石于桂州驿，将医方公示，对于医学的推广普及甚有意义。他在广西的贡献，载入史册。《宋史》卷284《陈尧叟传》:“再迁工部员外郎、广南西路转运使。岭南风俗，病者祷神、不服药。尧叟有《集验方》刻石柱州驿。又以地气蒸暑，为植树、凿井，每三二十里置亭舍、具饮器，人免暍死。”

46

王世则遗诗白象岩

首春熙万国，职事寓崇福。
士辈来相顾，邀我访岩谷。
高岩颇奇特，上有仙墨迹。
昔仙隐其间，于中有所得。

诗题为《与雒容令等游高岩》，有记。据题记知，诗作于景德二年（1005）正月初一。作者是王世则，广西永福人，太宗太平兴国八年(983)状元。淳化元年(990)，以右正言出使安南（今越南），还，进史馆。次年九月，与左正言尹黄裳、冯拯等请立许王元僖为储贰，太宗怒，贬谏言者，王世则被贬知蒙州。淳化四年（993），王世则又以度支判官、国子博士的身份，偕殿中御书院祇候李居简充安南官告使。相传王世则成名前曾在雒容高岩读书，故此岩也称为“王世则读书岩”。

高岩位于今鹿寨县雒容镇郊约四公里处，又称“白象岩”。清象州才子郑献甫在此抄录王世则的摩崖诗，题刻诗说“摩岩分写状元诗”。郑曾邀徐坤来游，并绘游览图，徐因作《题游白象岩图后》，其中谓:“昔贤读书处，阁藉容半乘。”说的是王世则影响很大，其读书岩题名人物中，内阁高官有半车人之多。又盛赞“郑子笔淋漓，盛事绘图赠，珠玑题满幅”。王、郑二贤惠泽于高岩，徐都给予了高度的评价。

47

“百里字人须敏政，千金酌水更惩贪”

桂林阳朔溪山秀，莫叹迢迢五岭南。
百里字人须敏政，千金酌水更惩贪。
鸣榔下濑潮程远，曳彩升堂寿宴酣。
远地民淳无牒诉，县斋终日好清谈。

题为《表弟李宗元知桂州阳朔县》，作者杨亿。查宋代阳朔县令名单，时代相近的是李端，或即李宗元之名。未能见其事迹。此诗重要的是，作为朝中大臣、著名的文学家，杨亿吩咐表弟如何做好阳朔县令：虽然是远在岭南，可是山水美好，是宜人的好地方。做官必须“敏政”，勤敏政务；尤其重要的是，不能做贪官。

48

第一篇概述梧州方土文化的诗歌

莫讶南方景物疏，为君聊且话苍梧。地倾二面城池壮，江迸三流气色粗。
山畜火光因政出，石藏牛影为仙呼。官厅传自唐丞相，民颂思从汉大夫。
龙母庙堂神鬼集，鳄鱼池近介鳞趋。朝台望断归歧路，冰井频窥爽发肤。
脍美不堪全用鲤，果珍何忍命为奴。云归上国名终远，郡带诸藩势未孤。
铜鼓声浮翻霹雳，桄榔林静露真珠。溪平花槛饶桃李，疆压莺歌尽鹧鸪。
三足吉祥文上载，独峰为盛事元无。封疆自觉随时广，饮食从分过岭殊。
行伍戢威遵下武，儿童知学乐从儒。风轻别墅来渔唱，人到闲坊恋酒垆。
服尚鲜华几两蜀，市相交易类全吴。营希贤帅偏栽柳，扇慕良规各制蒲。
春耸门阑多列戟，雪从弦管舞双奴。只因谈笑评风俗，僭用诗谣和袴襦。
万里无媒休促蹙，数年从宦弄斯须。却忧别后牵吟想，欲写幽期入画图。

题为《题苍梧部》，作者陈执中，字昭誉，宋真宗咸平年间(998—1003)知梧州。“民颂思从汉大夫”中“汉大夫”，即前所述的“三首贤官赞美歌”的汉代太守；“民颂”，即民歌，即《陈临歌》《喻猛歌》《巷路歌》。“官厅传自唐丞相”，唐丞相指唐元结，其任容管经略使时官署在梧州。从诗中我们可以看到梧州的火山、冰井、龙母文化、铜鼓文化，看到保护一方的“行伍戢威”，看到代表未来的“儿童知学”，看到市场繁荣——“交易类全吴。”

49

“十爱昭州”千古传

我爱昭州水，湘漓共一源。本无污泥滓，去有棹歌喧。沃野藤溪道，浮琛玉海门。有时新雨涨，多半是君恩。

我爱昭州士，平居富塾庠。兴贤遵汉诏，论秀美周乡。艺苑蒲开牒，书堂缥结囊。蟾宫前后进，一一手间香。

我爱昭州观，裁基压大溪。一楼云驻隐，双表鹤归迷。金剜先朝语，鸾惊旧史题。皇恩新雨露，祈福为烝黎。

我爱昭州寺，东西占景开。门临九峰列，僧自五天来。讲次花飘席，斋余鸟下台。万民共行乐，终谳首慵回。

我爱昭州路，优游不险崎。九疑通舜野，八桂绕秦祠。亭堠相望处，渔樵有让时。政无牙虎斗，莫信义山诗。

我爱昭州角，呜呼古郡衙。万愁萦桂水，一曲阻梅花。调古湘云叶，声干岭月斜。今愁并古恨，吹起落谁家？

我爱昭州月，闲宵入绮楼。凉生荔浦树，冷熨桂江秋。朱户千家启，浮云万里收。谁夸魏公子，飞上邺门游？

我爱昭州乐，供官不在多。熏风齐乐圣，淑气且宣和。谒庙知神格，铺筵喜客过。声边无一事，对酒谩高歌。

我爱昭州酒，千家不禁烧。醥醪一爵举，瘴雾四时消。红叶和云踏，青帘傍水招。化浓民自醉，鼓腹日歌尧。

我爱昭州果，西东此擅珍。荔枝登宴美，桂子荐盘新。映树珠含影，承牙玉溜津。二年游宦乐，满腹岭南春。

梅挚在景祐间（1034—1038）出任昭州刺史，在昭州为官两年，写下了著名的《昭潭十爱》。昭州，因州中有“昭潭”而取州名，州治在今平乐县。相传梅挚在昭州城中的凤凰山上修起了凉亭，并命名为“十爱亭”。此亭后成为平乐的名胜。

50

反腐名篇《五瘴说》

濒海之地，岭表之区，皆有瘴焉。何则？冈峦重复之势，日月回薄之所，靡不蒸郁？人或不支，缘间以生疾，有自来矣。太宗御宇，提封万里，外诸荒服，率皆内附，文轨一同。故命官分治，大小之职，岁无虚旷。用能适遐，迩之宜均，劳逸以行。由是宽传宣化，远民受赐。其间供职，或康宁者有之，疾疫者有之，奄忽者有之。康宁固无他议，疾疫、奄忽者，皆曰瘴之由也。是俾仕者，皆畏远惮瘴，而独后斯民。轻斯任哉！载之《传》曰：天有六气，淫则生疾。阴阳风雨晦明，此其常也。且二气之大，生育万物，各遂其宜，焉有异于南北而戕人乎！盖人自暴自残之耳。予谓仕有五瘴之患，避之犹未能也。若夫急征暴敛，剥下以奉上，此租赋之瘴也；深文以逞，良恶不白，此刑狱之瘴也；晨昏荒宴，废弛王事，此饮食之瘴也；侵民利以实私储，此货财之瘴也；盛陈姬妾，以娱声色，此帷薄之瘴也。有一于此，民得以怨之，神得以怒之，而后逆气成象。俾安者疾之，疾者殛之，以示天戒。虽日在辇毂下，亦不可逭①，矧其绝远乎！世之仕者，或不自知五瘴之过，止归咎于土瘴，得不谬欤！予被命遐服，忝知州事，大惧五瘴之渐行，无以箴戒，又奚惧山川之瘴乎？因为《瘴说》，以祛惑焉。

梅挚在景祐间（1034—1038）出任昭州刺史，在昭州为官两年，写下了著名的《昭潭十爱》《五瘴说》，并刻石于亭（人称梅公亭）。《五瘴说》影响深远。邹浩《读龙图梅公瘴说》诗：“市门隐去不知年，蔽芾甘棠荫乐川。五瘴作时虽不染，一篇留诫岂其然。直须镂板人皆与，庶使绵躯病可痊。更有奇方公未说，上医医国许心传。”绍熙元年（1190）在桂林为官的朱晞颜将《五瘴说》以及跋文刊刻在桂林龙隐岩的岩壁之上。

---

① 逭（huàn）：逃；避。

51

横县“好祭伏波祠”

小郡横山外，居民半岛夷。
路偏逢客少，地湿见秋迟。
铜鼓侵城角，蛮旌接使麾。
平生闻义勇，好祭伏波祠。

诗题为《送杜横州》，作者刘敞。杜杞（1005—1050），字伟长，宝元年间（1038—1039）知横州，庆历四年（1044）为广南西路转运按察使兼安抚使。横州伏波祠，即今横县伏波庙，为全国重点文物保护单位。东汉建武十七年（41）朝廷派马援领兵平定交州刺史部交趾郡的内乱。因征途要经江海，故封马援为伏波将军。建武十九年，马援部队完成了平乱的使命，又领导战后的重建，使当地的社会建设水平大大提升。建武二十年秋，马援胜利回京，受到嘉奖，功封新息侯。

马援一生为国征战，功留青史，在其经过的甚至没有经过的地方也留下口碑，传颂千古。原交州刺史部地区几乎处处为之立祠庙，作永远的纪念。其祠庙称“伏波庙”“伏波祠”“伏波将军庙”等。相传横县伏波庙始建于东汉。庙位于郁江乌蛮滩之畔，滩是险滩，过往船只经过此地必定要休整，要谒庙进香，故庙中香火袅袅，千年不息。《送杜横州》诗记录了横州人“好祭伏波祠”的习俗，可见横州伏波文化源远流长。

52

从宜州走出来的“三元及第”冯京

公世为宜之龙江人，从其父商宦游四方。公生而英爽俊迈，气盖一时，翰墨蹊径，绝人远甚。幼寓试武昌而发解，庆历间始与群士计偕礼部，赋《无逸为元龟》，廷试赋《盖轸象天地》。是时，朝廷尚声律之学，而公之二赋清婉浏亮，典丽遒密，曲尽声律之妙，遂为多士魁。四方之人传诵其文，模拟窃取，乞灵假宠，以雄长于词林者不可胜数。其后被遇三朝，遍历华要，出入中外且数十年。晚乃擢任政机，引经断国，虽当全盛之时，身名俱荣，能如公者盖亦鲜焉。

此节录宋代郭见义《创建三元祠碑》。碑文记载冯京的事迹。冯京（1021—1094），宋皇祐元年（1049）状元，是三元及第的状元。宋隆兴元年（1163），临桂进士李守柔知宜州，创建三元祠；乾道元年（1165），广西经略司主管机宜郭见义作此碑文。宋代地理典籍《舆地纪胜》记录宜州景物有“三元坊”“四贤堂”“天门拜相山”，皆与冯京有关。嘉泰元年（1201）任广西帅漕幕僚的文学家曾丰撰写《庆远府学建阁记》，也提及冯京。明嘉靖十三年（1534），广西督学佥事潘恩《过冯当世祠诗（并序）》：“钟灵自龙水，混迹入镡津。弱冠游武昌，奏赋历承明。”潘恩所记和郭见义的碑文说，冯京出生于宜州，青年时在藤州（镡津）生活过，后来在武昌参加科举，而后进入仕途。

53

孙览重建五咏堂

桂林为郡，千山环秀，而井邑之内，一山峙立，状如冠冕。凡州堂台亭榭，开户相倚，清辉可掬。玩之无斁[①]，游者忘归，名曰独秀山。山复有岩，可容十许人，萧爽虚凉，坐却烦暑。宋颜延年出守是邦，来游岩间，读书为文以自娱，名曰读书岩。盖纪于图志者其略如此。……余元祐五年被命承乏于此，视事累月，闻斯岩名，嘉延年好尚不凡，访求故迹，而荒崖断石，榛莽芜秽，殆不可见。乃命寺僧芟夷营葺之，创为堂轩，以面岩曲而唐人名刻犹有存者，因镵其旁，曰“颜公读书岩”。延年才高性偏，放荡不羁，前后见斥于徐羡之、刘湛辈，不能无怨。尝著《五君咏》，旨味闲淡，推重一时，然亦以此取怨当路，故又榜其上曰“五咏堂”。五咏虽非延年在桂所为，而乃平日自况也，并刻之左右。

以上文字系节录。孙览（1042—1102），字传师，江苏高邮人，元祐五年（1090）知桂州，为广西经略安抚使，任至元祐八年正月。他命名独秀峰下的读书岩为“颜公读书岩”，将《五君咏》刻石，并建“五咏堂”。《五君咏》共五首，分咏“竹林七贤”中的阮籍、嵇康、刘伶、阮咸、向秀等五人。颜延之（字延年）初为步兵校尉，以好酒疏诞，出为永嘉太守，内心怨愤，而作此诗。孙览说“五咏虽非延年在桂所为，而乃平日自况也”，故刻石于此。而后，游读书岩者，则多见一人文景观。宋沈晦《独秀山读书岩》诗句：“长哦五君咏，极目送飞鸟。”明俞安期《汝成王孙同游独秀山因憩读书岩有忆颜延之》序：“颜延之为始安时，诵读其中，而《五君咏》亦勒壁焉。”诗句：“远忆颜始安，三复五君咏。”《五君咏》石刻，是桂林独秀峰下读书岩的重要文物。

---

① 斁（yì）：厌弃，厌倦。

54

“浩荡藤州老，雄文鼓大编”

浩荡藤州老，雄文鼓大编。
声名元自重，述作许谁传。
成诵惭空久，相逢偶未缘。
承明内外相，交口誉师贤。

诗题为《依韵和仲灵禅师喜贾丞相赵翰林见称〈辅教编〉之什》，作者强至(1022—1076)，字几圣，杭州人。“藤州老”，指契嵩。契嵩(1007—1072)，俗姓李，字仲灵，自号潜子，出生于藤州镡津（今广西藤县）。七岁出家，十九岁游方天下，庆历年间居杭州灵隐寺。皇祐年间入京师，献所著书于朝廷，仁宗赐号“明教大师”。有《镡津集》二十二卷传世。其《辅教编》当时甚有影响。熙宁八年（1075）十二月，宋陈舜俞作《明教大师行业记》；元符元年（1098）中秋日，释觉范《嘉祐序》等文献记其事迹。“大编”，指《辅教编》。强至与契嵩交往诗还有《依韵和公济寄仲灵禅老》《前日奉和仲灵禅老春雨诗复辱见答走笔依元韵酬之》。

55

高僧契嵩心系乡里

姚公始以大臣荐，自布衣徒步，不由常科而直擢入官。其文章才业卓卓过人可知。今来出浔，浔故南方也，潜子南人，习知其山川风俗颇详，姑为公言之。岭外自邕管之东、潮阳之西、桂林之南、合浦之北，环数千里，国家政教所被，即其霜露雪霰沾洽已繁，瘴疠之气消伏不发，秀民瑞物日出；其风土日美，香木桂林，宝花琦果，殊名异品，联芳接茂而四时不绝。若藤若容，若浔若梧，凡此数郡者，皆带江戴山。山尤佳，江尤清。有神仙洞府，有佛氏楼观。村郭相望，而人烟缥缈。朝瞰夕阳，当天地澄霁，则其气象清淑，如张画图。然其俗质，其人淳，寡争讼，而浸知向方。吾知姚公治此民也，则其仁义之化易行。临此景也，则其清明之志益得。姚公心通，又能以大道自胜。潜子《辅教》之说，亦赖之而益传也。

这段文字出自契嵩的《送浔阳姚驾部叙》。姚公，即姚嗣宗，字因叔，华州（今陕西华县）人。为人豪放，喜谈兵。康定元年（1040），以布衣上封事，召试学士院。由此入仕途，皇祐年间（1049—1054）知浔州、龚州，存诗《浔州寒亭》《畅岩》《畅岩怀古》。契嵩，见前文所述。契嵩虽然自小出家，但仍然心系乡里，在文中向要来家乡为官的姚嗣宗介绍了家乡之美，家乡的风土人情，希望姚嗣宗施行仁政，造福一方。姚嗣宗后来成为广西名宦。《粤西文载》卷63：“姚嗣宗，皇祐初守浔州，继知龚州。平狱讼、定礼仪，百姓顺治。有循良之气。”

56

人中凤凰欧阳辟

客心如萌芽，忽与春风动。
又随落花飞，去作西江梦。
我家无梧桐，安可久留凤？
凤巢在桂林，乌哺不得共。
无忘桂枝荣，举酒一以送。

诗题为《送门人欧阳辟还桂林》，作者梅尧臣。欧阳辟（1036—？），字晦夫，灵川人，至和年间（1054—1056）与弟简一起从学于梅尧臣。欧阳辟学成离开时，梅尧臣赠诗，誉之为凤凰，是难得的人才。欧阳辟于元祐六年（1091）中进士，后来任雷州石康县令。在桂林与曹辅有交游。绍圣三年（1096）正月，曹辅作《同欧阳晦夫邂逅游风洞》诗，摩崖于桂林普陀山。此年欧阳辟作《遇仙记》，后来其孙子摩崖于桂林南溪山刘仙岩。元祐五年（1090）正月二十一日，黄庭坚《跋梅圣俞赠欧阳晦夫诗》："元祐己巳、庚午，乃见欧阳君于京师。其人长鬣，眉目深沉，宜在丘壑中也。用圣俞之律作诗数千篇，今世虽已不尚，而晦夫自信确然。今当为掾龚州，待岁月于桂林里中。"苏轼于元符三年（1100）六月二十日渡海北归，七月四日至廉州，八月二十九日离开廉州。其间作《梅圣俞之客欧阳晦夫使工画茅庵己居其中一琴横床而已曹子方作诗四韵仆和之云》《欧阳晦夫惠琴枕》等诗。欧阳辟有诗《寄京师画院待诏王公器》、词《临江仙（九日登碧莲峰）》传世。

57

平南畅岩“清风不断名犹在”

寒谷长留九秋气，畅岩别是一壶天。
清风不断名犹在，还继宣尼出圣贤。

诗题为《畅岩怀古》，作者姚嗣宗。今广西平南县“八景”之一的畅岩怀古，指重点文物保护单位“畅岩石山二程夫子读书遗址(包括石刻)”。二程，即程颢（又称明道先生）、程颐（又称伊川先生）。二程之父程珦于庆历七年（1047）知龚州，皇祐三年（1051）自龚州还。周敦颐于庆历中游广西，寓居浔州（今桂平市）。二程从学于周。皇祐年间（1049—1054）知浔州、龚州的姚嗣宗，作此诗时，离周在畅岩教二程不久，以“还继宣尼出圣贤”称誉周敦颐。但历史似乎在证明姚嗣宗有先见之明，从畅岩不但走出圣贤周敦颐，还走出圣贤“二程”。

58

徐噩——《绿珠渡》题诗第一人

早出绿萝村，晚过绿珠渡。
日落白州城，草荒梁女墓。
江水流古今，滔滔不相顾。
今人不见古时人，依旧青山路如故。

诗题为《绿珠渡》，作者徐噩（？—1052），字伯殊，白州（今广西博白）人。宋仁宗朝举于乡，摄知宜州，擢白州长史。皇祐四年（1052），侬智高暴动，十二月徐噩随陈曙出兵昆仑关，于金城驿（旧址在今南宁五塘镇）力战而亡。绿珠渡，即今博白县绿珠镇绿萝江与南流江的交汇渡口。梁女，即绿珠。相传古代美女绿珠姓梁，绿萝江边绿萝村人。绿珠渡，因绿珠而成的一方名胜。今存有关诗篇，最早的即是白州同乡徐噩这一诗篇。后来赋诗者颇多，如明嘉靖时何挺之《题绿珠渡》云：“绿珠今去几千载，此地犹存井渡名。不是红颜偏薄福，只缘白璧解藏兵。落花难铸长生蒂，啼鸟空悲短命声。杳杳香魂无觅处，夕阳回首万山青。”清莫如鸿《绿珠渡》：“绿珠坠粉石家楼，立庙西乡古渡头。梁女贞魂何处去，江声不断水长流。”事过近千年后，时人吕集义、莫乃群、邓拓、胡绳等文史名流犹作“绿珠唱和诗”，传颂一时。

59

人文之光石灰铺

马渡严关口，生归喜复嗟。
天文离卷舌，人影背含沙。
江势一两曲，梅梢三四花。
登高休问路，云下是吾家。

此为陶弼《出岭题石灰铺》诗。石灰铺，在严关至兴安县城之间驿道上，因为有北宋的陶弼、黄庭坚、邹浩先后留题而知名。陶弼（1015—1078），字商翁，永州祁阳（今属湖南）人。宋庆历中（1045年前后）从杨畋军讨湖南瑶，以军功补衡州司户参军，调桂州阳朔县主簿，迁为阳朔令，又摄兴安令。后历知宾、容、钦、邕、鼎、辰、顺诸州，两知邕州，颇多善政。他在某次再来广西的途中，经过石灰铺，有感而题诗于墙壁。崇宁三年（1104）五月初一日，黄庭坚被贬赴宜州的途中经过此地，见题诗有感，题字其后。宋代庄绰《鸡肋编》卷中录陶诗并记："鲁直题其后云：'修水黄庭坚窜宜州，少休于此。观商公五言，叹尝久之。崇宁三年五月癸酉。南风小雨。'至绍兴中字墨犹存。"崇宁四年秋，黄庭坚卒于宜州；当年冬天，原被贬至昭州的邹浩北归，途经此地，见到友人的遗墨，睹物思人，伤感不已，作《见鲁直题陶商翁碑（碑在兴安石灰铺）后有感》："石上犹新墨，忘情亦叹嗟。殊恩但归骨，冷迹尚平沙。愿力消尘垢，瞻依盛宝花。人间几行泪，空洒玉川家。"

60

陶弼在钦州见“远蕃艟舶至”

宁越佳山水，南湖水浅清。
暗泉通古庙，凉气入军城。
有禁鱼常乐，无机鸟不惊。
远蕃艟舶至，海角暮潮平。

诗题为《南湖》，作者陶弼。据宋沈辽《东上合门使康州刺史陶公传》，陶弼于宋嘉祐七年至治平二年（1062—1065）为钦州知州，有政绩：“迁六宅副使知钦州。州旧治宁越，徙新城未久，上下悉草舍。弼始教人坯陶为瓦屋。未期，堂堂多大厦，至今视他州为雄。”隋大业三年（607）改钦州为宁越郡，治所先在今钦北久隆镇，唐贞观十年（636）移至今灵山旧州镇，宋天圣元年（1023）移至今钦州市区。陶弼在任上，“重葺郡城，浚治濠堑，郡治愈固”（明嘉靖《钦州志》卷8）。他建设不少亭子，并作诗《潮月亭》《桂风亭》《野香亭》《茶溪亭》《天涯亭》《直钓亭》《三山亭》《五湖亭》等。他修四面城濠，标名“五湖”——东、南、西、北、中，于《五湖亭》诗云:“七堤环绕四城隅，限隔烟波作五湖。”给五湖各赋诗一篇，皆以“宁越佳山水”起句，而《南湖》诗句“远蕃艟舶至”，见证了钦州作为“海上丝绸之路”外来船舶入中国之第一港的景象。不久，钦州成为广西对外三大贸易场之一。

61

三海岩见证“沧海桑田”

灵邑西南古洞天，我来方信海为田。
无名不入州图载，有路空闻野老传。
此日登山人采蚌，当时饮马壳留钱。
颜公昔记麻姑说，三变桑田是果然。

此为陶弼《三海岩》诗，有记云:“治平二年春，诏徙钦州灵山县治于石六山下，以便民也。夏五月，予得朝告还湖南，道由兹山，爱其林交水回，岚嫩石瘦，谓其下必有胜处，乃命邑官除道刊木。屣进，果得三岩于榛莽间。其一呀然云际，天光内通如月半破；一若巨龟壳，侧倚崖下；又一中洼上隆，前卑后昂，状如覆鼎盖于曲突灶。上端有阴罂，刀布藏焉。樵人百方，力不能到。下有盘石，螺蚌负之。予疑上古之时海渐于此。《诗》云:‘高岸为谷，深谷为陵。’岂空言哉？乃因之曰三海岩，而复为诗章，以附新邑图经云。”治平二年（1065）五月，陶弼在离任钦州知州回湖南、经灵山县的途中，开发了灵山县三海岩，他发现岩中有螺蚌壳，因而认为此地上古时为海洋，故称三个岩洞为“三海岩”。自此之后，三海岩成为一方名胜。

62

李时亮曾以“玉龙蟠此少人知”自况

白崖高瞰白云溪，洞穴通天路崄巇。
雨未作霖天下旱，玉龙蟠此少人知。

诗题为《题白龙洞》，宋熙宁八年（1075）八月四日摩崖于桂林南溪山白云洞口。作者李时亮，字端夫，博白人。仁宗嘉祐二年（1057）进士。熙宁九年（1076）五月，由桂州录事参军改为供库副使知廉州，元丰元年（1078）以供备库副使知全州，元丰五年七月改琼州。《粤西文载》卷68：“李时亮，字端夫，博白人，嘉祐中举进士，累官知廉州，有治声。尝献《平边十策》及疏时政得失，神宗嘉之。累迁检校散骑常侍兼御史大夫。时亮善属文，尤长于诗，与同官陶弼相赓和，有诗曰《李陶集》。”《李陶集》失传。著作《古碑总录》，为宋王象之、冯时行《方舆胜览》引用。其诗仅存题家乡博白县蟠龙山、飞云山以及题桂林白云洞三首。作此诗时，李时亮中进士已十八年，而职官仅仅是桂州录事参军，郁郁不得其志，诗句“玉龙蟠此少人知”，实为自况；“洞穴通天路崄巇”，表面写景，实则写为官之路险峻崎岖。从另一方面看，也可知在蹭蹬中的李时亮很自信，预计未来会有前途。

63

穿石岩倒写倒刻草书诗

极判已来不计年，斯岩体朴本浑然。
凿开混沌鸿蒙地，透见明通公溥天。
老去投林得幽处，困来枕石听潺泉。
时烹山茗供清兴，猿挂古藤鹤避烟。

诗题为《穿石岩》，作者林通，《粤西诗载》卷14收录。《粤西文载》卷68："林通，字达夫，富川人。仁宗时仕为御史，弃归隐县之豹山，人因名其山曰'隐山'，岩曰'潜德岩'。时往来郎山穿石岩，有诗云：'凿开混沌鸿蒙地，透见明通公溥天。'其学不流枯寂，当于时用，所遭不偶，遂退而终身焉。"存诗《石床》《通山洞》《穿石岩》，皆作于富川。《富川瑶族自治县志》记载：富川县穿石岩有此七律诗倒写、倒刻、倒读草书的摩崖石刻，作者是宋御史周英纠，题名"拙林道人"。其实，或许是周英纠录林通之诗而摩崖。县志记载，潜德岩有林通于熙宁七年（1074）、元丰四年（1081）题名石刻。

64

藤州东山：苏轼“醉卧松下石”

昔与徐使君，共赏钱塘春。
爱此小天竺，时来中圣人。
松如迁客老，酒似使君醇。
系舟藤城下，弄月镡江滨。
江月夜夜好，云山朝朝新。
使君有令子，真是石麒麟。
我子乃散材，有如木轮囷[①]。
二老白接䍦[②]，两郎乌角巾。
醉卧松下石，扶归江上津。
浮桥半没水，揭此碧鳞鳞。

诗题为《徐元用使君与其子端常邀仆与小儿过同游东山浮金堂戏作此诗》，作者苏轼。苏轼，字子瞻，号东坡居士。入元祐党籍，贬职至琼州，绍圣四年（1097）五月十一日，与弟辙相遇于藤州，为江月楼题榜。徐畴，字元用，时为藤州知州。苏轼在藤州期间，得到徐的热情招待，徐曾邀请苏轼带儿子同游东山浮金堂。

浮金堂为藤州名胜。李纲《同曹使君登浮金亭》：“绕堂松竹散扶疏，枕带江山美有余。神物化龙同剑浦，双溪成字类桐庐。朝云夜月随时好，栖鹭飞鸥迥自如。茗饮相从得清赏，坐令胜事踵苏徐。”诗中的“苏徐”即苏轼、徐畴。元代费克忠《浮金亭记》：“旧有浮金亭，在今东山李卫公祠前。宋绍圣间，苏东坡迁海南，舣舟登眺，举酒赋诗，曰：‘爱此小天竺，时来中圣人。’又曰：‘江月夜夜好，云山朝朝新。’盖言其江山形胜似天竺，云山江月如钱塘，使人胸次洒落，殊不知瘴乡之为瘴乡也。”

---

① 囷（qūn）：古代一种圆形的谷仓。
② 接䍦（lí）：一种头巾。

65

苏轼积极推动纪念陈曙

故崇仪陈侯，忠勇绝世，死非其罪。庙食西路，威灵肃然。愿公与程之邵议之，或同一陈，乞载祀典，使此侯英魄少信眉于地中。如何，如何，然慎勿令人知不肖有言也。

这段文字出自苏轼《与广西宪曹司勋五首》之一。绍圣四年（1097）六月至元符三年（1100），被贬居海南的苏轼极力主张为陈曙立庙，写信给任广西提点刑狱的朋友曹辅（字子方），建议他与广西转运判官程之邵商议，向朝廷申请将祭祀陈曙庙列入官方祀典，而且还告诫他不要和别人说。也许是苏轼的推动起了作用，广西陈崇仪庙历来香火不断。皇祐五年（1053），陈曙与侬智高战于金城驿（今南宁市五塘镇），失利，不久于宾州被狄青处斩。宋以来，广西宾阳、桂林等地有崇仪庙。明包裕《陈崇仪庙碑》："人臣之许国，惟尽其忠之在已，而利钝成败系于天者，有不可必也。幸而事集功成，身与名俱显，安富尊荣。不幸事偾身危，则忠正刚烈之气凝结宇宙间，逼青冥，贯白日，焄蒿凄惨，自有以使人敬畏奉承，而庙食无穷，不偶然也。"南宁五塘镇在清代有崇仪庙戏台，元宵节时，当地陈明村壮族人请出陈崇仪神像游街，供人瞻仰。

66

黄庭坚赞潇湘故人“满腹文章未是贫”

万里潇湘一故人，白头亲老尚悬鹑。
环家但有千竿竹，望日空耕一亩芹。
卖剑买牛真可惜，只鸡斗酒得为邻。
劝君莫起羁愁思，满腹文章未是贫。

诗题为《赠朱冕兄弟》(一题为《过全州访朱德父》)，作者黄庭坚，字鲁直，自号山谷道人，晚号八桂老人。被入元祐党籍，崇宁三年（1104）在走向编管地宜州的途中，三月到全州，有《全州双松堂》《能仁寺》等诗篇。

朱冕，字德甫（德父），著名孝子朱道诚之子，原名扬善。嘉靖《广西通志》卷45《朱道诚传》:“冕，字德父，以郊恩官至宣教郎。冕弟衮，字补之，读书知名。元丰中王巩坐司马光党，削尚书郎籍、贬全州，冕与衮日从之游。巩尝访其家，以欣欣名其亭，为之作记，谓‘德父真纯不苟，补之开爽喜文’云。黄庭坚南迁过湘，谓因巩而识冕兄弟，尝赋诗赠之。”

67

黄庭坚赞桂林奇山“平地苍玉忽嵯峨”

桂岭环城如雁荡，
平地苍玉忽嵯峨。
李成不生郭熙死，
奈此百嶂千峰何！

此为黄庭坚《到桂州》诗，作者于崇宁三年（1104）走向编管地宜州的途中，五月到桂林。今桂林城中风光明媚的榕湖景区，有九百多年来相传的“黄庭坚系舟处”。刘克庄《题榕溪阁》诗:“榕声竹影一溪风，迁客曾来系短篷。我与竹君俱晚出，两榕犹及识涪翁。”

“平地苍玉忽嵯峨”是对桂林奇山的盛赞。宋罗大经《鹤林玉露》卷5:“桂林石山怪伟，东南所无。韩退之谓‘山如碧玉篸’，柳子厚谓‘拔地峭起，林立四野’，黄鲁直谓‘平地苍玉忽嵯峨’，近时刘叔冶云‘环城五里皆奇石，疑是虚无海上山’，皆极其形容。”

李成、郭熙，两位著名山水画家。前者为五代宋初人，后者是北宋画院大家，继承前者而自成体格。黄庭坚感叹，没有这两个大画家，很难描绘桂林山水之美。

68

秦观“醉卧古藤阴下”

苑边花外，记得同朝退。飞骑轧，鸣珂碎。齐歌云绕扇，赵舞风回带。严鼓断，杯盘狼藉犹相对。　洒泪谁能会？醉卧藤阴盖。人已去，词空在。兔园高宴悄，虎观英游改。重感慨，波涛万顷珠沉海。

此为黄庭坚《千秋岁》词，原注：“少游得谪，尝梦中作词云：‘醉卧古藤阴下，了不知南北。’竟以元符庚辰死于藤州光华亭上。崇宁甲申，庭坚窜宜州，道过衡阳。览其遗墨，始追和其《千秋岁》词。”秦观《好事近》：“春路雨添花。花动一山春色。行到小溪深处。有黄鹂千百。　飞云当面化龙蛇。天矫转空碧。醉卧古藤阴下。了不知南北。”其《千秋岁》词有句：“忆昔西池会，鹓鹭同飞盖。携手处，今谁在?”

秦观于元符三年庚辰（1100）放还，卒于藤州（今广西藤县）光华亭。宋代以来，古代光华亭有石刻宋秦观像及诗。崇宁三年（1104），黄庭坚在赴宜州贬所途中经过衡阳时读秦观的《千秋岁》词，无限感慨，作此词。

69

横州“鱼稻有如淮右”

鱼稻有如淮右，溪水宛类江南。
自是迁臣多病，非干此地烟岚。

南土四时尽热，愁人日夜俱长。
安得此身如石，一齐忘了家乡。

此为秦观《宁浦书事》六首中的两首。秦观(1049—1100)，高邮(今属江苏)人，字少游，号邗沟居士，学者称淮海先生。在“元祐党争”中被贬谪，绍圣元年(1094)贬官至处州监酒税，三年底徙郴州，四年二月编管横州，元符二年(1099)九月徙雷州，元符三年五月放还，八月十二日卒于藤州(今广西藤县)。在横州前后三年，有《冬蚊》《反初》《江月楼》等诗篇，《宁浦书事》诗中，称此地食物、风光都如江南，他在此生活，物质生活与精神生活都能习惯。如此说是自我安慰。说水稻和经济作物的栽培技术已赶上江淮，是略有夸张。其实，他不能适应这里的生活，常生病，而硬说不是烟岚水土的环境所致。

70

秦观在横州海棠桥边的一段佳话

唤起一声人悄。衾冷梦寒窗晓。瘴雨过，海棠晴，春色又添多少。　社瓮酿成微笑。半缺瘿瓢共舀。觉健倒，急投床，醉乡广大人间小。

此为秦观的《添春色（题海棠桥祝生宅）》词。《舆地纪胜》卷113：“海棠桥者，附城郭，抱林麓，大江横骛，涧流曲折，政尔幽趣。故老云：此桥之南北，旧皆海棠。有书生祝（其姓）者家其间，少游尝醉宿焉，明日题一词而去，所谓‘醉乡广大人间小’是也。郡城僻而少游尝居焉，见《怀古亭记》（蔡光祖撰）。”

《明一统志》卷85：“海棠桥在横州西，桥南北皆植海棠。有书生祝姓者家此，宋秦观尝醉宿其家，明日题一词云……”明代建海棠书院，历代至此的学者都怀念秦观。

71

大书画家米芾致程节诗

骖鸾碧玉林，琢句白琼瑶。
人间埃磕尽，青罗数分毫。
程老列仙长，磊落粹露膘。
玉沥发太和，得君同逍遥。
刻岩栖乌鸦，陟巘透紫霄。
南风匆赋鹏，即是登云轺[①]。

诗题为《送端臣先生桂林兼简信叔老兄帅坐》，作者米芾（1051—1107），著名书画家，熙宁八年（1075）十月前任临桂县尉。桂林还珠洞有题刻“潘景纯、米黻，熙宁七年五月晦，同游”。米黻，即米芾。米芾有《送潘景纯》诗。建中靖国元年（1101），米芾在江淮任发运司属官，写下此诗给到桂林任职的李彦弼（字端臣），让他带给广西帅司长官程节。诗题称程节为“老兄”；落款：上题“江湖从事米芾”，下题“建中靖国元年真州清燕堂东园书”。

程节，字信叔，元符元年至崇宁二年（1098—1103）知桂州，修缮逍遥楼并更名为“湘南楼”；又建八桂堂。李彦弼皆为之记。程节见米芾诗很高兴，反复诵读，并写下《教授推官出示米元章诗词翰俱美三四读而不能休敬书二十八字谢之》诗：“万里湘南泮水遥，清风来拂瘴烟消。袖中突兀龙蛇出，聊慰天涯久寂寥。”并于崇宁元年（1102）三月将米芾的文字和自己的诗（李彦弼录）同刻石于桂林龙隐岩。

① 轺（yáo）：轺车，古代一种轻便的小马车。

72

邹浩贬居昭州敬仰宋初名臣周渭

忠言直节动天聪，名在升平北斗中。
阴德久宜家有后，光灵今与国无穷。
庭前乌集当年柏，门外风生旧日骢。
公不世情应我顾，一觞聊复以诚通。

诗题为《周御史庙》，作者邹浩。邹浩（1060—1111），字志完，自号道乡。在朝任谏官“右正言”，因为正直敢言，得罪当道者，被列为“元祐党人”，于崇宁二年（1103）除名勒停，贬居昭州（治所在今平乐县）。四年，离开广西。在广西作诗甚多。周御史庙，在昭州，祀宋初名臣周渭。

周渭（923—999），昭州恭城（今桂林市恭城瑶族自治县）人，终官彰信军节度副使（见前记述）。周御史庙后改为嘉应庙。《明一统志》卷84：“嘉应庙，在府城北，祀宋御史周渭。凡祈祷必应。累封灵济忠显惠烈王。”恭城县东城外则有周王庙。首句赞美周渭“忠言直节动天聪，名在升平北斗中”，末句表达人间邹浩与阴间周渭“忠言直节”灵魂相通的愿望。也就是说，拜谒了周御史庙，邹浩更加坚定“忠言直节”的立场。

73

邹浩饮桂州老酒而后言“好酒如好人”

好酒如好人，虽久略不变。
炎凉互推移，气味愈可见。
岂若茅柴浆，多为众所贱。
举杯吾得师，足以警闲燕。

此为邹浩《饮桂州酒示柄》诗。宋代桂林民间名酒称为“老酒”。宋周去非《岭外代答》卷6:“诸郡富民多酝老酒，可经十年，其色深沉赤黑而味不坏。”范成大《桂海虞衡志》“志酒”:“老酒以麦曲酿酒，密封藏之，可数年。士人家尤贵重，每岁腊中家家造鲊，使可为卒岁计。有贵客则设老酒、冬鲊，以示勤。婚娶，亦以老酒为厚礼。”

从范成大、周去非的记录来看，“老酒”不一定是酒名，而是指经年陈酿。最早喝过老酒并留下记录的是邹浩，他于崇宁二年（1103）除名勒停，贬居昭州。刚到广西，他就以喝桂州酒作诗寄给留在永州的儿子邹柄。此诗，很可能是在赴昭州途中在桂林停留期间（公差送犯人至贬所要向广南西路官府办理必要的手续）所作，诗意在报平安，并以老酒的特性来教育儿子。周去非说“老酒，可经十年，其色深沉赤黑而味不坏”。邹浩则说“好酒如好人，虽久略不变”。从诗中可知，老酒的档次不低，它“岂若茅柴浆”，不是普通的低档次酒。

广西“诸郡富民多酝老酒”，邹浩在昭州仍有喝老酒的记录，《寄巡铺温昞侍禁》:“老酒盈杯谁款曲，少陵佳句谩分明。回头安福前山晓，八桂苍苍无限情。”

74

黄庭坚、邹浩钟情八桂酒

载酒来过亦可怜，
持杯先已口流涎。
香浮八桂风光胜，
波动兼金月影圆。

此为邹浩《遗酒》诗。其中的“香浮八桂风光胜”写的是八桂酒。手持酒杯，将喝未喝之际，居然流口水了。这等好酒，真是令人魂销啊。几乎在邹浩写此诗的同时，黄庭坚在宜州，常有各方人士送八桂酒。《宜州乙酉家乘》中记载：崇宁四年（1105）七月初五日，“冯才叔送八桂两壶”；八月初十日，“宋子正送八桂酒十二壶”；二十八日，“积微致糯三担、八桂四壶”。

八桂酒，一名瑞露。赵鼎《辩诬笔录》记录，他在绍兴八年（1138）知绍兴府，冬至节时，有人送“宗司瑞露酒十壶”，后来过生日时，又送十壶。宗司是执掌王室祭祀与礼仪者，瑞露酒即朝廷用酒，也许是出于广西所贡。范成大于乾道九年（1173）三月十日到达桂林，任静江府知府兼广西经略安抚使，淳熙二年（1175）正月二十八日，离开桂林赴成都府。他在所著的《桂海虞衡志》中设一节专门记录广西的名酒，其中有“瑞露酒”。他的诗篇中有此酒。在桂林时，“把酒临风瑞露倾，琼浆何用谒云英”（《次韵许季韶通判雪观席上》）；离开广西到达兴安时，与一路同来送别的二十一人畅饮，“仍呼轮袍舞，醉倒瑞露杯”（《兴安乳洞有上中下三岩妙绝南州率同僚饯别者二十一人游之》）。

75

能治头风的修仁茶

味如橄榄久方回，初苦终甘要得知。
不但炎荒能已疾，携归北地亦相宜。
岭南州县接湖南，处处烹煎极口谈。
北苑春芽虽绝品，不能消鬲御烟岚。
龙凤新团出帝家，南人不顾自煎茶。
夜光明月真投暗，怅望长安天一涯。

此为邹浩《修仁茶》诗。修仁茶，出自修仁县(治所在今桂林市荔浦县修仁镇)。被贬在宜州的黄庭坚，作《与崇宁平老书》云:“此方或不与秦塞通人烟，石硙亦无。但于日子中杵修仁茶煎饮耳。”李纲《饮修仁茶》诗:“北苑龙团久不尝，修仁茗饮亦甘芳。夸妍斗白工夫拙，辟瘴消烦气味长。江表露芽空绝品，蜀中仙掌可同行。从容饭罢何为者，一碗还兼一炷香。”范成大《食罢书字》诗后原注:“蛮茶出修仁，大治头风。”张栻《从郑少嘉求贡纲余茶》:“茗事萧疏五岭中，修仁但可愈头风。春前龙焙令人忆，知与故人风味同。”周去非《岭外代答》卷6:“静江府修仁县产茶，土人制为方镑，方二寸许而差厚，有‘供神仙’三字者上也；方五六寸而差薄者，次也；大而粗且薄者下矣。修仁其名乃甚彰。煮而饮之，其色惨黑，其味严重，能愈头风。”邹浩说，绝品茶“北苑春芽”虽然好，但是“不能消鬲御烟岚”；修仁茶虽然档次低，不登大雅之堂，而它的功效好，能够治愈打嗝，还能够防御瘴毒。

76

李师中《劝农事》

人民多因小事争斗，致有杀伤，虽骨肉至亲不相容忍。此深可哀悯！盖劝农亲民官不本教化所致。今后令佐，须晓谕乡老，令劝率子弟，勤于田农，孝养父母，内外顺和，不相欺凌。民无交争则无横死。自然天道与人事相应，无水旱凶灾。令佐不得轻远方，以为不可教诲。况此人民晓事，教诲必听。切在遵凛！

此为李师中《劝农事》文。李师中（1013—1078），字诚之，山东人，累官至提点广西刑狱、转运使、摄帅事。李师中在广西，政绩显著，主持重修灵渠，使灵渠恢复并提高了航运功能。宋嘉祐六年（1061）李师中摹刻其《劝农事》于龙隐岩。李师中在广西为官，痛感当地“人民多因小事争斗”，他据了解得出此社会问题的病因是“劝农亲民官不本教化所致”，因此要求官员不得轻视边远地区，要加强社会教育。

77

“两岸荔枝红，万家烟雨中”

子规啼破城楼月，画船晓载笙歌发。两岸荔枝红，万家烟雨中。　佳人相对泣，泪下罗衣湿。从此信音稀，岭南无雁飞。

此为李师中的《菩萨蛮(桂林题别)》词。李师中累官至提点广西刑狱、转运使、摄帅事，他在广西，尤其是在桂林，留下诗文颇多，在龙隐岩摩崖题诗有六首、词作一阕。嘉祐七年（1062）十一月，他得到知济州的任命，作《嘉祐三年九月受命来岭外七年十一月得请知济》，又作此词。上阕写桂林之美，下阕直抒对桂林恋恋不舍之情。

78

韦旻赋诗思柳亭

白云叆叆结姻缘，
半夜镆铘舞醉仙。
五百年来得书记，
罗洪溪畔浴沂年。

题为《和陶弼思柳亭韵》，作者韦旻。《明一统志》卷83：“韦旻，上林人，闭门读书，无所不通，乡人以‘书楼’目之。元祐间应举不第，遂隐于罗洪洞，据山林泉石之胜，尤善导养之术，号‘白云先生’。”

陶弼原诗：“罗池刺史寡尘缘，画戟墙头筑望仙。黄鹤与谁同一去？碧桃无主又千年。”韦旻和陶弼诗，用的是其韵，而内容却是写自己在罗洪洞隐居，无涉尘世。

思柳亭为追思唐代明哲柳州刺史柳宗元而建，今柳州市柳侯公园内的思柳亭是1949年以后的仿古建筑。思柳亭的楹联是名联，其一云：“此地有名山作主；令人想刺史当年。”其二云：“双柏仰清标，长忆养人如树；一池寻故迹，同欣凿井得泉。”

79

富川毛氏开宗之祖毛衷的诗篇

几年宦迹浪江湖，
到此功名心已无。
独上高楼翘首望，
江郎山下白云孤。

诗题为《贺州作》，作者毛衷（？—1121），浙江江山人，政和年间知贺州，有惠政。宣和二年（1120）底，任满将归，值方腊乱，遂家于贺州。历来富川毛氏奉毛衷为开宗之祖。《粤西文载》卷63："毛衷，江山人，政和间知贺州，有惠政。任满将归，值方腊乱，遂家焉。生三子。后贺与富川族姓颇繁。"清雍正《广西通志》卷86："毛衷，江山人，政和间以刑部郎知贺州。经富川，语子曰：'吾归闲日将于此卜居。'后以方腊乱，不能归，卒于官邸。其季子传遂创居于富之秀峰，以成衷志焉。"

江郎山，是毛衷家乡江山县之名山，今江郎山景区为国家级重点风景名胜区，位于浙江省衢州市江山市石门镇境内。毛衷登楼翘首向家乡方向遥望，情不能已。

80

八桂山水净化“浪子宰相”

湘江如鉴山如围，有祠如翼临清漪。
虞妃懿节俨如在，翠珉数尺绕英祠。

苍梧杳霭迷遐躅，晚云愁入修眉绿。
熏风不动五弦空，清血斑斑在山竹。

丹心如日神敢欺，抠衣下拜安所祈。
浔江不及潮阳好，此行请效黄陵祷。

这三首诗题为《二妃庙》，作者李邦彦（？—1130），字士美。北宋怀州（今河南沁阳）人。太学上舍生出身，官至少宰。无所建树，都人称“浪子宰相”。钦宗时，金兵迫东京开封府，力上割地议和。陈东领导太学生，反对投降，曾上书言其罪。高宗即位后被贬逐，死于桂州（今广西桂林）。地方志记其墓在灵川县“西三里龙田岩之南”，乃其曾孙——宋末两广领导抗元的长官李曾伯迁葬于此。李邦彦于建炎元年（1127）被贬至浔州“安置”，于建炎三年在兴安县作《三洞记》并刻石于乳洞，为桂林名胜题榜“栖霞洞”“龙隐岩”“清秀岩”刻石。

全州二妃庙，在今全州县内，位于罗江与湘江交汇的台地最高处，建于汉初平元年（190），历代香火不息，1945年被入侵全州的日军焚毁。唐柳宗元有《湘源二妃庙碑》文，宋柳开《讽虞嫔诗》，陶弼《二妃庙》诗，林岊《重修二妃庙》文等。“丹心如日神敢欺，抠衣下拜安所祈”，李邦彦非常虔诚礼拜“二妃”，没有“浪子”之态。

81

王安中笑谈两种生活环境

二年白玉堂，挥翰供贴子。风生起草台，墨照澄心纸。
三年文昌省，拜赐近天咫。红蓼肦御盘，金幡袅宫蕊。
晚为日南客，环堵隐乌几。朝来闻击鼓，土牛出炉市。
幽怀不自闲，欲逐春事起。安得五亩园，种蔬引江水。

诗题为《象州上元》，作者王安中（1076—1134），字履道，号初寮。元符三年（1100）进士，历任翰林学士，尚书左、右丞，建雄军节度使，大名府尹兼北京留守司公事。靖康初，被贬送象州安置。高宗即位，又内徙道州，绍兴四年卒。

建炎元年（1127），王安中在象州过年、过上元节（元宵节）。刚被贬没有多久，回忆在朝廷时的风光与奢华，对照眼前景象，王安中觉得反差很大。但是，他没有失落哀怨，而是坦然面对，甚至激起“幽怀”，追求恬静的田园生活。他在《象州》诗中也说：“象郡虽云远，王地各有宜。疏梅香度水，瘦竹笋穿篱。坐待百卉芳，春风兼四时。”他认为象州是值得留恋之地。

82

李光为象州谢氏兄弟题诗作序

象台，谢氏所居，去郡城六十余里，有溪山之胜。今琼州司户洪兄弟四人，皆以儒学得名，好贤乐善，不求闻达。右丞王复道尝馆其家，作《扶疏堂》等诗。户曹之子杰以干至昌化，数访予，执礼甚恭，若有求而不敢。问之，盖亦欲得予诗也。念方老病未暇，今晨忽来告别，无以酬其意，勉作长句送行。若亭榭之胜、景物之美，尚须异时登览而赋。杰兄弟亦四人，皆预乡荐，有声场屋云。

此为《象台》诗序，作者李光（1078—1159），字泰发，官至参知政事。绍兴十一年（1141）被贬移藤州（今广西藤县）安置，十四年再贬移琼州。象州谢洪、谢泽兄弟为乡贤，北客来，多与交游。明李贤等《明一统志》卷83：“扶疏堂在象州东南，郡人谢氏建，竹木深邃，蔚有佳致。王安中、孙觌南迁，尝寓于此。壁间俱有题。王安中诗：‘江山似慰天涯客，花卉先回岭北春。’孙觌诗：‘莫辞蜑酒一尊赤，会压瘴茅千里黄。未省谗言遭薏苡，直将空腹傲槟榔。’”象州谢洪、谢泽，宣和三年(1121)同榜进士，人称“二凤”。谢洪任琼州司户，而其子谢杰因公务至昌化县，与李光交往，分别时，李光作诗并作序。

83

官府调容州牛耕淮田

淮田一废不复秋，五夫扶犁当一牛。
番兵大入郡不守，青窠未熟官来收。
狐狸昼啸荆棘里，此事最贻廊庙忧。
羽檄征牛牛蔽野，问言万里来容州。
容州价贱苦易得，四蹄才堪一剑易。
来时草青今草黄，道路既远多死伤。
沙场草浅食不饱，夕阳时见乌衔创。
江北江南几阡陌，几牛能满千家仓？
愿言田父各努力，会见西风禾黍长。
将军官大马亦壮，肯使胡儿窥汉疆？

此诗题为《五溪道中见群牛蔽野问之容州来感其道里之远乃作短歌以补乐府之阙》，作者周紫芝（1082—1155），字少隐，号竹坡居士，宣城（今属安徽）人。历任枢密院编修官、右司员外郎。绍兴二十一年（1151）出知兴国军。著有《太仓稊米集》《竹坡诗话》《竹坡词》等。诗中记录，安徽地方因为元军（番兵）入侵后，田野荒凉，要耕种而缺牛，故朝廷下旨，从广西容州买牛。周紫芝在五溪道（在今湖南西部）看到有人驱赶漫道蔽野的牛群，咨询而知牛群的来历原委，故有感而作。

84

李纲赞许容州育材学校

治世崇儒术，胶庠寓属临。
自从驰羽檄，谁复念青衿。
贤守来南纪，宏规肇泮林。
飞翚开讲庑，鼓箧拂书蟫。
采藻绣江水，仰高都峤岑。
潜消戎马气，初习雅歌音。
洙泗道非远，张姜贤至今。
栽培成楚梓，追琢见南金。
常衮闽风变，文翁蜀化深。
愿言游学者，勉副育材心。

李纲（1083—1140），字伯纪，号梁溪居士。政和二年（1112）进士，历官至兵部侍郎、尚书右丞。靖康元年（1126）金兵入侵汴京时，任京城四壁守御使，团结军民，击退金兵。但不久即被投降派所排斥。宋高宗即位初，一度起用为相，曾力图革新内政，仅七十七天即遭罢免。建炎二年（1128）十一月，被贬谪万安军（在今海南省）安置，次年十一月到海口，十二月五日北归。南来北往，皆经过广西。建炎四年作《庚戌正月一日游都峤山留五绝句栖真观中》。为育材学校题诗，大约在此时。此诗题为《容南育材堂赞》，序言：“自学校之制废而戎马之患兴，州县长民者不复以教育为意，独容南鼎新郡庠，招徕生徒，弦诵之声不辍，诚可嘉叹。所建讲堂为名之曰‘育材’。辄成五言十韵。”在兵荒马乱之际，各地学校荒废，而此地新建学校，有声有色，值得赞许。

85

名人乘舟过灵渠的记录

淡日轻风细雨余，
阴阴溪柳映溪蒲。
清流平岸舟行疾，
野鸟时闻声自呼。

此诗题为《兴安灵渠》，作者吕本中（1084—1145），字居仁，学者称东莱先生。其父吕好问，建炎中避战乱寓居桂林石佛寺，卒于桂林。好问弟言问为桂州通判。吕本中于建炎四年（1130）秋，避乱至全州，冬天迁贺州，绍兴元年（1131）春至广东晋康，夏天至桂林，次年底北归。此诗乃吕本中避乱桂林时所作，时间是暮春柳条映溪蒲之时。诗以平实之笔写景，吕本中乘舟过此，显得颇为悠闲，心态恬静，全无避乱者惶惶之态。灵渠通航，历来乘舟过此者无数，而著名文学家、《江西诗社宗派图》作者吕本中是第一个有诗篇传世者。

86

颜延之在独秀山岩洞读书

老鹤下辽天，昂昂在林表。
霜毛临野人，逸气秋天杳。
矫矫颜始安，不受冠带绕。
清真自嵇阮，一醉万事了。
读书空谷中，生刍白驹皎。
神仙问岭岈，弓弯天宇小。
岂无素心人，幽睡共清晓！
挑达在城阙，钟磬出林杪。
试令栽桃李，照海清袅袅。
长哦五君咏，极目送飞鸟。

此为沈晦《独秀山读书岩》诗，是一篇专门赞美颜延之在此读书的诗篇。沈晦（1084—1149），初名杰，字元用，号胥山，钱塘人。宋徽宗宣和年间，举进士廷对第一，除校书郎，迁著作左郎。靖康时，金军进攻汴京，沈晦曾作为人质被扣于金朝，后得返。绍兴四年（1134），始任知镇江府、两浙西路安抚使。几年后，京口成为抗金强藩。绍兴十二至十五年（1142—1145）知静江府，选用老将罗统戍边，招抚当地少数民族诸部落首领，喻以威信，并授钱物，使其都到府所起誓愿意臣服。不久便升任徽猷阁直学士，知潭州。南朝宋景平元年（423），宋少帝任命颜延之（384—456）为始安郡（治于今桂林）太守。颜延之与谢灵运两人齐名，号称“颜谢”。颜在桂林的遗产有两件，一是留下了一句诗“未若独秀者，峨峨郛邑间”，后人据此而定名独秀山。另一件是独秀山下的读书岩，相传颜在此读书，常常吟咏《五君咏》。

87

曾几游大藤峡

一洗干戈眼，舟穿乱石间。
不因深避地，何得饱看山。
江溃重围急，天横一线悭。
人言三峡险，此路足追攀。

此为曾几《大藤峡》诗。曾几（1085—1166），字吉甫（吉父）。建炎初，为广西转运判官。绍兴中，除广西转运副使，后复为运判。在桂林石刻中，有曾几的游览题记：绍兴十八年（1148）六月十一日丁酉，曾几与张渊道、路质夫、方务德、刘方明同游桂林七星岩、冷水岩、龙隐岩，并题名刻石。在广西作诗流传颇多，《次折仲古避寇浔州韵》中云："我持十口家，不办一叶船。贼声日夜急，欲济江无边。身虽堕眢井，仰视犹有天。天理傥未爽，偷儿浪垂涎。洗心占罗池，稽首依灵泉。竟以妻子免，百神果昭然。得从浔江游，未断龙城缘。"他经过大藤峡，往来于柳州至浔州（治所在今桂平市）时作诗纪怀。曾几虽然在避乱途中，也不忘欣赏山川，"得饱看山"，陶醉美景，得出"人言三峡险，此路足追攀"的赞叹。

88

吴元美钟情《都峤山》

群峦环翠绣江隈，八叠中峰洞府开。
剑戟香炉空际列，马鞍兜子上方排。
烟笼丹灶鳌擎稳，云盖仙人鹤驾来。
观此宝玄真胜境，何须航海觅蓬莱。

作者吴元美，字仲实，福建永福（今属福州市）人，宣和六年进士（1124），绍兴八年（1138）为湖州州学教授，十一年为诸王宫大小学教授，十五年中为福建安抚司机宜。尝作《夏二子传》，借责骂蚊、蝇以讨伐秦桧父子，后被其同乡郑璋告发。二十年九月，以忤秦桧除名，被贬至容州编管。在容州一段时间，又被贬至南雄州，卒于此。二十六年七月得以平反，追复原官职。

在容州期间，为勾漏洞天中的十个洞窟作记，总序谓："天下洞凡三十有六，容南、西及鬼门关内，一郡而得三焉：南都峤、北白石、西勾漏。西山之南，去郡一舍而近古铜州也，平川中石峰千百，皆矗立特起，周围三十里，其岩穴多勾曲穿漏，故以是名。予足迹半天下，所阅名山多矣，卓绝雄杰，鲜或俪此者。"为容州濯缨石题诗，为都峤山赋诗。都峤山，今广西容县著名风景区，其中洞窟，属于道家"三十六洞天"之一。

89

康与之赋诗天涯亭

草满交州路，云连合浦山。
孤帆来境外，一郭入云间。
风俗异时改，里闾终日闲。
孤臣万里隔，泪尽鬓毛斑。

康与之，字伯可，号顺庵，词人，有《顺庵乐府》五卷。绍兴二十六年（1156）六月，被贬至钦州。二十八年三月，移雷州编管。《中国法帖全集》第八册有康与之（康顺庵）《钦州杂诗四首》，诗后题："绍兴二十八年中秋后二日书贽安远权郡清江李公。"此时康与之已移雷州编管，将在钦州写的诗四首抄录给安远县（治所在今钦州市区）知县、代理知钦州的"清江李公"。

天涯亭，嘉祐七年至治平二年（1062—1065）钦州知州陶弼所建。陶弼有《天涯亭》诗："雾雨昏昏风日骄，天涯亭畔觉魂消。"乐雷发《送广州刘叔冶倅钦州兼守事》："天涯亭畔拥提屏，丹荔黄柑满去程。"今钦州市内天涯亭是再迁后重建的。

90

石安民吟唱南山寺

仙去岩空岁月深，尚留丹灶云沉沉。
宝书百轴鬼物护，高阁三成岚气阴。
春萝秋桂有佳色，夜鹤晓猿皆好音。
明朝江上一回首，二十四峰何处寻。

诗题为《题贵州南山》，刻于今广西贵港市南山寺壁，作者石安民。《明一统志》卷83："石安民，临桂人，绍兴间举进士，为象州判官，决狱平恕。尝分教廉、藤，有文风。晚知吉阳军，未赴而卒。安民早从沈晦、胡寅游，尤受知于张浚。其后张孝祥榜其堂曰'瑞文'。弟安行、安持，与兄齐名，人号'三石'。"乾道元年（1165）秋至次年夏，张孝祥知静江府，石安民与之交游。张有《石惠叔以石斛为贶因笔赋诗》《与赵李二同年夜饮有怀石使君惠叔》，后诗中有句"北城石先生，欲唤不敢频。坐上欠此客，长怀渺无津"。贵州南山，即今广西贵港市南山，在贵港市近郊，居南山二十四峰环抱之中，是风景胜地。

南山寺始建于太宗端拱二年（989），宋太宗曾赐御书二百二十四轴（即诗句"宝书百轴"所指），宋仁宗于景祐元年（1034）曾题"景祐禅守"，故又名"景祐禅寺"。元文宗游南山时，亲笔书赠"南山寺"匾。

91

石安民题壁叠彩山

飞阁下临无地，层峦上出重霄。重阳未到客登高。信是今年秋早。　随意烟霞啸傲，多情猿鹤招邀。山翁笑我太丰标。竹杖棕鞋桐帽。

况周颐《广蕙风词话》:“按：石惠叔词《叠彩山题壁（绍兴辛未季秋二日）》(西江月）云……有刻石。”石安民，字惠叔，见《题贵州南山》诗注。石安民在绍兴十五年（1145）中进士，绍兴二十一年九月二日，当系在外为官回家探亲之时，因假期有限，故未到登高日即急迫上山观赏。他谙熟家乡山水，“飞阁下临无地，层峦上出重霄”，写出了叠彩山的主要特色。写叠彩山的词作，最早的是石安民这一作品。

92

铭记为广西做出贡献者

桂林为广右二十五州之都会，风俗淳古，分野宁固，自秦汉以来，无干戈之患。和气所熏，山川秀发……崇宁间，尚书王公祖道来帅是邦，念郡庠湫[①]隘，风教未敷，乃辟而广之，诱进学者。又采堪舆家之说，涨子癸之流，以注辛戌。环城有水，如血脉之荣一身，遂闻之朝。故大观二年，准勅著令壅隔新涨者，以盗决黄、汴二河堤防法坐之。距今应举之士，十倍前日。乡贡旧额八人而已，秋围校艺主文者，每有遗才之叹。绍兴二十六年，知昌化军事黄公齐，邦之先达也，入觐宸扆，首言静江属兴王开府，圣泽所沦，士才日茂，而取士不及下郡之半，乞稍优之。上可其奏，增解二名。先是宪使路公彬，上章言广右土产瘠薄，乞减静江夏税上供布钱，以宽民力，然不及军装布。至是黄公复乞，上亦依奏。迨今二年，匹输一缗。二侯之请也。昔子产为政于郑，舆人诵之曰："我有子弟，子产诲之；我有田畴，子产殖之。"若此邦之民，沐圣恩宽惠，膏泽涵濡，皆二三大夫推仁教养之意，而独无志？谨书其事，镌于名山，传之于后，于以昭示来世尔。

此节录《桂林盛事记》。绍兴二十九年（1159）张仲宇书《桂林盛事记》，摩崖于桂林中隐山上洞。记中所涉及的人物：1. 王祖道，崇宁三年以集贤殿修撰知桂州兼广西经略使；2. 黄齐，字义卿，临桂人，绍兴二年（1132）进士，历任富川县令、昌化知州、肇庆判官、新州知州。曾向朝廷请求减少广西上交的"军输布钱"九万多。3. 路彬，字质夫，晋阳人，提点广西刑狱，广西名宦。张仲宇认为他们造福广西，将他们比作古代明哲子产。张仲宇，临桂人，于绍兴间以词翰名于世，与同郡石安民相引重。桂帅张栻、张孝祥、范成大咸宾礼之。

---

① 湫（jiǎo）：低洼。

93

哲学家胡寅与黄齐交往情深

雨岸溪纹蹙，风亭柳带萦。
借留无上策，送别有兼程。
望杳云间旆[①]，班余野外荆。
路从簪玉去，增我故山情。

此为胡寅《送黄权守归八桂》三首之一。胡寅（1098—1156），字明仲，学者称致堂先生，宋建州崇安（今福建武夷山市）人，后迁居衡阳。宣和三年（1121）进士，靖康元年（1126），除秘书省校书郎，历官司门员外郎、起居郎、永州知府、中书舍人、礼部侍郎兼侍讲、徽猷阁直学士。秦桧当国，乞致仕，归衡州。因讥讪朝政，桧将其安置新州（治所在今广东新兴县）。上诗所及的人物，是代理新州郡守的临桂人黄齐（字义卿）。

据《胡寅年谱》，胡寅在新州期间与黄齐有关的诗文：绍兴二十年，《新州竹城记》《喜义卿得子端倅摄新守》；二十一年，《黄倅生日送茶寿之》《和黄倅祈求有应》；二十二年，《送黄权守归八桂》《迓黄守再来二首》。《新州竹城记》谓："义卿勤于职业，厚于爱民，兴利补弊甚众，新兴户知之，若推排丁口以均徭，赋役不及士，既新子城楼观雉堞，又作南门及竹城，则其最大者也。"送别黄齐归八桂后再来，胡寅作《迓黄守再来二首》，其二云："柴扉虽设悄无邻，听说君来气又振。鸥鹭点开愁意思，诗书吟起病精神。也知憔悴嫌杯酒，可尚谈谐对席珍。旌旆悠悠将入眼，争除三径待朱轮。"

---

① 旆（pèi）：古代旌旗末端形状像燕尾的飘带，泛指旌旗。

94

冰井建设又一人

驱车出东门，弭节访冰井。
寺古栋宇倾，碑折苔藓屏。
源泉池中生，莹净可鉴影。
命僧旋汲之，入口胜霜冷。
试烹白云茶，碗面雪花映。
清泠涤烦襟，润泽劳瓶绠。
可以濯我缨，悠然脱尘境。

此为任诏的《冰井》诗。任诏，字子严，绍兴二十一年（1151）知梧州。他考察冰井，发现冰井寺和冰井碑都荒凉败坏，“寺古栋宇倾，碑折苔藓屏”，因加以建设。他把冰井建成双井，“右清左浊”。经他建设的双井，在明代尚存。明田汝成《觐贺将行游广西诸山记》记录于嘉靖十九年（1540）所见：“冰井寺有泉，正出唐经略使元结饮而甘之，作《漫泉铭》。隔江二里许为火山，故有‘火山无火，冰井无冰’之语。宋知州任诏砌为双井，右清左浊，至今存焉。”

95

松纹剑动陆放翁

十年学剑勇成癖，腾身一上三千尺。
术成欲试酒半酣，直蹑丹梯削青壁。
青壁一削平无踪，浩歌却过连花峰。
世人仰视那得测？但怪雪刃飞秋空。
老胡畏诛奉约束，假息渔阳连上谷。
愿闻下诏遣材官，耻作腐儒常碌碌。

陆游此诗题为《融州寄松纹剑》。陆济，字子楫，陆游堂侄子，知融州。寄松纹剑给陆游的当系其人。曾敏行《独醒杂志》卷4记述："融州守陆济子楫遗黄钢剑，且云惟融人能作之。盖子楫未详黄钢之说矣。予尝居湘，时见瑶人岁来谒象庙，各佩一刀，乃所谓黄钢者，惟诸蛮能作之。其俗：举子，姻族来劳视者各持铁投其家水中，逮子长授室，大具牛酒，会其所尝往来者，出铁百炼，尽其铁以取精钢，具一刀，不使有铢两之羡。故其初偶得铁多者，刀成，铦利绝世，一挥能断牛腰。其次，亦非汉人所能作，终身宝佩之。汉人愿得者，非杀之不能取也。"罗椅《谢南剑黄使君赠松纹剑》诗："使君袖里玉渊虬，曾截蛮江江上流。海立山摇三尺外，风盲雨怪一时休。民元不许佩牛犊，客政何妨弹蒯缑。遮莫尘清便回使，青山犹赦郅支头。"按，融州治所在今融水县，位于"蛮江江上流"。

96

两部名著作者的对话

青灯相对话儒酸，老去羁游自鲜欢。
昨夜榕溪三寸雨，今朝桂岭十分寒。
知心海内向来少，解手天涯良独难。
一笑不须论聚散，少焉吾亦跨征鞍。

此为范成大《送周直夫教授归永嘉》诗。范成大于乾道九年（1173）三月到桂林，知静江府兼广西经略安抚使，淳熙二年（1175）正月离开桂林赴成都府。到桂林后著《骖鸾录》，离开桂林后著《桂海虞衡志》。周去非，字直夫，浙江永嘉人，隆兴元年（1163）进士，后在广西任地方小官，淳熙年间任钦州教授，离任后著有《岭外代答》。《桂海虞衡志》《岭外代答》这两部名著，是广西乃至岭南的重要历史文献。两人虽然官位悬殊，但并不妨碍交谊情深。“青灯相对话儒酸”，不知都说了些什么，而可以肯定的是，他们相见恨晚，言谈甚欢，结下了深厚的友情。

97

桂山之奇，“宜为天下第一”

余尝评桂山之奇，宜为天下第一。士大夫落南者少，往往不知，而闻者亦不能信。余生东吴，而北抚幽蓟，南宅交广，西使岷峨之下，三方皆走万里，所至无不登览。太行、常山、衡岳、庐阜，皆崇高雄厚，虽有诸峰之名，政尔魁然大山、峰云者，盖强名之。其最号奇秀，莫如池之九华、歙之黄山、括之仙都、温之雁荡、夔之巫峡，此天下同称之者，然皆数峰而止尔。又在荒绝僻远之濒，非几杖间可得。且所以能拔乎其萃者，必因重冈复岭之势，盘亘而起，其发也有自来。桂之千峰，皆旁无延缘，悉自平地崛然特立，玉笋瑶篸，森列无际。其怪且多如此，诚当为天下第一。韩退之诗云：“水作青罗带，山如碧玉篸。”柳子厚《訾家洲记》云：“桂州多灵山，发地峭竖，林立四野。”黄鲁直诗云：“桂岭环城如雁荡，平池苍玉忽嵯峨。”观三子语意，则桂山之奇固在目中，不待余言之赘。

此为范成大《桂海虞衡志》中《志岩洞》的序。他以曾经游览天下所见，认为岷山、峨眉山、太行山、常山、衡山、庐山、九华山、黄山、仙都山、雁荡山、巫峡等名胜皆不如桂林之山。“桂之千峰，皆旁无延缘，悉自平地崛然特立，玉笋瑶篸，森列无际。其怪且多如此，诚当为天下第一。”

98

桂林义学的最早记录

梅花五岭八桂林，青罗带绕碧玉簪。
祥刑使者两唐裔，亲领诸生到洙泗。
七星岩畔筑斋房，独秀峰尖作笔床。
买书堆上天中央，海表学子来奔忙。
中州淑气无间断，南斗文星方炳焕。
君不见日南姜相曲江张，万古清风裂云汉。

题为《题湖北唐宪桂林义学》，作者杨万里。《诚斋集》中有《与湖北唐提刑》《答湖北唐宪》，唐氏即唐弼。唐弼，字公佐，临桂人，淳熙初广西经略使张栻之幕僚，淳熙五年（1178）任广东提举市舶，庆元二年（1196）任提举常平，嘉泰四年（1204）任广东转运副使。《宋诗纪事》所录《三洲岩》诗的作者唐公佐，即唐弼。唐弼曾任职于湖北提刑司，后来回家乡做善事，获得杨万里的好评。杨万里诗中所提及的“祥刑使者两唐裔”，当系唐弼和他的兄弟。他们在桂林七星岩之畔建筑书房，购置图书，招徕学子，亲自教学。他们的义举，深受欢迎，来从学者众多，“海表学子来奔忙”。此诗是广西义学的最早记录，是广西教育史上的重要文献。

99

桂林文学首创者唐弼

古人事业不关书，圣处工夫咏舞雩。
窈窕崖居辱题品，南阳端有卧龙无？
倚天寒碧锁嵌空，咫尺丹霄有路通。
莫向明时缩头角，风云只在笑谈中。

此诗为唐弼的《敬和经略直阁寺丞赠刘升之蛰龙岩二首》。唐弼，见前记述。诗题中的“经略直阁寺丞”，指嘉定十二至十六年（1219—1222）广南西路安抚经略使、静江知府的胡槻。胡槻二首诗仅存一首，但存有诗序后跋数十字，云：“槻被命帅桂，行次清湘，升之之子子阳帅其子士华来迓，谈间及之，子阳欲得录本，因书以遗之。嘉定庚辰十月。”据此知胡槻诗作于嘉定十三年。辰山（在今桂林市辰山路桂林电器科学研究所院内），宋代桂林著名隐士刘晞（字升之）家于此，1199—1201年间广南西路安抚经略使、静江知府李大异敬佩刘晞，称之为“蛰龙”，辰山岩洞因名蛰龙岩。刘晞儿子刘居显（字子阳）将诸名流的诗文摩崖于辰山，故辰山成为桂林一名山，古代多有游览者。著名文学家刘克庄曾来游，题诗流传。

100

杨万里题桂林义庄

张氏避毡裘，邢迁来桂州。
买田同族食，作计岂孙谋。
公艺君今是，希文古罕俦。
荆花再连理，萱草更千秋。

此为杨万里《寄题八桂张松卿义庄》，末句原注："张氏避地自邢来桂，此张松卿奉母夫人之命为之。夫人高年康健云。"因蒙古铁骑南侵，张氏家族避战乱从邢州迁来桂林，张松卿（未详名讳）按照母亲的意思，购置田产，设义庄，收地租，用以赡养家族人。义庄之举，始于范仲淹。张氏义庄，有张浚义庄，希圩张氏义庄。历来设义庄者少，故杨万里对张松卿之义举甚为赞赏。而桂林张氏义庄，因杨万里诗而广为传扬。

101

钟乳石成因的最早文献《乳床赋》

吴中以水为乡，岭南以石为州。厥惟桂林，岩穹穴幽，玲珑嵯峨，磊落雕锼。虽縻绳而篝火窘，粮绝而道悠。石有脉，其何来？泉春夏而渗流。积久而凝，附赘垂疣……稽《本草》之乳床，特精犕之不侔耳。抑尝以岁而计之，十万年而盈寸。度寻丈之积，累岁合逾于千万。肇开辟而距今，邈春秋其几换。蜡屐之士，倏来亟散，讶泉乳之能坚，若朝菌之暮旦。孰知顽矿，天理密运。自立于岱，能言于晋。望夫而化，殒星而镇。生公谈妙而点头，初平叱羊而争进。凡如剑如佩，如绅如弁，如拱而侍，如坐而盼。既具人之形体，盖阅世而默见。

上节录梁安世《乳床赋》。赋文摩崖于桂林普陀山，末署：“淳熙辛丑长至，括苍梁安世拉清江徐梦莘、刘昌诗、柯山李秩、严陵邵端程、金华徐之茂、宜春孟浩来游。因论泉乳凝结，书此刻之。”刊刻于淳熙八年（1181）的这篇文献，“石有脉，其何来？泉春夏而渗流。积久而凝，附赘垂疣”。以文学之笔，解释了钟乳石的成因。科技史书对此观点给予极高的评价，因为到19世纪前期，西方才出现了关于钟乳石的类似研究和结论。梁安世（1136—？），字次张。淳熙六年为广南西路转运判官，后改提点刑狱。

102

桂林山水词中现

南国秋光过二，宾鸿未带初寒。洞中驼褐已嫌单，洞口犹须挥扇。　夕照千峰互见，晴空万象都还。羡他渔艇系澄湾，欹枕玻璃一片。

此为梁安世的《西江月》词。梁安世于淳熙六年（1179）为广南西路转运判官，次年重阳日，带领幕僚同游桂林名胜，随后作词，摩崖在桂林七星岩。词后题："淳熙庚子重九，梁次张拉韩廷玉、但能之、陈颖叔同游临桂栖霞洞，赋《西江月》词。"

梁安世在桂林还有摩崖于伏波岩的《西江月》（题伏波岩）词："怪石虚悬象鼻，清江欲贯虹腰。何人酿出碧醇醪，洗尽尘缨多少。　回波野凫长急，层岩宿鸟飞高，临流为解锦鳞绦，好去沧溟深渺。"两阕词都写出了桂林山水之美，令人向往。

103

江西十二人同乡会雅集

吾侪生江南，远近俱邻乡。一官皆为贫，糊口走四方。遇合良独难，动如参与商。谁知自有时，朋盍聚炎荒。外台参计画，幕府佐纪纲。出宰得壮县，分教莅郡庠。曹掾胜三语，簿领真仇香。不止似人喜，顿觉吾军张。合坐尊序齿，避席敬行觞。岩洞纵登览，杖屦陪徜徉。棋矢以相娱，啸歌情意长。举酒起祝规，爱我药石良。古人尚植立，君子道其常。平生学忠孝，余力从文章。临节不可夺，当官有何强？穷乃见节义，老当志弥刚。鸿秸在寥廓，骐骥终腾骧。愿言各勉旃，事业要辉光！它日先上道，富贵无相忘。

此诗于淳熙八年（1181）在桂林普陀山弹子岩刻石，有记："江西乡人同仕于广右者十有二：李蹊成叔、郭有凭克诚、潘修文叔、季石韫玉、徐梦莘商老、王璪季文、张坦明仲、蔡诜子羽、陈公璟师宋、魏沐熏父、王思咏咏之、孟浩养直。淳熙重光赤奋若仲秋中浣，讲乡会于湘南楼，过弹子岩题名，徐梦莘赋诗于后以识之。"徐梦莘，历官主管广西转运司文字、知宾州，是历史学家，著有《三朝北盟会编》。同乡会于桂林湘南楼举行，他们互报家门，谈论工作，互相鼓励——"事业要辉光!"

104

张维书房“民为重斋”

斋中寒日影珑葱，斋外参天十八公。
二十四州民乐否？莫教一物怨途穷。
玉节南来两使星，埋轮折槛有家声。
不嫌斋榜民为重，去国当时一叶轻。
德意丁宁到绿林，都捐刀剑作斋民。
皇华入奏天颜喜，趁得朝元第四春。
行边使者几时回？寄我清风欲满怀。
已把十诗镌乐石，为公满意落新斋。
蛮烟瘴雨侵行李，每向南云有所思。
定自为民忘涉险，请君细读寄来诗。

此为张孝祥《仲钦寄民为重斋诗和答》诗。张孝祥（1132—1170），字安国，号于湖居士。乾道元年（1165）知静江府兼广南西路安抚经略使。七月赴任，秋天到桂林，次年夏离任，在桂林时间约一年。张维（1113—1181），字振纲，一字仲钦，绍兴八年（1138）进士，调贺州司理参军。乾道元年（1165）擢广南西路提点刑狱，乾道二至五年知静江府。在任提点刑狱期间，命名书房“民为重斋”。他“为民忘涉险”，考察广西管辖的二十四个州（包括今广西、雷州半岛、海南岛）。他深入“绿林”，劝盗匪放下刀剑回家做良民。在考察途中寄《民为重斋诗》给张孝祥，后者以此诗作答，赞誉前者念念不忘“二十四州民乐否”，实地考察，为民做实事，不愧为参天青松。

105

广西最高长官前任对后任的夸赞

筒车无停轮，木枧著高格。
粳稌接新润，草木丐余泽。
府公为霖手，号令行顷刻。
愿持一勺水，敬往寿南伯。

诗题为《前日出城苗犹立槁今日过兴安境上田水灌输郁然弥望有秋可必乃知贤者之政神速如此辄寄呈交代仲钦秘阁》，作者张孝祥。张孝祥卸任静江府知府、广南西路安抚经略使后，张维为“交代”，临时接任。张孝祥于乾道二年离开广西、经过兴安县田野时作此诗。他说，我在任时，禾苗处于“立槁”的枯蔫状态，而张维继任后，水车飞转，高架的水枧流水淙淙，田野欣欣向荣，一片生机，秋天有望丰收，赞美临时继任者“府公为霖手，号令行顷刻”，“贤者之政，神速如此”。一般官场，少有如此赞许继任者的，只有豁达的状元出身的张孝祥能够如此。不过，继任者张维是他朋友，确实是杰出的人物。此诗还有一个特殊的史料价值：广西水车灌溉田野的最早记录。

106

广西最高长官后任对前任的铭记

环桂之郊，岩洞二十有一，皆人迹所至者。独佛岩之下有洞焉，虚明而邃幽，过之者弗顾。岂游人慕佛岩而来，穷其足力，兴尽则汲汲而去，虽欲一顾，有所不暇邪？抑视之如苦李，以为不足嗜邪？

乾道元年，予承乏按刑，尝同张使君紫薇公幽寻得之。相语曰：“斯洞蔽于昔，今自吾人始发。盍立亭于洞之前，俾来游者指为‘张公洞’，可乎？”明年使君去，予实继之。又明年，治中从事因人心之去思也，于是大书以表之。

此为张维《张公洞记》，记录了作者任广南西路提点刑狱时与安抚经略使张孝祥同游桂林中隐山佛子岩，商议改名为“张公洞”之事。张孝祥离任后第二年，即乾道三年（1167），因追思张孝祥，故正式给佛子岩命名为“张公洞”，并大书“张公洞”刻于石壁。张维《题张公洞》诗云：“年来行乐与民同，探穴追踪太史公。幽洞初开名易著，苍崖新刻句难工。风驱俗驾松扉外，云锁仙丹石室中。付与山僧司管钥，勿教胜地草蒙茸。”张维此举，乃出于对前任张孝祥的铭记。

107

提刑广西，深入绿林

公到部，按行周遍郡县。南薄瘴海，陈船欲渡。吏卒扣头更谏，公不顾。半济风作，舟师震骇，公又不为动。所至边氓叹嗷，以为百年未始见使者旌节，官吏有望风解印绶去者。还台，条上件臧否若干人，即日施行，且著为令。未满岁，就除直秘阁，知静江府，主管经略安抚司公事。公为政平易近民，拊循周洽。间召长老从容与语，授以教条，使转相告戒。禁吏妄赋，奏减经总之额。滞讼或数岁不决者，取故牍置便坐，暇日躬阅视，予夺，咸得其情，民以便安。而治军甚严，有暴横若亡匿者，立命诛斩，亡所贷。使者得盗百数，槛致之府，欲尽杀之。公为区别，诛其渠率数人，余悉遣去。

此为朱熹《右司张公墓志铭》中的文字，前部分记录张维广南西路提点刑狱时万里考察辖区的事迹，后部分记录任经略安抚使期间的事迹。关于张维的万里考察，张孝祥有一篇诗、两阕词涉及。《仲钦寄民为重斋诗和答》诗记录张维“为民忘涉险”。《念奴娇（张仲钦提刑行边）》：“幕府横驱三万里，一把平安遥接。”《鹧鸪天（提刑仲钦行部万里，阅四月而后来归。辄成，为太夫人寿）》：“去日清霜菊满丛。归来高柳絮缠空。长驱万里山收瘴，径度层波海不风。”张维横驱三万里，自冬及春历时四个月，考察广西管辖的二十四个州（包括今广西、雷州半岛、海南岛）；深入“绿林”，劝盗匪放下刀剑回家做良民，成就斐然。

108

张栻劝勉士人努力上进

从昔山川夸八桂，只今文物盛南州。
秋风万里携书剑，春日端门拜冕旒。
圣世取才先实用，儒生报国岂身谋。
且看廷策三千字，为写平时畎亩忧。

诗题为《鹿鸣燕》，作者张栻。张栻（1133—1180），字敬夫，号南轩。乾道元年（1165），主管岳麓书院教事，从学者达数千人，开创了湖湘学派。淳熙二至四年（1175—1177）知静江府，为广南西路安抚经略使。淳熙五年闰六月离开桂林，有普陀山冷水岩题名。在任期间，重视教育，祭祀尧舜，建设学校，政务多有建树。其政务事迹，朱熹《右文殿修撰张公神道碑》有详细的记录。淳熙四年，广西乡试结束后，官府招待中举的士人。作为长官，张栻作《鹿鸣燕》诗，劝勉他们努力上进，争取考进士，博取功名，实现报国的夙愿。

109

张栻赞许循吏但能之

循吏古犹少，岭民今未苏。
丁宁烦诏旨，推择得吾徒。
根本谁深念，诗书计不迂。
惟应敦此意，岂但应时须。

此为张栻《送但能之守浔州》诗，称但能之是“循吏”。但能之曾与范成大有交游，后者写诗《水乡酌别但能之主管能之将过石康》。十年后，范成大又有《但能之提刑相别十年自曲江远寄二诗叙旧良厚次韵为谢亦以首章奉怀略道湘南分携故事末篇自述年来衰病不复故吾也》诗，其一：“忆昔骖鸾识俊英，朱旛绣斧尽能名。书随庾岭一枝寄，句挟韶江九奏成。吴粤交驰清夜梦，参辰不隔故人情。何时重醉金槽曲，一洗阳关别恨平。”从诗句可见他们深厚交情。

但能之，大名为中庸，以字行。曾任浔州知州、广东提点刑狱、广东转运使。陆游《老学庵笔记》卷7：“姓但者，音若檀。近岁有岭南监司曰‘但中庸’是也。一日，朝士同观报状，见岭南郡守以不法被劾，朝旨令但中庸根勘。有一人辄叹曰：‘此郡守必是权贵所主。’问何以知之？曰：‘若是孤寒，必须痛治，此乃令但中庸根勘，即是有力可知。’同坐者无不掩口。其人悻然作色曰：‘拙直宜为诸公所笑！’竟不悟而去。”广西地方文献记此君为坦中庸，北流人，绍圣元年（1094）进士。

110

得到朱熹肯定的“邕州家法”

始予读张敬夫遗文，见所记蒋邕州事，常恨不得蒋君为人之详。一日，有新攸县蒋令者过门枉顾，出张安国所述其先墓文，则邕州公也。予惊喜，疾读数过，不能去手。又观刘文潜跋语，则又知君之遗爱在人，久而不衰也。

呜呼！世固未尝无材也，惟其生于穷荒下邑，既无以自振，而又自知贵重，不肯希世取宠，遂以陆沉下僚，不及究其所有者，为不少矣！如君之才，晚虽小试，然其志业岂遽尽于其所已试者而已耶？是可哀已！文潜所论声病，缀缉遗贤之弊，尤与人意合。章卿称攸县，尝论岭西盐法，因得扣焉，又喜邕州家法之未泯也。嗟叹不已，辄记其后云。

此为朱熹《跋蒋邕州墓志铭后》。文中提及的墓志铭是张孝祥所作的《宋安抚使蒋允济墓志铭》。蒋允济（1105—1167），字德施，兴安县人，绍兴二年（1132）进士，历任柳州柳城尉、容州普宁令，改秩知邵州新化县、贺州富川县，新州教授，通判宾州，知浔州、邕州。他的事迹，传扬甚广。朱熹在张栻遗存的文字中见所记蒋允济的事迹，因此“常恨不得蒋君为人之详”，淳熙十二年（1185）见到张孝祥写的墓志铭，而后写此跋文。所谓的“邕州家法”，即邕州知州蒋允济形成的“家法”。其“家法”没有明确的文字，大抵内容是读书上进、廉洁勤勉。

111

岳飞第三子岳霖离任志感

折腰为米本忧贫，流落天南瘴海滨。
千里云山空别恨，十年萍梗可伤神。
拊膺但觉丹心壮，览镜那堪白发新。
归去恩深知感激，只惭无德愧斯民。

此为岳霖《过灵山述怀》诗，摩崖于灵山县三海岩，有刻石题记："安阳岳商卿守钦，秩满蒙恩召还，归道兹邑，作诗述怀。"落款时间，石刻缺一个字，应为淳熙四年（1177）十二月二十日。

岳霖（1130—1192），号商卿，河南汤阴县（旧称安阳）人，岳飞的三儿子。淳熙二年（1175）知钦州，绍熙二至三年（1191—1192）知广州。其知钦州传世的事迹，见《明一统志》卷82："岳霖，淳熙间知钦州，交趾入贡，使者肆毁驿舍。霖封剑，示其都监曰：'若不葺而行，当以军法相待！'交人畏服，缮而后行。"岳霖在诗中坦言，来岭南为官是为了生计，但是自己做官报国的丹心常在。末句谦虚说，因为"无德"，没有造福钦州人民，很惭愧。能够说"只惭无德愧斯民"的长官，古今殊少，从此语可见其人之襟怀。

112

朱晞颜在伏波岩得宝物而赋诗

天教海若效珍祥，不与千林春竞芳。
掷地遗音清戛玉，凌云直干凛凝霜。
谁浮鲸海星槎到？犹带蟾宫月桂香。
冶叶浮花扫除尽，坚高直欲共天长。

此为朱晞颜《还珠洞题洞底枯木诗》，并有记云：“洞底石间得枯木一株，花叶咸无焉，而枝干峭拔，如岘山晋柏，盖石之精英凝结而成，光泽莹洁，不减冰玉。扣之，其声铿然，珊瑚不足道。以是知海物惟错其中，亦何所不有，但世人未之见耳。因成鄙句，刻之八桂堂下岩石间，以识岁月云。庆元改元小春吉日，新安朱晞颜。”诗及题记刻石于桂林伏波山还珠洞。崇祯七年五月底，邝露《玩珠洞铭序》云：伏波山试剑石“下产玉树，似珊瑚枝而白。庆元中，朱晞颜获一小枝，价值千金，刻石识之”。

朱晞颜（一作希颜），字子渊。淳熙十五年（1188）任广南西路转运判官。绍熙五年（1194）知静江府，次年即庆元元年（1195）离任。有修浚灵渠之功，在桂林题诗多，有《桂岩吟稿》一卷。

113

“桂林山水甲天下”的出处

百嶂千峰古桂州，向来人物固难俦。
峨冠共应贤能诏，策足谁非道艺流？
经济才猷期远器，纵横礼乐对前旒。
三君八俊俱乡秀，稳步天津最上头。
桂林山水甲天下，玉碧罗青意可参。
士气未饶军气振，文场端似战场酣。
九关虎豹看劲敌，万里鹍鹏伫剧谈。
老眼摩挲顿增爽，诸君端是斗之南。

此诗摩崖于桂林独秀峰下读书岩口石壁，作者是王正功，题为《嘉泰改元桂林大比与计偕者十有一人九月十六日用故事行宴享之礼作是诗劝为之驾》。王正功(1133—1203)，字承甫，庆元六年至嘉泰二年(1200—1202)任广南西路提点刑狱。在任严于执法，而对于学子，则是宽厚礼遇。任职的第二年秋，广西乡试有十一人中举，在庆祝会上，他作此诗，劝勉举人努力上进。“桂林山水甲天下”，后来成为桂林山水的最普及最简括的经典赞语。而王正功的意思不停留于自然美的讴歌，而希望钟灵毓秀，“甲天下”的山水能够出“甲天下”的人才。

114

陶崇十岁《笔山》诗

晚来设色霞成绮，秋至回文雁作行。
借问墨池何处是，一江环绕漱琳琅。

此为陶崇《笔山》诗。笔山在全州，宋代全州才子陶崇在十岁时作此诗。明代全州蒋冕《陶澈斋墓称呼辨》中记载："公字宗山。少聪敏，十岁赋《笔山》诗，有惊人句。登嘉泰二年进士第，历仕两广，召试馆职。慕柳子厚为文，尝撰《宋铙歌鼓吹曲》及《楚词七叙》以进于朝。理宗在潜邸时，公为讲读官；龙飞，被召，首陈'保业'等四事。及因轮对，又陈'郡县武备厚民生、厉士气'之论。与时宰忤，黜知信州，终于任。赠特进，谥'文肃'。有《澈斋文集》行于世。"

陶崇中举人后出席王正功的宴会（见前记述），第二年春中进士，为京官，任王子赵昀（即后来的宋理宗）的讲读官，和魏了翁同事。魏了翁在《郁林州佥书判官陶君墓志铭》中说："予识陶宗山崇于南宫、于策府、于经筵，博览强记，而娴于辞。固疑全虽楚南小郡，不为无人。"

115

宜州老子笔有神

宜州老子笔有神，蝉蜕颜扬端逼真。少模龙爪已名世，晚用鸡毛亦绝人。平生孟博吾尚友，时事骎骎[1]建宁旧。胸蟠万卷老蛮乡，独感斯文聊运肘。老子书名横九州，一纸千金不当酬。此书岂但翰墨设，心事恨恨关百忧。人言老子味禅悦，疾恶视滂宁尔切。须知许国本精忠，不幸为滂甘伏节。九原莫作令人悲，遗墨败素皆吾师。从君乞取宜州字，要对崇宁党籍碑。

此节录《宋诗纪事》卷49俞畴《跋山谷书范滂传帖》诗。俞畴，应为余铸。宋人陈骙《馆阁续录》卷9："余铸，字子寿，信州上饶人。"余铸于绍熙元年（1190）进士，官至权兵部尚书。宋吴泳有《余铸授权兵部尚书制》。刘克庄有《送余子寿》诗、《跋山谷书范滂传》文。楼钥《跋余子寿所藏山谷书范孟博传》诗，并有序云："山谷晚在宜州，或求作字。谷问：'欲何书？'则曰：'惟先生之意。'谷许以书《范孟博传》。或谓南方无复书，谷曰：'平时好读此传。虽默诵而书之。'旧闻此说，又知在上饶大夫家，愿见不可。余子寿来入制幕，博记善属文，偶谈及此，又出摹本及尊公跋语，始知其为先世旧物也。为赋长句。"宋人柴中守也有《跋山谷书范滂传帖》诗，诗句有"郡丞嗜好殊世人，投笺乞字传儿孙。平生孟博是知己，笔下写出精神骞。"黄庭坚的手书《范滂传》，今有传本。

① 骎骎（qīnqīn）：形容马跑得很快的样子，也形容事业等进展得很快。

116

戴复古眼中的来宾

君作来宾宰，听我说来宾。蛮俗无王化，当为行化人。有民无租赋，租赋出商旅。逐利遭重征，商旅亦良苦。能放一分宽，可减十分怨。不爱资囊橐，但爱了支遣。民穷赖抚摩，官贫俸不多。但得百姓安，俸薄其奈何。勿谓朝廷远，官职易迁转。律己贵廉勤，御事要明断。自县辟为州，指日为太守。须知早归来，瘴乡不可久。

题为《送来宾宰》，作者戴复古（1167—1248年后），字式之，天台黄岩（今属浙江台州）人。一生不仕，浪游江湖，后归家隐居。此诗旨在劝勉赴广西来宾任县令者（未详姓名）。来宾地处偏远，没有税赋收入，税赋出于商旅，但也不能够向商旅征税赋太多，否则会招来怨恨，“能放一分宽，可减十分怨”。虽然俸禄不多，但是能够使百姓安宁，“俸薄其奈何”。在这里做官，“律己贵廉勤，御事要明断”，未来是会有前途的，可以提升为知州。戴复古对赴任来宾的县令如此这般惇惇教诲，显示长者的风范。

117

蔡戡赞两广人物之秀

窃见知宾州蒋来叟，天资敏明，抱负瑰伟，绩文种学，敻[①]出辈流；莅官临民，动辄可纪。早中甲科，继登朝列。其人材可与中州之士颉颃，实为二广人物之秀。今守荒远小郡，规模施设，如古循吏，治行蔼闻，为一路最。特处之未得其地，用之不尽其材，使之浮沉瘴乡，诚为可惜。若假以内地麾节，渐加擢用，必有可观。

此为嘉泰三年（1203）知静江府兼广西经略安抚使蔡戡的《荐蒋来叟状》。蒋来叟（有文献记为蒋耒叟），兴安县人，淳熙五年（1178）进士，历官邕州通判、邕州知州、宾州知州。明万历《宾州志》卷6记载："蒋来叟，嘉定中知本州，实心修职，迁江县城乃其所创筑，民赖保障。"蒋来叟有《风月亭》诗："一官归去有遗亭，为广新基勒旧名。居易桃花怜半落，退之柳叶喜重荣。物华宁鲜存亡意，人世难同好恶情。不独宜觞复宜咏，满空秋色与秋声。"

① 敻（xiòng）：远；辽阔；久远。

118

桂林元祐党籍碑最早的题诗

岭外瘴魂多不返，冢中枯骨亦加刑。
稍宽末后因奎宿，暂仆中间得彗星。
早日大程知反覆，暮年小范要调停。
书生几点残碑泪，一吊诸贤地下灵。

此为刘克庄《观元祐党籍碑》诗。刘克庄（1187—1269），著名诗人，应广南西路安抚经略使、静江知府胡槻的邀请，于嘉定十五年（1222）春至桂林。至冬天时，胡槻离任，刘克庄考试及格，辞而离开桂林。在桂林时间不满一年，而游遍桂林山水，作诗甚多。林希逸《后村刘公状》："八桂佳山水，胡与公倡酬几成集。岭外帅权重，不轻饯客。公入京进卷，胡公饮别榕台，桂人以为前未有也。"《元祐党籍碑》，蔡京亲自书写"元祐党"名录，立碑昭示全国，司马光、文彦博、苏轼、秦观等三百零九人株连其中。不久蔡京失势，朝廷诏令毁碑。南宋时，"元祐党人"梁涛的后代将碑文摹本交给在静江府司理饶祖尧于庆元四年（1198）重刻于龙隐岩。二十余年后，刘克庄作此诗，成为元祐党籍碑的第一咏叹诗，后被录入《大宋宣和遗事》。

119

方信孺钟情象鼻山

不用穷探费杖藜，隐然林壑挟城陴。
曾尊月洞千岩上，更著云崖一段奇。
拂拭轩窗容俎豆，发挥泉石借声诗。
瞿昙颇似知人意，已约梅花带雪移。

此为方信孺《漓山云崖轩》诗。方信孺（1177—1223），字孚若，嘉定六至九年（1213—1216）提点广西刑狱，在桂林题刻颇多。《桂故》卷7：“了真，亦宋嘉定间僧。方提刑信孺尝过漓山，憩了真所居，爱其居后青壁回秀，每至必临顾良久。亡何，捐奉独建云崖轩于其处。他日，信孺至，喜而赋诗，且曰：‘后世谁相知方生笔研寓哉？’了真随奉信孺诗刻之壁，复为之跋。”方信孺之友、宜州教授（摄州事）张自明《和方信孺题云崖轩》诗：“万里风烟倚瘦藜，湘南曾自一登陴。云崖知在宜山麓，水月传夸古洞奇。四字丹书无梦见，千峰苍玉有谁诗。门前系马松阴下，鸦背斜阳影屡移。”两人诗中的漓山，即今俗称的象鼻山。

120

刘克庄游宋之问别墅

来瞻石像看唐碑，一径苍松映碧漪。
闻说宋公曾住此，寄声过客细吟诗。

诗题为《玄山观（宋之问别墅）》，作于嘉定十五年（1222）。宋之问（？—712），与沈佺期同为唐代著名宫廷诗人。景云元年（710）流放钦州，未赴贬所，流连于桂州（今桂林市）。太极元年（712）八月，被赐死于桂州驿。在桂林时，宋之问在城南近郭卜居，去世后，其孙夫人改故居为玄山观。唐代柳璧《玄山观记》："景云初，之问左迁，爱其地清致，卜轩榭。之问殁，夫人孙氏以为观。"刘克庄在此瞻仰了石像，看了唐碑，深有感触，对宋之问客死于此表示同情，希望后来游览者细读宋之问在桂林的诗篇。玄山观，宋代改名真山观，清代改名元山观。明代桂林著名学者张鸣凤在其《桂故》卷7记录："自宋相传真山观乃之问遗宅，今观亦失所在。"

121

刘克庄在全州游柳开读书处

子厚文章宗，仲涂岂后身。
不肯作昆体，宁来牧湘滨。
诛茅翠麓颠，日与书卷亲。
划去五季衰，挽回六籍醇。
欧尹相继出，孤唱由伊人。
风流渭已远，尚喜栋宇新。
千峰高丛丛，一江碧粼粼。
禽鱼暨草树，纤悉几案陈。
涧泉既可汲，山木亦可薪。
熟读壁间藏，痛扫毫端尘。
勖哉山中友，勿压泉石贫。

刘克庄诗，题为《书堂山（柳开守清湘读书处）》，作于嘉定十五年（1222）。柳开（947—1000），字仲涂，雍熙三年（986）知全州，为地方的安定和谐发展做出了历史性的贡献。全州城北的一座山包，相传柳开常来此读书，后人名为“柳山”。嘉定八年（1215），郡守林岊在柳开读书处增置讲堂斋舍。七年后，刘克庄在此赋诗。其后不久，全州太守在此建设“清湘书院”，并于宝庆二年（1226）获得皇帝的“赐额”。刘克庄肯定了柳开一代文坛的领袖地位，在感叹文坛偏离柳开文风的同时，看到书堂“栋宇新”，文风再起有望，甚为欣慰。

122

桂林有诗翁，大名为蒋卓

一轮皎洁冠中天，千里万里照无偏。
扫去纤尘三五夜，常教合璧十分圆。
当时播咏诗犹在，今日摩挲石可镌。
谁识寒光冰样冷，要全清白报前贤。

此诗摩崖于桂林伏波山还珠洞，落款“嘉定乙亥孟夏，元在庵主人为月光亭作”。嘉定乙亥，即嘉定八年（1215）。摩崖于桂林宝积山华景洞的长诗《石堂歌》，末后记：“淳熙辛亥岁作，嘉定乙亥刻于桂林华景洞崖石。元在庵主人。”还珠洞有题刻：“嘉定丁丑，中秋良夜，万里无云，纤尘不染。独酌月光亭下。元在庵主人蒋卓。”嘉定丁丑，即嘉定十年。咸淳元年（1265），郑会龙在桂林宝积山华景洞题刻诗《题蒋诗翁故居》：“诗翁仙去旧坛荒，云满空山花自香。老尽游人春不问，杜鹃声里几斜阳。”有关蒋卓的资料缺乏，但从以上文字可知，他隐居于桂林，陶醉于山水，常赋诗吟咏，故有“诗翁”之称。摩崖于还珠洞佚名的《戏题》诗：“日日青菜羹，夜夜黄粱梦。若问卫生术，只此是珍重。”很可能也是蒋卓的诗作。

123

容州杨妃井，饮之美姿容

妃子当年井尚存，谁栽石塔向云根。
春泉不洗开元恨，空与黥儿洗字痕。

题为《杨妃井》，作者赵希迈。这是现在可知最早有关杨贵妃原为容州人的诗篇。赵希迈，字端行，端平年间（1234—1236）任雷州通判，途经容州作此诗。杨妃井的传说，自宋末以来，历代不绝。明解缙《北流勾漏洞》有诗句“杨妃井塌风烟古”，邝露《赤雅》卷2：“杨妃井最冷冽，饮之美姿容。下多香草。在容州云凌里。”

124

天南风土别，长忆黄姚滩

数客同吟棹，羁怀得少宽。
山晴平眺远，滩涩溯流难。
饥鹊窥茶鼎，游鱼识钓竿。
天南风土别，晚岁未全寒。

此为赵希迈《黄姚滩》诗。赵希迈于端平年间（1234—1236）任雷州通判，在赴任的途中经过昭州（治所在今平乐县），有《次昭城》诗："郡小人烟密，来游契所闻。城因山势筑，江向庙头分。冻苇声如雨，春泉气似云。梅公堂上酒，客里易成醺。"其《黄姚滩》诗是在昭州时游览所得，其滩所处的水道较浅，"滩涩溯流难"。尽管舟行不便，尽管在年底要走向遥远的令人心寒的雷州，但是在此游览所见"天南风土别"，诗人心中还是漾起暖意。

125

富川毛奎开辟海南大小洞天

丁相沉吟叹夙缘，卫公精爽亦凄然。
古今惟有毛知郡，偏爱崖州小洞天。

此为毛奎《小洞天》诗。毛奎，字子文，广西富川人，淳祐间知吉阳军。明正德《琼台志》记载："毛奎能文章，通术数，知地理。修城池，移学养士。尝作大小二洞天，作记及诗数篇，人皆脍炙之。尝经营州南大小洞天为州名胜，后任满去，至南山铺，不知所往。州人于铺前山中立祠祀之。"其所经营的大小洞天名胜，今仍然是海南三亚的胜地。其于淳祐七年（1247）作《大小洞天记》，仍见存。

126

广西第一所得到朝廷承认的书院

初，公刺史全州也，作堂湖山，遐迩来学，亲为指授。迨今全人师慕如新。前牧守监司援白鹿故事，乞名书院，亡虑十数，史君杨侯苦请尤切，率尼未下。宝庆改元，程侯榆典州事，显述颠末，复请于朝，朝廷下仪曹。某时待罪春官，与尚书郎刘致一合词于朝曰："三代盛时，天下之学不一，家有塾，党有庠，术有序，盖不止天子诸侯之国有学而已。所以本朝庆历既令天下州军咸立学，又令天下大小县皆得立学，此正三代多设学校之意。况道以文而后名，文以道而为古。柳公古文之倡，实有功于斯道。今若效濂溪、东湖，令本州揭榜仍拨隶州学，一等教养，于理为顺。"丞相是之曰："此郡所当言，而朝廷所当行者。"亟言之，即日报可，名以"清湘书院"，且俾郡博士兼领之。成命初传，儒绅欣跃，斯文所系，油然有光。

此节录程珌《赐名清湘书院记》。清湘书院在全州城北柳山、宋刺史柳开读书故址。嘉定八年（1215），郡守林岊增置讲堂斋舍。宝庆元年（1225），郡守程榆奏请皇帝赐额；次年，终于获得批准。宝庆三年，郡守赵必愿建清湘书院率性堂，魏了翁作《全州清湘书院率性堂记》。同年稍后，程珌作此记，文后云："呜呼！是事更数守，历数十年乃克备，岂惟全士之幸哉！上下湘江，儒馆相望，尧舜周孔之道浸昌矣。"读此文，可知宋朝历任全州长官对书院建设的重视。此书院是广西第一所得到朝廷承认的书院。魏了翁说："今锡之号荣，殆与睢、岳、嵩、庐四书院，相为侪等。"清湘书院继睢阳、岳麓、嵩阳、庐山白鹿洞四大书院而起，跻身书院前列，并得到中原学者的认可。

127

兴安状元峰诗话

一峰高耸上参天，地势钟灵出状元。
雪霁乍疑抽紫笋，云开忽见吐青莲。
平明远捧金乌小，薄暮高擎玉兔圆。
独羡唐家贤父子，芳名留得后人传。

此为宋代欧阳麟《状元峰》诗。欧阳麟（广东地方文献记为欧阳一麟），广东曲江人，淳祐十年（1250）进士。状元峰在兴安县城东富江河畔，山高数丈，形略圆如霞钟，山上有石叩之声如洪钟，故名“钟山”。山上石壁有嘉靖十六年（1537）冬富川知县徐参手书“状元峰”三大字。《徐霞客游记》中有游览状元峰的记录。《明一统志》卷83：“在兴安县东二十里。其峰耸秀特立，宋侍郎唐则家于其旁，乡人以则父子相继登甲科，因名。”清代兴安县乡贤蒋若渊、蒋方正等有《状元峰》诗。

128

李曾伯“劝驾”诗

十年复此主文盟，喜得名邦岁贡英。
宴启鹿鸣珠照乘，堂开鹏运玉连城。
梅花雪里传魁信，桂子风前送客程。
若到天庭问南事，细陈长策为销兵。

此为宝祐六年（1258）李曾伯的《劝驾桂林乡举》诗。李曾伯（1198—1268），字长孺，号可斋。淳祐九至十年（1249—1250），宝祐五年至景定元年（1257—1260）五月，先后两次知静江府兼广西经略安抚使、转运使，先后主持了淳祐九年、宝祐六年的广西乡试。乡试结束后，官府设“鹿鸣宴”招待中举的士人。作为长官，都要“劝驾”，鼓励举子上进。第一次“劝驾”诗是淳祐九年己酉的《己酉八桂劝驾》：“快束行装稳著鞭，梅边已报小春天。程开鹏翼三千里，名继龙头二百年。花插一枝趋燕喜，云占五色对胪传。丈夫自许当如此，举酒相期共勉旃[①]。”作为宋末在岭南抗元的领袖李曾伯，在宝祐六年“劝驾”中为举人参加殿试点题：“若到天庭问南事，细陈长策为销兵。”建议举人在殿试时提出抗元的良策。次年，即开庆元年（1259），广西有唐奇震、覃登龙、管炎发、樊挺芳四人中进士。可惜，他们能够“到天庭”，而皇帝没有“问南事”。

李曾伯还有《桂林鹿鸣宴乐语口号》，也属于“劝驾”诗：“玉帐宏开会众英，崭崭头角露峥嵘。人才数半凌烟赞，姓氏推先月旦评。桂子风前鹏翮健，梅花雪外马蹄轻。两魁衣钵须争继，联辔归来昼锦荣。”

---

① 旃（zhān）：助词，“之焉”的合音。

129

张琮咏容州经略台

维摰白玉龙，曾上黄金台。
指挥十二州，意气何快哉。
江上只如旧，四面画图开。
慨怀出奇略，何地不生才。

此为张琮《题经略台》诗。张琮，绍定中知宜州，嘉熙元年（1237）在任广西提刑。《永乐大典》引《容州志》录其在容州诗三首。“指挥十二州”，容管经略使(治所在今容县）管辖容、白、钦等十二个州。此言唐代元结任容管经略使，在经略台管理所属地区。《明一统志》:“经略台，在容县南。唐经略使元结刺容州时，尝游玩于此，因名。”这里没有说经略台是元结所建，仅说他到此“游玩”过。其实，元结任容管经略使时，因当时地方不宁，其公署移于梧州。但是，历来相传与元结有关，由此增加了经略台的历史文化价值。明代区龙祯《经略台怀古》诗:“越南西去古铜开，牂牁之水何年至。别有绣江绕故台，台自开元间树帜。”“当年节钺知谁在？五筦芳名今尚闻，间有漫叟为元氏。”

130

“第一真岩岂浪名”

第一真岩岂浪名，高明洞达窈而深。
冠天下神仙胜境，副我生山水知音。
崖激湍流腾雪玉，灯摇石莹灿星金。
少焉月出东山上，何必蓬莱海上寻。

怪怪奇奇画不如，最难得者近城郛。
他仙皆逊老君有，此洞可知天下无。
徐甲青牛骖左侍，六丁白鹤导前驱。
老仙笑我来何晚，一样须眉一样臞。

此为德祐元年（1275）秋刘子荐的《游老君洞（德祐元年菊节）》诗。刘子荐，字贡伯，德祐元年知融州，后广西经略司檄为参议官。次年十一月，元兵至桂林，刘子荐带领广西地方兵死守，最终英勇殉难。《宋史》之“忠义列传”有传记。此诗是烈士的难得游兴诗。

真仙岩，在今融水县，有张孝祥“天下第一真仙之岩”八大字题于岩口（今存）。宋赵蕃有诗，题为《过曾季永见壁间张安国所书天下第一真仙之岩知有融州便托附贾季承书作二诗季永且怀季承》；又有《呈季承》，诗句“真仙岩壑君行访”自注：“融有老君岩，张安国题云‘天下第一真仙之岩’。”

131

赴安南途中赋诗思明州

风吹蛮雨滴芭蕉，杵臼敲残夜寂寥。
习得孤灯床榻畔，思明州里过元宵。

手捧槟榔染蛤灰，峒中妇女趁圩来。
蓬头赤脚无铅粉，只有风吹锦带开。

鹿酒香浓犬彘肥，黄茅冈上纸钱飞。
一声鼓绝长枪立，又是蛮巫祭鬼归。

毒虫含弩满汀沙，荒草深眠十丈蛇。
遥望天边红似火，瘴云飞落木棉花。

刺竹丛丛苦笋生，山禽无数不知名。
元宵已似春深后，龙眼花开蛤蚧鸣。

此为陈孚《思明州五首》。元至元二十九年（1292）九月初，元皇帝诏命吏部尚书梁曾、礼部郎中陈孚出使交趾。使团在思明州（治所在今宁明县城）度过至元三十年春节，其后经摩云岭至思陵州、禄州（后归越南管辖），于正月二十四日至其国都，九月回至京师。此诗记录了当地元宵节的习俗、物产。陈孚途经广西，留下诗篇颇多，诸如《马平谒柳侯庙》《过邕州昆仑关》《度摩云岭至思凌州》等，具有文学研究价值和史料价值。

132

桂林老“八景”之一:“东渡春澜”

东门东渡柳青青，雨后晴澜春水生。
月影流来波影碧，浪花飞起雪花轻。
涟漪忽动鱼翻藻，浩荡初开凫喋萍。
终日静观还有得，层层天色一舟横。

此为吕思诚《东渡春澜》诗。吕思诚（1292—1357），字仲实，平定州（今属河北）人。《粤西文载》卷63：“吕思诚，字仲实，平定州人。至元间为广西肃政廉访佥事，巡行郡县。土官有于元帅者，恃势鱼肉人，恐事觉，阴遣其子迓于道，思诚缚之，痛惩其罪。一道震肃。”为桂林八景题诗，皆存。此录其一。“东渡春澜”，指旧桂林城东门外渡口的春天风光。其位置在今解放桥头。

133

“明秀亭前水渺茫，水明山秀类潇湘”

明秀亭前水渺茫，水明山秀类潇湘。
栏杆十二东风软，蝴蝶一双春昼长。
沙暖偏宜鸥鹭宿，城高不隔芰荷香。
晚来公府无余事，闲伴诗人入醉乡。

此为刘怀远《明秀亭》诗。刘怀远，元初任昭州达鲁花赤兼管内劝农事。明秀亭，在平乐府（治所在今平乐县）。《明一统志》卷84：“明秀亭在府城南门外，元刘怀远诗……”元丁仲伦《题明秀亭》：“漓江东过昭州城，城边虚敞明秀亭。昔人创意岂云偶，爱此水秀山光明。”明正统三年（1438）蔡云翰《明秀亭记》：“唐宋而下，君子宦游之迹相继，有亭以挹①山水之秀。”

① 挹（yì）：舀。

134

元代中后期广西边陲蒙难哀歌

南镇干戈日夜陈，西山寇盗出犹频。
荒村百里无烟火，闻道官军更杀人。

比岁供输不自聊，只今氛祲[①]未全消。
阵前将士须殊死，莫倚功多气转骄。

此为傅若金《广西即事二首》。傅若金（1303—1342），字与砺，一字汝砺，新喻（今江西新余）人。元统三年（1335）秋，铁柱、智熙善奉命出使安南，傅若金为辅行，途中所作，结集为《南征稿》，收入《傅与砺诗集》中。诗中记载，广西边境地区，外来的强盗寇贼常常出没，肆意劫掠，致使边民流离失所，百里乡村无人烟。外寇不宁，内寇又生，驻防的官兵杀边民以报军功。在兵燹的荼毒下，民不聊生。

① 祲（jìn）：太阳旁边的云气，古人认为可预示吉凶，多指不祥之气。

明 代

135

朱元璋为柳州戍防兵将赋诗

城居边徼垒遐荒，烟瘴盈眸疠气茫。
日暮海风摇屋树，春秋溪水泛篱墙。
思军久戍炎蒸地，念将巡防热中肠。
但愿昊穹舒造化，洗清郁结利南乡。

此为朱元璋的《咏柳州城戍守》诗。朱元璋（1328—1398），明朝开国皇帝。《明史》卷317记录：洪武二年（1369），中书省大臣建议，把广西山地的少数民族迁入内地，以实现同化政策，减少文化冲突。朱元璋没有同意，他说只要派兵把守要害，“以镇服之，俾日渐教化，数年后可为良民。何必迁也”？他加强戍守，从外地调来兵员。故今广西有不少家族为洪武初戍防兵将后裔，如明代乡贤南宁萧云举与陈大纶、柳州计宗道。

朱元璋派兵戍守，也关怀他们，给柳州城的戍守作了诗。朱元璋希望，山地的少数民族能够“洗清郁结”，消弭矛盾，同心同德，和谐发展。

136

赴安南途中咏梧州即景

苍梧南去近天涯，六士三陈昔此家。
水合牂江通涨海，山来桂岭接长沙。
祥光夜认司空剑，爽气秋迎博望槎。
拟欲朗吟亭上客，春风归看碧桃花。

此为张以宁《梧州即景》诗，诗后原注：“剑光，乃汉赵佗埋剑之所。司空张华、博望侯张骞，皆吾家故事，今借用之。”张以宁（1301—1370），字志道，家于福建古田翠屏山下，人尊称“翠屏先生”。在元代官至翰林侍读学士，入明朝，朱元璋仍任他为侍讲学士，并派他于洪武二年（1369）出使安南。立冬时节，使团到达广西龙州，副使牛谅等先行赴安南。安南得到消息，派出接待官到龙州来迎接。此时已是次年正月初七。后来，张以宁卒于回国的途中。“六士三陈”：梧州古代著名人物。六士，指交趾太守士燮及其弟与子侄，共六人，东汉末至三国时称雄于交州；三陈，指西汉末至东汉初的陈钦、陈元、陈坚，他们祖孙三人在学术上卓有成就，尤其是陈钦、陈元两人，治“左氏春秋”，对朝野皆有影响。

137

林弼赞美龙州为世外桃源

草阁柴扉傍竹开，洞官留客意徘徊。盘遮蕉叶携殽至，瓮贮�笼送酒来。

峒丁峒妇皆高髻，白纻裁衫青布裙。客至柴门共深揖，一时男女竟难分。

近水刺桐知驿舍，倚山毛竹即人家。趁圩野妇酤甜酒，候馆溪童进辣茶。

架岩凿壁作巢居，隐约晴云碧树疏。水枧枝枝横槛似，禾囷个个小亭如。

白沙青石小溪清，鱼入疏罾艇子轻。谩说南荒风景异，此时真似剡中行。

林塘幽窈隔桑村，风磴崎岖接石门。雨过茅茨忘赤日，云深篁桂易黄昏。

龙州溪洞极南边，鸡犬桑麻自一天。流水桃花今有路，何须更觅武陵仙。

此为林弼《龙州十首》中的七首。林弼，字符凯，福建龙溪人，洪武三年（1370）、洪武十年先后两次出使安南。有《林登州遗集》。此诗写龙州的边民生活环境、生活习俗，无异世外桃源。“甜酒”，人所共知。“辣茶”，《方舆胜览》卷58记载，大宁监（治所在今重庆市巫溪县北八里前河乡）“辣茶辟岚气”，并注：“土人以茱萸咽茶，饮之可以辟岚气。以其味辛，名曰辣茶。”林弼所记龙州辣茶，不知与大宁辣茶同类否。诗中记载当地生鲜境况，与元代中后期傅若金《广西即事二首》所记“荒村百里无烟火”形成鲜明的对比，说明进入明代后，边陲地区社会趋于美好了。

138

梧州“强半广州声”

山色连苍汉，江流绕郡城。
往来横渡口，强半广州声。

出郭无车马，扶桡有女郎。
已看浮桂水，犹指渡浔阳。

当杯酣寄酒，汲井漱冰泉。
咫尺违勾漏，空令怀稚川。

旌旗沿岸出，薏苡逐车来。
矍铄铜船将，营荒半草莱。

诛茅临水曲，编竹住溪流。
歌舞春城暮，烟花自一州。

舟车头会少，泉货尾衔归。
关吏无多事，看山到落晖。

此为徐棻《苍梧即事》十二首中的六首。徐棻，明代人，生平爵里不详，存《游勾漏洞》《泊府门驿怀姚仲和却寄》《登系龙洲柬梧郡陈司马兰砌》《苍梧怀古》诗，《送梧郡陈司马兰砌游勾漏序》文。据《古今图书集成·职方典》置徐棻于蓝智前。诗中的梧州，水运繁忙，船载货物无数，渡口一带“强半广州声”，多系从广州来贸易者。女子撑船，她们很勇敢，不但走过滩陡水急的桂江，还走江宽浪大的浔江。当地军营荒废，长官廉洁，社会安宁，人平和谐，歌舞声声，处处盛世景象。其中的“寄酒”“冰泉”，即桑寄生酒和冰井泉水，皆梧州方物。

139

明初《铜鼓歌》

梓潼古祠俨且崇，殿有铜鼓悬其中。
错落交封土苍碧，斓斑乱蚀丹砂红。
上圆镜面未磨拭，下垂洞彻连中空。
高余二尺阔复倍，铁索互纽当垣墉。
粉墙丹柱烟雾合，仿像落日垂鸿蒙。
试为摩挲认奇古，爪甲惨淡生寒风。
遂令考击辨音响，大声振荡惊顽蒙。
万丈追蠡复何有，汾阴鼎鼎谁能穷。
云是伏波汉家将，奉辞伐叛开奇功。
聚铜铸此百面许，曾役壮士驱神工。
长驱大击耀威武，訇天动地如雷同。
坐收交址入掌握，象群杂沓来天东。
龙争虎战千载后，万类销铄如蒿蓬。

此节录史迁《铜鼓歌》。诗序云："予奉命之广东廉州，暇日谒孔圣庙。东南有梓潼帝君殿，悬铜鼓，款制花纹特异。云是汉伏波将军马援征交趾时所铸也。又，铜柱当州南二百余里分茅岭上。因赋此，以纪其事云。"史迁（生卒年不详），字良臣，号清斋，金坛（今江苏金坛）人。元末隐居，以教授为生。明洪武初，为蒲城令，升忻州守，后改廉州。著有《青金集》。诗中所记的明初廉州（治所在今合浦县）铜鼓，悬挂在文昌殿（梓潼帝君殿）。铜鼓较大，"高余二尺阔复倍"，鼓面径一米多。今存古铜鼓最多的是广西，它成为广西的文化符号之一。史迁的《铜鼓歌》，在铜鼓史上有重要地位。

140

洪武二十九年重修灵渠

渼潭之流抵灵川，秦人凿渠通水利。
累石为堤列陡门，中江一水分为二。
北曰湘流达洞庭，南下苍梧归海澨。
秦汉而后至于今，千百余年几兴废。
我朝洪武丙子冬，绣衣御史远乘骢，
奉命重修董斯役，规画晨夜勤丹衷。
万夫云会争趋事，咄嗟指掌收成功。
甃[①]就陡门三十六，长堤屹立如崇墉。
青山环绕湘江曲，龙母祠前春水绿。
舟航来往是通津，灌溉良田万顷足。
白云攀桂架舆梁，千秋峡路无倾覆。
朝廷兴利实为民，严公执法惟忠勤。
岂但宽仁称使者，疏通练达真良臣。
归来奏节承殊渥，晋秩尚书縻好爵。
缙绅满卷赠雄文，予笔高歌写新作。

此为吴勤《题重修灵渠卷》诗。吴勤，明代广西怀集（今属广东）人，成化十三年(1477)进士，广东四会县(今四会市)知县。诗赞美洪武二十九年丙子(1396)冬严震直重修灵渠。严震直（1344—1402），字子敏，浙江乌程（今湖州）人。洪武二十八年同任亨泰出使安南后，奉命疏浚灵渠。《明史·严震直传》记载，严震直“审度地势，导湘、漓二江，浚渠五千余丈。筑渼潭及龙母祠土堤百五十余丈，又增高中江石堤，建陡闸三十有六，凿去滩石之碍舟者，漕运悉通。归奏，帝称善”。严震直有《筑兴安堤》诗，同时颜皞有《重修灵渠赋》。

① 甃（zhòu）：井壁；用砖砌（井、池子等）。

141

黄福在太平府谒孔庙

联衔冒秋雨，出郭行晨香。
礼竟尼父庙，延登庠序堂。
白发论经史，青衿罗酒浆。
我虽不嗜饮，荷兹来意长。
文谈有益友，仁化推虞唐。
云山崒嵂[1]翠，霜橘累垂黄。
顾兹岭外俗，思我齐东乡。
归来坐精舍，一咏声琅琅。

此为黄福《永乐四年闰七月二十三日至太平八月朔偕大理公谒先师庙庙在城北因而赋此》诗。黄福（1363—1440），字如锡，昌邑（今山东昌邑市）人，永乐初为工部尚书，赴安南，负责督军饷。其《奉使安南水程日记》记录：永乐四年（1406）七月初一离京登程，闰七月“二十三日，早至太平府，馆于千户所，与大理陈公、给事冯公、佥事杜公，同事务、共炊爨”。九月“初六日，蚤起马，来龙州。夜暂驻于蹬勒驿。寻即夜行，达旦至龙州，馆于头目王二之空阁”。黄福在太平府（治所在今崇左市）拜谒孔庙后，亲自到学校讲学，传播儒学文化。

① 崒嵂（zúlǜ）：指高峻貌。

142

全州驿路松柏夹道

全南走百里，碧涧缘幽岑。
跻险屡得胜，旷望清烦襟。
道傍菀菀松，谁是甘棠阴。
闻有章大夫，昔年兹抚临。
政循俗云变，世远泽尚深。
顾兹千植繁，蓊沃犹至今。
天长日色薄，风静云满林。
我行念徒侣，苦被名迹侵。
畏影且息荫，避喧聊洗心。
据床久兀傲，思奏丘中琴。
知音何寥哉，猿鹤空哀吟。

此为王偁《全州道中（夹道松柏千株前守章复所植）》诗。王偁（1370—1415），长乐（今属福建）人，为“闽中十才子”之一。清朱彝尊《王偁传》：“王偁，字孟扬……修《永乐大典》，命充总裁官。久之，坐罪谪交趾，英国公张辅辟居幕下。”王偁在永乐五年（1407）春至九年六月主要活动于岭南，此诗当为赴安南前线途中作。

洪武元年至九年（1368—1376），章复（字彦复，江西鄱阳人）任全州同知、知州，在驿道两旁种植松树以便行人遮阴。其后这些松树成为古道上的一道风景，人称为“章公松”。受“章公松”精神的影响，历代人在道旁植松，延伸至兴安、灵川。明清人行走在全州至桂林的古驿道上，总被长长的夹道松柏所震撼，往往留下赞叹，历代有诗赞美古松、赞美章复遗泽后人的功德。在王偁作诗后不久，解缙经过此地，作《全州杂兴》诗说：“夏日行人多驻马，全州万树比甘棠。”

143

明朝第一才子解缙流连思明江

思明江上涩如灰，太子泉甘玉一杯。
见说马跑非异事，渥洼原自产龙媒。
马跑前头曙色开，溪边遥见白云回。
汲泉摇动天边月，天上银河欲下来。
太子泉头数举杯，镇南营垒尚崔嵬。
当年假道来交趾，此地曾经玉节回。

此为解缙《思明州太子泉》诗。解缙（1369—1415），字大绅，一字缙绅，号春雨、喜易，江西吉水人，洪武二十一年（1388）进士，官至右春坊大学士，参与机务。有“明朝第一才子”之称，曾任《文献大成》(后姚广孝领衔扩充为《永乐大典》）的总纂修官，永乐五年（1407）二月，被外放为广西布政司右参议，次年四月，又改任交趾布政司右参议。《粤西文载》卷15：“马跑泉，一名太子泉，在府治西。元镇南王讨占城，师还思明，士卒饮明江水，多疾。祷于神，忽马跑地有泉涌出，味甘美，汲之不涸，遂甃为井。洪武初，建楼其上。”解缙作此诗之前，有《过思明府》诗句：“太子泉头曙色开，仙桃花影覆层台。”金鉷《广西通志》卷38：“太子泉书院，在明江城西门外。明永乐间，土知府黄广成建。解缙谪交趾，尝于此与广成赋咏结欢。”太子泉书院，永乐间当地乡贤黄广成创建，在今宁明县。因在明江之畔，后改为明江书院。解缙与当地壮族首领黄广成有交谊，“太子泉头数举杯”。《宁明州志》说解缙在宁明时，“与土府黄广成讲学论文，始兴文教。迄今明江文庙附祀名宦，以公为首”。

144

解缙为壮族首领写神道碑

思明黄氏世阀阅，宗里再纪疆里截。
元室肇基光烈烈，锡以虎符兼玉节。
归朝稽首刃不血，黎民安堵无阻厄。
耕凿岂知□帝力，家庆绵绵由善积。
与国咸休子孙食，我铭斯文永康吉！

此为解缙《知思明府黄公神道碑》的铭文。碑文记录的墓主是思明府土官黄忽都（1347—1389）。黄氏故国黄州，封于楚地。迁于思明府的黄氏始祖，“宋仁宗时，狄武襄奏补成忠郎，居思明周南岸之离山”。黄忽都简要事迹：“公讳忽都，字朝显。弱冠而孤。时方大乱，邻寇陆梁，镇之以静，抚民治兵，以俟天命。后三年，为洪武戊申，国朝兵下广东，转指南宁，即遣送印章，受约束以归。民皆安堵，不知有兵。明年己酉，诏以思明路为府。赐诰命印章，民仍惮之，戒莫敢犯。暇则与其属人弋游娱乐，讲习御武。其属人皆亲附之，境内晏然安堵。后十八年，为洪武丙寅，十万山象出，害民稼穑。诏两通侯率兵二万余驱而捕之，建立驯象卫。思明府公率其民助治城、堑乡道，穷山险峻，驱除兽害。未几，得白象以献，太祖赐赉之甚厚。因言地瘴僻远，不足立卫。又明年，有诏迁卫横州。”解缙撰写的神道碑，极具史料价值。

145

“苏桥驿里枕书眠”

微官自古重英贤，
孔子当初为乘田。
况时太平边报少，
苏桥驿里枕书眠。

此为解缙《赠桂林苏桥驿夏驿丞》诗。在今永福县苏桥镇，明初设苏桥驿。洪武十年（1377），蓝智在此住宿并作诗。永乐四年（1406），苏桥驿驿丞夏惟琛任满三年，回京叙职，走访了朝中友人。惟琛离京将回苏桥驿时，侍读学士胡广发话，让在朝为官的诗人作诗送行，解缙、杨士奇等皆作诗。解缙诗中大意为：“驿丞官虽然微小，可是也可以有大出息，况且现在日子这么清闲舒服，难得啊。”小小的驿官，居然得到朝中名流的赠诗，真是三生有幸。其后，明清多有名流投宿此驿站，并有诗篇传世。

146

陈琏送龙韬退休回桂林

发轫为府推，能声已昭灼。
及为绣衣使，风采动台阁。
亦常按属郡，霜威撼山岳。
廉名彻宸聪，陟官承宠渥。
初佥浙江宪，到处询民瘼[①]。
绳纠在愆缪，激扬别清浊。
调官至滇南，岂惮路绵邈。
为政务抚绥，不专事击搏。
远人获安堵，终岁乐耕凿。

此节录陈琏《送云南龙佥事致仕回桂林》诗。陈琏（1370—1454）于洪武二十五年（1392）为桂林府学教授，“以师道自任，严立教条，日励诸生进学修德，人材遂盛于一时”。龙韬是陈琏的学生。龙韬，字君略，桂林人，建文元年（1399）举人，永乐二十年（1422）四月为浙江按察司参事，后调任云南按察佥事，正统元年（1436）四月退休。退休前上北京，拜见老师陈琏，老师“一见而欣跃”。将回桂林，老师赠诗。诗中历述他们师生的相识相知，赞美学生仕宦成就（由于诗太长，此仅录龙韬仕宦成就这部分诗句）。

① 瘼（mò）：病；疾苦。

147

“异景奇胜，钟为人物”

天下奇山秀水，钟毓灵淑，或显或晦，固未易殚记。然嵩岳降甫，峨眉孕苏，载于记传，不可诬已。衡湘而南，实为五岭之地，山水之秀，桂为最奇。南去桂百余里，南北两川先后映带，石山丛立，状如菡萏者。桂之属，曰阳朔也，异景奇胜，钟为人物，以故魁梧英杰之士，不乏乎世；而由科目显者，视他郡邑居多。

此节录黄润玉《阳朔儒学乡贡题名碑》。黄润玉（1389—1477），字孟清，鄞县(今浙江宁波市鄞州区)人。《明史·黄润玉传》:“正统初，诏推举提学官。以杨士奇荐，擢广西佥事、提督学政。时寇起军兴，有都指挥妄掠子女万余口，润玉劾而归之；副使李立入民死罪，至数百人，亦为辨释；南丹卫处万山中，戍卒冒瘴多死，为奏徙夷旷地。”黄润玉赞美阳朔山水与人文，以钟灵毓秀的文化理论，阐释阳朔科举人才“视他郡邑居多”。当然此系在山言山之论，其实广西科举人才首推临桂，黄润玉此说，无非是为了鼓励阳朔的士子上进。

148

海上丝绸之路中的天涯驿路

阜市东来接海涯，市中烟火起楼台。
几家峻宇相高下，无数征商自去来。
民俗喜从今日厚，柴门应为故人开。
圣朝自是多丰乐，常听欢声动六街。

此为饶秉鉴《天涯驿路》诗。饶秉鉴，字宪章，号雯峰，江西广昌人。《明一统志》卷53："饶秉鉴，广昌人，正统中乡举。状貌古臞，弱不胜衣。然才气锐甚，于天下事无不可为者。当唯苦心焦思，昼夜不息。官至廉州太守。及退休，尤惓惓于厚俗济人，又倡为义仓、修水利。所著《春秋提要》。"天顺三年（1459），饶秉鉴任廉州知府。古廉州治所在南流江口（今合浦县城），原"廉州八景"之一为"天涯驿路"。正统三年（1438）廉州知府朱勤有《廉州八景》诗，其中写天涯驿路："来人络绎无虚日，行旅充盈有裹粮。"在两位太守的笔下，天涯驿路商旅者、趁圩者络绎无虚日，熙熙攘攘，丰乐欢声，一派繁盛景象。今称合浦为古代"海上丝绸之路"的一个始发港，《天涯驿路》诗可谓一个有力的见证。

149

广西采木与北京宫殿

惟昔永乐初，皇帝治明堂。
取材苍梧野，在楩楠豫章。
督以给事臣，若曰伯善行。
公素侃察闻，百辟得激扬。
譬如公输子，材悉良不良。
此行固天简，公亦喜自当。
握节指八桂，伐鼓官舲扬。
惟木弥万山，计材不计章。
昂霄及耸壑，乃适于栋梁。

此为沈周《永乐初给事姚伯善采木广右被瘴客死殡及六十年至其孙榛鹤始克归葬先兆作诗记之》中的部分诗句。沈周（1427—1509），字启南，号石田，长洲（今江苏苏州）人。姚伯善，明直隶常熟人，建文元年（1399）举人出身。康熙《常熟县志》卷16：“姚伯善，字德全，擢兵科给都事中。永乐间同户部尚书夏元吉治水苏松。后广西采木，卒于全州湘山寺。”永乐皇帝建设北京宫殿，派人到外地采集适用的木材。姚伯善奉命到了广西，后殉职。其墓原在全州湘山寺旁，后迁葬回原籍。此诗中可证，永乐时北京宫殿木材有出自广西者。

150

兵部尚书张潆退休后赋闲柳山

山为徒御水为驺[①]，自信闲行得胜游。
径畔野花频换岁，岩前老桧独禁秋。
壶觞吊古伊人远，弦诵升堂见道否？
一笑浮名成底事，劳劳宦海任藏舟。

此为张潆《柳山次韵》诗。张潆（1462—1519），字仲湜，号泾川，广西平南县人，张廷纶之子，官至南京兵部尚书，加太子少傅，正德十年（1515）退休后居于全州。后来刘节作《祭泾川张司马》称："维公知名天下四十年矣。词林称敏，史局称精，讲筵称正，成均称严，秩宗称寅，司徒称慎，冢宰称明，司马而居守留都称端、称肃，才称达，守称介特，履称峻毅。天下之人，皆知之矣。"张潆在全州，喜欢至宋代明哲柳开读书处柳山，甚至在那里坐卧。知府顾璘有《柳山石壁凹深泾川公每至坐卧其中余遂表为司马岩并纪》。张潆诗首句"山为徒御水为驺"，以山为车夫、以水为侍从，想象浪漫雄奇，如此自信闲行，其乐无穷。

① 驺（zōu）：古代给贵族掌管车马的人。

151

泾川公打鱼短歌

渔舟晓集澄江湾，设栅布网如重关。
两曹分张鼓齐发，风雷簸荡波涛间。
大鱼踉跄浮额鼻，挺叉入水喧群蛮。
小鱼往往脱疏目，获少不怪阳侯悭。
割鲜稽藁总民力，地利在余焉敢匿。
载登鼎俎享群公，退食庶几无赧色。
羡余颇餍仆隶腹，细琐亦任渔人得。
堪叹结绳遗祸阶，物命公然恣人食。
南台司马初辞官，香秔细脍且加餐。
倘闻涸辙遗枯鲋，更借西江万顷宽。

此为顾璘《奉次司马泾川张公打鱼短歌》。顾璘（1476—1545），字华玉，号东桥居士，长洲（今属江苏省苏州市）人，正德四年（1509）知开封府，忤太监廖堂，谪知全州。后迁吏部右侍郎，累官至南京刑部尚书。张潆于正德十年冬退休后居全州，太守顾璘与之交游。顾璘《顾华玉集》中有多首诗篇与“泾川公”有关，如《辱泾川公惠诗谈止足之分奉答三章》《以奇石献泾川公辱报长歌辄答一首》《辨蛤和泾川公》《和泾川公纳凉以五平属上去入声作三诗》《北觐将归呈泾川公》。张潆为官清廉，退休后还亲自打鱼。香秔，即香粳，一种有香味的粳米；细脍，即鱼脍、鱼生。

152

严嵩在全州拜见座师张潆

曾随玉署瞻先达，愧谒龙门已后时。
往事殷勤劳晤语，非才流落负心知。
湘山夜雨留觞久，漓浦春波放棹迟。
别后双鱼难定觅，但吟佳句一相思。

此为严嵩《拜酬泾川公见赠》诗。正德十三年（1518）六月，翰林院编修严嵩为副使，前往桂林靖江王府，册封朱经扶为第七代靖江王。年底在全州，拜见张潆。张潆赠以诗，《赠编修严君诗》序说："编修严君，维中弘治乙丑进士，是科予为受卷官，见其制策惊人，击节称赏。既而不得预一甲之选，为之扼腕太息。往事不足深究。予谓乘除物理之数，君所就当未可量。书此识赠，以为后来左券云。"此时严嵩为谦谦君子，后来严嵩果然"文章经济古人流"。不过，严嵩最终的结局，神仙也难以预料。上诗为严嵩"拜酬"诗，对座师礼敬有加。"往事殷勤劳晤语"，师徒相见，老师殷切，细谈往事；"非才流落负心知"，学生未能有大成就，深感惭愧。其后严嵩拜见蒋昪，适值张潆在座，严嵩作《除夕全州少司徒梅轩蒋公邀集少傅敬所公之兄也致政宫傅张公泾川在座有诗次韵二首》。

153

蒋昇赞顾璘重建柳山书院

柳山自是人中杰，书院元从结构成。
射饮尚存当日旧，弦歌想见昔时情。
江山泉石真奇丽，台榭松篁任变更。
喜见顾君能复古，斯文千载有光声。

此为蒋昇《柳山书院》诗。蒋昇，字诚之，号梅轩，全州人，成化二十三年（1487）与弟蒋冕同榜进士。正德十六年（1521）任南京户部尚书，嘉靖二年（1523）致仕。柳山书院，全称“柳山清湘书院”，正德年间全州太守顾璘重修，其《柳山清湘书院图记》云：“宋刺史仲途居之，故名曰柳山。”蒋昇赞美顾璘重修书院，重振文风。

154

蒋冕对胡寅流寓全州“景仰不已”

先贤经历处，草木有辉光。
伟然千载士，况为吾致堂。
任重且道远，抑阴更扶阳。
危言数十上，惓惓为三纲。
忠直不少徇，远谪甘炎荒。
中年奉父命，省家来清湘。
尝游漱玉洞，一饮累数觞。
酒半逸兴多，挥毫扫琳琅。
至今木天上，遗书尚秘藏。
手抄还口诵，焄蒿见羹墙。
翘首仰名德，寤寐耿不忘。
何当奉公神，俎豆临郡庠。

此为蒋冕《考胡致堂先生流寓吾全岁月景仰不已遂形于诗》。蒋冕（1462—1532），字敬之，一字敬所，号湘皋，广西全州人。嘉靖三年（1524）官至内阁首辅。谥文定。有《湘皋集》传世。胡致堂，即胡寅（1098—1156），字明仲，建宁崇安（今武夷山市）人。官至秘书省校书郎。著名学者，人称致堂先生。蒋冕《致堂流寓全州考》：“致堂胡先生以绍兴二年壬子岁来吾全，有《初至清湘闻安仁帅司为曹成所袭》五言律诗四首；次年癸丑，游砻岩，有五言古诗十二韵，具皆载在《斐然集》中。”蒋冕作了胡寅流寓全州之考证后，对胡寅“景仰不已”而作诗。

155

蒋冕名词《清平乐》

青山高处，更结高楼住。风色泉声随杖履，阅过几番寒暑。　臣山不减茅山，百年风景依然。华表柱头留语，何妨两地周旋。

此为况周颐《粤西词见》所录第一人蒋冕之《清平乐》。原序："项氏风泉阁，昔在茅山，今在臣山。创于养默翁，绍于德懋上舍，缙绅士诗以咏之。余因填小词继书于后。"蒋冕《湘皋集》中有《题项氏〈绍先〉诗册后》："太学生项君德懋，既作'茅山书屋'与'风泉阁'于其所居之后臣山之下，一时缙绅士形诸笔舌，以赞咏之诗若文亡虑百数十篇。德懋裒为二帙，而以呈于阁老琼台先生干序焉。先生合而名之曰《绍先》。盖德懋之先高大父养默翁，尝作是屋与是阁于其居之南小茅山，而读书其间。当时得诗甚富。今百有余年，屋与阁既废，诗亦随之而亡。德懋以其寤寐不忘之心，而能绍述之。""琼台先生"即丘浚，其《丘浚集》中有《续溪项氏绍先诗册序》，中谓"德兴邑治之南若干里，有地名续溪，邑巨姓项氏世居焉"。

156

全州广济桥记

予尝观于天下事，与时每不相值，或可为而不屑于为，或欲为而不逮于为。虽小节细务，吾未见其能有成者也，况事之大焉者乎。观于一桥之修否，而其余皆可以概推之矣。使凡为民上者，力足以能为时可以有为；而心在于民，无难无易而必为之，以惠利吾民。如是桥之修也，则凡民所欲为而理所当为之事，莫不审时度力而为之，惟恐或后。其为惠也，岂特一桥之利而已哉。予嘉斯桥之有利于吾民也，欲记之以示来者。

此为蒋冕《全州白沙江广济桥记》(节录)，作于嘉靖六年(1527)。据其记录，此桥于嘉靖三年九月开工，次年七月竣工。为木构架桥，两端石墩，中间一石墩，“架巨木为梁，而屋其上为间者二十有四”。在桥上建屋二十四间，过桥者无风雨之虞，大大有利行人。此桥也就是“风雨桥”。蒋冕在记录修桥时抒发的议论，甚有传世价值。蒋冕《飞鸾桥修造记》所记，飞鸾桥也是风雨桥，“梁之上覆以屋四十八间”。

157

包裕名篇《麦黄歌》

大麦黄，小麦黄，家家男妇登麦场。
老者看家壮者出，旋挑野菜煮羹汤。
男鏺女刈不辞劳，麦场堆积如陵高。
烹鸡打饼荐先祖，沽酒擎樽娱父母。
舞者舞兮歌者歌，胥言收获今颇多。
忽闻官府里胥至，征讨夫钱征夏税。
须臾算尽无孑遗，老稚含悲欲诉谁。
共夸今岁麦秋好，孰知反得一日饱。
好将民隐达圣朝，撙节财用宽征徭。
古来民足君须足，莫使民有逃亡屋。

包裕（1437—？），字好问，桂林人，成化十四年（1478）进士，任抚州推官。《明一统志》卷54记载，包裕"仁恕公廉，郡无冤狱，时称为'小包公'云"。弘治元年（1488）任贵州巡按御史。雍正《贵州通志》卷54记载，包裕"宽洪仁恕，耻以鹰击鸷攫为能，凡事务通民情不怒而威，尤加意茕独，悉收之养济院，无失所者"。包裕于弘治八年（1495）四月任河南按察佥事，弘治十三年七月任云南按察司副使。有论者认为，此诗作于任河南按察佥事期间，民国《新修阌乡县志》、1992年出版的《灵宝县志》皆录此诗。

158

获得后人敬畏在于尽忠不在成败

人臣之许国，惟尽其忠之在已，而利钝成败系于天者，有不可必也。幸而事集功成，身与名俱显，安富尊荣。不幸事偾身危，则忠正刚烈之气凝结宇宙间，逼青冥，贯白日，焄蒿凄惨，自有以使人敬畏奉承，而庙食无穷，不偶然也。

此节录包裕《陈崇仪庙碑》。陈崇仪庙，祀宋广西钤辖陈曙。皇祐五年，陈曙与侬智高战于金城驿（今南宁市五塘镇），失利，于宾州被狄青处斩。绍圣四年（1097）六月至元符三年（1100）被贬居海南的苏轼极力主张为陈曙立庙，《与广西宪曹司勋》书信中谓："故崇仪陈侯，忠勇绝世，死非其罪。庙食西路，威灵肃然。愿公与程之邵议之，或同一陈，乞载祀典。"宋以来，广西宾阳、桂林等地有崇仪庙。1995年版《邕宁县志》记录元宵节习俗："五塘镇的五塘圩、陈明村壮族共同举行'崇仪斋庙'，会客，抬陈崇仪、冯三界神像游圩游村，放烟花、抢花炮、舞龙狮、唱大戏等。考其原因，相传宋时有个侬智高率兵占据邕州，带兵不带粮，祸及金城驿（今五塘圩）一带地方，庙碑记有'百姓爬梳殆尽'之事。宋时乡人以广西兵马钤辖、崇仪使、忠愍侯陈曙能为此间百民'捍大患'，故立庙曰'崇仪庙'，年年元宵节恭奉三天。"

159

李璧在剑州推行文教，功比文翁

发船挝鼓使君行，望里连云栈阁横。
此日黎元犹在念，十年格斗喜初平。
铁堂峡绕秦山远，玉垒峰连汉水清。
更喜文翁今在蜀，此行须见治功成。

此为明孙一元《送李剑州白甫》诗。李璧，字白夫（甫），武缘（今广西武鸣）人，弘治八年（1495）举人，正德十年（1515）知剑州（治所在今四川省剑阁县），多善政，后来剑州人为之铸像纪念，立庙于明伦堂侧。嘉靖四年（1525），被召赴京，任户部郎，不幸卒于途中。所著有《名儒录》《剑门新志》《宴飨乐谱》等。《四库全书》本《四川通志》载："李璧，广西人，正德中鄢蓝乱后知剑州，百废俱兴，新学校，正风俗，修城池塘堰，复射圃，建书院，刻《名儒录》以教诸生。士民祀之。"读此简介，可加深对孙一元诗的理解。孙一元将李璧比拟大名鼎鼎的文翁，可见李璧在平乱之后的"新学校，正风俗"的历史贡献。

160

别具一格的李璧歌谱

凤箫声断惊风雨，十有三弦移短柱。
江上何人一笛横，别作黄钟起宫羽。
剑州剑州何苦心，小悬钟鼓高张琴。
吴歌听罢今蜀道，金玉近来真尔音。

此为邵宝《观李剑州乐歌谱》诗。邵宝（1460—1527），江苏无锡人。成化二十年（1484）进士，官南礼部尚书，是著名学者，有《春容堂全集》《春容堂后集》《春容堂续集》等传世。邵宝聆听剑州知州李璧演奏乐歌而后赋诗，觉得常听吴歌后，今听李璧的演奏，其金玉之声，是乐歌的正谱。

李璧有著作《宴飨乐谱》一卷，见《明史艺文志》。邵宝所听到的，是李璧整理出来的乐谱。《粤西文载》卷70："李璧，字白夫，武缘人。弘治乙卯举人。授仁和县学，累官临安同知、户部员外。尝以乡射、冠昏仪节为未备，今铸钟背违古制，燕享诗乐多有声无词，遂搜辑三礼，诣太常、求观乐器。躬自裁定，咸有成书。既复考求天文，特拜灵台郎而就学焉。学官石经遗佚殆久，科贡题名石、释奠仪、钟鼓铭，无不厘正。"这个记载，有利于了解李璧乐谱。

161

明代壮族“姓同处处是华宗”

姓同处处是华宗，朝甫先加老唤公。
三界有灵焉助虐，诸冯非祀肯相容。
只将劫夺为生理，亦以均分示至公。
谁把峰峦齐一铲，平畴万里尽归农。

此为桑悦《记僮（今作壮，后同）俗六首》之一。“华宗”原注：“称同姓者为华宗。”“先加老唤公”原注：“初明朝某，长名甫某，老名公某。”桑悦（1447—1513），字民怿，苏州府常熟人。成化元年举人，会试得副榜。任柳州府通判。其文显示，桑悦于弘治五年至正德二年（1492—1507）在广西。《记僮俗六首》具有丰富的壮族民俗史料，如“亲邻相助歌迎鬼，男女分行戏打球”，“小语相侵随致怨，清欢互答自成亲”。桑悦的著述中，保存了许多广西民俗资料。

162

刘大夏在南宁闻先父事迹有感

先人于此卫苍生，不肖那知接踵行。
耆老尚能谈旧事，箕裘宁敢坠清名。
堪嗟踪迹百年易，莫讶才华两世荣。
几度绣衣坊下过，仰看遗墨不胜情。

此为刘大夏《闻邕人谈先翁旧事有感》。刘大夏（1436—1516），字时雍，华容（今湖南华容县）人，弘治十三年（1500）任两广总督。《明史》有传。此诗作于弘治三年，此时刘大夏任广东右布政使，奉命平定广西田州土官的内乱。其间所作诗篇颇多，如《登邕州城楼》《游南宁城外快活林呈广西杨大参》《南宁赴田州道中有感》《回过南宁赠邹司训》等。刘大夏的父亲刘仁宅，正统年间任广西按察副使。景泰二年（1451），土官兄弟之间发生纠纷，酿成杀戮七百人的灭门惨案。刘仁宅在南宁处理，甚为得当。父子皆名列《广西通志·名宦志》。《粤西文载》卷64："刘仁宅，字广居，华容人，永乐庚子乡荐。正统中，广西按察副使。时岭贼蜂起，柳庆路绝。公抚顺诛逆，群党乃平。景泰辛未守浔州……"

163

广西山川“瑰丽诡怪，奇伟绝特”

百粤其山川之萃乎！夫东南其下也，势之极也，天地之尽也，万物之所归也。其山川之瑰丽诡怪，奇伟绝特，固如是之多哉！或曰：不钟之人，而钟之物，故其产多南金、珠玑、玳瑁、犀象；至于草木亦秀异，而才罕焉然。自唐宋迄于今，亦彬彬矣，岂物异而才难邪？亦渐摩使之然也。

此为节录黄佐《广西山川志序》。黄佐，字才伯，号泰泉，广东香山（今属中山市）人。系著名学者，著述宏富，多有传世。正德十六年（1521）举人，嘉靖八年（1529）五月为广西按察司佥事、提督学政，嘉靖十年三月“以母病引疾乞休”。后来复出，在京任职。今存最早的《广西通志》，成书于嘉靖十年，修纂之功，出于黄佐。《粤西文载》卷65：“黄佐，字才伯，香山人，正德辛巳进士。嘉靖间为广西提学，修书院，撤淫祠，行射礼，举节孝，立乡社，择士民及猺（瑶）獞（壮）之子弟教之，风化大行。以旧通志阙略，发凡举例，为图经、为表、为志、为列传、为外志。总六十卷。历官至宫詹。”

164

吴廷举登洪崖山

海北巡行遍九场，洪崖立马看封疆。
一山界限东西广，两水分流左右江。
疫疠不愁侵我辈，风烟渐喜近吾乡。
横槎今昔逢交旧，应有新吟和海棠。

此为吴廷举《过洪崖山望横槎》。吴廷举（1462—1527），字献臣，号东湖，梧州人，正德十年（1515）任广东右布政使，十二年转任左布政使，最后官至工部尚书，嘉靖四年（1525）十月致仕，隆庆元年（1567）七月追赠太子少保。此诗作于任广东布政使期间。明嘉靖《钦州志》卷1：洪崖山“在县东北三十里洪崖都。山极高大，发脉自广西南山。登高远望，诸山皆为陪嵝。广西横州官路经其巅，东为本县，西为广西横州。苍梧吴廷举诗……公少游横州，有《海棠》诗，故云。”洪崖山古道，为郁江与钦江之间的陆路。

165

王守仁祭赞吴廷举

呜呼！吴公，吾不得而见之矣！公之才如干将莫邪，随其所试，皆迎刃而解；公之志如长川逝河，信其所趋，虽百折而不回；公之节如坚松古柏，必岁寒而后见；公之学如深林邃谷，必穷探而始知。自其筮仕，迄于退休，扬历中外，几于四十年，而天下皆以为未能尽公之才；登陟崇显，至于大司空，而天下皆以为未能行公之志。虽未尝捐躯丧元，而天下信其有成仁死义之勇；虽未尝讲学论道，而天下知其有辟邪卫正之心。呜呼！若公者，真可谓一世之豪杰，无所待而兴者矣。

此节录王守仁《祭吴东湖文》。嘉靖六年（1527），王守仁总督两广军事，在广西力行“偃武修文”，建书院，推行教育。其间祭奠吴廷举，作此文。文中盛赞吴廷举的才、志、节、学，称吴廷举“有成仁死义之勇”“有辟邪卫正之心”。吴廷举曾上疏防宁王朱宸濠叛乱，而王守仁则是平“宸濠之乱”有奇功。

166

周孟中赞美南宁风物

观风五管已多年，每至南宁眼豁然。
绿树万家依近郭，桑麻十里接平川。
匙翻玉粒长腰米，脍切银丝缩项鳊。
景物于斯亦佳处，甲科何患少登贤。

此为周孟中《登春野亭》诗。周孟中，字时可，庐陵（今江西吉安市）人，弘治元年（1488）任广西按察司提学副使，弘治八年二月任广西按察使。有《陆川县学记》《北流县学记》《岑溪县学记》等。春野亭，南宁一古亭，宋治平二年（1065）、熙宁九年（1076）先后两次知邕州的陶弼有《春野亭》诗。周孟中诗中赞美南宁“绿树万家依近郭，桑麻十里接平川”；记录了食鱼生的食俗：“脍切银丝缩项鳊。”鳊鱼，即徐霞客所记的“边鱼”。《徐霞客游记》之崇祯十年(1637)十二月十四日记：“边鱼，南宁颇大而多，他处绝无之。巨者四五斤，小者亦二三斤，佳品也。”

167

唐胄劝古田诸生归学诗

嗟唐吉安丞，欢笑入夷落。
清歌与钥吹，夷俗为变革。
化予夷未几，遣子再入学。
蓝衫舞春风，酋父侧笑跃。
今去大弦歌，刁斗声应伏。

此节录唐胄《劝古田诸生归学诗》。唐胄（1471—1539），字平侯，号西洲。琼山（今海南省海口市琼山区）人，弘治十五年（1502）进士。嘉靖三年（1524）八月任广西按察司佥事、提督学政，后为广西布政使，官至户部侍郎。《明史·唐胄传》：唐胄“迁广西提学佥事，令土官及瑶蛮悉遣子入学。擢金腾副使。土酋莽信虐，计禽之。木邦孟养构兵，胄遣使宣谕，木邦遂献地。屡迁广西左布政使。官军讨古田贼，久无功。胄遣使抚之，其魁曰：‘是前唐使君令吾子入学者。’即解甲”。吉安丞，即吉安县丞。此指唐初的王义方(新旧《唐书》有传)。他因事被贬为吉安丞。旧《唐书》卷187：“吉安蛮俗荒梗，义方召诸首领、集生徒，亲为讲经，行释奠之礼，清歌吹钥，登降有序。蛮酋大喜。”唐胄要效仿王义方，在古田县（治所在今永福县百寿镇）招收少数民族子弟入学。几年后唐胄任广西布政使，率部平古田的暴动。暴动的首领见唐胄来到，说“唐使君以前让我们的子弟入学啊”，即放下兵器。此入史册的故事，可以作“今去大弦歌，刁斗声应伏”诗句的注脚。

168

柳州名贤戴钦登立鱼峰

小龙潭上立鱼山，绝壁悬萝岂易攀。
金磴斜分天路转，翠霞高抱玉峰闲。
洞中白日凭吞吐，江上渔舟自往还。
清啸随风落牛斗，置身遥在五云端。

此为明代柳州名贤戴钦《登立鱼峰》诗。戴钦（1493—1526），字时亮，号鹿原，马平（今广西柳州市）人。正德九年（1514）进士，官至刑部郎中，敢于直言。嘉靖三年（1524）议大礼，被廷杖，创重而卒。其《鹿原集》见《四库全书存目丛书》集部第72册。立鱼峰在今柳州立鱼峰风景区，是景区最主要名山，山中洞府众多，岩洞彼此贯通。徐霞客称赞诸洞奇景："是山透腹环转，中空外达，八面玲珑，即桂林诸洞所不多见也。"

169

“邕管真堪赋，江南恐不如”

邕管真堪赋，江南恐不如。
橘奴金弹密，荔子水晶虚。
海错羞方物，山蕉入野蔬。
无论宝玉贱，鱼米自宜居。

此为袁袠《自柳至平乐书所见》五首之一。袁袠（1502—1547），字永之，号胥台。苏州吴县（今属苏州市）人，嘉靖五年（1526）进士，授刑部主事，嘉靖二十年（1541）二月任广西提学佥事，二十二年因病辞职。著有《胥台先生集》二十卷传世。邕管，唐朝政区名，上元年间（674—675）置邕管经略使。管辖范围大约在于今桂南、桂西、桂中（部分），以及今广东、越南的部分地区，驻邕州。袁袠诗中所指邕管，在于郁江流域中上游地区，主要指今南宁地区。这个地区物产丰盛，有“小南京”之誉。嘉靖三十七年（1558），董传策到贬所南宁，作《初抵朗宁》，诗注谓：“人传南宁为小南京。”南宁市是著名的“宜居”之城，于2007年获得“联合国人居奖”。最早称南宁地区“宜居”的，是明代嘉靖年间的袁袠。

170

西隐山人乐见“一统车书岭峤同”

西粤襟咽控别雄，冈峦缭绕桂城东。
云开唐甸瞻尧岫，日射虞山见舜宫。
道院参差青嶂里，人家远近翠微中。
百年礼乐重蒸遍，一统车书岭峤同。

此为屠楷《游华景洞题诗》，作于嘉靖三十九年（1560）八月十六日，署名“西隐山人屠楷”，摩崖于宝积山华景洞，诗记：“粤西五管，桂管独据上游，最为峻绝，即古之桂岭也。岭左有华景洞，总戎石川王公招饮于此，聊综述以纪胜游。时皇明嘉靖庚申八月十有六日也。”屠楷（1490—1561），字良植，号直斋，临桂县人。嘉靖二年(1523)进士，官至南京兵部尚书，参与机务。屠楷仕宦三十余年，持身守正，不树党营私。嘉靖三十二年，以病致仕。著有《铨司赘录》《西隐漫稿》《南京太常寺志》等，多已散佚。《粤西文载》卷70《屠楷传》记：“累升至工、吏、兵三部尚书，后以休归。居第落落，仅足蔽风雨。当道以所邻官舍益之，不受也。公体貌恂恂，官三十余年，独立无朋。事王太夫人甚孝。诗文务求明理，不事雕琢。所著有《西隐漫稿》。谥恭简。”

171

陈大纶任韶州知府，造福一方

丙午，陈公豹谷来守吾韶，爱民好士，事事为韶。千百世利。尤精堪舆。逝水无情，惟塔可障，惟洲可塔。因小洲突起之处，堵水而堤，易沙而石，既坚且厚，塔于其上，水去若来，急而若缓，称砥柱中流矣。丙午岁，登贤书者遂有六七人，陈公殆旋乾转坤，而大有造于吾韶哉！

此出自万历三十一年（1603）李延大《通天塔记》。陈大纶（1504—？），字伯言，号豹谷。明代广西南宁人（老家在今南宁市江南区沙井镇那连村陈坡），嘉靖八年（1529）进士，嘉靖二十五年（1546）任韶州知府。陈大纶在任期间，立府亭题名碑，记录历任官员名录及其政绩，请江西名儒刘节给碑题记，刘节撰写《府亭题名记》，其中谓："邕管陈守自知福州，丁艰。复任于韶，……予闻其存心也仁，其持己也廉，其行政也宽，其待物也公。韶之士民，服之化之……""通天塔"，是陈大纶所建的水利工程。后来，董传策游历韶州，参观通天塔后，作《游通天塔（陈豹谷郡守所建）》诗："双江回抱屿分堆，层级浮屠面面开。幻境好凭天作偈，真游应借佛为胎。流形自接曹溪脉，结筑谁怜太守才。铃响坐听风起歇，惺然参出镜非台。"陈大纶退休后回乡，在南宁有别墅"快活园"，自号法剑子、复阳道人、陈山人。与流寓于邕州、横州的董传策、吴时来交游，董、吴诗文集中有多处相关记录。

172

董传策盛赞“粤西山水甲天下”

粤西山水甲天下，蜀中险绝此其亚。
泷涛飞出水晶宫，龙齿潺湲舟底窄。
仰视流光一窍通，众石尖尖撑太空。
烟岚直罩星斗落，目中半是参天峰。
峰势参天江欲泻，悬崖缥缈灵根射。
削如玉笋秋不凋，突如长枪锋倒挂。
岩洞玲珑何太奇，訇然中开峙两仪。
疑有神斧凿其穴，牵连秘诡光陆离。
飞云孤峙控西楚，灵鹫盘旋鸟猿舞。
游览纵横不记名，大者人传可历数。

此为董传策长诗《粤西山水歌》之节录。董传策（1530—1579），字原汉，号幼海，又号廓然子、抱一山人，明南直华亭县（今上海市松江）人。嘉靖三十七年（1558），因弹劾严嵩，被贬至南宁。八月进入广西，在全州过中秋节，十月五日下午到南宁城。沿途考察山水风光，有《游桂林诸岩洞记》《渡漓江记》《渡左江诸泷记》等文，有《中秋全州》《游七星岩岩下有洞甚奇》《漓江》等诗篇。董传策虽然在贬谪期间，但坦然面对政治命运，欣赏广西山水，常赋诗作文赞美。

173

青秀山人文之祖

青山高，千峰石笋插层霄。青山下，江水平铺村影射。青山小，卷石嶙峋竹啼鸟。青山大，五象星罗吹响籁。青山晴，波光万顷盘蛇城。青山雨，烟霭微茫罩松树。青山风，蛟龙吼怒凌长空。青山月，青螺一点银盘突。青山暝，渔歌欸乃摇江铃。青山晓，玉露瀼瀼断林杪。青山清，一股泉飞石上声。

青山四时尝不老，游子天涯觉春好。我携春色上山来，山花片片迎春开。仙人去盖飘亭子，泉水之清洵且美。我爱泉清濯我缨，白云袅袅衔杯生。披云直上昆仑顶，鞭龙一决翻沧溟。却洗尘氛破炎昊，路上行人怨芳草。

此为董传策《青山歌》。董传策寓居南宁十年，甚爱青秀山（今为南宁市著名风景区），在青秀山留下许多诗文。当地长官支持他，为他建设亭台馆舍。他开辟一泉，人称“董泉”，今仍为山中一景。可以说，董传策是青秀山人文之祖。

174

绝尘孤介铁肝肠，清风偏得世流芳

绝尘孤介铁肝肠，园自苍凉水自香。
尘劫苦磨心不死，清风偏得世流芳。

谁云瘴徼物钟灵，人似先生照汗青。
松柏岁寒应不改，任渠蒲柳望秋零。

此为董传策《游吴家庄有怀吴尚书公二首》。吴尚书，指吴廷举，著名的直臣，董传策称其“绝尘孤介铁肝肠”。吴家庄，即吴廷举的庄园。董传策于嘉靖三十九年（1560）三月二十三日经过此地，凭吊吴廷举。其《渡罗滂记》序云：“苍梧以东为粤东境，余所未尝涉观，至是行役始渡云。三月二十三日发梧州，避暑吴尚书园亭。尚书，即东湖公廷举，粤西先正中最廉直者，桂梧灵秀始钟焉。”

175

大义凛然的张翀高堂

张生患难交情长，肃瞻令母启悦康。
听母延客问行程，庞眉皓发精神强。
英爽无论女丈夫，危言了无儿女肠。
但道生儿合报主，君曹努力事戎行。
异哉！令母识纲常，厥家有教匪子狂。
世上须眉多妇人，谁似令母大慨慷！
吁嗟呼！母为陵母，子为陵。

此节录董传策《令母谣》，有记："子仪迎母舟中，余与惟修往拜，相期开母颜。母顾无几，微见颜面，第云：'儿子合报国，诸君戍边，幸善自爱。'余与惟修亟叹母贤，作《令母谣》。"嘉靖三十七年（1558），董传策与吴时来（字惟修）、张翀（字子仪）疏劾内阁首辅严嵩，引起明世宗震怒，被拘捕入狱。三人于当年被谪戍流放——张翀到贵州，吴时来至广西横州（今广西横县），董传策至广西南宁。在赴贬所时，张携母亲上船，董、吴本来想在拜见张母时安慰老人家，但却是她安慰他们。她大义凛然，英爽慷慨，令他们感佩。他们将她比作西汉时千古流芳的王陵母亲。张翀（1525—1579），字子仪，号鹤楼，明马平县（今属柳州市）人，明代柳州八贤之一。贬谪贵州十年之后，隆庆元年（1567）召为吏部主事大理寺少卿。次年以右佥都御史巡抚南赣。隆庆四年，巡抚湖广。后召拜大理卿，进兵部侍郎。

176

读书可以“启性灵而弘功业”

人之有堂，所以安身也。堂之有书，所以明心也。庶人不明书，则不足以保身；士大夫不明书，则不足以启性灵而弘功业；军旅不明书，则不足以察古今之成败；四夷不明书，则无君臣而上下乱。

此出自张翀《读书堂记》。张翀于嘉靖三十七年（1558）冬天到贬所贵州都匀，读书不辍。次年“于城市僻处，相其林木深邃者，构地一隙，筑草亭半间，携破箧残篇，时一展读”。嘉靖四十二年（1563）四月，当地士绅出资、居民出力，给他建设了读书堂，“前为堂三间，后为寝室，室之上复为一小楼，以便登眺，又两傍为厢房，门户墙垣各备焉”。建成后士绅才告诉他，是给他建设的，请他入住。他甚为感慨，写了《读书堂记》。张翀在读书堂中读书研究，传道授业，颇有成就。张翀对都匀的教育贡献巨大，当地人称其书堂为鹤楼书院。清雍正《贵州通志》卷32：“张翀，字子仪，柳州人，嘉靖癸丑进士，授刑部主事，疏论严嵩专权，廷杖，谪戍都匀。匀士构读书堂，从之游。号鹤楼先生。又构龙山道院、问月楼。著有《问月赋》。隆庆间，召为吏部郎，历官刑部侍郎。”

177

“百年珍重是斯文”

百年珍重是斯文，一剑还清塞上云。
怪我沉冥宁别理，自君宏达有高群。
凭轩珠玉生谈吐，倚枕神情是典坟。
两字良知会习久，更从实地践真闻。

此为吴时来《再酬欧阳兵宪》诗。吴时来（1527—1590），字惟修，号悟斋，浙江仙居县人。嘉靖三十七年（1558），在任刑部给事中期间，与董传策、张翀疏劾内阁首辅严嵩，引起明世宗震怒，被拘捕入狱。三人于当年被谪戍流放——吴时来至广西横州（今广西横县），董传策至广西南宁，张翀到贵州都匀。吴时来寓居横州十年，其岳父和老父先后去探望，都因瘴疠死于横州。时来在横州淡然无怨，闲读群书，建乌石书院（后人称悟斋书院），朝夕讲学，造就人才，推进当地文化的发展。欧阳兵宪，即欧阳瑜，江西安福县人，嘉靖间任广西按察司佥事、分巡左江。他是王阳明的学生，“两字‘良知’会习久”；嘉靖四十年，他于南宁青山寺侧面的撷青岩横刻“阳明先生过化之地”八个大字，纪念在广西偃武修文、在南宁创办敷文书院的王阳明先生。后人称此岩洞为“阳明洞天”。董传策寓居南宁期间，欧阳瑜常与之交往。

178

青山千古留董泉

石隙鸣泉泻，秋深玉髓流。
精灵涵太始，澄澈浚源头。
出涧施千顷，余波沃九州。
生民望龙雨，早晚此中求。

此为徐浦《咏董泉》诗。徐浦，字伯源，浦城（今属福建省南平市）人，嘉靖年间为广西佥事、分巡左江道。董泉亭，原名“混混亭”，嘉靖四十年（1561）南宁知府郭应聘、同知张贯为董传策建，后徐浦分别命名泉和亭为“董泉”和“董泉亭”，并分别赋诗（皆见存）。董传策《青秀山记》云：“有泉从石中出，清若水晶，甘若露凝，泠泠然昼夜注不舍。村民汲以烹炊，视汲郁江水便数倍，游客尤借之解酲济暍渴云。即余所寻得盛石龙口者也。岁辛酉夏，郡守郭君、守贰张君以余故，为亭其上。余以‘原泉混混’可喻学有本，命之曰‘混混亭’。未几，分巡兵宪徐君行部至境，谓余雅好斯泉，镌泉畔石曰‘董泉’，遂更名；亭为‘董泉亭’，刻诗其上。余益得专泉亭之幽胜云。”董泉以及董泉亭，至今仍然是青秀山风景区的一景。

179

张佳胤在南宁会见邓洪震

旧读贤书识大名，逢君今在朗宁城。
欲将彩服同莱子，故乞文园似长卿。
借箸难虚华省望，采芝聊伴白云行。
曾闻邓禹中兴策，莫为青山负圣明。

此为张佳胤《赠邓梅台驾部（邓君时在告）》诗，首句原注："广西壬子省元。"张佳胤（1527—1588），字肖甫，初号庐山，后自称居来山人。四川铜梁人，官至兵部尚书，谥襄宪。文学造诣高，为"嘉靖五子"之一。隆庆元年（1567），为广西参议，次年作此诗。邓梅台驾部，指邓洪震；驾部，兵部郎中的别称。邓洪震，《明史·周弘祖传》附录："又有邓洪震，宣化人，时为兵部郎中，上疏曰：'……传闻后宫游幸无时，嫔御相随后车，充斥左右，近习滥赐予，政令屡易，前后背驰，邪正混淆，用舍犹豫，万一奸宄潜生、寇戎轶犯，其何以待之？'帝纳其言，下礼官议修省。洪震寻以疾归，万历改元，督抚交章论荐，竟不起。"邓洪震直言上疏，详见《明穆宗实录》隆庆元年六月壬辰之记载。

180

楚粤之间在朝廷为官者，柳州尤盛

吾乡范文穆公称：“湘南江山奇胜，为天下第一。”时公帅广右，已而移镇之蜀，有睠睠不忍去之意。而柳子厚刺柳州，乃作《囚山赋》，观其辞，殆不能以一日居者。范公大帅，名位尊显，其心诚乐于此；而子厚特以谪徙，久不得召，有悒郁无聊之志，宜其为言如是。……

韩子称衡湘南为进士者，皆以柳子为师。其承子厚指授为文，悉有法度。由是言之，柳之山水不待子厚而显；而其人才之出，自子厚始也。

今天下文治休明，皇风遐被。楚粤之间来任中朝者，柳州尤盛；又非若子厚之时之比，其为山川愈益增重。惜乎，柳范二公不及今见之也。柳州计君坤亨，以乙榜进士，来教昆山，学者向仰之。余间从问其山水之奇胜，益信二公之言，至今若身履其地而获观游焉。

此出自归有光《柳州计先生寿序》。归有光（1506—1571)，字熙甫，号项脊生，人称震川先生，江苏昆山人，著名文学家。此文作于嘉靖四十二年（1563）。计先生，即计坤亨，柳州人，嘉靖三十四年（1555）举人，万历元年（1573）正月由南京浙江道御史升任河南佥事、睢陈兵备道。归有光《计烈妇传》：计烈妇之弟“坤亨，国子博士；谦亨，嘉靖四十四年进士。两人皆在京师。谦亨与余同榜，而博士先教昆山”。范文穆，即范成大，其《桂海虞衡志・岩洞志》谓：“余尝评桂山之奇，宜为天下第一。”韩子，即韩愈，其《柳子厚墓志铭》：“衡湘以南为进士者，皆以子厚为师。其经承子厚口讲指画为文词者，悉有法度可观。”

181

梧州名酒桑寄生

浔州别驾武陵客，迁官归来舟最轻。
郁林之石载一片，苍梧缥清仍数罂。
罂中浸以桑寄生，粤中此酒古有声。
味如甘露微带冽，色似玉乳还加清。
碧沉一盏才倾后，芳液流涎满吾口。
多粘太淡殊厌斟，萍实伤甘不思剖。
兰生百末法不存，余之所嗜差可论。
安家二泉之新酿，魏郡易水之上尊。
二酒轻滑亦足比，意外风味宁相似?
新丰平乐传纷纷，一斗十千浪言耳。

此为俞安期《陈望父别驾邀饮苍梧酒纪以短歌》。俞安期，初名策，字公临；后改今名，字羡长，吴江（今江苏苏州）人。万历末布衣，以书法、诗歌见长。曾游历广西。桑寄生，梧州名酒。《佩文斋广群芳谱》卷11：“桑寄生酒出梧州，色白味颇清冽。晋张华诗‘苍梧竹叶清’，陈张正见诗‘浮蚁擅苍梧’皆谓此。”明张萱《疑耀》卷5《苍梧寄生酒》：“五岭之外绝无佳酝，近游宦者宴会，皆嗜苍梧寄生酒。独其性酷热，不宜多饮。”明董传策《渡漓江记》有“吴君设桑寄生酒，邀余与吴子酌之，云‘敌瘴气’”的记录。

182

王世贞与张鸣凤交游

府公高宴入春开，江左风流异代才。
茂苑自骄群玉聚，桂林初见一枝来。
分题竞胜灯前草，欲折还含雪后梅。
赢得班生仙骨在，手携星藻向三台。

此为王世贞《岭右张羽王明府邀合郡诸名胜会饯虎丘时江右龙司理亦集辄成二章为谢》之一。王与张交游，有《寄张羽王别驾》《答兴国判张羽王》等。张鸣凤，字羽王，桂林人，自号漓山人。明嘉靖三十一年（1552）举人。历官仅至通判，而道德文章为人所称道，结交多为一时名流。在外省为官时，与王世贞、沈明臣、黎民表等交游；在桂林家居时，与来桂林游览的俞安期交游。有名著《桂故》《桂胜》传世。明代王廷陈《张羽王鸣凤》文："往从京师得先生集于书市，读而善之，谓'江汉之诗，先生为隽一时，诸人不逮也'。"

183

太仆卿张文熙退休后以著述自娱

还朝能几日，去国逼残年。
别路春前酒，离亭雪后天。
衡阳随雁去，湘浦问归船。
未是投闲日，东山卧莫坚。

此为区大相《送张仆卿还桂林》。区大相（？—1614），字用孺，号海目，高明（今广东佛山市高明区）人。万历十七年（1589）进士，官至南京太仆丞。工于诗，为明代岭南诗家之最。著述丰富，有《太史诗集》等。张仆卿，即张文熙，字念华，临桂（今桂林市）人，万历五年进士，官至太仆寺少卿。《粤西文载》卷71："张文熙，字念华，临桂人。广记博闻，万历丁丑进士，读书中秘，改御史，按陕西，复按浙江。壬午乡场无主考，文熙兼董之。居官宽猛并济。值兵民两变，为解纷争，顷刻抚定，人服其英决，建祠祀之。擢应天府丞，历太仆卿。致仕归，以著述自娱。戚里贫乏者，周之。著有《壬癸草》《云岩集》《罔寘山房全集》《按浙录》《敉宁录》。"其退休在万历二十年十二月，区大相作诗送别，祝愿他能够回朝任职。但事实上没有如愿。张文熙退休后，以著述自娱，颇有成就。

184

袁宗道《祭萧孺人》

嗟夫，嗟夫，孺人遂已耶！人生谁得不死？死耳，奈何夭死，客死，复如是焉死乎！维彼蒲柳，望秋先零。嫂则淑而厚，醇而贞，其松柏乎！而霜霰未及，枝叶俄摧，笃材之论，其谓之何！西粤去此，山阻水萦，几万里矣。飘飘丹旌，凄凄素輀[①]，浮洛涉江，泛吴溯越，更寒燠而后丘首，苦矣！我辈每过允升门，辄回眄扉端，意有弧矢在焉。或晤允升，则捋其须调之："我辈业酿金候大嚼，何濡迟乃尔！"此谑在耳，而吉祥之倪，倏化荼毒，何为者也！嗟夫，嗟夫，嫂奈何夭死，客死，又如是焉死也！我二三兄弟每诣允升，允升辄留，不咄嗟间，胹臛[②]杂陈，匕箸递新，我辈且啖且夸嫂才。今已矣，勿复言之矣。此其小者也。允升旦入直良劳，而颜愈泽，鬓愈鬒[③]，皆嫂毖壶事，饬家政使然……

此出自袁宗道《祭萧孺人》文。明代晚期，袁宗道、袁宏道、袁中道三兄弟，反对拟古，标举灵性，在他们的影响下，形成了一个新的文学流派，因袁氏兄弟为湖北公安人，所以人称"公安派"。萧云举也是公安学派创始人之一。袁宗道等在萧云举家聚会，得到东道主夫妻的热情款待，后来萧孺人去世，袁宗道作文深情悼念。袁宗道《白苏斋集》中，有许多他们交往的记录，其中《答萧赞善玄圃》云："篝灯读兄书，爱我忆我，更私箴我，乃知世外交游，钟情更甚，岂比尘市，朋伴朝而握手暮即掉臂者哉！"萧云举（1554—1627），字允升，号玄圃，南宁人，官至礼部尚书，为钱谦益等人的座师。卒后追赠太傅，谥文端，赐祭葬。万历年间，建青秀山塔、弘仁寺，对南宁的文化建设贡献巨大，为南宁著名乡贤。

---

① 輀（ér）：丧车。
② 胹臛（érhuò）：煮肉羹。
③ 鬒（zhěn）：头发密而黑。

185

明代乡贤给宋代乡贤拜墓

访罢遗踪日未斜，独骑羸马到山家。
前朝松覆先贤墓，隔陇樵吹近戍笳。
鸟自呼名招过客，人频回首数飞鸦。
思公秘策平蛮事，几度闻鸡试剑花。

此为陈瑾《拜宋经略本路安抚使石公墓》诗。陈瑾，南宁琅边村人，万历三十四年（1606）举人。《江西通志》卷65：“陈瑾，号白岳，宣化人，天启壬戌以举人知南康，廉能明允，断狱如神，新文昌塔，筑西流堤，一切无名之征及健讼猾蠹，皆力除之。在任七载，升海防同知。”崇祯六年（1633）任山石关内道兵备副使。石公墓即石鉴墓，在今南宁市西乡塘区金陵镇那龙大石村南约三公里的狮子岭下，为南宁现存的唯一宋代乡贤墓。石鉴，熙宁年间知钦州、辰州、桂州、邕州。本路安抚使，指石鉴知桂州时，兼任广南西路安抚使。

186

桂林七夕竞渡记盛

楚粤流皆仰，湘漓水自分。
易生阶面草，难度岭头云。
素节龙舟竞，冥搜鼠穴熏。
水东街最盛，游女咽罗裙。

此为曹学佺《桂林风谣》十首之一，诗末原注：“桂人七夕竞渡，共游栖霞各洞，多持炬而入。”曹学佺（1574—1646），字能始，号石仓居士。明代藏书家，文学家（“闽中十子”之首）。福建福州府侯官县（今属福州市）人。万历二十三年（1595）进士，天启年间任广西左参议。在广西著有《广西名胜志》，天启三年至六年（1623—1626）的诗篇结集为《桂林集》。此诗作于天启四年，所记载的竞渡是在七月七日划龙舟比赛。竞渡一般在端午，而此记桂林七夕竞渡之风俗，是珍贵的史料。宋代先后任全州教授、广南西路转运使的邓深，有《七夕竞渡》诗，或许写的也是桂林七夕竞渡：“水马相先急画桡，朱楼红粉宴笙箫。月中谁念穿彩线，江上齐看夺锦标。冷眼诸人旁贾勇，争头一鼓喜成谣。凭谁试展乘槎手，直入银湾看鹊桥。”

187

“出门时唱浪花歌”

柳子厚诗：“青箬裹盐归峒客，绿荷包饭趁圩人。”两语写圩事甚工。余初行部，自梧之邕，道横、永间，圩集皆无草舍，值雨，就雨中贸易。盖所创见，因作诗云：“箬篮双放垄头安，却坐林边解竹箪。棕叶结衣宜避湿，青纱裹额不忧寒。蒌根对语时还嚼，车骑来过亦聚观。此去茅村应未远，满蹊涩勒翠团团。”因忆刘禹锡诗所谓“忽逢乘马客，恍若惊麕顾”。则今之蛮人见官使又稍习矣。又一首云：“迂回岩径转嵯峨，笑问蛮家第几窠。入市每衣芒木布，出门时唱浪花歌。峒丁惯筈歼狐矢，种女能抛织贝梭。圩散尽投归路去，断烟半陇冒荒萝。”

此为魏浚《西事珥》中的《圩上诗》，其中所记录的民俗，多系壮族民俗。魏浚，字禹钦，福建松溪县人，万历五年（1577）进士，万历三十七年八月以户部山西司郎中为广西提学佥事。所著《西事珥》《峤南琐记》，是广西重要的历史文献。“浪花歌”，壮族山歌，属于情歌。

188

越南使节咏花山

左江稳泛客船轻，晓过华山枕水清。
粉壁楼台亦秀丽，黄巢兵马认分明。
回头红日知天近，纵目清芜见地平。
几许王维图画笔，入予诗思宛如成。

此为（越南）冯克宽《过华山》诗。冯克宽（1528—1613），字弘夫，号毅斋。越南状元出身，富有学识韬略，万历二十五年（1597），已七十高龄，仍以工部左侍郎的身份出使明朝，有《使华手泽诗集》。此诗作于出使明朝、乘舟经过花山之下的明江时。“华”，通“花”。此为今所能见的关于花山壁画的最早诗篇。花山壁画在宁明县境内的明江东岸花山岩之上，是全国重点文物保护单位及世界文化遗产。清光绪《宁明州志》记载：“花山距城五十里，峭壁中有生成赤色人形，皆裸体，或大或小，或执干戈，或骑马。”壁画有两千多年的历史，而古代中国文人的有关诗文极其罕见。

189

苏浚论桂柳梧山水地势

以余所睹桂岭、漓江，旁礴秀发，山锐而削，水驶而清。人文彬彬然，几埒[①]于齐州，岂在扶疏轮菌哉！

柳州山水，清旷峭拔，上多奇峰，石洞玲珑，流泉如环佩，仙灵遗迹，往往而在。其人亦多聪颖，士喜经术，自唐已然矣。

苍梧，两粤一都会也。北自漓江建瓴而下，西则牂牁及郁合为巨浸，绾毂三江之流，而注之大壑。故论西则桂林为堂奥，而苍梧为门户；论东则南海为心腹，而苍梧为咽喉，控上游而据要害，其指顾便也。

此为苏浚《广西郡县志》的节录。苏浚，字君禹，晋江人，万历十九年（1591）任广西按察副使，二十五年修《广西通志》（今存）。“苍梧为咽喉”，继承了南宋苍梧教授丘翔之说。丘翔《苍梧郡赋》：“唇齿湖湘，襟喉五羊。距封圻于高要，穷津源于邕江。”

① 埒（liè）：同等；（相）等。

190

明末广西食鱼生记录

独寻芳草过王孙，为脍银丝出露盆。
汤熅玉环妃子泪，楼残金谷绿珠魂。
凌波岂复观微步，齿剑终然合报恩。
谁识蒯缑归思苦，不堪弹铗向朱门。

此为邝露《胡天星邀余作白妾鱼脍》诗。邝露（1604—1650），字湛若，广东南海（今属广东省佛山市）人。明末历游广西，著有《赤雅》，其卷3云："白妾鱼，出大荒山深涧中。一名婢妾。脸若芙蓉，肤如凝脂，有天然肉结，亸[①]若垂云。长四尺五寸，脐下有带，白光映人。胡天星邀予作脍，香脆甘美，水陆无有方者。"鱼脍，今称鱼生，是以新鲜的鱼生切成片，蘸调味料而食用。崇祯十年（1637）十一月二十九日，徐霞客由今隆安县都结乡至县城的途中遇到两个小村子都有食鱼生的食俗。《徐霞客游记》："又东一里，行平坞间，有水一泓，亦自西而东者，至是稍北折，而南汇涧二丈余，乃禁以为鱼塘，其处名相村。比至，已架茅于其上，席地临诸。峒丁各举缯西流而渔，得数头，大止尺五，而止有锦鲤，有绿鳜，辄驱牛数十蹂践其中。已复匝而缯焉，复得数头，其余皆细如指者。乃取巨鱼细切为脍，置大碗中，以葱及姜丝与盐醋拌而食之，以为至味。余不能从，第啖肉饮酒而已。既饭，日已西，乃五里还至那吝村。登一茅架，其家宰猪割鸡献神而后食，切鱼脍复如前。"

① 亸（duǒ）：下垂。

191

天姬队与浪花歌

峒女于春秋时，布花果、笙箫于名山，五丝刺同心结，百纽鸳鸯囊，选峒中之少好者，伴峒官之女，名曰“天姬队”。余则三三五五，采芳拾翠于山椒水湄，歌唱为乐。男亦三五为群，歌而赴之。相得，则唱和竟日，解衣结带相赠以去。春歌，正月初一、三月初三；秋歌，中秋节。三月之歌曰“浪花歌”。

此为明末历游广西的邝露在其《赤雅·浪花歌》之记载。写的是广西壮族女子山歌的习俗。她们分两类，一类是土司（峒官）的女儿，组成“天姬队”；一类是其他壮族女子。人虽然分两类，而歌大体相同，唱的都是情歌。她们在三月三唱“浪花歌”。由此记录而知，壮族三月三歌圩的习俗，源远流长。

广西人喜欢唱歌，他们在非节日时也唱。崇祯十年（1637）六月初十，徐霞客在临桂县的记录：“晚餐后，出坐当衢明月下，而清风徐来，洒然众峰间，听诸村妇蛮歌谑浪，亦是群玉峰头一异境也。”“诸村妇蛮歌谑浪”，说的是乡村妇女晚饭后聚而唱山歌。

192

王士性誉美广西山水

桂林无山而不雁荡，无石而不太湖，无水而不严陵、武夷。兹特就人所已物色者而志之，余言说不能穷矣。柳之立鱼、融之仙岩，亦皆得其一隅，而阳朔江行抑又过之。谭粤胜者，每云：“藉令巨灵六甲可移于吴楚间，不知游屐何如？”噫！何渠知其不终而为吴楚邪？

此为王士性《桂海志续跋》。王士性（1546—1598），字恒叔，号太初、元白道人，浙江临海人。万历五年（1577）进士，官至太仆寺少卿。万历十七年四月，以四川布政司右参议调任广西布政司参议。他在广西游历，作《桂岭守岁效李长吉体》《苍梧道中揽镜独叹盖余风尘荏苒一十五载矣》《谒柳柳州祠墓》等诗篇，并著《桂海志续》。

193

徐霞客游扶绥山水

自南宁来至石埠圩，岸始有山，江始有石；过右江口，岸山始露石；至杨美，江石始露奇；过萧村入新宁境，江左始有纯石之山；过新庄抵新宁北郭，江右始有对峙之岫。于是舟行石峰中，或曲而左，或曲而右，旋背一崖，复潆一嶂，既环乎此，转鹜乎彼，虽不成连云之峡，而如梭之度纬，如蝶之穿丛，应接不暇，无过乎此。且江抵新宁，不特石山最胜，而石岸尤奇。盖江流击山，山削成壁，流回沙转，云根迸出，或错立波心，或飞嵌水面，皆洞壑层开，肤痕縠绉；江既善折，岸石与山辅之恐后，益使江山两擅其奇。余谓阳朔山峭濒江，无此岸之石，建溪水激多石，无此石之奇。虽连峰夹嶂，远不类三峡；凑泊一处，促不及武彝；而疏密宛转，在伯仲间。至其一派玲珑通漏，别出一番鲜巧，足夺二山之席矣。

徐弘祖（1586—1641），字振之，号霞客，江阴（今属江苏）人。明旅行家、地理学家和游记作家，其《徐霞客游记》为崇祯十年（1637）闰四月初八至次年三月二十七日游历广西所记。以上这段文字，盛赞从南宁石埠至新宁（今扶绥县）沿途右江风景，出自崇祯十年九月二十六日的日记。在徐霞客之前一百多年，正德七年（1512）与湛若水出使安南的潘希曾有《南宁太平之间岩石奇绝累日玩之不厌》诗："两崖回石壁，悦玩意忘疲。混沌何人凿，玲珑一世奇。累累鼎象物，隐隐画藏诗。绝顶云昏处，惟应仙鹤知。"

194

徐霞客记上林造纸业

韦龟之山，自东南中悬，北向而对之，函盖独成，山水皆逆，真世外丹丘也。数十家倚山北麓，以造纸为业，栖舍累累，或高或下，层嵌石隙，望之已飘然欲仙。其西即洞门，门亦北向。初入甚隘而黑，西南下数步，透出石隙，忽穹然高盘，划然内朗。其四际甚拓，而顶有悬空之穴，天光倒映，正坠其中。北向跻石而上，乳柱前排，内环平台，可布几席；南向拾级而下，碧黛中汇，源泉不竭，村人之取汲者，咸取给焉。平台之前，右多森列之柱，幢盖骈错，纹理明莹；左多层叠之块，狮象交踞，形影磊落。

崇祯十年十二月廿三日至次年二月十三日（1637年1月26日—3月17日），徐霞客在上林县三里居住、游览，其间游韦龟洞——今三里洋渡风景区的明镜岩，留下游记。他很喜欢这个地方，说是“世外丹丘”，“望之已飘然欲仙”。而顺带记录的居民情况，有“数十家倚山北麓，以造纸为业”。这个造纸手工作坊规模不小，堪为上林县乃至广西造纸史的史料。

195

徐霞客笔下的南丹银锡矿

银、锡二厂，在南丹州东南四十里，在金村西十五里，其南去那地州亦四十里。其地（厂有三）：曰新州，属南丹；曰高峰，属河池州；曰中坑，属那地。皆产银、锡。三地相间，仅一二里，皆客省客贾所集。按《志》有高峰砦，即此高峰之厂，独属河池，而其地实错于南丹、那地之间，达州必由南丹境。想以矿穴所在，故三分其地也（银、锡掘井取砂，如米粒，水淘火炼而后得之。银砂三十斤可得银二钱，锡砂所得则易）。又有灰罗厂，止产锡（在南丹东南三十又五里，即余昨所经）。有孟英山（在南丹西五十里芒场相近），止产银（永乐中遣中使雷春开矿于此，今所出甚微，不及新州矣。雷春至孟英时，河池所城是其所筑）。

此为徐霞客在崇祯十一年三月二十二日（1638年5月5日）的游记。广西南丹自古以产银、锡著名，《中国古代矿业开发史》中认为，丹池矿区锡的开发始于南宋前期。今南丹县大厂镇的大厂矿区，是以锡为主的特大型矿床，储量大、品位高，属国家重点规划矿区，是世界重要锡矿产地。徐霞客之记录，具有广西地方史的史料价值，也具有中国古代矿业史研究的史料价值。

196

瓦氏夫人亲授刀法

岛夷缘海作三窟，十万官军皆暴骨。
石柱瓦氏女将军，数千战士援吴越。
纪律可比戚重熙，勇气虚江同奋发。
女将亲战挥双刀，成团雪片初圆月。
麾下健儿二十四，雁翎五十齐翕忽。
岛夷杀尽江海清，南纪至今推战伐。
天都侠少项元池，刀法女将手授之。
乙亥春杪遇湖上，霜髯伟干殊恢奇。
谓余长矛疏远利，彼已填密须短器。
绕翠堂中说秘传，朔风六月生双臂。
侠士不久归天都，余手精熟如鼓枹。

此为清代吴殳《双刀歌》之节录，出自吴殳《手臂录》卷4 。《手臂录》是清代关于刀枪技艺以及拳术的兵书。《双刀歌》记录了项元池获得瓦氏女将军亲手传授刀法；崇祯八年（1635），吴殳遇见项元池，并获得其刀法秘传。歌中赞美刀法，也赞美瓦氏女将军。瓦氏女将军，即瓦氏夫人（1496—1555），广西归顺直隶州（在今靖西县旧州古镇）土官岑璋之女，田州府土官岑猛之妻。《明史》卷318：嘉靖“三十四年，田州土官妇瓦氏以狼兵应调，至苏州剿倭，隶于总兵俞大猷麾下。以杀贼多，诏赏瓦氏及其孙男”。诗句“纪律可比戚重熙，勇气虚江同奋发”，说瓦氏夫人的部队可比“戚家军”。明代女诗人杨文俪《闻征瓦氏兵至》诗：“传闻瓦氏勇超群，万里征来净寇氛。多少材官屯海畔，策勋翻仗女将军。”

清 代

197

重视家教的谢良琦

醉白堂者，吾父中宪公之所命也。中宪公之言曰："君子之进也，必有所为；其退也，则必有以自乐。以不为乡党之所疑，而为后世贤人君子之所景慕。读子瞻之所为记，足以知之矣。且以韩之建竖而犹有羡于白，则古之人岂以功名富贵自逞其身者哉？小子志之！"吾时犹小，不能深知其义，至今思之，然后知中宪公之厚期余小子也。

余生不辰，遭世丧乱，自筮仕后仅一归，视其乡向之醉白堂者，已荆榛荒芜，不可寻识。然余常朝夕反覆于中宪公之训，则斯堂虽废，时时在吾心目焉，其敢忘丹雘也哉？丁酉之春，吾乡兵火甫定，昔之迁徙者亦暂乐有家室，始令侄鼎镇稍葺而新之。且告之曰："庶几吾父之所式临，而汝亦不忘于乃祖之命。"及是，书来告成。余乃荐革酌酒，百拜稽首，以告中宪公之灵也。其言曰："斯堂虽辟，琦尚得云不愧乎哉！奉先人之训而不能守其身，奋其身三仕而不能以行其道。斯堂虽辟，琦尚得云不愧乎哉！亦惟有志未逮，惟先人之佑启是赖。自今日告于几筵，其自兹以往，力行其志，以求当于君子之行，不负于厚期之意。异日者归而登斯堂，聚族之黄发台背，考琦之进退，以告不孝于先灵：其志之遂，惟中宪公之泽，非琦之能；其不遂，以贻斯堂之羞，惟琦之罪。"既退，又书其言，使告于鼎镇，使悬于堂之侧，俟吾异日者取证焉。

此为谢良琦于顺治十六年（1659）所作《醉白堂记》节录。谢良琦（1624—1671），字仲韩，一字献庵，号石臞，广西全州人。明崇祯十五年（1642）中举。入清后历任淳安、蠡县、宜兴县令，康熙六年（1667）任福建延平府通判。中宪公，谢良琦父亲谢日升，字九如，万历三十七年（1609）举人，官至福州府同知，领中宪大夫衔。谢良琦在文中记录其父亲的教诲，矢志传承家风。

198

清初“廉州纯用唐开元钱”

岂意珠官郡，珠娘艳色多。
褰[①]裙临水汲，跣足踏花过。
钱辩开元字，筝调合浦歌。
酒浆频献客，甘有蔗霜和。

此为屈大均《廉州杂诗》十四首之一。“钱辩开元字”原注：“廉州纯用唐开元钱。”屈大均（1630—1696），广东番禺人。明末清初著名学者、诗人，“岭南三大家”之一。吴三桂在昆明起兵反清，屈大均积极响应，康熙十四年（1675），西上桂林，上书纵论兵事，并一度参与军事活动。康熙十一年在今合浦县作《廉州杂诗》，诗中记录合浦的衰败荒凉，还有其他史料，如“交趾兵频入”，“赤子兵频弄，红夷舶恐来”，“海上余珠市，城中尽竹房”。清代钱币，康熙年间流通的是“康熙通宝”，而合浦流通的竟然是始于唐高祖武德四年（621）的“开元通宝”！屈大均所记，值得注意。

① 褰（qiān）：撩起；揭起（衣服、帐子等）。

199

石涛诗中的天文学史料

万方闰食不同宫，我国东居日正中。
四海纳来藏两耳，一尘权借点双瞳。
日远月近交偶食，岁善测验准微通。
物情理合故如是，无碍于心展大雄。

此为石涛《壬申元日日食狂风呼天飞沙走石惨淡之色午刻至未末申初始复林下野人客居虽不能敲锣打鼓我且涤砚赋诗以助日遣兴记一时之事》诗。对这次日食，钦天监早在一个多月前就预报了。康熙三十年（1691）十一月二十四日，“谕礼部：自昔帝王敬天勤政，凡遇垂象示警、必实修人事以答天戒。顷钦天监奏，推算日食当在康熙三十一年壬申正月朔日食。夫日食为天象之变，且又见于岁首，朕兢惕靡宁，力图修省。惟大小诸臣，务精白乃心、各尽职业以称朕钦承昭格至意。其元旦行礼、筵宴，俱着停止”。（《圣祖实录》卷153）从这个记载可知，朝廷对此事极为重视，以“人事”因应天象。后来果然在初一日发生日食，而此时著名画家石涛在北京，“以其观察日食的亲身经历记之以诗”（汪世清编《石涛诗录》第75页）。对照预报，石涛说“岁善测验准微通”。石涛认为，天象与人事无关，对皇帝因天象而做出的有关“人事”安排略有微词：“物情理合故如是，无碍于心展大雄”。巧合的是，日食过后，康熙帝新谕旨的大意是：天象与人事无关，今后钦天监只能报告天象预报，不得附会人事。

200

石涛“搜尽奇峰打草稿”

测山川之形势，度地土之广远；审峰嶂之疏密，识云烟之蒙昧。正踞千里，邪睨万重，统归于天之权、地之衡也。天有是权，能变山川之精灵；地有是衡，能运山川之气脉；我有是一画，能贯山川之形神。此予五十年前未脱胎于山川也。亦非糟粕其山川而使山川自私也。山川使予代山川而言也，山川脱胎于予也，予脱胎于山川也。搜尽奇峰打草稿也。山川与予神遇而迹化也，所以终归之于大涤也。

录自石涛《苦瓜和尚画语录》第八章“山川”。石涛（1642—约1707），明靖江王后裔，原名朱若极，字石涛。后以字行世。幼年时明朝覆灭，流落全州（古为清湘县），后出家为僧，号苦瓜和尚、大涤子、清湘老人等。半世云游，晚年定居扬州。习画，终成中国画一代宗师。画山水，先法师法宋元诸家，后来自成一家，桂林画派奉之为宗师。石涛作画的名言是“搜尽奇峰打草稿”。存世作品有《搜尽奇峰打草稿图》《山水清音图》《竹石图》等。《苦瓜和尚画语录》是绘画理论名著。

201

高熊征颂丁孝子

刻木芳名自汉时，双凫懿行并传奇。
郎兰音似千秋讼，蝴蝶山空万古思。
张叔半针留旧恨，范云一祭补新诗。
沈碑不必纷纷论，至孝由来有盛祠。

此为高熊征《题丁孝子》诗。丁孝子，见《百越先贤志 · 丁密传》：“丁密，字靖公，苍梧人。性清介，非家织布不衣，非己耕种菜果不食。毫发之馈，不受于人。父丧，庐于墓侧。有双凫游密庐旁小池，见人驯伏。后遭母丧，复庐三年。归旧庐一宿，双凫复至游戏池中。”岑溪历来有孝子祠，祀丁孝子。高熊征（1636—1706），字渭南，原籍广西庆远府（今宜州市），结婚后落籍岑溪（今岑溪市）。顺治十七年（1660）副贡出身。康熙十三年（1674），吴三桂叛乱，波及岑溪，熊征拟《讨吴三桂檄文》《平滇三策》，并组织乡勇保卫家乡。康熙十八年六月被委为浔州府教授，十月任桂林府教授。二十六年调任思明府教授。三十九年，经广西巡抚彭鹏荐举，任河北真定府井陉知县，获得康熙皇帝召见。他呈上早年所拟《平滇三策》等五个手折，受到重视，“躐级”升职(由七品骤升从三品)，为两浙盐运使。浙江按察使缺，委他两度代理。他不管身居何职位，都重视教育，建设学校，增添书籍，编修地方志。历官之地，后来都祀之于“名宦祠”。著作颇多，有《小学分节》《安南志原》《郢雪斋纂稿》等传世。

202

山川环秀，人文以兴

文章一道，上与天通，而其间灵奇清淑之气，地实主之。故庠序之立，所以预养人材，以为国家异日龙螭风雨之者也。人材为国家之桢干，而学宫关人材之盛衰。其或山川环秀，则人文以兴；倘或硗确卑庳，四望无光，则科名为之削色。故其始也，观阴阳、卜形胜，以求得夫善美之区。迨其后，蒸蒸蔚蔚，复旦光华，遂与卿云日月相为掩映。其在《诗》曰：“思皇多士，生此王国。”其在《易》曰：“观乎天文，以察时变；观乎人文，以化成天下。”凡古今宅吉之图，未有不天与地合而相为用者也。虽然此中更有人事存焉。人也者，主张乎天地者也，而此亿千万人中，不可多得之一人，又天地实生，以主张乎天地者也。桂林隶粤西首郡，襟带五岭，其扶舆磅礴之奇，甲于他州；士之怀瑾瑜自见者，亦非他州所敢望……

此节录诸葛鼎《重建桂林郡学记》，碑原在桂林府学宣城书院故址。碑中记录马雄镇于康熙八年（1669）出任广西巡抚。康熙十年，重建桂林郡学，次年竣工。督办工程的是桂林府知府诸葛鼎。康熙十三年，马雄镇被叛乱响应吴三桂的孙延龄围困、幽禁，持志不降，康熙十六年三月被杀。后获赠兵部尚书，太子太傅，谥文毅。其重建桂林郡学，对有清一代广西尤其是桂林科举人才辈出，关系甚大。

203

南宁铭记王阳明

邕江驻节处，胜地勒贞珉。
偃武横山静，修文象岑平。
壮猷俎豆远，理学渊源真。
遗洞芳踪在，登临谒后尘。

此为刘德清《阳明洞天》诗。“阳明洞天”是南宁青秀山的一景。它位于青山寺侧面的撷青岩，岩壁数十米长、十多米高，悬崖石壁的正中，横刻“阳明先生过化之地”八个大字（今存），是明嘉靖四十年（1561）左江兵备佥事欧阳瑜的手笔。欧阳瑜题字，是为了纪念在广西偃武修文、在南宁创办敷文书院的明代哲学家王阳明先生。后人称此岩洞为“阳明洞天”。刘德清，南宁人，康熙五十二年（1713）恩科举人，永宁知县。

204

编号保护驿道古松

兴安灵川二县间古松夹道，黛色参天，清阴蔽地。惟恐有人斩伐，乃悬牌编号以记之。约计万余株，绵亘几二十里。肩舆其下，两耳喧涛，令人作出世想。

此为沈曰霖《粤西琐记·古松》。夹道古松，见前《全州驿路松柏夹道》。明何乔远《全州道傍官松歌》："共言官树不敢伐。"古松曾经得到当地人的自觉保护，但不知从何时起，出现了砍伐破坏。明黄公辅《桂林道中古松甚盛每有土人烧砍》，诗题即说明了古松之遭难。清顺治八年（1651）施闰章《全州古松记》："予过之，乐甚。然刳腹剥趾，燔折过半，为风雨所摧仆，委弃腐坏，十去其二三，匠人樵人皆过而不睨焉。问之，则曰：'此官松也，人无主者，数年来羽檄旁午，塘兵驿卒，夜不得休，地无人烟，率取其脂以代灯烛，谓之松光。或釜爨其下。又日夕畏虎，聚薪燎树，望之若烛龙然。'于是乎松也，斫之则宫庙之材，蓄之则山川之望，尸祝之则栖正直之神，游憩之则为行旅之荫。而生非其地与其时，上之不得为材，下之不得为薪。其可惜哉。或曰：松有其脂，火则从之，是所谓自伐自煎也。虽然，植之者数百年矣，彼其以旦旦摧烧为无既也哉！"有识之士提出要加以保护，而后就有了编号保护。乾隆二十四年（1759），沈曰霖至广西，经过此地，见到了保护措施，记录了下来。

205

“打扮天然赤脚仙”

君不见潘妃足下金莲好，稳步香阶尚潦倒；凌波蹴损牡丹花，嫣然一笑春风早。村妇有女太娇顽，打扮天然赤脚仙；阿母有绵不肯裹，却怪佳人跬步艰。自言田妇本椎鲁，由来不学西施舞；薄命大抵出红颜，多抹胭脂嫁商贾。商妇不如田妇乐，跣足蓬头去雕琢，绿荷包饭上山樵，樵罢池中采菱角。采菱争采并头蘂，水清水浊凭洗濯。不穿绣鞋不缠丝，赠芍采兰任己之。有时趺坐勾郎夸比翼，有时从夫田畔披荆棘。亡羊宁虑路多歧，抱布贸丝能食力。君不见文君叹息《白头吟》，极目临邛泪满襟；又不见回文织就相思字，裹足深闺无限意。若使赤脚尽如斯，太行孟门跋涉从夫遂其志。从此莫叹腰肢瘦，从今莫嫌泥污垢。练裙荆布有芳名，举案齐眉因容陋。

此为农赓尧《村女赤脚行》诗。农赓尧，号勉之，思明州（今广西宁明）人。雍正十年（1732）举人。获任广东高要县（今高要市）知县，可惜未到任而逝。后人整理其遗存古今体诗百余篇为《农勉之先生遗稿》。《村女赤脚行》写在富贵人家妇女流行裹足的时代，农村的姑娘“打扮天然赤脚仙”，不裹足，赤足而行，上山打柴，入水采菱，自由自在。诗人通过赞颂赤脚村女，表达在诸多裹手裹脚的社会，崇尚自然，追求自由。前录陈孚《思明州五首》中的诗句：“手捧槟榔染蛤灰，峒中妇女趁圩来。蓬头赤脚无铅粉，只有风吹锦带开。”以今古诗句对照可知，当地村女因为贫穷，故都是赤脚。裹足虽然是妇女的时尚，但历来穷人与时尚无关。

206

钓游灵水数十年

灵水，境之最奇者也。踞灵水上游有庙焉，祀真武神。邑长、长吏岁祭之，其详不可得闻已。康熙壬子，前令庄公振徽，修其故宇，大书特书，以为武邑第一境、庙。然灵水距城南方二里许，游人卒罕至。近百年庙复倾颓，碑且漫漶，渐不可读。乾隆己卯，邑令嵇公坊，奉郡守耿公寿平意，劝士民之尚义者，即其地新之。阅三月落成。庙凡三座，座三间。神像之剥落者，悉修饰之。费简而工坚，事成而上不劳、下不怨也。首事诸君，丐予纪其事，且以状灵水之奇。

予曰：庙有废有兴，时也。灵水千百世无恙，吾钓游于斯数十年，每携良朋浮小艇荡漾波心，俯仰上下，恍有所得。谈笑间复自失之，竟至今莫能名其状。万古江山，茫茫何极。辟饮者冷暖自知，将以任夫游人之自得之也。然余记固息壤也。时乾隆二十五年庚辰十月十六日撰。

此为刘定逌《重修灵水庙碑记》，作于1760年11月23日。刘定逌（1720—1806），字叙臣、叔达，号灵溪，武缘县葛圩（今武鸣太平镇葛阳村）人。县试、乡试皆第一名，乾隆十三年（1748）二甲第三十八名进士，授翰林院编修，乾隆二十三年三月戊申散馆，刘定逌等八人“俱著休致”。刘定逌回归乡里，从事教育，先后在葛阳私塾、阳明书院、浔阳书院、桂林秀峰书院、宾州书院执教。数十年间，培养了大量的人才。著有《论语讲义》《四书讲义》《三难通解训言》《读书六字诀》《刘氏族谱》《灵溪诗稿》《灵溪时文》等。武鸣城厢镇的灵水，是全国三大恒温泉水湖之一。九股清泉，汩汩突涌，“龙津吐碧”，造就了一个湖面面积达近三万平方米的大湖，湖水终年清澈见底，澄澈如镜。历来题咏甚多，此选钓游于灵水数十年的刘定逌之文，为的是借灵水而纪念乡贤。文中提及三个人：康熙十一年（1672）知县庄振徽、乾隆二十四年知县嵇坊、思恩府知府耿寿平。庄振徽《重修灵水真武庙碑记》：“灵水，武邑第一境也；则灵水庙，武邑第一庙也。”

207

“升平人瑞”李春调

（乾隆三十一年二月十四日）到新宁州城。州属南宁府，关门上刻“含晖”大字。湾舟。上有观音庵，扁题“水月慈宫”；真武庙，扁题“玉虚金关”。去城十五里，有龙头大岩。昔有卢姓者卜居，今子孙八十余口。州有逍遥村李春调，以顺治己亥年生，今寿一百八岁。齿当门存四个，皮如斑竹，声音清亮，奉旨旌表，大建门闾，扁题“升平人瑞”四字。复其家二十八口。

乾隆三十年（1765）底，越南阮辉亻莹（1713—1789）奉命以正使身份出使清朝，次年春登程，其《奉使燕京总歌并日记》记录沿途所见所闻以及诗歌创作。在新宁州（治所在今扶绥县城），听到人说该州的逍遥村李春调，顺治十六年（1659）生，至乾隆三十一年寿一百零八岁，非常健康，获得旌表，新建的大门挂“升平人瑞”的匾额。此后，“升平人瑞”是越南使节经过此地时关注的考察点。嘉庆二十四年（1819）闰四月，越南使节丁翔甫经镇南关出使清朝，有《新宁城小憩》诗：“片帆风利失重滩，江畔徘徊小憩间。一路夷险征地志，满前景致付毫端。城临夕照天将晚，人在他乡梦已阑。拟向升平人瑞问，篙师贪路过前湾。”题记：“州有逍遥村李春调，寿一百八岁。诏旌其门，扁曰‘升平人瑞’。”

208

陈宏谋辑《五种遗规》

天下有真教术，斯有真人材。教术之端，自闾巷始。人材之成，自儿童始。《大易》以山下出泉，其象为蒙。而君子之所以果行育德者，于是乎在。故蒙以养正，是为圣功，义至深矣。余每见当世所称才子弟，大都夸记诵、诩词章，而德行根本之地，鲜过而问焉。夫在山泉水清，出山泉水浊，繄岂泉之咎哉！汩泥扬波，父兄之教不先、子弟之率不谨也。

宏谋公余，考昔贤养正遗规，择其简要可通行者，厘为二卷。篇帙无多。本末略备。用以流布乡塾，俾父兄师长以是教其子弟。毋轻小节，毋骛速成，循循规矩。虽蒙养之事，而凡所以笃伦理、砥躬行、兴道艺者，悉已引其端。由是以之于大学之途，庶几源洁流清，于世教不无少助乎？

此节录陈宏谋《养正遗规序》。陈宏谋（1696—1771），原名弘谋，因避讳改宏谋，字汝咨，号榕门。广西临桂（今桂林市临桂区）人。雍正元年（1723）进士。历任检讨、知府、巡抚、总督等职。官至东阁大学士兼工部尚书。在外任三十余年，任经十二行省，官历二十一职，所至颇有政绩，得乾隆帝信任。他留心文教，在江西豫章书院颁订十则学约；在湖南，发《申明书院条规以励实学》；在云南立书院、义学数百所，令苗民就学。辑《五种遗规》，崇尚名教，醇厚风俗。有《培远堂全集》《陈榕门先生遗书》等传世。序原落款“乾隆四年三月，书于津门官舍”。

209

乾隆御赐旌表陈宏谋

朕惟赞绩纶扉，聿重老成之望；留芳琬琰，用垂奕祀之声。效宣力于中朝，尔位之靖共夙著；播令闻于永世，天家之典礼攸崇。尔太子太傅大学士陈宏谋，砥行端方，持躬恪谨，早登词馆，恩叨珥笔之荣，特佐铨曹，职慎持衡之寄。继班跻于柏府，仍分品藻之权旋，手绾夫银章，还带风霜之任。晋秩而监司表望，分藩而屏翰宣劳，屡邀简擢之恩，益励寅恭之素。洎乎颁条按俗，建节敷猷，统庶司表率之权，树高牙者九省。寄属郡宣旬之责，膺专阃者二十年，誉望既崇，勤劳罔懈。洊登八座，入领诸卿，侍讲幄而松牖云扉。端资黼黻，正揆席而鸳行鹭序。庞冠簪缨，肃趋政事之堂。秉轴方需励翼，廑念遂初之服。封章屡乞闲身，朕嘉彼旧劳，怜其晚景，加秩以彰荣遇，赐服以示殊恩。方谓退息乡园，余年未耗，何图载驰驿路，朝露俄惊！饰终之典聿昭，秩祀之文并懋。表其端悫，谥曰文恭。呜呼！中外勤施，眷往绩而丝纶贲宠，哀荣礼备，树丰碑而泉壤生光。庶克永终，用昭来许。

此为乾隆皇帝的《御赐旌表原任太子太傅大学士陈宏谋》碑文（节录），作于乾隆三十六年九月初四。此碑立于今桂林市临桂区四塘镇横山村陈氏家祠，碑文中高度评价陈宏谋之为官为人。

210

杨廷理阔别归来

一别东园廿七年，桃花流水故依然。添将虚架三间屋，老却苍颜两树烟。易主尚能容驻足（宅因官逋出典），因人何敢冀还毡（连年以行藏祷于神，有“天须还汝旧青毡”句。今承旧好方商捐复，然为数不赀，恐难成事）。儿曹莫被天台误，待乞襄阳十万钱。

半肩行李一囊诗，辜负春风得意时。无计点金寒透骨，多情琢句苦攒眉。凄凉古寺双抔土，拓落残躯两鬓丝。万里生还天有眼，拟将未竟付诸儿。

谪宦归来意惘然，岩花涧草动生怜。因循风雨倏三月，困顿舟车恰一年。钟鼎缘悭甘老退，山林兴壮快生还。只今剩得安心法，难与穷争造化权。

白首交亲剩几人，积年乡梦到今真。春风浊酒怜同社，夜雨团茶洽比邻。杜老堂空松色秀，陶公径冷草痕新。爱他燕燕穿帘语，细数枝头自在春。

好是添孙又抱孙，春祺乐事萃吾门。掌中杯酒呼同酌，箧里诗篇得细论。白雨蹙波帆影疾，青灯吐艳墨花翻。相期和厚承家泽（予尝以“厚德载福，和气致祥”二语劝勉儿曹），勿负人称好季昆。

此为杨廷理《初抵东园书怀并寄慰儿辈》诗。杨廷理（1747—1813），字清和，号双梧，广西柳州人，今立鱼峰下留有其故居。乾隆五十一年（1786）八月以后，历任台湾府同知、知府、台湾道台兼提督学政并加按察使衔。乾隆六十年，因清查库款案被诬控而革职。嘉庆元年（1796），流放伊犁。他结束流放生活、将重赴台湾任职时先回家乡，发现故居东园在他被流放后已被官方出典了，想收回来，但资金不足。虽然抒发感慨，但因前程明朗，故笔调平和，多写实。“半肩行李一囊诗”，写自己的清廉，为官二十七年，没有带回多少财物。“相期和厚承家泽”，希望“厚德载福，和气致祥”的家风传扬。嘉庆十一年（1806）九月，重任台湾知府，十八年九月二十九日，病卒于台湾。因其成功开发噶玛兰，清政府设噶玛兰厅。当地百姓称其为“开兰名宦”，并立“杨公祠”纪念，至今仍供奉其神像。

211

乾隆诗赞杨廷理

一斤三县属却广，早稻八成报有余（台湾南北两路，今春自栽插早禾以后，旸雨应时，禾苗畅发。兹据哈当阿等奏："本年节候较早，各处早稻俱已成熟，陆续刈获登场；除台湾县土性浮松、向不种早稻外，其淡水一厅及凤山、嘉义、彰化三县，通计收成，共八九分有余。现在米价平减，市野恬熙"等语）。**鱼米乡仍资内地**（台湾一地，内称鱼米之乡，岁获丰收。内地漳、泉一带，每年资其拨运接济），**闾阎风久靖安居**（该处自逆匪林爽文等就擒之后，数年以来，闾阎安居乐业，元气久复，绥靖如常）。**抚兹海宴年丰彼，益切戒盈畏满予。北塞南瀛幸时若**（今岁各直省麦收多在八九分以上。迩日巡幸避暑山庄，历览塞外农田，亦极芃茂。自北及南，雨旸幸俱时若，寸衷益增感惕），**惕然方寸敢舒如！**

此诗为乾隆五十八年（1793）乾隆皇帝所作的《台湾提督哈当阿道员杨廷理奏报早稻收成八分有余诗以志慰》诗。杨廷理于乾隆五十一年八月以后，历任台湾府同知、知府、台湾道台兼提督学政并加按察使衔。乾隆诗篇盛赞杨廷理治理台湾有方，可见是很器重杨廷理。两年后杨廷理被诬告，乾隆皇帝居然信诬而将他革职，似乎此诗谬赞了。其实并不是谬赞，革职是大体一种政治谋略。当官员大有成就时，独裁者往往担心其做大，难以管控，会寻故而削其锐气。诗句以及大量的夹注，很写实，富有史料价值。

212

黄师琼题《军中学易图》

河洛理数窥胸中，觥觥岳岳前贤风。折五鹿角敢言事，龙荒漠漠来从戎。陀罗海畔今和煦，二月柳条青亦吐。一编玩味最高峰，仰见天心在子午。姤之金柅复之初，静吉动凶遇有余。愿君进退持以正，消息盈虚任卷舒（六十四卦，而独取义于姤之初六，见君子刚正，而一阴始生，静正则吉，往进则凶，必含晦章美，静以守之，庶可以回造化也。时梅庄弹劾贵臣，谪戍塞外，故以进退持正相勖。后仍以刚取戾，岂学《易》而不能神明于《易》耶）。

此为黄师琼《题谢梅庄侍御〈军中学易图〉》诗。谢梅庄侍御，即谢济世（1689—1756），字石霖，号梅庄，广西全州县人，家在今龙水镇桥渡村，康熙五十一年（1712）中进士，改庶吉士，授检讨。后因文字狱，仕途坎坷。雍正四年（1726），任浙江道监察御史，参劾河南巡抚田文镜，被发往阿尔泰军前效力，讲学著书不辍。著有《梅庄杂著》《大学注》《经义评》《西北域记》等。谢济世在阿尔泰有《军中学易图》。乾隆元年（1736）复官，绘此图。同人题咏甚多。黄师琼，字愿弘，江南长洲人，与谢济世同榜进士。谢济世刚正不阿，在被流放期间研习《易经》。作为同年，黄师琼希望谢济世从《易经》之理，不再“以刚取戾”，应当“静以守之”。

213

谢济世论富贵贫贱

富贵者，天之陷阱；贫贱者，天之学校；患难者，天之夏楚。处陷阱而能成立者，上智也。游学校而能成立者，中材也。受夏楚而不能成立者，下愚也。霸不受《书》，未能为循吏也。霸不下狱，未必得受《尚书》也。

此为谢济世《黄霸狱中受〈尚书〉》。谢济世，见黄师琼诗注释。黄霸（前130—前51），字次公，淮阳阳夏（今河南太康）人，自幼攻读法律之学，少有大志，汉武帝、汉昭帝和汉宣帝时期为官，官至丞相。黄霸善于治理郡县，为官清廉，外宽内明，文治有方，政绩突出，名列《汉书·循吏列传》。本始二年（前72）五月，汉宣帝下诏书过分颂扬汉武帝，长信少府（皇太后师傅）夏侯胜极力反对，时任丞相长史的黄霸支持夏侯胜，没有弹劾夏侯胜而同下狱。夏侯胜，西汉著名今文尚书学"大夏侯学"的开创者。黄霸在狱中从夏侯学《尚书》。夏楚，古代学校两种体罚越礼犯规者的用具。后亦泛指体罚学童的工具。《礼记·学记》："夏、楚二物，收其威也。"郑玄注："夏，槄也；楚，荆也。二者所以扑挞犯礼者。"谢济世因弹劾河南巡抚田文镜，被发往阿尔泰军前效力，他以黄霸为榜样，把这一患难当作人生的一个考验。

214

广西诸山“万貌千姿，神刓鬼削”

带水重重束，冠岩整整增。祖龙骧不尽，神禹凿何曾。鸾鹤群游戏，云霞气蔚蒸。笑他吴道子，只解画嘉陵。

吴楚多清赏，兹游更壮哉。携家行万里，特为看山来。壶峤仙灵秘，乾坤锁钥开。登临思作赋，愧少掞[①]天才。

此为乾隆二十年（1755）商盘《粤西诸山万貌千姿神刓鬼削皆拔地而起高插云霄生平历游吴楚所未见也》诗。商盘（1701—1767），字苍雨，号宝意，会稽（今浙江绍兴）人，雍正八年（1730）进士。其于广西的仕历：乾隆二十年任郁林知州，年底改知太平府，次年秋知庆远府，二十五年知镇安府（任至二十八年）。其赴任郁林，从江西入广东，先溯江、经阳朔上省府所在地桂林。诗歌的题名显示出作者对广西群山的欣赏。

① 掞（shàn）：舒展；铺张。

215

蒋良骐题《南园守株图》

世竞韩卢足，先生独抱奇。
忘蹄唯自得，逐鹿听人为。
坐待春风发，闲观秋草萎。
无私称大造，莫笑刻舟痴。

此为蒋良骐《题〈南园守株图〉》诗。蒋良骐（1723—1788），著名史学家，清全州人，字千之。乾隆十六年（1751）二甲第六十二名进士，入翰林院为庶吉士，授编修。后历任国史馆纂修、日讲官、御史、给事中、鸿胪寺少卿、太仆寺卿、通政使等。蒋良骐善书画，书画家钱沣（南园）曾师事之，绘《守株图》，自题词，又倩一时名流题词。众人所题，汇为一卷。

良骐题词于乾隆三十六年，诗中赞许学生钱沣在人们竞奔逐利时有独特的胸怀。朱桂昌《蒋良骐年谱简编》末后的蒋良骐评传："良骐少举科第，一生为官，循资迁转，无大跌宕。其为人颇稳健。性淡泊，但时亦表现出人所不及之勇决。周于礼称其'通古今，达世变'，又谓其人'澄之不清，淆之不浊'（语出《后汉书·黄宪传》），非数十年深知者不能道。良骐平日留心掌故，创《东华录》史著，又于史馆草名臣列传，今清史前期史馆之《大臣列传稿本》，倘追溯其源，恐有多篇出自其手。故其于清史之贡献，功莫大焉。除上述外，尚有《下学录》等诗文数种，因未刊刻，故皆不传。其诗今之得见者有《登白云山后山绝顶》《寿黄刺史兼以赠别》《定心桥》《舍身崖》《千叟宴恭纪七律四首》及《题〈南园守株图〉》等篇，诗风清丽。"

216

世外桃源在化峒镇

仇池小有天，远落武都氐。桃花秦人洞，深藏武陵溪。乃知好林壑，多在蛮僚黎。水经括地志，或有不及稽。迢迢归顺州，天末接交趾。从古无人到，为僻处边鄙。岂知百里内，处处佳山水。就中推华峒，尤擅清景妍。有山必有田，有田必有泉。亩岁收二钟，不识旱潦年。茅屋四五村，枕麓临沦涟。依依榆柳树，绿阴连陌阡。染衣刈蓝草，织布种木棉。拾樵可供爨，把钓时获鲜。五鸡二母彘，赛社留客便。所买只盐豉，余者不用钱。人各长子孙，朝耕暮归眠。其俗总淳朴，一概无愚贤。混沌所未凿，留此太古天。繄我倦道人，忽睹兹风味，不觉意也消，曷禁心乎醉。昔宋士大夫，每家宦游地，清颍筑室谋，阳羡买田计。故乡虽难忘，佳境良不易。他年拟抽簪，卜筑于此寄。同为一齐民，莫呼旧长吏。

此为赵翼《华峒》诗。赵翼（1727—1814），字云崧，一字耘崧，号瓯北。阳湖（今江苏常州）人。乾隆二十六年（1761）进士，三十一年冬，出任广西镇安（治所在今广西德保县）知府。三十五年任满。后官至贵西兵备道。是著名诗人，与袁枚、蒋士铨齐名，合称“乾隆三大家”。此诗作于乾隆三十二年。归顺州华峒，在今靖西县化峒镇。诗中所描述的境地，确实令人向往。

217

赵翼畅写镇安府歌圩男女

春三二月圩场好，蛮女红妆趁圩嬲。长裙阔袖结束新，不睹弓鞋三寸小。谁家年少来唱歌，不必与侬是中表。但看郎面似桃花，郎唱侬酬歌不了。一声声带柔情流，轻如游丝向空袅。有时被风忽吹断，曳过前山又袅袅。可怜歌阕脸波横，与郎相约月华皎。曲调多言红豆思，风光罕赋青梅摽。世间真有无碍禅，似入华胥梦缥缈。始知礼法本后起，怀葛之民固未晓。君不见双双粉蝶作对飞，也无媒妁订萝茑。

此为赵翼《土歌》。诗中记录，当时镇安府姑娘赴歌圩前着意打扮，在歌圩选长相如意的小伙来对歌，他唱得好，姑娘最终不能再酬唱，爱意滋生，就可以定终身大事。赵翼虽然也认为这不符合“礼法”，但是赞许他们自由婚姻。歌圩一般在三月三，而镇安府的青年人等不及了，在二月的圩场中即开展了歌圩活动。

218

冷昭忆榕楼兴会

烟霭兰洲，晴薰芳渚，潆洄十里银塘。自蘋水暖，飘飐柳丝长。客里年华暗转，销磨易，一半春光。料和风，榕楼桃李，开到冶城旁。　难忘。挑菜侣，罗衣扑蝶，宿昔猖狂。渺天涯云隔，望断三湘。纵有嫣红旧谱，怜何逊，词笔都荒。试量取，江流屈曲，未似我回肠。

此为冷昭《满庭芳》词，有记："岁辛巳花朝，黄素存、朱子敬兄弟挑菜榕楼，分韵题句，素存、子敬、子起各赋诗，予与子元检调填词。予得《满庭芳》'杨'字韵。忽忽四年矣。今予客阻中道，素存又在忧庐，会值兹辰，重思往事，复填此阕以致慨。"冷昭，字春山，广西临桂人。乾隆三十五年（1770）举人，有《春山词》一卷。此词作于乾隆二十三年，词中回忆四年前的挑菜节（二月初二日），与小伙伴在桂林榕楼赋诗填词。小伙伴有黄素存、朱子敬、朱子起、朱子元。从此词记录可知，当时桂林青年流行填词雅事。

219

知州与学生共饭

归顺李刺史，年来空已屡。未至粮即绝，肉食先去俎。门生远相访，萧然对虚宇。夜留披絮眠，到晓冻双股。先生殊不羞，浩浩论今古。大言鄙肉食，远谋属我汝。蔬菜诚必饱，此乃古所许。鸡酒非山中，并乏君勿怒。

此为李宪乔《日郡市断屠时共黄生饭但啜菜羹而已相与嬉笑为诗》。李宪乔(1746—1799)，字子乔，号少鹤，山东高密人。清乾嘉间“高密诗派”的代表人物。乾隆年间在广西太平府、柳城县、归顺州（今靖西县）任职。此诗作于李宪乔第二次任归顺州知州时，即乾隆六十年(1795)。归顺州生员黄生(字号鹤立)追随李宪乔，李宪乔《宾山续集》中有多相关诗篇。《镇郡感怀二首》中有“乃有黄秀才，日来求为诗”。知州与生员如此共饭，值得玩味。

220

师生之情“无分张”

久住方兀兀，别意都若忘。及至当判析，始觉黯然伤。歧路各扰扰，吾生真茫茫。有言子可喻，有怀子可明。何啻形与影，亲切无分张。我行当北步，可恨不得从。且复相依恋，浃月同郡城。言已无弗尽，怀已无弗倾。胡为转枨触，悲若不可胜。世人亦泣别，泣别多私情。此泣不为私，浩然今古中。别时欲有赠，感多吟不成。吟此在中路，聊寄慰相望。

此为李宪乔《镇安与童正一别后却寄》诗。童正一，即童毓灵，清归顺州（今广西靖西县）人，字正一、萃一，号九皋、碧潭。乾隆五十年（1785）岁贡生。追随归顺州知州李宪乔，是李宪乔在归顺州传播诗学而得的成名学生之一。《宾山续集》中有许多相关诗篇，如《下雷土州舍与门人童正一同宿》《和正一早行》《喜雨和门人童正一》《九月十七夜与童正一登怀远楼》《十一月十四日夜与正一步至独秀峰下》《调童九皋》等。

221

“言之能有物，乃与功德比”

古称三不朽，立言又其次。言之能有物，乃与功德比。举世不师古，此道吁将坠！汹汹莫或返，逐汰更扬沸。礌礌空白奇，甘死不甘媚。岂期百鸟群，忽闻传鹤唳。当空白云飞，四海清风至。岂即能相从，聊用明吾志。

此为袁思名《述志上少鹤先生》。袁思名（一作明），字子实，号岛鹤，归顺州（今广西靖西县）人。从李宪乔（少鹤先生）学诗，有《岛鹤诗草》（已佚），《三管英灵集》收其诗三十六首。袁思名述志诗认为，“三不朽”（立德、立功、立言）之“立言”，必须“言之能有物”。尽管少鹤先生的到来，如“当空白云飞，四海清风至”，他也不率尔相从，向先生述志得到认可之后才从之学。他之从学，李宪乔《赠袁生子实（思名）》诗中有记述：“怜尔相从志，都忘饥与寒。对吟朝食晚，留宿夜衾单。”

222

袁枚言广西人物“孤峭自喜，独成一家”

大抵桂林之山，多穴多窍，多耸拔，多剑穿虫啮；前无来龙，后无去踪，突然而起，戛然而止；西南无朋，东北丧偶，较他处山尤奇。余从东粤来，过阳朔，所见山业已应接不暇，单者，复者，丰者，杀者，揖让者，角斗者，绵延者，斩绝者，虽奇鸧九首、獾疏一角，不足喻其多且怪也。得毋西粤所产人物，亦皆孤峭自喜，独成一家者乎？

此出自袁枚《游桂林诸山记》，文末云：“记岁丙辰，余在金中丞署中，偶一出游，其时年少，不省山水之乐。今隔五十年而重来，一丘一壑，动生感慨。矧诸山之可喜可愕哉！虑其忘，故咏以诗；虑未详，故又足以记。”

袁枚（1716—1798），乾隆时期博学多才、著作丰富的诗人和学者，与当时的蒋仕铨、赵翼并称为诗坛三大家。丙辰，即乾隆元年（1736），袁枚来广西，投奔在广西巡抚金铁幕中任职的叔父袁鸿，得到金铁赏识，留住三个月。乾隆四十九年二月初五，应从弟袁树（在任端州太守）的邀请，与门生刘志鹏（字霞裳）出游岭南。袁枚“隔五十年而重来”桂林，即在此年。其“咏以诗”，当系分别摩崖于独秀峰太平岩、叠彩山风洞的《独秀峰》《游风洞登高望仙鹤明月诸峰》诗。

223

“文化搭台，经济唱戏”之滥觞

凡属圩市，一切生理，公平交易，毋得欺伪，致妨国制。况今大河圩正在演戏，开圩招商贸易，尤当善始。恐有无知棍徒，借端滋事，扰乱圩场。为此，示谕该处见地圩长及诸色买卖人等知悉。尔等赶圩贸易，俱宜各安本分，毋许横行生事，致乱圩规，自罹法网。嗣示之后，倘有玩违不遵者，许该地圩长指名公禀，即准差拘重究。本县言出法随，决不宽贷。凛之慎之！毋违特示。

此节录《灵川县示谕碑记》，出自《桂林石刻（下册）》（桂林市文物管理委员会编，1977，后同）第206页。乾隆六十年（1795），知县温之诚立碑于大河圩。碑中细列各行买卖圩规。其中提及“大河圩正在演戏，开圩招商贸易”。大河圩为了招商，大力开展文艺活动，此为二十世纪末“文化搭台，经济唱戏”之滥觞。温之诚，字玉田，江西石城县人，在广西多地为官，著有《全州志》。大河圩，当时属于灵川县，圩已不存，而今属桂林市街区。

224

大河圩村民演戏立圩

自神农氏教民日中为市，懋迁有无，而后世聚货交通，多昉于此。我皇上重熙雷洽，意美法良，所以海宇奠磐石之安，物产著繁昌之象，非取诸噬嗑，未能均济其平，利用同人，庶几各得其所。圩之成也，诚盛事焉。兹圩始于乾隆六十年乙卯春。其地系三都十图并占，其圩临期一、四、七日，聚百产之精，通四方之货，洵所谓仰体圣天子之至意而其益无方者矣。是为序。

此节录《清大河圩演戏立圩碑记》，出自《桂林石刻（下册）》第209页。其列“各村演戏立圩首事芳名”中，有黄家冲、下梁家、油榨村、赵家桥、易家村、李家里、连塘村、东窑村、莫家地、斋堂村和唐家村，共十一个村，出资请人演戏，其中小村——易家与李家合请一日；油榨村、东窑村、赵家桥，各一日；唐家村七日；其他村，两日。另外一碑《大河圩演戏首事名碑》，亦见《桂林石刻（下册）》第212页。记录“各村赠戏首事芳名”，其中有：大村里戏、白竹干戏、陈家村戏、鹭鸶洲戏、滩头秦广松广樟合唐家村戏、王家里戏、潘家村戏、细瓦窑戏、下阳家戏、董家巷戏、上塘边戏、本圩铺户戏、买牛客戏、卖牛客戏。演戏多为一日，也有两日者。碑上明确捐资请人演戏的“首事”以及其他捐资人名单。今桂林市东二环路左右、漓江两岸上下仍有赵家桥、大河村、白竹干村、陈家、潘家村、下阳家、董家巷等地名。可以想见，当时这一带属于灵川县管辖而为桂林城郊的街市，文化活动之频繁。

225

冯敏昌诗中论书法

今兹绢本匪捶熟，岂不磨研沾余馨。况闻右军鼠须笔，法秘永师归九冥。后人书迟笔不问，笔头硬钝如粗钉。作力在笔不在腕，后人瞽说奚堪聆？试观此书竟何等，左萦右拂随潆渟。刚强何能胜柔弱，瘦劲要是撑玲娉。前贤付受有成绪，欧虞老去谁典型？湖州笔工颇唐突，玉堂贵人搜禁经。若能先识作笔诀，再辨蟹爪针眼兼丁形。

此节录冯敏昌《洛阳宫第十九本褚临兰亭墨迹卷》诗。冯敏昌（1747—1807），字伯求，号鱼山，钦州人（故居在今钦州市钦北区大寺镇马岗村），乾隆四十三年（1778）进士，历任翰林编修，其间担任《四库全书》分校官。后任户部主事、刑部河南司主事，诰授奉政大夫。有《小罗浮草堂诗集》《小罗浮草堂文集》等著作传世。冯敏昌同时又是书法家，传世作品不少。他还精于书法鉴赏，擅长金石鉴定，孙星衍、邢澍尝就订正《寰宇访碑录》。冯敏昌此诗作于中进士的前一年，即乾隆四十二年。诗中就褚遂良所临摹的《兰亭序》发表书法理论与书帖鉴定的方法。

226

“汉家先有定蛮才”

楼船横海伏波回，海上旌旗拂雾开。
自古神人当血食，谅为烈士岂心哀。
山连铜柱云行马，地尽扶桑浪吼雷。
漫语武侯擒纵略，汉家先有定蛮才。

此为冯敏昌《舟过乌雷门望伏波将军庙作》诗。乾隆三十四年（1769），才二十三岁的冯敏昌途经今钦南区三娘湾，谒乌雷庙（也称伏波庙），题诗。冯敏昌对伏波将军很崇敬，曾作《祭汉马伏波将军祝文》《汉马伏波将军别传》。乌雷庙，知名颇早，当地传说建于东汉，而今见涉及此地名的有唐大中元年（847）六月李商隐《为荥阳公论安南行营将士月粮状》:“又当管去安南三千余里，去年五月十五日发遣，八月二十日至海门。遭恶风漂溺官健一十三人，沉失器械一千五百余事。其年十二月六日，差纲某等般送酱菜钱米，今年五月八日至乌雷，又遭飓风，打损船三只，沉失米五百余石，见钱九十贯。”宋王象之《舆地碑记目》卷3“钦州碑记”:“《乌雷庙记》：自唐以来所有碑记，今犹存。”此言为历代方志传抄。

227

岭南两位书法家的交集

五月都门人去留，侧身沧岸独披裘。路经南北淹文翰，书并风霜下钓舟（五月二十二日出都，十二月十二日书至）。白帽从教管宁着，苍生宜付谢安忧。燕台知有黄金在，敢按真图进病骝？

此为黎简《冯鱼山因药房南归致书》诗。黎简（1747—1799），广东顺德人，诗人，书画家。字简民，号二樵。出生于南宁，在此度过少年生活。乾隆四十六年（1781）夏，张锦芳（字药房，号花田，广东顺德人）下第离京南归，冯敏昌（鱼山）托他带信给黎简，向黎致意，并劝其应试求仕。黎简赋此作答，表明了自己修洁自持的意向。冯敏昌时任翰林院编修，并任《四库全书馆》武英殿分校官。黎简于乾隆五十四年拔贡，将赴廷试，因父丧未行，遂不复应试，一生未出仕。

228

谢启昆修《广西通志》

临川旧志已消磨（李穆堂先生），五管图经孰正讹？七十年来伤散佚，三千里外费搜罗。采风端赖輶轩使，纪事深求著述科。铃斋昼闲边务少，可容老子共编摩。

落灯时节载书来，秀岭春归别馆开。敢诩衔官偕屈宋（谓二张、任、王、关、周诸君），须知薮泽有邹枚（谓胡雒君、朱小岑）。龙编尽入探骊手，象译应资博物材。文简事增师掌故，蛮陬典册上兰台。

此为谢启昆《正月十六日开志局于秀峰书院志事二首柬裴山》诗。谢启昆（1737—1802）于嘉庆四年（1799）冬至桂林，任广西巡抚，次年初即设立修纂《广西通志》的志局。嘉庆六年十月，《广西通志》成书；十一月，修志而得的“副产品”——《粤西金石略》刊行。此两书被后来学者视为经典。裴山，即钱楷（1760—1812），字宗范，号裴山，浙江嘉兴人。嘉庆三年底，提督广西学政，名在嘉庆《广西通志》总裁之列（实际总裁是谢启昆）。有诗《和中丞上元后一日开志局于秀峰书院志事二首》：“翰墨功劳也不磨，图经续与订前讹。文章冠冕人咸集，草木虞衡志尽罗。快睹开函先发例（昨已读志书叙例），难论作史岂殊科。政成还计书成乐，准备蛮笺十手摩。群玉英灵乞得来，临川继见节牙开。草如涑水分刘范，文有西京压马枚。顾我采风惭奉职，惟公著作会储才。它年鸾瘴多生色，芸检新裁重外台。”钱楷盛赞修志先出叙例并组织了汇集得力的修撰班子，预计必定能修撰出不朽之作。由于主编计划周详，修志班子人才得力，《广西通志》成为嘉庆时期各省修志的典范，果然如谢启昆所料，“蛮陬典册上兰台”。

229

“粤西诗人之冠”朱依真的词作

涉江路远，望田田何处，裂帛光中。欲折青芦浑意懒，碧云消息难通。鹭外霞轻，鸥边凉重，依约见幺红。夕阳低尽，杖藜扶过桥东。　怀想石帚当年，花迎曲送，人在水晶宫。多癖多情，都未减、芳国无限惺忪。十里潭香，一声菱唱，吹断藕丝风。争生消受。隔城催趁疏钟。

此为朱依真《酹江月（漂帛塘观荷花）》词，录自《粤西词见》。况周颐有按语：“漂帛塘在临桂丽泽门外，一名西清宝贤壕。明张鸣凤《桂胜》云：‘壕水春夏之交，霠沦山麓，崖花水藻，丛发清绮。隔水百十家，隐见木末。后负连山，前则万荷递映。鼓棹而游，不减若耶之胜。’”朱依真，字小岑，清乾嘉间临桂人，博学而不乐仕进，以布衣终身。为嘉庆《广西通志》纂修官。爱好诗歌创作，造诣颇深，被袁枚称为“粤西诗人之冠”。有《九芝草堂诗存》传世。况周颐有《念奴娇·忆南湖旧游用朱小岑先生〈漂帛塘观荷〉韵》。

230

金秀瑶乡重视水源保护

窃为木有本则不绝，水有源则不枯。三江龙挖瓮口冲山场，乃九村水源。源流田禾之山，上应国课数十余石，下养生命万有余丁。前罗国泰大肆伐山地，曾经呈控于前任沐、瑞二州主在案。今有不法地棍，复行砍伐树木，断绝水源。九村不已，禀恳龙州主出示永禁，刊碑于圩，永垂不朽。

告示——保护水源，以资灌溉也。查州属大河，上通雒容，下至来宾，有自然水利；其余环绕港，全资山水源流注。山水须借树木荫庇，保存须滴源灌溉。田禾是树木，即属蓄水之本，岂可任意砍伐，致碍水源，且系中难容私占。兹闻地棍，但图眼前之利，行招租批佃，或自行开垦，榛伐树木，放火烧山，栽种杂粮，日久据为己有，公然告争，以致水源顿绝，田禾没涸，大为民害。其余官荒树木，概不许私佃自垦，伐树烧山，以蓄水源。如犯，依律重究。

此为《禁示龙堂碑》(节录)。碑原存广西金秀瑶族自治县大樟乡大樟村义路小学内。碑文参校《金秀瑶族自治县志》、黄钰辑点《瑶族石刻录(第一卷)》所录。不枯，原作“不站”；大肆伐，原作“六肆代”；永垂不朽，原作“以朽不朽”；如犯，原作“如还”。这些皆属黄钰订正。碑末落款:“嘉庆十八年十月初一日，九村刊立。”列九村之名：义路村、古陈村、大泽村、六龙村、花覃村、凤凰村、花芦树、厄树村、婆保村。大樟九村，为瑶壮杂居。放火烧山、砍伐树木、图眼前之利而盲目开垦等行为，危害甚大，乃至于水源顿绝，田禾没涸，大为民害。因此必须禁绝。

231

扬美古镇立碑规范市场

一议：圩市所有一切屠宰，无论皮肉下水，不得灌水、搭骨、喂盐。如有灌水、搭骨、喂盐，实有害人，任从本乡外乡人等获捉，众议罚银三两六钱正（归庙）。其秤务宜司马。如敢抗违，呈官究治；

一议：圩中所有往来生面可疑人等歇宿，圩长务宜不时严查，不得徇情。一经察出为圩长是问，呈官究治；

一议：圩市中地所狭窄，自后各辅前后左右，不得再加起造房屋及搭篷厂、茅寮，占出圩行。如敢违抗，众议拆毁之外，罚银三两六钱正（归庙）；

一议：圩市各铺前面不得堆积木股，致碍圩市。如违，罚银三两六钱正（归庙）；

一议：圩行原系众地，所有铺面空处，任从摆卖货物，不得私收地租钱文，致干法纪。一经察出，呈官究治；

一议：自后历任乡保，务宜照碑竭力办理，不得徇情。如有徇情，不得支费渡银。

以上所议条例，系通乡公议，勒石之后，不得私将字样毁坏，糊乱乡禁。一经察出，罚银十两外，呈官究治。如有呈究，所用盘费，具有乡银支用。各宜踊跃遵守，俾得乡境清平。

此为嘉庆十九年（1814）八月立于今南宁市扬美古镇振兴街的《通乡士庶设立禁约永远碑记》（节录）。禁约很具体，操作性强，如禁止屠宰中的灌水行为，禁止街市乱搭乱盖乱堆放，禁止私收地租钱。如有违法，用乡银支持检举。这些对当今街市文明建设，仍有参考意义。振兴街于1922年5月5日被土匪烧杀抢掠，一把火将街上的店铺和牛行变成废墟。此碑于20世纪末才被重视，当地人于废墟中发现了它，重新竖立于街上，后来又建了一个水泥碑，碑左右云："阅约怀先辈，循规仰古风。"虽然新碑有点简陋，但对于传承街市文明规范是有意义的。

232

嘉庆皇帝赐诗给 142 岁老寿星

星弧昭瑞应交南，陆地神仙纪姓蓝。
百岁春秋卌年度，四朝雨露一身覃。
烟霞养性同彭祖，道德传心拜老聃。
花甲再周衍无极，长生宝箓丽琅函。

诗落款：“赐广西宜山县永定土司境内寿民蓝祥年一百四十二岁喜成七律用志人瑞。嘉庆十五年庚午嘉平月御笔。”

原永定土司（治所在今宜州市石别镇）有御碑亭，镌刻此诗及庆远府知府、宜山县知县的和诗；今宜州市白龙公园立有此御笔诗碑。蓝祥，永定土司人，生于清康熙八年（1669），嘉庆十八年（1813）无疾而终。嘉庆十五年，广西巡抚钱楷接到地方官员关于长寿老人的报告，即上奏朝廷，请赐旌表。嘉庆皇帝看到奏折，即赐诗。《嘉庆朝实录》：嘉庆十五年十二月丙申“赏广西一百四十二岁寿民蓝祥六品顶戴及御制诗章匾额。仍加赏银五十两”。此事用邸报的方式发布。赵翼阅览此邸报，因而作诗——《阅邸报有粤西宜山县民蓝祥年一百四十二岁，圣恩赏给六品顶戴、御制诗章、匾额并建坊银币，恭记盛事（三首）》，其一云：“人生谁不慕高年，百岁光阴已似仙。到得添筹添破格，教人不敢想随肩。”

233

大新县教育史的重要文献

余下车以来，见养邑山灵水秀，知此中必有瑰玮之士钟毓而生，及会都人士试以艺文，生童卷中，颇有可采，何以考之旧《志》载科目者绝少？询之学博，方知家自为师，人自为学，虽行文具有性灵，作法未尽如式，所以数十年来，不能掇巍科，登高第，职此故也。余因是进诸老成善士，计议培植，佥以兴复书院、延师掌教为请。查历阳旧有养正书院一所，日久倾颓，而义学额银，仅有七十余金，无以敷修金膏火之费。余意欲修复加增，虑未能独肩其事，谨捐清俸为倡，而阖邑士民咸踊跃从事，各捐资金，集腋成裘，勷兹义举。落成之后，虽不能远追古之白鹿，近比省会之秀峰，将见岁延名师，揣摩造就。“甘受和，白受采”，科登贤书，联编甲第，无负山水之灵秀。

此节录高攀桂《建修瀛洲书院碑记》。《广西少数民族地区石刻碑文集》收录养利州建修瀛洲书院碑文三件，为今大新县教育史重要文献，作者分别为高攀桂、李兆梅、钟鸣鹤。从三个文件知，书院之建设，出于知州高攀桂倡议，其未施工而因病离任。嘉庆十七年（1812）春，继任知州李兆梅续行此举，历两年竣工。“邑岁进士钟鸣鹤”撰文记录书院建修的经过。

234

《峤西诗钞》集大成

峤西诗之刻，凡以存一省之文献也。粤西士习，大抵务实而不务名。上焉者生平刻励于道德经济之业，不屑屑于雕章棘句以示长。间有山林绩学之士，风雨一编，苦心镂刻，只以自怡，未尝刻集以炫于世。是以粤西之诗，少有存者。夫山川之精气为人，人心之精者为言，言之委婉成文者为诗。其发舒于人伦日用之间，为忠爱，为孝慈，为节义，为廉介，为恬适。胥足炳耀于山川，其精气不可掩也。特无人掇拾汇萃以垂示于后，使仅如天籁之啸于空，自起自灭，过而不复留，为足惜尔。

粤西自唐有二曹专集行世，家有其书。先之仅传黄牛丝布之咏，出于女子。迨宋数百年，现有专集者唯一方外契嵩。科名如冯当世、王世则，文学如张仲宇、张茂良、滑懋、唐弼、欧阳辟、蒋砺、石安民，或见称于张南轩，或受诗于梅圣俞，或与苏东坡相酬答，赫赫为一代大儒所许，迄今求其逸句残篇，了不可复得，此亦望古者之所心恻也。

此为张鹏展《峤西诗钞序》(节录)，作于道光二年(1822)。张鹏展(1759—1840)，字南崧，广西上林县人，故居于今巷贤镇留仙村。乾隆五十三年(1788)拔贡，次年进士，入翰林院，后为武英殿纂修。乾隆五十七年任云南乡试副考官，升福建道监察御史。嘉庆十四年(1809)迁光禄寺少卿、太常寺少卿，奉天府府丞，兼管学正。次年充山东乡试正考官，提督山东学政，升通政司使。嘉庆二十五年辞官回乡。先后受聘为秀峰(今桂林)、澄江(今上林)、宾州(今宾阳)等书院山长。教学之余，孜孜不倦兀兀穷年，收集整理成第一部广西诗歌总集——《峤西诗钞》，汇集了自明代蒋冕至嘉庆年间二百五十八个广西作者的诗篇，并为诗人立小传，给诗作简评。清末临桂诗人廖鼎声《论诗绝句》评鉴张鹏展在诗学方面的贡献云："遗绪难忘重峤西，半生辛苦遍搜稽，君家《感遇》曲江曲，《拟古》七篇应与齐。"其中肯定了张鹏展编纂《峤西诗钞》的功绩。

235

镆铘关陶弼遗踪

一道逶迤万仞山，翠微深处镆铘关。
陶公新句无寻处，遗梦空留野鹤闲。

此为张鹏展《镆铘关》诗。诗中的“陶公新句”，即陶弼《紫翠楼》诗：“昔年吟对大明山，未得开轩紫翠间。昨夜书中得新句，梦魂飞入镆铘关。”陶弼（见前记述）任宾州知州期间，有《镆铘关》诗：“三任边州六往还，此时才入莫铘关。访僧莫道无闲事，手指青天口说山。”《舆地纪胜·宾州》：“镆铘山，在上林县南三十三里。昔人有得古剑于此，故名。上林县又有镆铘关。”

236

韦天宝贺张鹏展六十大寿

南崧先生为天宝受业师，其里居世德及生平志事、居官大略，天宝以从游日久，故知之最详。己卯九月三十日为先生六十寿辰，凡前后及门之士皆欲制锦称觞。先生以祝寿为近世滥套，亟谕不可。然天宝惟先生虽行不求饰，而以亲炙之久如天宝者，终不可以无言。特言无过实，不敢以累先生盛德云尔。

此为韦天宝《祝南崧师寿》序。韦天宝（1786—1821），字介圭，号纲斋，广西武鸣人。嘉庆二十五年（1820）考取进士，授四川省重庆府巴县知县，次年赴任，至成都病卒，年仅三十五岁。诗序很有史料价值：1. 记录两位壮族历史名人的师生情；2. 记录张鹏展生年为乾隆二十四年九月三十日；3. 韦天宝作诗时在乾隆二十三年，此时张鹏展仍在山东任职。张鹏展不让学生们祝寿，认为“祝寿为近世滥套”。

237

张鹏展仕迹光辉

六诏衡材日，星轺怅往还。官尊看役贱，赋重觉民顽。报国词章陋，求人利泽艰。九重书欲达，循分愧曹闲。（壬子，先生典试滇南，沿途见民夫应役甚苦。细询利弊，每欲上书陈言，为职所限。嘉庆四年，改官御史，亟陈时务八款；于塘夫、采买二事，言之尤切。）

獬豸官常肃，兰台旧有名。直臣褒语重，忠悃致身轻。拯溺筹方急，焚香入夜清。孤怀还耿耿，孰与订前盟。（先生居御史时，遇事敢言，上嘉其直。值南城水灾，奉命往赈，不辞劳瘁，日夜筹划。凡活数万人。常言："居官必思于物有济，遇事惟求此心所安。"）

滚滚洪流急，伤怀既倒澜。胶庠虚养士，廊庙苦求官。书上千言易，操持毕世难。沉吟披奏草，达旦思无端。（先生官光禄寺卿，上《正人心疏》，凡三千余言，亟论民风、士风、仕风之变。大旨归于"崇实黜浮、守正躬行"以为本。）

齐鲁多文学，持衡继采风。文章标重价，报国励孤忠。士习分清浊，臣门慎始终。苍生方属望，何计数雕虫。（先生视学山左，持正不阿。人有议为沽名者，则曰："吾以书生见用，至此为上耳目，每事惧负国恩，何恤人言！第尽吾之所为得为耳。"）

此为韦天宝《祝南崧师寿》诗，凡九首：关于张鹏展出生地一首、家世两首、登科一首、仕历四首、总评一首。此录有关仕历的四首。诗中记录了张鹏展在乾隆五十七年（1792）任云南乡试副考官，"沿途见民夫应役甚苦"，欲为民鼓与呼而不能的无奈；嘉庆四年（1799）任御史，直言时务；嘉庆六年京畿特大水灾，"奉命往赈，不辞劳瘁，日夜筹划。凡活数万人"。又记嘉庆十四年迁光禄寺少卿、嘉庆十五年充山东乡试正考官，提督山东学政期间的事迹。张鹏展常言："居官必思于物有济，遇事惟求此心所安。"他的三千余言《正人心疏》，亟论民风、士风、仕风之变，主张以"崇实黜浮、守正躬行"为本。

238

滕问海赠诗给学生陆小姑

蒹蒹芳草遍城闉，女伴寻春翠黛颦。
缟袂青裙绿窗下，簪花书法卫夫人。

满城眷属尽神仙，花坠重茵亦偶然。
冬岭乔松原自秀，不随桃李斗春好。

此为滕问海《赠陆小姑（二首）》。滕问海（？—约1821），字巨源，又字廉斋，号湄溪山人。乾隆末期太平府学贡生，江洲圩（今崇左市江州区）人，嘉庆二十二年（1817）任宾州（今宾阳县）训导。工于诗，著有《湄溪山人诗稿》六卷（已佚）。张鹏展修《宾州志》，录其诗四首；辑《峤西诗钞》，录其诗五十四首。陆小姑（见下）从滕问海学诗，他对陆小姑奖掖有加。此诗言：当姑娘们踏春时，陆小姑没有追随俗流，而是在家认真练习书法，滕问海夸她如乔松，“不随桃李斗春好”。

239

妇女文学史上有重要地位的陆小姑

碧落三秋迥，银河一线横。有人当此夕，无处问前生。白首甘抛弃，红闺忆誓盟。溯从谐凤卜，长愿戒鸡鸣。展庙容初敛，宜家句载赓。灯前闻促织，雨里听催耕。砧冷衣频捣，葵香手自烹。暮挑蔬半亩，晨汲水双罂。质悴繁忧集，劳多痼疾成。霜欺兼雪虐，絮弱更尘轻。中道郎恩断，罡风妾梦惊。不教栖紫燕，真个打黄莺。转石余奢望，呼天竭至诚。眼枯空涕泪，心捧未分明。人去惭归璧，于飞记佩琼。已难收覆水，只为怒翻羹。娣姒凄凉色，亲朋笑谑声。逐臣千古恨，思妇廿年情。薄命聊终老，微躯以罪行。仳离何所怼，贻误是诗名。

此为陆小姑的名篇《七夕》诗。陆小姑，即陆媛，宾州（今宾阳县）人。出身殷实之家，自小爱好诗词。出嫁农民覃六，因体弱，不适合干农活而遭夫弃，回娘家居住。后拜宾州学训导滕问海为师，学习诗词。著有《紫蝴蝶花馆吟草》刊行。梁乙真《清代妇女文学史》第一编第四章第三节专写陆小姑。在乞巧节（当时的“情人节”）之夜，作为弃妇，陆小姑将悲伤之泪化为墨水抒写胸臆，写下长诗《七夕》。

240

黄彦坊不甘名场困顿

困顿名场二十年，于今贫病欲华颠。
愤来漫道掷班笔，倦去难挥祖逖鞭。
雨后秋花明鹭渚，夜深凉月落渔船。
茅庵密结松阴下，容得幽人枕石眠。

此为黄彦坊《辛卯答人劝赴秋闱》。黄彦坊，字言可，号鹤潭，广西武缘人，家乡在今武鸣城东镇夏黄村。嘉庆十八年（1813）拔贡。曾任雒容县（今属广西鹿寨县）教谕。武缘县于道光十九、二十年，两年连遭水灾，黄彦坊作《武邑己亥水灾纪事》，次年（1840）再作《武县庚子复遭水灾续作》，悯农情怀，一以贯之。其诗多写实，关心民生疾苦，记录风俗民情，是著名的壮族诗人。他出身于书香世家，而参加多次乡试皆不如愿。道光十一年（1831），当别人劝他再去应试时，他作诗回应。他曾有班超投笔从戎之志，努力进取，如刘琨“常恐祖生先吾著鞭”。多次的名落孙山，让他大志锐减，更生退隐之念。

241

陈白两家五世情

须眉如戟气如虹，忠爱填膺自不同。五十年前邘上路，后尘谁可步明公？

淮扬相倚若长城，范老胸中富甲兵。一幅手书千遍看，须知名将即儒生。

丹忱耿耿贡彤墀，特擢元戎荷主知。今日口碑犹载道，当年荐剡本无私（文恭公曾特疏荐之）。

殷勤数语抵官箴，报国酬知共此心。自是将军韬略远，不教古调废牙琴。

俎豆馨香第一家（本朝武臣入祀“名宦”，自白将军始），芳名日月竞光华。生前僚友兼师弟，天上人间总不差。

轮铁销磨故纸留，家山万里感松楸。摩挲手迹重回首，甲子于今瞬一周。

哲嗣文孙守素风，谈忠说孝意何穷（长君自邘上趋公，入都；冢孙亦侍养至）。交情五世重联襟，各叙前徽也至公。

更闻一语沁心脾，预话儿孙觌面期（长君坦庵为予述先生遗嘱云：“吾家世世与陈文恭后人同处一方者，必相过从，毋视同秦越。”其笃念旧交如此）。今日相逢须载笔，旃蒙作噩小春时。

此为道光五年（1825）陈继昌《白秋斋将军画像卷内存文恭公尺牍二篇敬志其事为白坦庵作》诗。陈继昌（1791—1849），原名守壑，字哲臣，号莲史。陈宏谋之曾孙，嘉庆二十五年（1820）状元，是科举史上的最后一位“三元及第”者（今桂林王城东门的城楼上有“三元及第”碑匾）。初授翰林院修撰，道光二十五年官至江苏巡抚。善书法，有不少作品传世。能诗文，著有《如话斋诗存》。白云上（1724—1790），字凌苍，号秋斋，河南河内（今河南沁阳）人。乾隆十六年（1751）武进士，由侍卫累迁副将。工书法，以草书知名。在仕途中获得文恭公（陈宏谋）的举荐，终身感念，乃至遗嘱于子孙，要与陈家交好。其子白守清（号坦庵）遵从遗训，因此有“交情五世”之谊。

242

谒明代忠臣杨继盛

曹署居然匹谏垣，批鳞遗直至今存。
五奸疏定权门罪，万古心衔圣主恩。
报国此身臣炼胆，旌忠有典帝招魂。
荒祠日暮灵旗冷，留与行人洒泪痕。

此为文寿华《谒杨椒山祠》诗。文寿华（1790—1833），字镇侯，一字西亭，郁林人，其故居于今玉林市玉林镇大新村。据称为文天祥第二十一代裔孙。嘉庆二十四年（1819）进士，历任山西文水、介休、阳曲知县，霍州知州、泽州太守，卒于官。有《啖蔗山房诗集》(附录其女文祚闻的《静怡诗存》)。杨继盛（1516—1555），字仲芳，号椒山，河北容城人，嘉靖二十六年（1547）进士，授南京吏部主事，又迁兵部员外郎。呈《请诛贼臣疏》，历数严嵩“五奸”，被投入刑部大狱。临刑前，杨继盛留下名句：“浩气还太虚，丹心照千古。生平未报国，留作忠魂补！”1567年，穆宗登基，给予平反。次年建祠。《明穆宗实录》隆庆二年二月：“诏建故兵部武选司员外郎，赠太常寺少卿，谥‘忠愍’杨继盛祠于保定府，赐名‘旌忠’，令有司春秋致祭。”

243

五咏堂上《五君咏》

独秀峰旧有始安太守颜延之读书岩，宋孙览筑五咏堂，镌《五君咏》于石，今皆无考。余以旧藏黄山谷书《五君咏》真迹，属郡人陈鍱双钩，马秉良市石，勒诸山中，用存旧迹云尔。道光十八年九秋，福州梁章钜书。

此为梁章钜《跋黄山谷书〈五君咏〉真迹》。梁章钜（1775—1849），字茝中、闳林，号茝邻，晚年自号退庵，福州人。道光十六年（1836），任广西巡抚兼署学政。十八年，上疏主张重治鸦片囤贩之地，强调“行法必自官始”，并积极配合林则徐严令梧州、浔州官员捉拿烟贩，采取十家连保法，杜绝复种罂粟。二十一年，亲自带兵防守梧州，并增兵浔州、南宁，运送大炮支援广州防务。

梁章钜对广西文化建设多有建树，主持编辑广西诗歌总集《三管英灵集》，撰写《三管诗话》；重建五咏堂，将所珍藏的黄庭坚书《五君咏》镌刻于五咏堂，为五咏堂题楹联。正堂楹联：“得地领群峰，目极舜洞尧山而外；登堂怀往哲，人在鸿轩凤举之中。”北厅楹联：“胜地如画图，是贤守遗区，雄藩旧馆；灵山托文字，有叔齐作记，孟简题名。”这些都为桂林文化增色。

抗日战争期间，桂林沦陷，《五君咏》石刻遗失。1965年，桂林市文管会根据石刻拓本重刻，立于龙隐岩，使这一珍品重放异彩。文中提及的陈鍱、马秉良，都是桂林人，书画家。陈鍱，字桂舫，又字谷孙，一作谷生，号丹崖，道光十七年举人，后官至山西朔州知州。

244

王元仁一字书法流芳

予幼随宦粤东，常闻抚署大堂之侧邪魔作祟，后松湘浦相国秉节两粤，酒阑一笔书大“虎”字镇之，其祟即灭。随将此字钩刻堂上，任人拓搨，悬之镇邪甚效。此相国一时精神所会也。癸巳孟春，予重任粤西，见居民常遭回禄，闻绅老云：南方属火，故耳。予思虎字可以镇邪，龙字必能镇火。因仿家右军一笔“龙”字，放大书于省会西北石岩上，鸠工镌刻。岂敢云能除祝融之灾，抑欲成东西两粤龙虎之美耳。附一绝云：百丈蛟龙绕彩毫，笔锋落处鬼神号。书成墨汁归沧海，借此频添万顷涛。

此为王元仁《龙字叙》。王元仁，字静山，浙江山阴人，为王羲之的后裔，曾任阳朔县令。此大“龙”字，属于一字书法，于道光十三年（1833）书并摩崖于隐山朝阳洞口。其一字书法，在广西多处留有名迹，除“龙”字外，还有“佛”“带”“寿”“凤”等字。道光十六年中元节在桂林龙隐岩书“佛”字，落款“道光丙申年丙申月丙申日丙申时王静山书”。“佛”字极为神奇，远看像一个梳着发髻的老太太双手擎香，双膝跪地，虔诚地举香拜佛。在阳朔大书“带”字。“带”字可拆分为“一带山河甲天下，少年努力举世才”的格言警句，或“一带山河，举世无双，少年勤奋，万古流芳”四言诗。今崇左市城区新庆街近江岸边有其大书“寿”字，武鸣起凤山有其大书“凤”字。

245

古代钟山倡“公共树木”理念

为严禁山岭，遵宪吩谕，刊碑永封，以杜后累事：南村、大由一堡，皆属平乐县之地所，历来余等二堡，并无异端之人。究嘉庆、道光年间，偶以无知射利，瞒将大由山批发砍伐树木种地。余等齐心鸣究案稽，窃思宪谕不刊碑勒石，日后又生异心之徒，当□言定，永将大由山等处并后背等山，永远封禁。大由山等处，堡内有人伙串瞒批私发，公同驱逐鸣究。后山岭等处，不许放火，有坏备木。且系余等来脉之紧要，各种各管树木，更不得乱砍盗伐越规。但将各种及公共树木私行窃伐，一经捕获，重罚香油不贷。□成例，永不讳于今日之议。请匠刊碑三通，入监□、龙骨岭、大由庙。每监一通，后学不许毁坏，留传千古不朽，是为严禁云耳。

此为《永禁大由龙骨等山碑》(节录)，碑文参校《钟山县志》及《钟山文史资料》1991年第3辑所录。碑落款：“道光八年(1828)十一月二十六日，南村、大由二堡人等同立。”钟山县二堡人严禁批发砍伐树木种地、放火烧山、窃伐公共树木等行为，显示强烈的环保意识。道光八年钟山县村民就有“公共树木”的理念，值得注意。

246

田林善人善事

窃谓风俗人情鄙美，虽关夫气运，而刮光洗垢旋转，实赖乎人力。所以杰人世出，不徒乎门庭之庆，实乃邦国之福也。念我板干一亭，自来离城较远，而风教难及，男则逞奸败俗，女则忘羞露体。种种陋俗，诚非堪采。兹幸天道好还，嵩生岳降。现有我岑先生名席珍，不辞艰险，作砥柱之中流；慷慨疏财，挽狂澜于既倒。定粮田，禁洗澡，不许祭鬼宰牛，首捐膳田为船渡人。禀请告示，承官允准。无非经营筹划，除弊兴利，作世法则，创设渡船，以免来往赤身。至于梢夫之用，饮食之需，前邀约同人，捐田二百，后徙取怀，一己出二二千斤。远来行人，无取分毫之税；衙门差吏，难逭锱铢之苛。有此令德，不徒乡党之乐，朝廷宰土之乐也，岂曰小补之哉？仁普难忘，勒碑为记。

此为《板干河义渡序》(节录)。板干河，南盘江支流，流经今田林县百乐乡板干村。碑文据《田林县志》所录并校订。碑末落款："道光二十一年三月二十日，板干亭。"并列"刻序"者名单：板干保正汤辅需、廪生王宗保、武生黄天培、蒙上恩。作序者当系廪生王宗保，他赞美了善人岑席珍，记录了他的事迹。"岑氏宗亲网"记："板干屯岑席珍(道光进士)。"此事说明，地虽僻、位虽卑，也可以"立德"而传扬。

247

独秀峰景观的建设理念

独秀山踞广西会垣之中，崛起五十余丈。山巅有祠庙五，随石势之高下、凹凸转侧为之。山之右有石径，颇险仄，缭以短垣。螺旋蚁折，尽三百有六级，乃得其巅。下视城内外，官廨民廛[①]，鳞次可数；远近诸山，环拱于烟云杳霭间。盖城中登眺，以揽数十里之奇胜，莫如此峰。近以岁久失修磴啮垣圮，登者望而瑟缩。其祠宇则瓴桷腐落，四壁倾颓，神佛像仅以竹席敝风雨。道光癸巳夏都人士重修贡院，既毕工，以是山为桂林之主，观瞻所属，且贡院在其阳，文明于是乎，应乃复醵金，请于守土者重新之，完啮筑圮，易其腐落，甓[②]其倾颓，神佛像成庄严过其旧。前时所祀为北帝、文昌、观音，为灵官、财神，复增构寿佛殿、魁星阁、山神土地祠。植文笔于魁星阁之侧，与贡院相直。又建雅集之厅及望月、大观诸亭。山之半，为小憩亭。凡三阅月而蒇[③]事。去险巇，增明丽，可登、可息、可盘桓，游屐往来无虚晷。

此为祁𡎴《增修独秀山景工记》（节录）。祁𡎴（1775—1844），字竹轩，一字寄庵，山西高平县（今高平市）人，嘉庆元年（1796）进士。道光十年（1830）十一月至十三年七月任广西巡抚，后来任两广总督。祁𡎴之文于道光十三年立于桂林独秀山小憩亭，落款“道光癸巳季秋月抚粤使者祁𡎴记”。其时祁𡎴已经接到调任广东巡抚的任命，故称“抚粤使者”。他在离开桂林前留下此遗泽。他修独秀山景观的理念是，“去险巇，增明丽，可登、可息、可盘桓”，大大方便游人。此景观的理念在今广西诸多地方的景观建设中仍有参考价值。

---

① 廛（chán）：古代指一户平民所住的房屋和宅院，泛指城邑民居。
② 甓（pì）：砖。
③ 蒇（chǎn）：完成。

248

座山屯包容落难人

伍子奔吴，尝吹箫于市上；晋文过卫，曾拜跪于田间；自古英雄，半是穷途之客。而今豪杰，多为失路之人。予生蛮方，长居黔地，曾游乡泮，久恋风骚。化外淳朴，山川秀丽，屏藩迭换，治乱循环。十余年间，为克酋苗，竟作一来一往。千秋后代，未生诸葛，难能七纵七擒。叱咤风云，点起滇土烽烟。浩瀚沙尘，迷漫南国边境。破我土樯，农具改为兵具。杀人盈野，文场反为战场。未扶高堂白发，难携家室红颜。别仲离昆，各伤心于两地，抛雏弃幼，独糊口于四方。两足淌乎烟霞，一肩挑兮风雨。朝出马帐，夜卧牛衣。找求嗟来之食，肠饥百转。倾听司晨之磬，腹响长雷。浪里淘沙，自惭斯文扫地。雪中送炭，堪歌羽化升天。闹市蹒跚，傍人门户，荒村凄冷，怅我襟怀：莽莽乾坤，迷津何寻净土？茫茫苦海，瞻仰谁是慈航？伯乐有情，老骥扬蹄万里；荆州青睐，诗狂畅咏千章。弦急音催，辞难尽意。情长纸短，笔即停挥。

此为陶步云《落难赋》。《马山县志》附录诗文并注："陶步云，传为贵州举子。清道光年间因时乱流落定罗土司境乞食。适逢朗城头百通村举行酬祖醮会，他临场领布施，善意指出楹联中病语，掌部者欺他下贱，出言不逊，他便以横溢才华当场写出《落难赋》，受到座山村父老的赞赏，收留他回村任教师。几年之后，培养出两个秀才。后病故于座山。"座山，今马山县永州镇德育村座山屯。此事例再次说明，地虽僻、位虽卑，也可以"立德"而传扬。

249

太守李彦章赞夏黄村诸贤

一束诗筒锦段新，如看着纸味还亲。
风骚莫道无传处，重遇西江社里人。

封胡羯末各知名，黄巷风流学易成。
便比荆州冠盖里，一村花竹富书声。

莲花石上长青苔，门外东江绕钓台。
迟我朱幡行未到，一时虚报聚星来。

此为李彦章《赠夏黄村凤山诗社三绝句》。今武鸣起凤山读书岩外石壁上的众多摩崖题诗中，有不少诗题为“分得 × 字韵”者，共十一首，乃凤山诗社的作品。诗社成立于清嘉庆十九年（1814）九月，至道光年间，凤山诗社得到思恩府郡守李彦章（道光五至八年在任）的赞许。李彦章（794—1836），字则文，一字兰卿，号榕园居士，福建侯官（今福州市）人。起凤山合云岩中有双钩竖刻“郡伯侯官李兰卿所憩处”十大字，并有此诗摹刻。“凤山诗社”诸成员，绝大多数是夏黄村黄家子弟，可知的只有丰锟(武缘县丰村人，道光十七年举人)不是黄氏。据现见到的资料，夏黄村诸贤，文字辈三人，维字辈二人，彦字辈四人。故李彦章称赞夏黄村黄家子孙“封胡羯末各知名”(封胡羯末：分别为东晋谢氏兄弟的小名——封指谢韶，胡指谢朗，羯指谢玄，末指谢渊。后用以称美兄弟子侄之辞)，赞美他们继承了“黄巷风流”(黄巷，指黄氏入闽早期生活之地“福州黄巷”，其地人才辈出)，赞美夏黄村如荆州的冠盖里，而诗社如流风深远的江西诗社，称赞众诗人聚会如星宿聚会。

250

柳侯祠三绝碑

我来柳州城，首谒柳夫子。夫子在李唐，文名艳芳齿。大贤每不容，投荒一万里。江南富绮罗，吾粤富山水。公有山水癖，官谪宜居此。此州以柳名，公亦姓柳氏。人地有前缘，千载遥相俟。柳本处荒陬，风教昔未启。自公守是邦，道德齐以礼。户始有诗书，民咸知廉耻。风俗重淳庞，人文渐秀美。迄今千百年，讴歌余乐只。我登公之堂，我拜公之几。遗像祀崇祠，穆然深仰止。苏字洎[①]韩文，碑高八尺咫。飞舞走龙蛇，棱棱蟠石髓。镇海志神奇，人人宝片纸。夫子身虽没，夫子灵不死。猿吟与鹤飞，终古情无已。

此为龚锡绅《谒柳侯祠》文。龚锡绅，字书诸，广西兴安县人，龚献谟之子，嘉庆十五年(1810)副贡生，有《听之草堂诗集》传世。他怀着崇敬之情拜谒柳侯祠，深情撰写拜谒文。其中“苏字洎韩文”，指的是苏轼所书唐韩愈的《柳州罗池庙碑》文，因首句为“荔子丹兮蕉黄”，习称为“荔子碑”(简称“荔碑”)；又因韩文记柳事而书法出于苏，三人皆为历史杰出人物，美称为“三绝碑”。明徐霞客游柳州，购得“苏子瞻书韩辞二纸”拓本。柳州柳侯祠今存“三绝碑”。

---

① 洎(jì)：到；及。

251

吕璜以诗传教

古人贵通经，所贵在致用。近人务说经，乃务以哗众。群经述作殊，大旨条贯共。汉唐笺注家，谈言只微中。宋贤炳薪传，道积鉴斯洞。论足周圣涯，亦足醒昏雾。奈何嵬琐流，嚣然复聚讼。党护故纸堆，张汉而抑宋。瓦砾偶拾取，浪诩怪石供。供之犹自可，持作弹丸弄。岂知仁义府，高坚几不动。

将为古文章，汉唐多可宗。北宋有作者，亦复称豪雄。其义相六经，其语羞雷同。学诗溯汉魏，千九百年中。师资转益多，毕竟将安从。取法必最上，超超自行空。老氏贵知希，诗文理常通。人世交口誉，境地知未崇。果且进于古，笑讥或易丛。倘求合于人，古音听谁聪。

岭西少藏书，亦少专已儒。转恐啬于义，或病稽古疏。著述失天籁，不受绳墨拘。专集凡几宋，未恢宏远模。大府幸鉴此，首辟博雅途。汎滥极瀛海，因之识归圩。咸韶有正声，岂容杂笙竽。终期收远名，始亦慎所趋。伊余愧薄劣，况入风尘驱。谓我比老马，我材实蹇驽。平生忆交游，谈艺时不孤。咫闻或多矣，分饷心区区。

此为吕璜《示经古书院诸生三首》。吕璜，字礼北，号月沧，广西永福人，生于乾隆四十二年（1777），卒于道光十八年（1839）。嘉庆十六年（1811）进士。历任浙江庆元（今属龙泉）、奉北、山阴、钱塘等县知县，升杭州府西海防同知。道光十二年（1832）春，回省居桂林。道光十四年，吕璜主讲桂林经古书院（榕湖经舍），以经学、古学课诸生。此诗作于这期间。次年八月以后，主讲秀峰书院。吕璜从学于桐城派代表人物吴德旋。道光八年底，吕璜汇集吴有关古文的言论为《初月楼古文绪论》，并刊行。吕璜古文成就突出，为广西五大桐城派古文家之一。有《月沧文集》传世。《清史列传》有传。

252

以“一代伟人”相期

方丙寅、丁卯之间，璜蜷伏里门耳，足下之名藉甚已，而龙雨川先生又为言足下学术之粹、文品之超，真不愧文恭公家法。及读足下乡试文，乃叹先生之言信而有征，而犹以不获一见为憾也。乙亥冬，与足下相晤于李星门。许为时甚暂，未能聆音吐。然窃睹邃茂之气，渊然盎然，古名臣风概已略可想。今岁闻会试、廷试，足下名皆第一，此不独粤人所称庆，凡文恭公宦迹所到、讴思功德者，与凡读文恭公遗书、渥被沾丐者，莫不举手加额，翕然同声，叹明德之有后，因以为熙朝得人庆也。

昔黄蕴生先生谓“状元三年一人，未足为异”，自命“须为数百年特生之人，亦须为数十年仅有之人”。自隋设进士科，迄今千余年矣，而乡贡、礼部试及廷对皆第一，不过十余人。岂非数十年、数百年而一见耶？就此十余人中，以名臣显，如王沂国之闳达、冯文简之严正、商文毅之深沉，又不过数人。足下善衍文恭之令绪，于以媲美沂国、文简、文毅诸公，岿然为一代之伟人，是不能不重有望矣。

此节录吕璜《致陈莲史修撰书》。吕璜在陈继昌“三元及第”后，写信祝贺。信中大意说，吕璜在嘉庆十一、十二年在乡里就闻陈继昌的大名，临桂人龙献图（号雨川）对陈继昌的学术、文品大加赞美，称不愧为陈宏谋（文恭公）的玄孙。嘉庆二十年（1815），吕会晤陈继昌于李熙垣（字星门）家，得见陈的风采，觉得陈有“邃茂之气”，气概非凡，是人才相。果然，嘉庆二十五年，陈中状元，而且是“三元及第”，极为难得。明末黄淳耀（字蕴生）自命“须为数百年特生之人，亦须为数十年仅有之人”。进士科举以来千余年，仅有十余人“三元及第”，陈即数百年才有的“特生之人”。吕璜期望，陈能够如古代“三元及第”之佼佼者——王曾（封沂国公）、冯京（谥号文简）、商辂（谥号文毅），成为一代伟人。

253

支持吕璜弘扬桐城派朴实文风

文字无今昔，六经为根荄。夫子抱遗篇，狂简慎所裁。讲席秀峰尊，百史能兼赅。吾粤文献考，家法推东莱。二陈去已远，苍梧亦辽哉。最病士疏陋，荒俗难挽回。绝学屡兴叹，百年待奇才。丹铅老不疲，旧书读百回。初时自浙归，颜鬓犹未颓。高筑万卷楼，啸歌城西隈。后稍移南郭，花竹傍檐栽。弟子逡逡进，白发笑口开。论道有绳尺，举酒方欢咍。指谓旧师友，徜徉不我猜。初月照高炯，乃自桐城来。义法守方姚，无异管与梅。示我震川文，有若饮醪醅。元气自开阖，众妙归胚胎。废兴虽日变，真意无隔阂。忆昔束发初，执卷心忽摧。每恨古人远，津逮难沿洄。岂期生并世，几席获追陪。勖以坚操履，闭门绝梯媒。庶几传朴学，一使志业恢。

此为朱琦《闻吕先生论文有述》。朱琦（1803—1861），字伯韩，一字濂甫。广西临桂（今桂林市临桂区）人。道光十一年（1831）举乡试第一，十五年成进士，改翰林院庶吉士，散馆，授编修，迁御史。咸丰初年，“太平天国”风暴波及家乡，朱琦辞职回乡组织民兵为“团练”，抵御暴乱，保护乡里安宁。朱琦因功获奖励，升任道员，入京候选。咸丰十一年（1861），朱琦总理杭州团练局。在抵御太平军攻杭州之役中，朱琦战死清波门。朱琦工诗、古文，与吕璜、龙启瑞、王拯、彭昱尧并称桐城派流衍广西的古文学家，其弟子有著名的张之洞。《抱冰堂弟子记》称张之洞“古文学受于从舅朱伯韩观察琦”。朱琦为御史，敢“上章陈天下大计，与苏廷魁、陈庆镛，时号‘谏垣三直’”（方宗诚《朱伯韩先生传》）。“吕先生”，即吕璜。

254

廖鼎声悼殉难乡贤朱琦

鹊湖别后六年期，始枉今朝噩耗知。杜甫去依严武幕，季由偏殉孔悝师。粤山荒陋开文学，蛮部苍凉奠酒卮。不是恸公还有恸，故乡耆旧半凋夷。

周处曾无职分司，射蛟剸[①]虎战功垂。徒令潦倒西湖死，欲问声华北地卑。韩笔竞虚新刻本（公《古文集》尚未刊，惜哉），楚骚增重旧传诗。海山曩日牙琴奏，三直悲歌为涕洟（昔予赠诗有“三直君为真御史”之句）。

此为廖鼎声《近日始闻伯韩观察殉难浙江已久痛之以诗》。廖鼎声，字金甫，号拙学居士，广西临桂人。道光十二年（1832）举人，官至补用知府。有《冬荣堂集》《蔗味轩诗话》《拙学斋论诗绝句》等著作。伯韩，即朱琦（字伯韩）。朱琦在率部抵御太平军攻杭州之役中，战死清波门。廖与朱琦曾相会于山东省历城县鹊山南麓的鹊山湖，分别后六年，才获知朱琦早已殉难，无限伤感。

① 剸（tuán）：用刀割断。

255

王拯成名后的感念

《媭[1]砧课读图》者，不材锡振官京师所作也。锡振之官京师，姊氏刘在家，奉其老姑，以不能来。今姑殁矣，姊复寄食二姊广州，阻于远行。锡振自官京师之日，蓄志南归，以迄于今，颠顿荒忽，琐屑自牵，以不得遂其志。

念自七岁时，先妣殁，遂来依姊氏。姊适新寡，又丧其遗腹子，茕茕独处屋后小园，数丈余嘉树荫之。树荫有屋二椽，姊携锡振居焉。锡振十岁后，就塾师学，朝出而暮归。比夜，则姊恒执女红，篝一灯，使锡振读其旁。夏苦热，辍夜课。天黎明，辄呼锡振起，持小几，就园树下读。树根安二巨石，一姊氏捣衣以为砧，其一使锡振坐而读。日出，乃遣入塾。故锡振幼时每朝入塾所受书，必熟于他童。或夜读倦，稍逐于嬉游，姊必涕泣，告以母氏劬劳瘁死之状；且曰："汝今弗勉学，母氏地下戚矣！"锡振哀惧，泣告姊："后无复更为此言。"

呜呼！锡振不肖，年三十矣。念十五六时，犹能执一卷就姊氏读，日惴惴然，悲哀穷戚之中，不敢稍自放弃。自二十后出门，不复读姊氏侧。行身居业，日益荒怠。念姊氏教不可忘，故为图以自省，冀使其身依然日读姊氏之侧，庶免其堕弃之日深而终于无所成耶。为之图者，同年友陈君名铼，知余良悉，故图属焉。

此为王拯名篇《〈媭砧课读图〉序》，作于道光二十四年（1844）。《古文观止》收此文，题为《媭砧课诵图序》。王拯（1815—1876），初名锡振，字定甫，号少鹤，又号茂陵秋雨词人、龙壁山人，广西马平（今柳州市）人。道光二十一年进士，历官大理寺少卿、太常寺卿、左副御史、擢通政使。晚年告老还乡，主讲于桂林榕湖经舍、秀峰讲舍。王拯为桐城派古文广西五大家之一，兼善诗词书画。著有《龙壁山房文集》《茂陵秋雨词》等。王拯自小父亲就死去，七岁时又丧母，靠寡居的姐姐养大。姐姐如母亲般关爱王拯，白天送他上私塾读书，晚上灯下做针线活，让他在旁边读书；夏天因苦热难耐，姐姐改为先让王拯晨读，然后再上私塾。王拯成名后，常常感念姐姐的恩德，他的同科举人朋友陈铼据此而绘《媭砧课读图》。

---

① 媭（xū）：古代楚国人称姐姐。

256

郑献甫《谒黄山谷祠》

区革高歌蒋沛哭，宜州乃有黄山谷。我生独后七百年，今来惟见三间屋。雨余戴笠访空祠，榴火初红槐正绿。墨池流水鸣稻田，卧螭一石何卷然！打门急读三尺碣，跂脚或用半段砖。其上绘图下作记，嘉定笔精犹可识。祠屋书堂本一区，纷纭邑乘真多事。循墙绕砌更升堂，帽山排闼来中央。都人先此作生日，烛花隐隐留余香（先三日，六月十二日，先生生日）。风前坐想俞通守（宋宜州通守名若著），寄公相待如宾友。馆舍方成薪爨来，乐煞应门老马走（先生诗“已戒应门老马走，客来问字莫载酒”）。恨不身乘问字车，桃李树厕芝兰芽。去家相与作乡梦，一团共嗅蒐丝花（先生诗“觉来去家三百里，一团蒐丝花气香”）。远水如环石如练，魂魄至今当恋恋。残碑断简了无存，南楼空想《范滂传》（先生在南楼书《范滂传》，已亡）。苏门之客半吾乡，横州秦子宜州黄。前人不幸后人幸，万里为破南天荒。诗家自是江西祖，飨盘那庆江瑶柱。丈夫见客女出门，作譬未公吾不取。恰留片语问涪翁，此间高第夸冯公，先生在西渠在东（城东冯当世祠，已不存），一存一毁胡不同？先生不言我不聪。退倚北窗睡松风（先生句），雨声忽到天门峰。

此为郑献甫《谒黄山谷祠》诗。郑献甫（1801—1872），原名存纻，字献甫，后以字行，别字小谷，自号识字耕田夫。广西象州人，道光十五年（1835）进士，任刑部江苏云南司主事，不久即辞职归里，毕生从事著书教学，先后主讲两广各大书院。生平著作宏富，有《郑小谷全集》行世。道光二十三年主讲德胜书院（在今宜州市德胜镇），次年，又主讲庆江书院（古称龙溪书院，在宜州市），二十九年离开宜州回桂林，主讲榕湖经舍。在宜州期间，拜谒了山谷祠，作此诗。诗句“三尺碣”“嘉定笔精”，指宋嘉定八年（1215），以宜州教授代理知州的张自明，在城西门外的龙溪旁（今广西轴承厂处），买得前黄山谷所住的黎家旧址重建山谷祠，并建龙溪书院，立《龙溪书院记》《龙溪书院图记》碑文。诗中涉及宜州一个历史名人，即出生于天门峰下的冯京（字当世），曾有冯当世祠祀之。

257

班夫人平交州叛乱有功

白马山前日欲曛，也随啼鴂吊贞坟。寒烟漠漠春添黛，瘴雨潇潇夜赈军。表节碑留扶汉在，平交功与伏波分。行人惆怅香埋久，烈气于今压寒云！

墓门华表几经霜，烈女丛中姓独香。抔土久应沉艳骨，重泉能复有余粮？啼乌落月山花晚，衰草西风坠室凉。百万汉军无一在，荒原终古散牛羊！

此为黄体元《班夫人庙（在凭祥白马山）》诗。黄体元（1804—1828），号梅村，宁明州（今广西宁明县）土官后裔。广读经史，工诗赋，有《冷香书屋诗草》四卷，多已散佚。班夫人，东汉时期广西龙州地区的女英雄，带领部族抵御交趾郡征侧、征贰的侵略。朝廷派伏波将军马援率军平定征侧、征贰的暴乱，班夫人以兵相助。后来左江流域的人民感念班夫人，建祠立庙，历代香火不绝。相传班氏夫人殁后，厝于凭祥白马山。

258

蒙泉镜主讲两书院

力挽驼江既倒澜，十年始复建文坛（丁巳乱后，学舍颓废，熊太守莅任，除暴安良，重建书院）。**乡贤齿德怀前辈**（黄麟圃、李寅斋、丰香山、苏太垣诸先生相继主讲，俱齿德兼尊者。余年未四十，殊不称职），**山长头衔似冷官。风月谈余榕荫满**（院前老榕，阴横数亩），**诗书味到菜根难。与君共体栽培意，莫负青灯夜雨寒。**

此为蒙泉镜作于同治五年（1866）的《主讲阳明西邕两书院示同志》诗。蒙泉镜（1833—1897），字芙初，武缘（今武鸣）人。中秀才后十多次乡试，没有得中举。一生多以教书为业。有《亦嚣轩诗稿》传世。西邕与阳明两书院都在今武鸣府城，都是李彦章任思恩知府（道光五至八年在任）时所建，太平天国暴乱期间圮废。此诗"丁巳乱"指咸丰七年（1857）太平天国暴乱。

259

陈应元赞“布衣之交”周必超文才

桂林多名山，名山奇而瘦；桂林多大川，大川渊而秀。此山此川不知曾历几十亿万年，钟灵独在濂溪胄。濂溪之胄号佩霞，举止翩翩精神赊。博古直穷三代上，抗怀不入五侯家。有时长虹吐万丈，豪情突出天外想。波涛澎湃走雷车，海立云垂势苍莽。须臾相对复悄然，清风在抱月在天。斯时情性为君移，斯时精魂随君仙。仙乎，仙乎，口欲穷而目不见，散乱天花飞若霰。一字一敲一吐心，博浪之椎金百炼。吁嗟乎！诗中有佛佛法真，一佛化作千佛身。怪哉乎！手中一枝笔，写出人间万种春。春风春雨青衫薄，才未遇时贫也乐。布衣之交交以心，先生终非檐下雀。君不见，饭牛一歌起自齐，单衣短褐登天墀。堂堂岁月去如矢，丈夫胡为守乡里。人生遭际莫相牵，浮云吹破五百年。五百年后复何如，诗卷常留天地间。

此为陈应元《题〈分青山房诗钞〉》。陈应元，号东桥，广西临桂县（今桂林市临桂区）人，道光十二年（1832）恩科举人，历任山东鱼台、金乡、巨野、诸城、泰安、城武等县知县，官至济宁直隶州知州。《分青山房诗钞》的著者是陈应元同乡“布衣之交”周必超（小传见后）。陈应元赞周必超得桂林山川之灵气，具有仙才，“手中一枝笔，写出人间万种春”，将来必有大成就。

260

周必超悲悯战乱中百姓生活艰难

丰年一尺雪，春暖雪融麦。萌蘖荒年赤千里，阳愆阴伏亢龙起。近年水旱连报灾，飞蝗蔽天天不开。催征犷吏日日来，叫嚣怒骂声如雷。耕牛已被折租去，地丁未完须鬻女。剥榆煮粥难充饥，又派民间输羡粮。富民已贫贫民徙，忍饿安能保妻子。

昔年珍珠船，只作寻常看。今年关税多，鸡豚鹅鸭皆榷算。入关关吏怒如虎，出关私贩刑更苦。寸丝寸布等绫罗，厘金更比子金多。堂堂税局排矛戟，盘诘巡逻等防贼。一舟偷漏齐追来，逐寇追逃无余力。商贾吞声叹路难，明朝又过厘金关。

此为周必超《齐民谣》。周必超（1806—1869），字熙桥，号慎庵，广西桂林人。道光十四年（1834）中举人，三十年中进士。历任甘肃、湖南、云南等地地方官，晚年归里，主讲宣成书院。性情敦笃朴直，为士林矜式。著《分青山房集》(附词稿一卷）行世。在太平天国暴动期间，各地百姓生活在艰难的环境中，天灾人祸不断，人祸更是无处不在。官府为弥补自身在战争中受到的损失，转祸百姓，狂征暴敛。其中祸害最大的是厘金关税，任何商品的流通都课收很重的关税；而且关吏暴横，防百姓逃税如防备盗贼。百姓家居不宁，出行不安，生活在悲天惨地中，令人悲悯。

261

蒋琦龄自喜“风流前辈吾曾接”

海内文章孰代兴，张梅（谓梅伯言先生）坛坫抗崚嶒。风流前辈吾曾接，科第初元世所称（先生与梅言翁，皆道光二年进士）。二鸟相酬时有道，七旬先祝寿如陵。何缘再入听松阁（张所居曰听松庐），得侍方瞳最上层（先生为家君同年好友）。

此为蒋琦龄《寿张南山先生（维屏）》诗。蒋琦龄（1816—1875），字申甫，号石月，广西全州人，道光二十年（1840）进士。历任翰林院庶吉士、编修，九江、汉中、西安知府，四川盐茶道、顺天府尹等职。1860年英法联军入侵北京，天下震动。蒋琦龄应诏进《中兴十二策》，议论朝政得失，抨击种种时弊，名震朝野。时人认为蒋琦龄“有匡时济变之略，综核名实之才”。张维屏（1780—1859），字子树，号南山，广东番禺人，著名文学家，有《张南山全集》《听松庐诗话》《艺谈录》《国朝诗人征略》等传世。张维屏与梅曾亮（梅伯言、梅言翁）同为文坛领袖，蒋琦龄的父亲蒋启扬和他们都是道光二年（1822）进士，启扬与维屏是“同年好友”；琦龄因此而和前辈有交集，在张维屏七十大寿之际，即道光三十年，作了此祝寿诗。

262

越南礼敬梧州士燮为“南交学祖”

泸江伞岭镇雄边，裘带雍容四十年。
政教举孚慈母慕，诗书公与国人传。
作成余泽渐涵久，文献名邦肇启先。
俎豆黉[1]宫新礼典，开来功化表仁贤。

此为《梧州府城江次赞述士子》诗，作者为越南文学家阮亻收。道光二十八年（1848），阮亻收为越南出使中国的使团副使，途经梧州，作此诗。诗前后有记，后云：“士子在本国古来已有专祠，香火荐盛。今我国朝考文议礼百度一新，以士子有倡道功，特准从祀文庙，在汉儒之次。”士子，即士燮。士燮（137—226），苍梧县人。士燮出任交趾郡太守，具体时间缺载，大约在汉灵帝建宁年间（168—171）。交趾郡在今越南北部地区，郡治龙编县（治所在今越南河内东天德江北岸）。士燮为交州无冕之王长达四十多年，在他的领导下，交州乃至今环北部湾地区，社会安定，人民安居乐业。后来，越南人建祠纪念士燮，尊之为“士王”“文学之祖”“南交学祖”。历来越南北上的使节途经梧州时，多怀念之。同治七年（1868）出使中国的阮思僩，有《梧州八首》，其二云：“我越千年文学祖，至今人颂士王功。”

① 黉（hóng）：古代的学校。

263

龙启瑞读张同敞诗

大节流传一卷诗，壶山墓草已多时（先生墓在桂林水东竹桥村）。忠良未觉家风远，慷慨空伤国步移。破碎河山余泪血，艰危师弟共须眉（谓瞿忠烈）。百年留得风霜在，故国秋深八桂枝。

岂有心情撰《玉台》，亦非《骚》怨楚臣哀。英雄不被多情误，忠孝原从正气来。苦语连篇难写憾，丹心百劫可成灰。江城日夜波声壮，不见灵胥白马回。

此为龙启瑞《题张别山先生诗集后二首》。龙启瑞（1814—1858），字翰臣，一字辑五，广西临桂(今桂林市临桂区)人，道光二十一年(1841)状元，授翰林院修撰。历任顺天乡试同考官、广东乡试同考官、湖北学政等，官至江西布政使。著有《尔雅经注集证》《经德堂文集》等。是清代音韵学家、文字学家、文学家、目录学家，也是广西桐城派五大古文家之一。张别山，即张同敞（？—1650），字别山，万历年间宰相张居正之曾孙。有《愧林漫录》《云涛集》《松丸集》等，后人辑为《张忠烈遗集》。瞿忠烈，即瞿式耜（1590—1650），字起田，号稼轩、耘野。明末之际，南明朱由榔升任瞿为兵部尚书，张为兵部侍郎、总督广西各路兵马，奋力抗清，终于不敌，在桂林殉难。后来两人皆被尊奉为“忠烈”。

264

龙启瑞与王拯惺惺相惜

倦游独客。望楚山越水，音尘寥寂。瘦鹤入云，算是飞空渺无迹。梅岭看花已过，更打桨、西湖春色。便忘了、蛾绿窗前，愁损远山碧。　消息。几处觅，问把酒玩花，可似畴昔？抱愁易老，多管潘郎鬓萧瑟。争奈沉疴旅馆，谁肯伴、清寒吟魄？愿及早归来也，有人护惜。

此为龙启瑞《暗香》词，录自《粤西词见》。词有记：“余与王少鹤农部同年，里社论交，金台联辔，中间无日不相过从。逮乙巳，少鹤有粤东之行，执手临歧，以速相见为慰。既而留滞羊城，音耗尚通。比余奉使出都，不得其手书者年余。近闻其得病浙西，而家人远隔都门，旅中情况，何能为怀？因以书速其北上，并介此词。情之至者，不假修色也。”王少鹤，即王拯（见前记述）。龙、王都是广西人，道光二十一年（1841）同榜进士，同留在京城为官，过从甚密，交谊情深，道光二十五年，王拯外任，去广州，因此分别。龙对王甚为挂念，词中流露出友情浓浓的暗香。

265

“灵鬼诗才振千古”

纷纷巾帼何须数，灵鬼诗才振千古。咳唾临风珠玉生，笔花万态春云吐。当年红粉已成尘，交道文章并有神。不是骚坛逢屈宋，九原终古叹沉沦。问渠那得才如许？应饮明河万斛水。奇才天上不敢收，让与康成为弟子。全钗十二集蓉城，管领风流羡曼卿。零落桃花怜妾命，流连荒草感君情。春风竞作招贤地，文字因缘本前世。原是鸳鸯社里人，何妨重咏相思事。春蚕虽死尚留丝，绣帐蘅芜又几时。千古才人心不死，幽冥犹咏断肠诗。

此为何慧生《题郑小谷先生〈灵鬼香奁集〉》。何慧生（？—1858），字莲因，湖南善化人，才女。咸丰三年（1853）与龙启瑞结缡。咸丰八年九月，因夫卒于官而殉节。工诗词，擅书画，著有《梅神吟馆诗草》《词草》。《灵鬼香奁集》，即现存郑献甫所撰的《幽女诗集》四卷。郑献甫虚拟幽女们和他唱和赠答，幽女诗皆出自郑献甫集句之作，以幽女的名义出之。幽女有林芝云、石碧桃等人。读她们的诗篇，何慧生觉得她们“咳唾临风珠玉生，笔花万态春云吐”，有足以震撼千古的灵鬼诗才。

266

苏汝谦题《江南春图》，叹战乱残劫

金粉六朝山，望江南，只趁烟波一棹。因甚不来游？繁华地，都付乱鸦残照。香销翠褪，梦华空逐东风杳。说与三生浑未省，枉却杜郎年少。　　当时巷陌人家，便燕子归来，都迷芳草。试问旧王孙，天涯路、愁听鹧鸪春晓。零纨断绮，画图留得伤心稿。惟有伤心无画处，看取画中人老。

此为苏汝谦《南浦》词，录自《粤西词见》。词有记：“卅年萍梗，未到江南，半壁河山，已成残劫。辛酉过中山，遇吴人汪君东舫出《江南春图》索题。因拈此曲，作鹧鸪唱，不顾坐中之有江南客也。用‘山中白云’韵。”苏汝谦（生卒年不详），字虚谷，灵川县人。道光二十三年（1843）举人，官直隶新乐县知县。有《雪波词》一卷。同治二年（1863）三月三日上巳《雪波词》自序中谓：“辛亥逆泉陷永安，余佐荔江戎幕，吾友王君少鹤适随帅节来驻于此，君故精词，每侘傺不自得有所作，强余属和。”咸丰元年（1851）秋，太平军占广西永安州（今蒙山县），大量封王，大举扩张，苏汝谦在荔浦为幕僚辅助官府抵抗，王拯也随主帅来此，两个老友相聚于军中。苏汝谦在王拯的影响下，开始了词的创作。而后，苏汝谦成为词人。此词作于咸丰十一年辛酉（1861）。

267

黎申产为家乡写竹枝词

丽江江水碧如油，来往人乘一叶舟。登岸问郎何处去，郎言侬要过江州。

清明时节听啼鹃，儿女家家拜墓田。糯饭一盂鸡一只，竹篮挑上侍儿肩。

岁岁歌圩四月中，聚观白叟与黄童。陇娘衣服平脐短，唱彻壶关酒面红。

班氏夫人有古祠，小西门外水涟漪。闺中结伴烧香去，榕树阴中立片时。

趁圩相约去歌坡，籴米归来女伴多。踯躅晚风残照里，牧童沿路唱山歌。

波回三面受江亭，醉守风流写性灵。酬唱更怜诸女史，晓风残月斗娉婷。

此为黎申产《丽江竹枝词》六首。黎申产（1824—1893），字龠庵，号嵩山，广西宁明人。清道光二十六年（1846）中举。任宁江（今宁明）书院山长，逾二十年。光绪年间，曾任庆远府（治所在今宜州市）儒学训导十多年。晚年弃官返乡。有《菜根草堂吟稿》《宁明州志》传世。他在太平天国暴动期间，亲身感受到战乱造成的祸害，家乡满目疮痍，故写家乡之诗篇，多苍凉悲伤之词。而此竹枝词，写的是家乡一带的风俗人情，诗人是以轻快的笔调来抒写的。丽江是左江的别名，左江绕过崇左太平镇以南一段，旧称丽江；江州在今崇左市江州区江州镇，壶关在今江州区太平镇。作者写了丽江之美、清明的习俗、崇祀班夫人、四月歌圩等诸多方面。“陇娘衣服平脐短”，在当时及其后相当长时期里，都属于很前卫的服饰。

268

苏时学长诗赞乡贤高熊征

浙水清风远（祀浙江名宦），宣城教泽长（桂林宣城书院膏火，倡自先生）。遗书留学校（所到必修志书），宦绩记循复（任直隶井陉县，有《政略》一编），到处栽桃李（所在必创书院），频年卫梓桑。后贤谁继起，掩卷立苍茫。

此为苏时学于1858年所作的《读高渭南先生〈郢雪斋集〉敬题八首》之八。苏时学（1814—1873），藤县人，号琴舫，道光二十六年（1846）中举人，曾任内阁中书，后主持藤州书院。精墨子之学，有《宝墨楼诗草》《墨子刊误》传世。高渭南，即高熊征（见前记述）。苏时学诗中高度概括了乡贤高熊征的一生，写家世，写仕历，第八首概括其政绩的亮点。“后贤谁继起，掩卷立苍茫。”苏时学欲成为如乡贤高熊征那样不但为官、教学、著述皆有成，而且造福乡里的人物，但自我比照，似乎未能企及，感慨良多。

269

三江独峒乡条规

盖闻朝庭有学校，乡党有家训，其名虽不同，其实则一也。当今之时，世风日下，人心不古。情因我五脚众款，约设议五条规：不以强凌弱、毋容众暴寡；有福同享，不欲勿施；虽有小隙，不许强压妄为；如有旧事，亦皆既往不咎；倘有人多有银两、米酒，呈能滋扰，以强牵耕牛非为，使直愚被害，公众款不饶重罚；如有勾串外和，必论众法。自此以后，我五脚遇事大小，须必鸣公理，论权轻重，度长短平明，清理收事。如抗不遵，以致横行争颂违犯，款众重罚。立规之后，实执款条，各安本分，诚守天理。直愚无同受害，而风俗醇矣，不亦懿乎。

此为《三江县独峒乡条规碑》(节录)，碑文参校《三江侗族自治县志》及《三江文史资料》1991年第3辑所录。原碑立于三江县独峒乡路边，1959年1月22日石若屏抄录。落款:“众款；琶团、具岗、谏冲、为彭、平流、华练、高亚、林略、牙寨、独蛔、高定、盘贵。同治十一年壬申四月二十七日。”五脚众款，属于侗族的款组织，其款约在村寨中具有法律地位。其中所谓“有人多有银两、米酒，呈能滋扰”，说的是“土豪”行为。为了维护淳厚的风俗，款约对各种违背“公理”行为，加以必要的限制。

270
李熙垣传世佳作——《江行图》

几日飞帆滞陡河，
一重水尽一重波。
摇舟直上红沙堰，
两岸山风动棹歌。

此为李熙垣《陡河》诗。李熙垣（1780—1869），字星门，号东屏，广西永福人，故居在今永福县罗锦镇崇山村。道光十六年（1836）恩贡。山水得其岳父、桂林画家周位庚之法，后融会倪（倪瓒）、黄（黄公望）之精髓，构图雄奇浑厚，丘壑幽深。晚年隐居于崇山宜园，以诗、画自娱，并教其子侄，故李氏一门，画笔如林。道光十七年，他由桂林溯漓江过湘江至长沙，又经岳阳、赤壁顺长江到武昌，创作了三十五幅画，每画题有一首诗，成《江行图》山水画一册。此为《江行图》灵渠段的题画诗。古代在灵渠之上，既有画作又有诗篇的文人，可能只有李熙垣。

271

永福李氏宜园

百仞崇山下，层轩面水开。春霖连夜渥，新涨到门来。帆影横烟浦，鱼罾聚水隈。庄前时小立，恰遇得鱼回。绿绕青来处，幽人妙结庐。翠荷风定后，丹荔鸟争余。桐雨闲评画，蕉阴静读书。主人深爱客，相赏乐如如。

此为周思宣《馆李氏宜园杂兴》诗。周思宣，字立生，号萱陔，道光时桂林人。以教学著述终老，有《率性庐诗稿》等。李氏宜园，即李熙垣在崇山（今永福县罗锦镇崇山村）的家园。崇山村李氏与桂林周氏关系密切，桂林周位庚与崇山李熙垣是翁婿，李氏传承周氏画法，都成著名画家。周思宣《题李星门所画松云图》，是与李熙垣交谊另一诗篇。永福县崇山村有李熙垣故居，是广西历史文化名村。

272

石达开题诗白龙洞

挺身登峻岭，举目照遥空。
毁佛崇天帝，移民复古风。
临军称将勇，玩洞羡诗雄。
剑气冲星斗，文光射日虹。

此为石达开《白龙洞题壁》诗，有记：“太平天国庚申十年，师驻庆远。时于季春，予以政暇，偕诸大员巡视芳郊。山川竞秀，草木争妍。登兹古洞，诗列琳琅，韵着风雅。旋见粉墙刘云青句，寓意高超，出词英俊，颇有斥佛息邪之概，予甚嘉之，爰命将其诗句勒石，以为世迷仙佛者警。予与诸员亦就原韵立赋数章，俱刊诸石，以志游览云。”从天京率部出走的太平天国翼王石达开（1831—1863），于1860年晚春，师驻庆远府（今宜州市），乘政暇之余率其属官登临白龙洞，见粉墙上刘云青的诗，而后率众和之，并摩崖刻石。这些诗篇今见宜州白龙洞岩壁。刘云青题壁诗：“异境从天劈，登临眼界空。万家遥带雨，一水怒号风。古佛形容怪，奇人气象雄。回看腰上剑，飞去作长虹。”

273

韦丰华重修岭山书院

重修讲院费绸缪，经始三春忽又秋。
自古欢颜须广厦，于今集腋果成裘。
辉增丹雘规乃旧，地逼红尘境独幽。
既葺黉宫趁余力，藏修精舍早兼筹。

此为韦丰华《重修岭山书院落成即事吟》诗。韦丰华（1821—1905），字剑城，别号大明山散人，清代广西武缘人，其家于今武鸣罗波镇凤林村韦静屯。在桂林秀峰书院就读期间，太平天国暴动，波及家乡，他回家组织团练“捍卫桑梓”。同治五年（1866），在家乡创办琴泉义学，并执教十余年。光绪二年（1876）执教岭山书院（原址在今武鸣中学），任院长。岭山书院原创建于道光元年（1821），后校舍圮坏。光绪初，孙德元莅任武缘知县，修葺县学（黉官），有余资。韦丰华等乡绅建议重修岭山书院，得到孙德元的支持，官府出部分资金，官员及乡绅、生员纷纷捐资，而后在韦丰华主持下，建设竣工。韦丰华在岭山书院执教八年，光绪十一年（1885）转至阳明书院、西邕书院任教，直至八十高龄始辞馆赋闲。

274

黄君钜长赋——《大明山》

万丈穹窿跨绝域，武缘西南上林北，绵亘百里扼昆仑（关名），控制九土耸崩岁（九土司也）。君不见叠翠嵯峨云一带，三日成霖雨无外。镆铘飞出两白龙，奔注凤山细流会。盈盈十里归渡头，双江绮合共悠悠。远送行舟出思武，东下南海历沧洲。又不见浙人青箬绿蓑富薯芋，短柄长镵勤发虑。种成香蕈生息蕃，聚族结庐不归去。山花如云红似火，山鸟画眉声琐琐。扪参历井越涧过，时逐猿猱拾坠果。东峰晴明西峰雨，樵子深入白云坞。伐木丁丁不见人，忽闻树巅一报午。郁郁纷纷苍翠浮，常有仙人绝顶游。崖前松偃石枰暗（山上有石棋枰），遐心空谷弥深幽。南崧归老爱登陟，峤西诗成誊余墨（先生著有《峤西诗钞》）。我亦小隐隐山林，形容不尽遥相忆。

此为黄君钜《大明山》诗。黄君钜（1818—1887），武缘人，家在今武鸣城厢镇夏黄村，为“凤山诗社”成员黄彦墉之子。道光二十九年（1849）乡试中举，历任云南省浪穹、富民、易门等县知县。同治三年（1864）升任潞南知州，后任多个地方知州、知府。光绪八年（1882），告老还乡。回乡后仍为家乡的文化建设出力，出掌岭山书院院长，率乡绅捐修书院讲堂，编纂《武缘县图经》。他在起凤山题诗数首，有《镇江岩》《太极洞》《咏小蓬莱》《读书岩怀古》《差旋凤山访旧》等。大明山，一作大鸣山、镆铘山，横跨武鸣与上林两地，延袤三百余里，高峻浑厚，历来为名胜。黄君钜诗中的“南崧”，即上林县乡贤张鹏展，著有《峤西诗钞》（见前记述）。

275

桃花江畔的龙船龙灯文化

窃思祀神，原以邀福禁暴，斯能免祸，未有神不安而福可邀，暴不除而祸先免也。我南城外桥上下四街，暨下码头竹木巷、油榨、缺江口、章家关，共八街居民商贾，守望相助，联为一气，编诸保甲。国朝历年至今，有册可徵。富义桥头建立火神庙，为八街共主之祀，逐年月醵金，同侍香灯，各占会期。原冀邀福而免祸也，殊曩前人沫深会祸福之源，误创龙船龙灯之议。小扒船则嬉戏堕水者，叠毙数命；大扒船则株累戕害者，冤死数人。或赛神而羁累图圄，或打鼓而致辱街邻，甚至狡童、浪妇、泛棍、博徒，庙内歌唱采茶，尽演宿柳眠花之剧；庙前买卖柴草，半成秉简赠芍之风，每每打闹输赢，难分曲直；混杂男女，莫辨贞淫。不独亵慢神灵，而亦玷辱里党。不堪极矣，识者伤焉。

此为《桂林八街公议禁约序》(节录)，见《桂林石刻(下)》第388页。光绪十五年(1889)立碑，列十条禁约，此录其序。文中涉及的地名，“竹木巷”“火神庙”“富义桥”“缺江口”等，见光绪《临桂县志》。今桂林市南门桥西侧桃花江畔仍有“竹木巷”。据上而知，此八街在今桂林市桃花江南门桥附近。从禁约可知，清代这一带地方盛行龙船、龙灯，年轻人在此地狂欢，好不热闹。不过，热闹之中，难免出现安全问题，甚至出现影响“风化”的问题，故而订下禁约。

276

倪鸿称倪瓒为“吾家高士”

冷灰昆明，又汉宫瓦出，清閟曾珍。团栾旧时月样，未蚀些痕。琉璃一片，认苔花、绣出蝌文。五百载、吾家故物，寿公喜伴新春（余正月十七日例为高士祝生朝）。

曾寄蜗牛庐里，想题诗作画，捧倩轻云（高士侍姬，见眉公秘籍）。龙涎妙香惯爇，尚染氤氲。高梧洗罢，定临时、涤墨还频。思唤取，当年石友，翠涛再访青珉（翠涛，亦高士砚也，见《墨林今话》）。

此为倪鸿《汉宫春》词，序云：“乙亥仲冬，于羊城市上购得汉瓦当砚，文曰‘长生未央’，旁镌‘云林长物’四字，知为吾家高士清閟阁中砚，爰谱此词，以记奇获，并征同人题咏。”录自《粤西词见》。倪鸿，字延年，号云臞、耘劬，临桂人，工诗文，善书、画，任广东典史。尝作《珠海夜游图》，一时名俊如郑献甫、陈澧等，题咏甚夥；作《冰天跃马图》，吴昌硕题诗。著有《花阴写梦词》一卷。其祖承诜，乾隆时诸生，著有《寄尘山房词》一卷。倪鸿于光绪元年乙亥（1875）在广州市场上购得元代著名画家倪瓒（后世人尊称倪高士）清閟阁遗物汉瓦当砚，因作此词。

277

张天宗在广西边陲开宗创业

从来忠义之士，天必佑之。即令身历艰难，流离转徙，冥冥中要必维持于其际，使其得所借手，小展生平之抱负，而天下后世闻风景慕，凭吊欷歔，寻绝响于危弦，拨残灰于余烬，诚有莫之为而为者，如张峒官之遗事可述也。公张氏，讳天宗，豫章广丰人。宋景炎时随文信国公起义师，乃天不祚宋，信国北去，公携族远遁，遂家于顺安峒，即今之旧州也，诛茅结庐，开疆课稼，设义田以养民身，立学校以淑民心，种种善举，次第举行，居民爱戴，尊之曰峒主。其中桑麻蔽野，鸡犬相闻，转疑桃源仙境，尚在人间。厥后相传数代，仍用故宋年号，是宋祚已亡百余年，而顺安一片土犹为宋有也。噫！异矣。

此为清光绪九年（1883）石学重所撰《峒官张天宗墓碑文》（节录）。张天宗（？—1314），宋江西广丰（今江西上饶市广丰区）人，景炎元年（1276），起义兵追随文天祥抗元。宋朝覆亡后，天宗率部走粤西、入安南（今越南），因为迷路而抵归顺州那签（今广西靖西县旧州街），喜其地可以安生，便留在当地。他率众开阡陌，辟田园，建房舍，实行亭田制，设乡塾、延师教子弟。他与当地壮族人民亲密无间，被群众推为峒官，号其住处为“顺安峒”。传位五世，共历一百三十六年。张天宗墓园，在今靖西县旧州镇。嘉庆二十年（1815）归顺州知州、山东人宋庆和《旧州怀古》诗云：“卷甲当年入瘴乡，岭云边树郁苍茫。长驱势已输中土，壮志穷犹奠一方。六岗溪山新负郭，千军旗鼓旧勤王。那签伪猎悲蛮触，谁共牛魂赛夕阳？”靖西县的牛魂节，相传是出于张天宗。光绪十五年，归顺州学正、广西灌阳人邓锡俊《峒官张天宗论》，记张天宗事迹颇详细。广西土官谱记载家族来源，多出于中土，或许其开宗之祖的情况类似张天宗。

278

康有为在唐景崧府中看桂剧

妙音历尽几多春，往返人天等一尘。偶转金轮开世界，更无净土著天亲。

黑风吹海都成梦，红袖题诗更有神。谁识看花皆是泪，雄心岂忍白他人（是日所演剧有《看花泪》一曲）？

羽衣云帔想蓬莱，无碍天风引去来。种菜英雄看老大，念奴歌舞费新裁。

起居八座犹将母，坛席千秋起异才。丝竹东山宾客满，不妨顾曲笑颜开（曲剧皆公自撰自教者）。

此为康有为《丁酉元夕前台湾总统唐薇卿中丞夜宴观剧出除夕诗见示即席次韵奉和》诗。康有为于光绪二十年底游广西，二十二年底再次到桂林并在此过年。此诗作于二十三年元宵前夜，即1897年2月15日晚上。唐景崧（1841—1903），字薇卿，广西灌阳人。同治四年(1865)进士，选庶吉士，授吏部主事。光绪八年(1882)，法越事起，自请出关赴越南招刘永福黑旗军。次年，抵越南保胜，劝刘永福内附。以功赏四品卿衔，1884年入越参加抗法斗争，凯旋，晋二品秩，除福建台湾道。光绪十七年迁布政使。二十年，署理台湾巡抚。二十一年五月，被推举为“总统”，旋即退离台湾，居于桂林。1897年支持康有为来桂林开展维新运动。1899年受聘担任桂林体用学堂中文总教习，授课中联系中法、中日两役的经历来激励学生。晚年热心于戏曲革新，创造了桂剧剧种。著有《请缨日记》《诗畴》《迷拾》《寄困吟馆诗存》《看棋亭杂剧》等。康有为在唐公府上看了剧目《看花泪》，并记：“曲剧皆公自撰自教者。”此为桂剧重要的史料。

279

广西电报线架设的最早记录

光绪癸卯仲夏之初，由省门造电线来柳，六月八日始克告成。而庆远一役，旋于八月九日大功告浚，心窃喜焉。偶值渡江，登临胜景，谨就此勒石志之，以垂永远云。

这是光绪二十九年（1903）马其芬摩崖于柳州鱼峰山石壁的题记。当时架设由省会桂林至柳州、柳州至庆远（今宜州市）电报线，大功告成，马其芬等非常兴奋，因此刻石留念。文字所记，不仅仅是一个史实的最早记录，还反映当时人们对新生事物的欣喜之情，读之令人感同身受。马其芬，号鹤朋，广州人，回族。广州第一代电报生，任广西电报工程委员、柳州电报局首任局长。其子马芳昌、女马芳惠，为近代广东革命人物。

280

清末词宗王鹏运《摸鱼子》

莽风尘、雅音寥落，孤怀郁郁谁语？十年铅椠殷勤抱，弦外独寻琴趣。堪叹处，恁拍到、红牙心事纷如许。低徊吊古。试一酹前修，有灵词客，知我断肠否。　　文章事，覆瓿代薪朝暮。新声那辨钟缶。怜渠抵死耽佳句，语便惊人何补！君念取，底断谱零缣，留得精神住？停辛伫苦。且醉上金台，酣歌击筑，杂遝任风雨。

此为王鹏运《摸鱼子（以汇刻宋元词赠次珊，承赋词报谢，即用原调酬之）》。王鹏运（1849—1904），字佑遐，一字幼霞，号半塘老人、鹜翁、半塘僧鹜。广西桂林人，家于桂林杉湖之畔，同治九年（1870）举人。曾任内阁中书、内阁侍读学士，江西道监察御史，礼部给事中等官职。光绪二十八年（1902）离京至扬州，主仪董学堂，执教于上海南洋公学。工词，为“清末四大家”之首，“临桂词派”首要代表人物。有《半塘定稿》传世。汇刻《花间集》及宋、元诸家词，成词学丛书《四印斋所刻词》。次珊，即张仲炘（字慕京，号次珊。张凯嵩之子）。“以汇刻宋元词赠次珊”，说的是赠送张仲炘《四印斋所刻词》。

281

王鹏运名作《满江红》

雷雨空堂，惊展卷、龙蛇起陆。瞻拜处、凛然如见，剑光盈轴。灏气纵横山欲撼，交情郑重杯相属。想夜阑、盾墨洒淋漓，歌还哭。　　喑呜气，悲凉曲，千万遍，循环读。叹王刀可假，何堪重辱。怅望千秋人不见，相寻一辙车还覆。问谁欤、雪涕和哀歌，燕台筑！

此为光绪二十七年（1901）王鹏运的《满江红》词，有记："敬书岳忠武王《赠吴将军宝刀行》墨迹后。"《宝刀歌书赠吴将军南行》是岳飞于南宋绍兴四年（1134）在派遣吴将军南行时写的赠宝刀歌，其墨迹明清时流传，道光二十三年（1843）秋八月摹刻于河南汤阴岳王庙中。诗歌末句："使君一一试此刀，能令四海烽尘消，万姓鼓舞歌唐尧。"在国难之际，王鹏运非常敬仰岳飞，希望有宝刀平天下。但是，又得面对现实，有宝刀不一定能平天下，"叹王刀可假，何堪重辱"。光绪二十八年，在离京赴扬州的途中，经岳王庙，作《满江红(朱仙镇谒岳鄂王祠，敬赋)》，首句云："风帽尘衫，重拜倒、朱仙祠下。"词后自注："道光季年，河决，开封举镇唯岳祠无恙。壬午秋扶护南归，曾梦游祠下。"壬午，为光绪八年，距此已二十年。当年途经此地，没有得拜谒岳飞祠，但已"神游"过，今则"重拜倒"。

282

觅句堂造就广西词人

御沟水活，天街酥润，一洗软红尘土。卷帘正对米家山，有多少、人家春树。
芭蕉叶上，梧桐树底，都是耐人听处。玉壶不待醉春醪，早沁却、秋心几许。

此为韦业祥《鹊桥仙（觅句堂分咏——赏雨）》。韦业祥（1845—1882），字伯谦，广西永宁州（治所在今永福县百寿镇北永宁州古城）人，同治四年（1865）进士，改庶吉士，授翰林院编修。同治十一年，以翰林院编修简放贵州学政，光绪七年（1881）四月补授直隶河间府知府，晋盐运使衔。与龙继栋为姑表亲，同生于道光乙巳年，后同在北京为官，常相往来，关系密切。光绪六、七年间，龙继栋在北京宅院内设觅句堂，以文会友。会所中人多为广西籍人士，韦业祥、王鹏运、唐景崧与景崇兄弟、谢元麒等是常客。唐景崧《请缨日记》跋文："光绪戊子六月编缀日记成，窃念书名'请缨'，缘谢子石舍人赠图而起，而是图实为龙松琴农部所作，并许题诗。盖觅句堂中交情缱绻，悲欢离合，尝有此种词翰流落人间也。"龙松琴农部，即龙继栋；谢子石，即谢元麒。

283

黄焕中直书“中华愧煞主人翁”

空言徒议总无功，权利纷纷醉梦中。
遍地有人悲夜月，长天作客怅秋风。
未谙国事心难白，话到瓜分泪亦红。
寰海哀鸿沦浩劫，中华愧煞主人翁。

此为黄焕中《秋兴八首用杜工部原韵》之七。黄焕中（1832—1912），字尧文，号其章，宁明州（今广西宁明县）人，黄体元次子。在四十九岁前，居于宁明州，曾创立思齐书院，教授本州子弟。1867年法军在侵略越南的南半部后，向北挺进，意图扫平越南，从而入侵中国。从1873年开始，刘永福部队有力地阻止法军北上，屡建奇功，越南国王不断擢升刘永福官职。1882年刘永福取得纸桥大捷后，越王晋升刘永福为三宣提督，一等男爵。1883年，黄焕中应刘永福之邀，参加其黑旗军，投入在越南北部的抗法前线。当年秋，写《秋兴》七律，诗中对朝廷官员“空言徒议”，没有支持中华子弟御敌于国门之外，深感悲凉。作者与人谈论，说到中国被列强瓜分，都血脉偾张，眼泪流血；中华大地惨遭浩劫，作者认为最高统治者应该有愧于国人。1883年，是光绪九年，其时的实际最高统治者是慈禧太后。黄焕中笔锋敢于直指朝廷，今人读其诗句，仍觉得其正气凛然。

284

曾鸿燊认为“人不贵形贵其气”

谓虎而知攫人噬，谓虎不知弃人逝。不见白州有妇真冯妇，厨下夕炊时未酉，腥风飒飒震林薮，门外一声姑无有，揭竿疾趋逐虎走，虎置姑兮虎脱口。妇也负姑还，眈眈虎归山。但见爪牙虽猛藐如鼠，那觉履尾之咥惊斑烂！我闻杨香随父获，弱质竟能将虎博。精诚所格金石开，兽心未必终为恶。为歌此诗告诸世，人不贵形贵其气。若能直养塞天地，九死当前那足畏。谓予不信观妇志。

此为曾鸿燊《拟东海有勇妇》诗，序云：“去夏在粤，李月庄嘱作其里孝妇诗，未获应命。歌以寄之。月庄，博白县人，广雅书院同学。”曾鸿燊（1862—1933），原名文鸿，字子仪，号瓶山，广西同正（今扶绥县）人，广州广雅书院肄业，光绪十九年（1893）中举，次年上京应试。落第后，在家乡从教三十多年。著有《瓶山诗集》《瓶山文集》。李月庄（名讳待考），博白县人，其留存下来的藏书十四箱，全归于年轻时的王力先生。书中有李月庄的读书注记，还有广雅书院山长（即院长）对这些笔记的批语：“如此读书，方是读书。”此言对王力先生影响甚大，从中领悟了读书治学方法。李月庄请同学曾鸿燊为家乡一个拼命从虎口救家婆的村妇写“孝妇诗”，鸿燊没有从“孝”字切入，而是以“勇”字点赞，得出“人不贵形贵其气”的警句。

285

蒋世培办义学，设基金

古者家有塾，党有庠，州有序，国有学，学虽不一，要皆借官力提公费以赞其成。若夫一介书生固居乡里，而能输己财立义学者，十无二三焉。有之，自富川蒋氏恕堂先生始。先生讳登云，恕堂其别号，例贡生，世居富川之深坡街，为吾粤诗礼巨族冠。先生性宽和，乐施与，见族中子弟贫富不齐，富者固可上学，贫者力有不足，教育不能普及，职是之故，先生引为己任，乐捐田租三百三十把半，为延师束脩，并建学舍于村之南，遂使族之英髦，皆得讲习其中，彬彬焉蔚为国器。

呜乎！先生家嗣名山，以乡贡屡膺教铎；次名水，亦蜚声庠序，食饩天家；孙曾济济，继美凤毛。天之所以报施善人者，有如哉？闻者可以兴起矣！先生殁后，族人慨念高风，每逢先生诞日，率学中子弟设立致祭，并将先生之弟、邑庠名永清，配享其间，历外弗替。《周礼》有言曰："凡有道德，死则以为乐，祖祭于瞽宗。"先生无愧焉。第先生所捐学舍、田租，尚未刊碑，恐时事变迁，有失考据，念侄希龄、争荣、安吉等因为此虑，函商于余，欲将先生立义学之意，乐捐之业，付诸贞砥，并议定章："凡族人及先生后裔，不得侵争，亦不得变卖，以期教铎长被于菁莪，耀后世而垂无穷。"此则先生之志，而希龄辈亦善继善，述而不忍听其湮没也。余生也晚，未能炙于先生，幸尝馆于先生之族，得交先生之子侄，历有四载，故于先生之梗概，获悉大略，瞩记于余，义不容辞，爰濡毫而敬为之记。

此为1923年文檀的《深坡街恕堂书屋记》，碑文据《富川瑶族自治县志》所录并校订。作者落款"桂林灌阳廪贡生文檀肇元氏谨撰"。《富川瑶族自治县志》第511页"深坡街义学"条记："出仕武鸣、苍梧教谕的蒋世培（举人），倡首于同治元年（1862），在祠堂两庑建立义学。他为了使族中的所有适龄儿童无论亲疏、贫富都能入学受教育，倡议建立教育基金，并叫其儿子选能管其事。他还积极筹集经费，置办产业，聘请一定数额的教师。历经十年，深坡义学取得了一定的成绩。这种集资办学、捐资办学的义举至今留传不衰。"

286

岑毓英流芳梵净山

拾级遥临万仞山，挥毫到处起云烟。
晨星几点点连点，明月一圈圈半圈。
曲直梯登程九万，纵横界破阵三千。
班超已遂封侯愿，安用毛锥插戍边。

此为岑毓英《登梵净山》诗。岑毓英（1829—1889），字彦卿，号匡国，广西西林人。秀才出身。历任宜良知县、路南知州、澄江知府、云南布政使、云南巡抚、贵州巡抚、云贵总督。1889年6月6日，岑毓英病逝于昆明，清廷追赠他为太子太傅，谥“襄勤”。其留下文牍甚多，今人整理为《岑毓英集》。岑毓英存诗少，此诗作于任贵州巡抚期间，印江贡生廖云鹏陪同登山，和诗三首，题为《偕岑宫保登梵净山》，《梵天佛地》《贵州旅游诗词选》等地方文献有收录。在贵州铜仁的梵净山，为中国第五大佛教名山。秀才出身的岑毓英长期从政，甚至执掌地方军队，此时官至巡抚，为封疆大吏，故言“班超已遂封侯愿”。人生得意，诗篇流露出一股豪气。

287

岑春煊大兴教育

当两宫仓促西幸，京师王宫近臣，强半不知，其能追随扈从者，仅端、庄两王及澜公等数人而已。太后虽在蒙尘困苦中尚刻意以兴复为念。一日诸人于召对之际，太后忽顾问："此耻如何可雪？"众未有应者。余独进曰："欲雪此耻，要在自强，自强之道，首需培植人才。学校者，人才所由出也。故必自广兴教育始。然此事俟局面稍定，方能顾及。"

这段文字，是岑春煊与慈禧太后的对话，出自岑春煊的《乐斋漫笔》。1900年8月14日，八国联军攻入北京，次日慈禧太后与光绪皇帝出逃北京。在岑春煊护送逃亡的路上，有这番对话。岑春煊（1861—1933），字云阶，广西西林县人，云贵总督岑毓英之子。1898年任广东布政使，转任甘肃按察使，历任陕西巡抚、山西巡抚、四川总督、两广总督。1906年，调任云贵总督（未赴任）。1907年5月任邮传部尚书。《乐斋漫笔》记载，1898年，岑春煊获得光绪皇帝接见，"奏对时，力陈国势阽危，非发愤自强，不能图存。欲求自强，必先兴学、练兵、讲吏治、信赏罚，乃克有济"。在局势艰难时，1902年他创建了山西大学堂。任四川总督时，恳请翰林编修胡峻主办四川高等学堂。《中国近现代高等教育人物辞典 》记载其任两广总督时，"主张开办实业学堂为'富民之本'，'办学以师范为先，而造就师范之师范，尤以优级为本'；主持创设两广蚕业学堂、两广速成师范馆、两广管理员练习所、两广游学预备科、两广优级师范学堂等"。可以说，他是两广近代教育的奠基人。

288

寄禅大师赞岑春煊“仗忠义”

忆昔西巡日，中原板荡时。人谁仗忠义？公独起熊罴。二圣回金辇，千官肃玉墀。慈颜劳上将，喜极泪翻垂。

冲主求贤急，烟萝暂息机。终回鸾凤驾，莫恋芰荷衣。去国人皆惜，寻僧世已违。只愁丹诏至，还与白云飞。

此为1909年寄禅大师《赠宫保岑云阶等来游天童》五首中的两首，诗记：“己酉六月，宫保岑云阶尚书偕高白叔内翰、胡济生、张子京太守、夏香荪直刺、秦薇卿大令由普陀来游天童，奉赠五首。”寄禅大师（1852—1912），俗姓黄，名读山，湖南省湘潭县人，清末著名僧侣诗人。宣统元年己酉（1909）六月，岑春煊与一干大员游了普陀山，再游天童山。此时的岑春煊处于宦海低谷，被罢了官，故寄禅大师诗中有安慰之语。

289

被誉为檀道济的苏元春

越裳西附有强邻，一战谅山国愤伸。

何事欲诛檀道济，黄门抗疏救功臣。

癸卯秋，菜市张棚，人言欲杀苏元春。法兵麕至，欲观行刑。给谏城南弟谒张文襄曰："将杀元春，公未闻耶？"公曰："谅山一战，法兵至今不敢越广西一步，元春功甚大，何可杀也！"弟曰："公何不救之？公沉吟有难色。"弟曰："公如未便言，小予言之。"奏言谅山战胜，法人畏中国兵威，至今不敢越广西界，此元春之功。谓元春不能靖盗，当治罪，抚臣王之春，何不同下狱？王相读疏笑曰："此高君救元春也。"与众枢臣商议，入言于太后，元春遂出狱。给谏亦称黄门。予兄弟与元春无交情。

以上文字出自高树《金銮琐记》，记录1903年秋清廷将要在北京菜市口行刑，杀苏元春。任给谏官的高树弟弟高枬大力施救，苏元春因此免死。高树的诗篇，记载的是"抗疏救功臣"。高树、高枬兄弟崇敬苏元春，将他比作檀道济。檀道济是南朝宋名将，从刘裕攻后秦，战功赫赫，官至征南大将军。后来的宋文帝忌怕檀道济及其善战的子弟势力太大，寻故杀之。苏元春（1844—1908），广西永安州（今蒙山县）人，早年从军，官至提督。在中法战争中，屡立战功，彪炳史册。在广西边境修筑大、小"连城"，防法军由越南侵略广西。因功高而受忌，被诬而入大牢，得人施救，免死发配新疆，1908年6月13日病逝于迪化（今乌鲁木齐）。

290

边塞“连城”：伟大的国防工事

四面青山如碧玉，中有苏家之玉局。自从丧乱幼从军，转战秦楚亲戎纛[①]。三苏姓名久飞腾，三军勇冠谁与朋！敌忾万人皆辟易，飞扬鸵彼秋天鹰。昔年法虏乱交趾，荐食公然肆蛇豕。纷纷统驭尚无人，诘尔戎兵旗辄靡。诏谓将军前视师，止齐步伐貔虎罴。粤西出奇旋制胜，追奔逐北如风驰（与冯宫保、王方伯出军鏖战，虏遂奔北，逐数百里凯还）。驻军镇守南关道，修筑炮台置城堡（创置连城，各处平治道路，修整炮台，极为坚固）。边民彻夜尨[②]不惊，互市朝来日杲杲（又创各圩市）。连城山势何瑰琦，云阁玉洞相逶迤（行地有云阁玉洞之胜，前皆荆榛之处，今则渐即坦夷矣）。石径萦纡路坦坦，竹木荫映罗花枝。秋来何尔来相访，别后乘闲一赋之。

此为韦陟云《连城行赠苏大帅（甲午九月三日永淳江上作）》诗。韦陟云，字郇五，广西象州人，清同治十二年（1873）举人，著有《红杏山房诗稿》。诗人于光绪二十年甲午（1894）八月到苏元春（苏大帅）于龙州的幕府，与将帅交游，见证了苏元春督建的伟大国防工事“连城”（有大、小“连城”）。离开龙州后，舟行至今横县峦城镇（永淳县治）下的郁江时作此诗。韦陟云以诗歌的语言，记录了“连城”概貌，外有坚固的防御工事，内有繁荣的圩市，而主要的有苏大帅在此统帅。清末在军事上多令人气馁，而在广西边陲，多令人振奋，这是广西子弟创造的辉煌！

---

① 纛（dào）：古代军队里的大旗。
② 尨（máng）：毛多而长的狗。

291

无愧于伏波后代的马副帅

南关山色何侵云，谁其领者马镇军。忆昔鹰扬战交趾，统兵麟阁曾书勋。凯旋镇守关前隘，画地一依铜柱界。关前虏骑时往来，免胄趋风旗綷縩[①]（闻夷人至此疾趋而过，不敢停留，否则飞砂入眼，睛为暴出）。将军磊落自英多（镇军新立为庙），终是君家马伏波。征虏玷鸢曾奏绩，薏苡明珠理则那！秋风八月关山道，落叶纷纷红不扫。阶前黄蝶乱飞来，对此雅足开怀抱。与君倾盖如旧好，不觉令人更倾倒。雨天连宿幕府中，别后赠我延陵缟。即今江上日斜时，矫首望君君不知。云树苍苍何处是？更堪重读压山碑（碑为马援所立，在伏波岭）！

此为韦陟云《南关行赠马副帅》诗。前记韦陟云于光绪二十年八月到龙州会见苏元春。此诗记录他到了南关（即镇南关），会晤了镇守边关长官——苏元春的副帅马盛治。离开龙州后，舟行至郁江时作《连城行赠苏大帅》，又作此诗。马盛治（1845—1902），字仲平，广西永安（今蒙山县）人，追随同乡苏元春，行伍出身，擢总兵。率军赴越南抗法，平服宣光、太原、牧马晔变溃勇。与苏元春军攻镇南关，克文渊、谅山、长庆。后苏元春设“连城”，命马盛治镇守最重要的关口——镇南关。韦陟云与其相见，“与君倾盖如旧好，不觉令人更倾倒”。诗中言及马盛治在抗法战争中的辉煌业绩，无愧为伏波将军马援的后代。

① 綷縩（cuìcài）：形容行动时衣服摩擦的声音。

292

冯子材镇南关大捷

诏书飞下五云中，矍铄登坛气尚雄。
整顿六师戍仓卒，将军不愧老元戎。

旧日威名震九边，壶浆箪食饷军前。
斯行早慰云霓望，千万欢声奏凯旋。

此为许应骙《题〈冯少保南关大捷图〉二首》。冯少保，即冯子材。冯子材（1818—1903），字南干，号萃亭，汉族，生于钦州沙尾村，晚清抗法名将，民族英雄。因功晋封太子少保。南关大捷：光绪十一年（1885）春，冯子材在镇南关击败法国侵略军，乘胜追击，攻克文渊、谅山、长庆等地，重伤法军统帅尼格里，擒获法军高级将领两名，斩杀其他军官数十名，歼灭法军一千多人，威震中外。光绪末年上海东亚社《点石斋画报》刊印的《镇南关大捷图》，记录了冯子材保卫国家的辉煌战绩。许应骙、何耀坦、何如铨等赋诗称赞。许应骙（？—1903），清广东番禺人，字筠庵，曾任翰林院侍读学士、兵部侍郎、礼部尚书等职。戊戌变法后，任闽浙总督，兼管福州船政。

293

抗法作家阮光碧敬仰刘永福

第堂一炬付灰飞，何事南来又北归。
算得功名非易处，不堪过此日斜晖。

初来碔玉亦难分，一片忠诚九陛闻。
几次龙编戎捷报，人人传话黑旗军。

可怜无学昧持身，枪剑才高孰比伦。
到底雄心终不挫，北归犹誓杀洋人。

闻道南溪去步迟，君心不乐我心悲。
炎天雨露长铭刻，犹有来人订会期。

此为阮光碧《过刘君府第感作》(四首)，录自2002年《钦州文史》第9辑。阮光碧(1832—1889)，越南人，越南兴化巡抚，抗法文学作家。刘君，即刘永福(1837—1917)，字渊亭，清末民初钦州人，原是反清的黑旗军将领。光绪九年(1883)，法军占领越北南定省，企图进犯广西。刘永福率兵三千在河内城西纸桥一带同法军激战，黑旗军大胜，毙法军司令以下数百人。越南国王封刘永福一等义勇男爵，官任三宣提督。“刘君府第”，刘永福在越南兴化的三宣提督官署。阮光碧见到的是“第堂一炬付灰飞”，是遗址。在此，阮光碧缅怀刘永福援越英勇抗法的丰功伟绩。

294

台湾人反对割让台湾给日本，拥立唐景崧为最高长官

天祚扶余未可知，两河忠义盼星旗。
陈桥拥赵兵虞变，鄚国封韩帝不疑。
执梃降番尊使相，筑台朝汉长蛮夷。
五洲琛赆[①]图王会，海上楼船望六师。

此为林鹤年《乙未五月朔越日全台绅民权推唐中丞总统民主国有纪》。唐中丞，即唐景崧，时任台湾巡抚。1895年4月17日，中日《马关条约》签订后，台湾士绅民众群情激奋，反对割台，于1895年5月25日成立“台湾民主国”，并拥立唐景崧为总统。林鹤年（1847—1901），字谦章，福建安溪人。光绪八年（1882）举人，1892年赴台湾，承办茶厘船捐局事务，保道员，加按察使衔；在台北与唐景崧、丘逢甲等结牡丹诗社；甲午战争时，入唐景崧戎幕，参赞军务。诗中谓，全台绅民推举唐景崧为“总统”，不是分裂独立，而是权宜之计，是“筑台朝汉长蛮夷”。

① 赆（jìn）：送别时赠给的财物。

295

广西最后一个状元刘福姚

垂杨终古伤心地，凄凄几多幽怨。乱逐惊飙，低翻坠叶，一夕长安秋遍。微茫倦眼。讶烟锁丛祠，暗尘一片。几处军笳，阵云凄共雁行断。　　江村残照渐暝，旧巢何处认，寒信催唤。绕树风悲，透林月黑，寥落宫槐千点。归飞恨晚。问头白江湖，苦吟谁伴？漫趁危樯，楚天凉梦远。

此为刘福姚《齐天乐（鸦）》词，录自《中国近代文学大系·诗词集三》。刘福姚（1864—？），字伯棠，一字伯崇，号忍庵，一号守勤，广西桂林人。清光绪十八年（1892）状元。由翰林院修撰历任侍讲、贵州乡试正考官、广东乡试副考官、浙江乡试副考官、河南乡试副主考官、翰林院秘书郎兼学部图书局总务总校。宣统二年（1910）四月，赴湖北、江西、安徽、江苏考察筹办宪政事宜。其性刚烈，为人正直，不阿权贵，故仕途不畅。庚子(1900)之难时，留居京城，与浙江词人朱祖谋、同乡王鹏运潜心词学，作词唱和，结集为《庚子秋词》。著有《忍庵词》，是晚清临桂词派代表人物。晚年定居上海，以卖文为生，穷愁潦倒，抑郁以终。存世书法墨迹较多，落款较晚的有辛酉年(1921)春写给“念劬仁兄先生”书信。念劬，即钱恂。钱恂（1853—1927），字念劬，浙江吴兴人，著名藏书家，晚清外交家，思想开明的学者，曾任自强学堂（武汉大学前身）首任提调。

296

著名词学家况周颐的代表作

愁入云遥，寒禁霜重，红烛泪深人倦。情高转抑，思往难回，凄咽不成清变。风际断时，迢递天涯，但闻更点。枉教人回首，少年丝竹，玉容歌管。　凭作出、百绪凄凉，凄凉惟有，花冷月闲庭院。珠帘绣幕，可有人听？听也可曾肠断？除却塞鸿，遮莫城乌，替人惊惯。料南枝明日，应减红香一半。

此为况周颐《苏武慢（寒夜闻角）》，词作于光绪十五年（1889），是其代表作之一。况周颐《水龙吟》序云：“己丑秋夜，赋角声《苏武慢》一阕，为半塘所击赏。”况周颐（1859—1926），原名周仪，以避宣统帝溥仪讳，改名周颐。字夔笙，一字揆孙，别号玉腰词人，晚号蕙风词隐。广西桂林人。光绪五年举人。后官内阁中书、会典馆纂修。辛亥革命后，以清遗老自居，寄迹上海，鬻文为生。况周颐以词为专业，致力五十年，为“清末四大家”之一、“临桂词派”首要代表人物。二十岁前，词作主“性灵”“好为侧艳语”“固无所谓感事”。光绪十四年入京后，与当时词坛名家、同乡前辈王鹏运同官，以词学相请益，得所谓“重、拙、大”之说，词格为之一变。著有《蕙风丛书》，其《蕙风词话》为词学名著；其辑录《粤西词见》二卷，对广西词学有大贡献。

297

《劝善戒盗长短歌》

四方民，大和好，听我长歌兼短调。劝盗化为良，劝良莫为盗。最关心，在年少，父母能生不能教，任你满天飞，好比无巢鸟，赌得无衣穿，荡得无食饱，打火出求财，杀人如麻草，不管本地郎，不管外江老。初入场，胆犹小，试一次，心便巧，忽装商客卖茶烟，忽假兵丁戴草帽，忽作牧童形，忽作樵夫貌。常探水，先放钓，早埋伏，传暗号，到了时，一声叫，刀棍两头施，货客三边倒，纵然有脱逃，那能顾财宝。听你们，各分俵，多多少少，上腰包，分道扬镳。谁喊报，吃不尽，又赌嫖，转眼更无聊，还去做强盗，自命好英豪。谁知道，天不绕，大股且勾消，况尔小么么。团兵抄，事主到，不怕你不供招。纵不口供招，也凭目证了，身首异形，使你父母妻子难料。说当初，你何不晓？到今朝，鬼不来吊。谁说盗有道，不如为善妙。好身手，好头颅，终要好心窍。虚心听我言，洗心入神庙，提提做好人，何况生来好。传作太平歌，父兄各勉诏。

此为黄凤岐《劝善戒盗长短歌》，录自《广西少数民族地区石刻碑文集》。诗歌落款："光绪丙午夏闰四月，月几望。安化黄凤岐作于太平郡署之种茂园。"作者为太平府知府黄凤岐，时间为光绪三十二年（1906）。黄凤岐（1851—1933），字方舟，湖南安化县龙塘人，光绪二十年进士，光绪三十年知太平府，其官署名种茂园，后来著有《种茂园诗草录》三卷。在任期间招募无地农民垦荒，印发《劝农书》，奖励生产，教以蓄水灌溉之法；并清理积谷，以备灾荒；设立医药局，撰写《防疫布告》，以治疾疫；常至学堂讲课，批阅课卷奏请裁减亲兵员额，以节余军饷充实教育经费，政绩斐然。其《劝善戒盗长短歌》用通俗易晓的文字，爽朗的韵调传道，以期达到劝善戒盗的目的。

民国以来

298

廖道传诗赞陆荣廷

铁骑才回雁塞秋，竭来清宴林丘。鞭停雪柏黄骢系，剑拂霜梅紫气浮。客许围棋陪谢傅，水应射弩避钱镠（公炸去南流江滩石，以利航行）。江干大树知多少，笑指将军衣锦游。

林泉胜地枕城闉，绮阁清池绕碧云。顾曲帘前千鸟啭，飞觞槛外百花芬。午桥接迹裴中令，甲第何心霍冠军。十载登坛园五亩，高风谁得似元勋?

胸怀洒落浩长河，缛节删除揖客过。无忌门庭豪侠盛，伯言家世将才多（公诸子亦治兵）。偶同众乐酣花月，为惜民财却绮罗。只是晋王情缱绻，抚头爱听百年歌。

高情雅重梓桑恭，文化输教僻壤通。四教女师宣蛾术，五丁开路辟蚕丛。禅关早证波罗密，军略遥传德律风。闻道公园成不日，守官拭目盼鸠工（公建女学，开山道五，观音阁设电话，皆此地所未有，公园亦经始矣）。

此为廖道传《赠陆都督》诗四首。陆都督，即陆荣廷（1859—1928），武鸣人，1912年7月，被中华民国政府正式任命为广西都督。廖道传（1874—1931），字叔度，广东梅州市梅县人，早年入读广雅书院，继入京师大学堂，光绪三十三年（1907）七月至宣统三年（1911）六月任广西优级师范学堂监督，九月任浔州知府（稍后改为府长），民国元年（1912）六月任武鸣府长兼管武鸣县，民国二年九月离开广西回广东。著有《三香山馆诗集》，其中《武鸣集》收录1912年5月至1913年9月期间的诗作。廖道传对陆荣廷甚为敬仰，有多篇诗涉及之。此诗作于1913年，其中记录陆荣廷的业绩——疏浚南流江航道、修公路、铺设电话、建设公园、创办女子学校。

299

陆荣廷摩崖石刻诗

自古为人欲见机，见机才有下场时。
是非关己休招惹，理若亏心切莫为。
得胜胜中饶一着，因乖乖里放些痴。
聪明漫把聪明使，来日阴晴未可知。

此为所谓的1921年仲春陆荣廷《巴孟山洞题壁诗》四首之一。巴孟山，即岜孟山（今属马山县）。此四首诗学界或有认为是陆荣廷的诗作，其实皆是略为改动相传作者为明代罗状元罗洪先的《醒世诗》。《醒世诗》流传甚广，福建南安飞瓦岩有摩崖石刻。陆荣廷四首诗都是改作罗诗而成。上诗，是改罗洪先的："自古为人欲见机，见机终久得便宜。非干己事休招惹，事若亏心切莫为。得胜胜中饶一着，因乖乖里放些疑。聪明少把聪明使，来日阴晴未可知。"其他三首的改动，如：罗"山林幽静多清乐，何必荣封万户侯"，陆"山林幽静多清乐，不愿荣封万户侯"；罗"蓑衣遮体同绫缎，野菜充肌胜饱肥"，陆"布衣遮体同绫缎，野菜充肌胜鱼肉"；罗"荣辱纷纷满眼前，不如安分且随缘"，陆"荣辱纷纷满眼前，不图富贵且图闲"。罗"蓑衣"，陆"布衣"；罗"胜饱肥"，陆"胜鱼肉"。陆改动似乎为了通俗易懂。罗"何必荣封万户侯"，头两个字，陆改为"不愿"，因陆已经是"万户侯"，故改。罗"见机终久得便宜"，陆已经见机得便宜，故改为"见机才有下场时"——他此时考虑的是，未来下场如何。比较研究，可见陆的心路。

300

孙中山在南宁的演说

本大总统特命马省长担负广西民政，以马省长乃一真诚拥护民治之学者，其学问在广西固不易得，即在国内，亦为有数人物。广西同胞，应同心协助，以求公共幸福。广西向称贫瘠，惟此次溯江西上，见两岸皆肥腴之平原，即山林丘壑，亦皆苍蔚而能生产。因此而知所谓贫瘠者，非真贫瘠，特人事未到耳。

此出自孙中山《在广西南宁的演说》(也有题为《广西善后方针》)。1921年5月5日，孙中山就任非常大总统，随即讨伐陆荣廷，以解除北伐的后顾之忧。8月4日，粤军占领南宁，陆荣廷逃往龙州。13日，滇、粤、赣各军攻克桂林，取得全面胜利。10月15日，孙中山乘军舰出巡广西，准备取道湖南北伐。北伐军三万人在当天开拔。17日，到梧州，作演讲。26日在南宁的演讲中，孙中山否定陆荣廷对广西的统治，号召人民支持“马省长”——马君武。马君武（1881—1940）于1902年留日期间结识孙中山，是同盟会的创建者，《民报》的主要撰稿人，《中华民国临时约法》及《临时政府组织大纲》起草人之一。曾任中华民国临时政府实业部次长、国会参议院议员。后再次赴德国，获柏林大学工学博士学位。1918年5月，他跟随孙中山回到上海，进行反对陆荣廷的宣传和组织活动。1920年，孙中山重组军政府，马君武任秘书厅长。次年4月，孙中山任非常大总统，马君武任总统府秘书长。6月，孙中山任命马君武为广西省长。马君武励精图治，提出禁烟禁赌、整顿金融、发展实业、兴办教育、建筑公路、成立新军等计划。有闳达的计划，但实施很难。1922年5月，马君武辞职。

301

朱东润与陈柱、冯振寒假倡酬

1917年的寒假到了，因为那时交通不便，来往就得半个月，寒假剩不了几天，所以我没有回家。柱尊的家眷本来寄住学校，所以这一年寒假，大家很热闹。从梧州上去，便是戎圩，向下还有羁龙洲。城内有座北山，抱城还有桂水，都是名胜的所在。柱尊、振心都是好事的，特别是柱尊，不但好事而且更加好名，因此来往总得做诗，做好了还要油印送人。一天柱尊把油印的诗稿给我看，说："你也来一首吧，大家做做热闹些。"这些名胜所在，我也同时去过，要说不做诗似乎也有些煞风景。所好翻阅油印的稿件，大约也还可以将就应付，于是也照样写了几首。《北山》的起句是："北山诚名胜，卓绝穷苍梧。不以高自异，遂为众所趋。"《羁龙洲》有这样的几句："龙上不在天，下不在田，乃是南山之北、北山之南，宛延曲折之长川。奔流直下三千里，首入东海饮海水。若郁若柳若桂江，纷纷此曹鳞爪耳。"柱尊看到大为高兴，他说："真没想到我校英文教师还是一位诗人。"这样一来，大家都是诗人了。可是我自己很明白，这算些什么诗，但是竟算诗了。寒假之中，油印成册，称为《寒假倡酬集》。

此出自《朱东润自传》中的《广西二年（1917—1919）》，记述作者在梧州中学任教这一阶段的往事。朱东润来时，未满二十一岁，是经过报社的同事推荐来任英文教师的。记述提及的"柱尊""振心"，即陈柱（1916年起，任梧州中学校长）、冯振（1917—1921年任梧州中学教师）。他们为同事时，陈二十七岁，朱二十一岁，冯二十岁，皆是朝气蓬勃之青年。羁龙洲，即梧州的系龙洲。文字里洋溢着陈柱的文化激情。后来三人皆成著名的学者。朱东润（1896—1988），当代著名传记文学家、文艺批评家、文学史家、教育家、书法家。这篇文献，是三人交谊的重要记录。

302

冯振与张质民、朱东润重登白鹤山

风景依稀似昔游，满林落叶又逢秋。
青山无恙人重到，白鹤不归水自流。
痛哭贾生虚垂泪，乱离王粲更登楼。
与君岂惜终憔悴，待挽天河净九州。

此为冯振《与张质民朱东润重登白鹤山楼上》诗，录自冯振《自然室诗稿与诗词杂话》。冯振（1897—1983），字振心，自号自然室主人，原名冯汝铎，广西北流人。知名的教育家、中国古典文学研究专家、诗人。1913年，于南洋中学肄业，同年考入交通部上海高等工业专门学校（今上海交通大学）。1916年因病辍学。1917年至1921年任教于广西省立梧州中学。白鹤山，梧州之名山，位于今市区鸳鸯江畔珠山旁。1918年春，有桂军数人登山游玩，英领事放出狼狗咬人，桂军排长为自卫而打死洋狗，后被英领事署威逼而遭枪杀，以偿狗命。由此引起梧州人的反英浪潮。这年的秋天，三人“乱离王粲更登楼”——在此国人受欺凌之际，强行登上白鹤山，至山楼上。他们不只是来登高俯瞰美景，而是以实际行动发泄对外国强盗的不满。

303

黄宾虹画桂林山水长卷

沪壖香岛嚣尘高，竭来漓水寻游桡。数日昭平又平乐，林光浮翠山岧峣。

舟入苦嘆奔湍细，前滩嘶竭后滩继。星餐露栖不得息，鸺鹠宵啼吹觱篥。

先生豪饮方高吟，料有诗名动绿林。月黑风微催曙色，澄波寂寂空江浔。

我家黄人近百里，三百六滩浙江水。天都莲峰尽错逻，傍宅丰溪更清泚。

今图八桂峰之奇，琴尊闻暇君应披。携将北流重题记，字古禹穴句漏碑。

此为黄宾虹《为陈柱尊作桂林山水长卷即题》诗。黄宾虹（1865 —1955），近现代著名画家。1928年夏，黄宾虹应广西省教育厅邀请，与陈柱、陈中凡、陈定谟等一行人来到桂林，为广西暑期讲习会讲学。他们畅游桂林、阳朔山水。黄宾虹作画多幅，由陈柱题诗的有《黄宾虹先生桂林山水册页八首》《观黄宾虹先生为黄二明画桂林山水》《题黄宾虹先生山水横轴（并序）》《重题黄宾虹丈桂林山水长卷》等。桂林山水长卷，原作《八桂豪游图》。陈柱《忆旧游》："当吾随老画家（黄宾虹）游桂林也，每遇一名胜，则必询其地名，详其古迹，而黄先生亦必为之写其形态，貌其草木，凡游共二十余日，写真数百幅矣。黄先生为余画自昭平至桂林长卷，凡三丈许，曰《八桂豪游图》。"陈柱又有《八桂豪游图记》，详细记录他们一行四人从梧州溯桂江而上，沿途欣赏景色，饮酒赋诗，谈论山水画艺术。

304

神州破碎，万壑千峰有血痕

万壑千峰欲插云，依稀莫辨故山村。
斜阳远映红于血，知是江山是血痕？
十日一石五日水，由来造物亦艰难。
神州破碎难回首，只向先生画里看。

此为陈柱《题黄朴存先生山水绝句二律》，“依稀莫辨故山村”后原注：“黄先生跋曾及粤西山水，故云。”黄宾虹，初名懋质，后改名质，字朴存，号宾虹，近现代著名画家、学者。于1924年为陈柱画过一幅山水。陈柱因有绝诗二首作答。“在他为陈柱尊作的故国山水上，陈题绝句两首曰……乱世如血的夕阳照在破碎的神州山水，不知何处是乡关，画中显然有1924年9月江浙军阀战争和直奉军阀战争的影子。‘万壑千峰’‘十日一石五日水’则显示了他画作的日趋层层深厚密实，而‘只向先生画里看’意喻他的画作营造了一处现实外的隐逸大地。”（吴晶《画之大者：黄宾虹传》第109页）

305

陈柱作《新中华战士歌》

烈士命泰山，国家思昆仑。闻公募壮士，跨海斩鲸鲲。愿归公指挥，请赠公一言：我亦父母生，宝我如瑜璠。蝼蚁虽甚微，自贵同大君。我来非为钱，亦非为官勋。诚欲雪国耻，为国图安全。愿公秉夙志，莫忘申江滨。贱子任驱策，焉敢惜微身！若欲自杀伤，先夺将军魂。谓予如不信，有如此苍旻。

此为陈柱1932年作的《新中华战士歌》。陈柱（1890—1944），字柱尊，号守玄，广西北流人。曾任教于中央大学、交通大学上海分部。他的老师唐文治对他的评价："横空而来，足使千古学人、才人一起俯首。"陈柱一生著作等身，著述九十余种，议论遍及经史子集四部。1931年"九一八"事变，马占山在齐齐哈尔就任黑龙江省政府代理主席兼军事总指挥，率领爱国官兵奋起抵抗日本侵略军，打响了抗日第一枪。马占山发通电，通报全国抗战。终因不敌，东三省大部分地区沦陷，日寇建立傀儡政权——伪满洲国，采取各种手段对马占山进行诱降。马占山无奈于1932年2月诈降，就任伪黑龙江省省长，3月又任伪满洲国军政部长。4月1日，马占山带领亲随二百余人离开齐齐哈尔，7日抵达黑河，通电反正，再举抗日旗帜，组建东北救国抗日联军。这一年，陈柱的抗日诗篇甚多，如《赠十九路军六十七韵》《十四日晨过吴淞中同两军激战》《日寇侵沪沪眷不知迁徙何处》《三月二日淞沪失守愤赋三十四韵》《日寇将逼苏锡诗示振心》《刺马占山》《勉马占山将军》《强国歌》《国殇》《喜闻东三省义军击溃贼军》《梦为义勇军》等。

306

胡适《南游杂忆》

我们一月十一日下午飞到梧州了。在梧州住了一夜，我在广西大学讲演一次，次日在梧州中山纪念堂公开讲演一次。广西大学校长马君武先生是我的老师，校中教职员有许多是中国公学的老朋友，所以我在梧州住的一天是最快乐的。大学在梧州的对岸，中间是抚河（漓水），南面是西江。我们到得太晚了。晚上讲演完后，在老同学谢厚藩先生的家里喝茶大谈，夜深过江，十二日讲演完后，吃了饭就上飞机飞南宁了，始终没有机会参观西大的校舍与设备，这就是用嘴不能用眼的害处了。

十二日下午到南宁（邕宁），见着白健生先生，潘宜之先生，邱毅吾昌渭先生等，都是熟人。住在乐群社，是一个新式的俱乐部，设备很好。梧州与南宁都有自来水，内地省份有两个有自来水的城市，是很难得的。白先生力劝我改船期，在广西多玩几天。我因为我的朋友贵县罗尔纲先生的夫人和儿女在香港等候我伴送他们北上，不便改期。十四日罗均任和罗努生如约到了南宁，白健生先生又托他们力劝。白先生说，他可以实行古直先生们的“真电”，封锁水陆空的交通，把我扣留在广西！后来我托省政府打电报请广西省银行的香港办事处把我和罗太太一家的船票都改了二十六日的胡佛总统船。这样一改，我在广西还可住十二天，尽够畅游桂林山水了。

此节录胡适《南游杂忆》。胡适于1935年1月5日，赴香港接受香港大学法学名誉博士学位。9日，到广州。11日起，在梧州、南宁、柳州、桂林、阳朔等地演讲、游览。25日，到香港，旋回北平。其《南游杂忆》(一作《南游杂记》) 说：“我这一次因为接受香港大学的名誉学位，作第一次的南游，在香港住了五天，在广州住了两天半，在广西住了十四天。这些地方都是我多年想去而始终没有去成的，这回得有畅游的机会，使我很快慰。可惜南方的朋友待我太好了，叫我天天用嘴吃喝，天天用嘴说话，嘴太忙，所以用眼睛耳朵的机会太少了。”

307

陈济棠主张读经尊孔，重视“做人”

陈济棠先生的广东官话，我差不多可以全懂。我们谈了一点半钟，大概他谈了四十五分钟，我也谈了四十五分钟。他说的话很不客气：“读经是我主张的，祀孔是我主张的，拜关岳也是我主张的。我有我的理由。”……他继续说他的两大政纲：第一是生产建设，第二是做人。生产的政策就是那个“三年计划”，包括那已设未设的二十几个工厂，其中有那成立已作久的水泥厂，有那前五六天才开工出糖的糖厂。他谈完了他的生产建设，转到“做人”，他的声音更高了，好像怕我听不清似的。他说：生产建设可以尽量用外国机器，外国科学，甚至于不妨用外国工程师。但“做人”必须有“本”，这个“本”必须要到本国古文化里去寻求。这就是他主张读经祀孔的理论。他演说这“生产”“做人”两大股，足足说了半点多钟。他的大旨和胡政之先生《粤桂写影》所记的陈济棠先生一小时半的谈话相同，大概这段大议论是他时常说的。

此节录胡适《南游杂忆》。胡适于1935年1月5日，赴香港接受香港大学法学名誉博士学位。9日，到广州，拜会了陈济棠先生。陈济棠（1890—1954），字伯南，出生地在今广西东兴市马路镇客家人聚集区。后在广东求学并于广东发展自己的事业，长时间主政广东，在新桂系大力建设广西的同时，陈济棠大力推进广东经济、文化和市政等方面的建设，颇有成就。他在广东数年，集党政军大权于一身，有“南天王”之称。他在新文化运动中独树一帜，尊崇孔子，为新时代尊孔的先导。“学会学习，学会合作，学会生存，学会做人”是1986年联合国教科文组织提出的教育四大支柱。值得注意的是在数十年前，陈济棠先生就注意到了“做人”。不过，陈济棠的“做人”属于国民教育的范畴，属于阐释“西学为用、中学为体”。“做人”是中国人的“体”，他强调“做人”的根本在于传承祖国的优秀文化传统。

308

1935年费孝通对广西的评价

我们到南宁刚是“九一八”，在到省府去的公共汽车上，见到一排排制服整齐、列队张旗的民众团体在街上游行，这是我们在北方好久不见的景象了。在没有到广西之前，朋友们都同我们说，广西是一个谦虚、好学、有为的小弟弟。当然在中国历史上的贡献，广西并不逊于他省。但是因为以前交通不便，地处偏僻，文化建设在各方面比黄河、长江下游诸省，年龄上似乎轻一些。我们来到之后，就体悉到“谦虚”“好学”和“有为”的意义了。到此虽不久，但是和行政当局及其他民众已有一些接触，在他们灰色的制服、简单朴实的轮廓上，的确描出了一种刻苦不尚浮华的性格；谈话总带着一种急于求知、自觉不足的态度，这种态度致使我们自愧到不知对答。这并不限于行政领袖，而是一般人员的态度，就是其他如报馆记者，亦有于百忙中找我们谈话的，讨论广西的苗瑶，津津有味，全不像其他专以采访塞责者可比。

此节录费孝通《到南宁》。1935年夏，费孝通（1910—2005）与王同惠（1910—1935）结婚；8月，夫妻同赴广西进行瑶族社会的调查，9月18日到省府南宁，会见相关人士。获得省府支持后，赴大瑶山考察。他们对此行所作报道《桂行通讯》，连载于《北平晨报》、天津《益世报》；《到南宁》是第一篇。其文记载了在新桂系领导下，南宁出现的新面貌：“见到一排排制服整齐、列队张旗的民众团体在街上游行。”大为振奋，从中感受到新的广西精神——“一种刻苦不尚浮华的性格；谈话总带着一种急于求知、自觉不足的态度。”

309

费孝通“六上瑶山”之第一印象

我们到时，村长还在外工作未归，他们的媳妇在那里煮饭给我们先到的挑夫们吃。挑夫毫不客气的大碗盛着，据说是不用花钱，因为瑶人到汉人家里亦可自由吃饭，这是民族的礼仪。

不久，在外工作的男女们都回来了。村里人都知道客到，带着米来问讯，客人所用的米是全村大家供给的。那时天已经黑了，他们没有灯，就用松木条燃着火取光。松木条就放在铁片或铁丝结的网上。松木燃着时，放出一种令人想到年景的香气。融融一室，主客欢笑，多年没有回过乡的我，在这种香气中，更觉得人情的深厚了。

我们自己煮了带来的香肠腊肉，他们温了酒，团坐一桌，主客倾杯，真是一见如故。依他们的风俗，要表示好感，就得两人在对方的手中，互相干杯。要做民族学研究工作的人，不会喝酒是不成的，史禄国先生已屡次劝过我学习。在一生人面前，不能畅怀豪饮，无形中就会主客之中造下一道心理上的隔膜和怀疑。这时我才感觉到喝酒的重要了。而且在半醉之中，交涉事情也容易获得同意。通古斯人因为断了酒，两年中没有讲成一件婚事。瑶人也是善饮的豪客，我是三杯见色，比他们差得远，幸有同行的张科员，量还好，尚可对付。他们喝的是自制的白酒，没有海甸的莲花白凶。

此节录费孝通《桂行通讯》之《王桑三日》。10月21日晚费孝通到王桑，是进入瑶区第一站。次日考察，23日离开。之前的通讯《入瑶山》说：“百丈虽然离瑶山不很远，可是普通人对于瑶山还是很隔膜的，到过瑶山的人也不多。所以在临行时，大家都来同我们说瑶山的路是怎样怎样地难走，怎样没有东西吃。从他们说话里听来，去瑶山简直是难似登青天，而瑶人简直是‘野人’。”费孝通到了瑶山，接触的是热情好客的瑶族人。12月16日在完成花蓝瑶地区调查工作转移地点时，发生了意外事件，费孝通不幸误踏陷阱，王同惠为救夫而身亡。尽管如此不幸，费孝通没有停止对瑶山的考察。其后费孝通五次上瑶山，并将六次上瑶山的考察记录汇编为《六上瑶山》。金秀县的建立，与费孝通的努力争取有莫大的关系。

310

新桂系领导下的广西建设

广西之民团，久已闻名，全省壮年，皆须受军训，办理极认真，期限为半年。服装生活与军队一般无二，不论士农工商公务员等，以至厅长主席，凡未受过军训者一律受训。据说四十五岁以上者可免。现广西之教育厅长虽已过四十五，但自愿受训，现正在训练中。全省民团分八区，每区设民团指挥部，每县以县长为司令，全年为训练民团所费达三百万至四百万，因此广西军队减少，而民众武力增加。他们的口号是："寓兵于团，寓将于学。"广西现有军队十六团，连独立营特种兵等不过十七团，统共人数不满二万，治安防务全靠民团。而训练学生作将来之将才，初中高中学生各受军训半年，训练时不在学校，分别集中于各指挥区，由总司令部派教官教练，生活服装等与军队一样，皆赤足草鞋。在南宁时，适逢防空演习，假设敌机从广州、柳州飞来袭击，南宁加以防御。吾人见武鸣一军训大队之学生，赴南宁参加，一百二十里远，背全副武装步行，与军队无二，故曰寓将于学。初中时受军训半年，可作下级军官；高中再受半年，更可成为干部。

从训练认真、编制严密，可见出广西情形不是一二人努力，而是大家一齐动手，勤苦精神，贯彻到底。兄弟到乡下区公所、乡公所、村公所查看，其中编制极佳，一区包括几乡，一乡包括几村，每村有多少人口，多少壮年，已受军训者多少，未受军训者多少，极其清楚。勤苦情形，上下如一，全体官民，一律布服短装。军队系深灰色，其他人员全为浅灰色。上至省府主席，下至勤务工人以及学生教员等，一律无异，其识别则在帽章，从政者有一"政"字，在学者有一"学"字，工人等则无字。

此为梁漱溟《广西省建设》(节录)，原载《山东民众教育》1935年第3期。梁漱溟（1893—1988），现代新儒家的早期代表人物之一，有"中国最后一位儒家"之称。祖上是桂林人。

311

中国公学校歌

众学生，勿彷徨。以尔身，为太阳，照尔祖国以尔光。尔一身，先自强。修道德，为坚垒；求知识，为快枪。

众学生，勿徬徨。尔能处之地位是大战场。尔祖父，思羲黄；尔仇敌，环尔旁。欲救尔祖国亡，尔先自强！

马君武（1881—1940），广西桂林人，于1902年留日期间结识孙中山，参与同盟会的创建者，曾任中华民国临时政府实业部次长、国会参议院议员。中国近代获得德国工学博士第一人（获得柏林大学工学博士学位）。1920年，孙中山重组军政府，马君武任秘书厅长。次年4月，孙中山任非常大总统，马君武任总统府秘书长。6月，孙中山任命马君武为广西省长。次年5月，辞职。马君武是国民党元老级人物，但其一生主要活动于教育领域，担任大夏大学、北京工业大学、中国公学、国立广西大学等学校校长，他在中国近代教育史上的地位，与蔡元培齐名，有“北蔡南马”之誉。1905年同盟会在日本东京创立，马君武是重要成员。次年被迫回国后，他积极创办中国公学，并担任总教习（教育长），以培养年青的革命者。他亲自谱写校歌——《中国公学校歌》两章。其时处于清末，马君武在校歌中即预知日寇企图灭亡中国，祈望学生学知识，修道德，自强不息，挽救中国。

312

马君武抗日纪事组诗

卢沟桥外寇氛深，又报倭军逼宛平。主将未停麻雀战，敌方已动铁鸦兵。六千子弟齐殉国，廿四钟时已弃城。赏罚分明军令在，斯人何不处严刑！

固守经年漫自夸，忽然一夕弃京华。五朝文物移新主，百万人民失旧家。事敌汉奸春后笋，储才学校雨余花。门头沟外奇兵起，种豆于今反得瓜。

竞率全团死堑围，英雄盖世杨芳圭。自来南口称天险，争奈张垣树敌旗。孰使刘封为大将，终推傅介是男儿。阴山南部膏腴地，善守边疆拒敌师。

如斯诸葛方为亮（左宗棠自豪语），十万雄兵受指挥。力战屡穷罗店敌，会攻又解宝山围。遂令学就万人敌，徒使缝成千女徽。松井石根真竖子，难民车上示皇威（上海南站、松江站，难民车为倭寇飞机炸，死难民千余）。

六百余人齐授命，宝山应改号喻营。肉弹机械争强弱，国土官兵共死生。孰信中华真老大，不同东寇共存荣。他年增置东瀛省，酹酒重招勇士魂！

此为1937年马君武《抗日纪事》五首，见《马君武诗注》。吴海发《二十世纪中国诗词史稿》对此诗释读：组诗《抗日纪事》共五首，记录了1937年“七七”卢沟桥事变以后，中国军人誓死保家卫国与国土共存亡的抗日救国事迹，赞扬了将士们浴血奋战、不怕牺牲、顽强拼搏的大无畏精神。诗风朴茂、遒劲、富有感召力。马君武借“事”抒怀，以宣传爱国“理致”为心肾，以弘扬爱国正气为己任。而又在诗味浓烈中揄扬民族大义、鼓吹抗战精神，抨击民族败类揭橥野蛮行径。马君武诗无颓唐悲观的低调，有雄深雅健的笔力。诗国之子，君武为一，当之无愧。

313

火镖律师吴迈题诗起凤山

杀贼有长剑，保邦惟铁血。
窃笑黄夫子，瑟缩遁岩穴。

本诗摩崖于广西武鸣城厢镇夏黄村起凤山读书岩，落款：“余江吴迈，民国二十三年题。”吴迈（1885—1936），字良翰，江西省余江县平定乡石背吴村人。民国著名的大律师，赤心爱国，敢于直言，有“火镖律师”之称。1934年初，避难广西，作抗日巡回宣传。到桂林，在叠彩山题刻“丕振雄风”四大字；在独秀峰题刻“卓然独立天地间”七大字。这两方石刻见存，它透露出作者强烈的爱国情怀，希望祖国雄起，卓然独立。在起凤山的题诗，直写胸臆，号召国人拿起武器，不惜牺牲，保家卫国。诗中流露出的豪迈激扬之气概，可以穿越时空，荡涤心灵。游人至此见而读之，仍为其气场所震撼。其所言“黄夫子”，表面指读书岩之神黄锡衮，实借指尚未决定全面抗日的蒋介石。吴迈诗意为，在日寇侵凌中国之际，中国人有铁血精神，敢于拿起武器保家卫国，做老大的不能像黄夫子那样瑟瑟缩缩地逃避，应该站出来，领导抗日。

314

封鹤君诗送白崇禧赴南京襄赞抗日

频年尝胆寄安危，雪耻崇朝得导师。
万里山河严锁钥，九边氓庶望旌麾。
轩羲文物捐同负，卫霍勋名论尚卑。
待染兰台修史笔，燕然新勒纪功碑。

此为封鹤君《健生将军入中枢主持抗日军事欢喜踊跃诗以送之》。封鹤君（1876—1959），广西容县人。光绪二十六年（1900）举人，曾任湖北藩署民事科员，兼存古学堂文牍，湖北通志局协修，蒙古都护副使，库伦都护使秘书长，湖北宣城县知事，广西大学秘书长，南宁修志局协纂。抗日战争后期，任广西省编审委员会主任，继任通志局长、通志馆长。1950年受聘为广西省文物馆筹备委员。有《封鹤君诗集》传世。健生将军，即白崇禧（1893—1966），字健生，广西桂林人，新桂系中心人物，与李宗仁合称“李白”。抗日战争爆发后，二人动员广西的军队抗击日军，合作指挥多场大战，屡有胜果。白崇禧、李宗仁、黄旭初联名致电国民政府，拥护蒋介石对日抗战。1937年8月4日，蒋介石派飞机从桂林接白崇禧到南京“参赞中枢”。20日白崇禧任军事委员会参谋本部副参谋总长兼军训部部长，主持制定抗战计划，提出了对日军作战的指导原则。他在中国的抗日卫国战争中做出重要的贡献。

315

封鹤君劝西园主人同仇敌忾

西园主人本圬者，得金虽多业不舍。灌园筑室邕江西，花气岚光占芳野。主人好诗兼好客,吟社招邀劝杯斝[①]。老夫乘兴亦往游,作诗时复追奔马。忆别邕江春复秋，一昨逢君秀峰下，强我纵酒病未能，泥我谈诗口愈哆。君还邕州书又来，为道平生慕风雅。昔作生圹象岭傍，山径萦纡间松槚。群贤有诗公独无，颇虑殁后声名哑。我方疾首念国危，北望燕蓟泪盈把。感子意切不得辞，好名如子世真寡。方今御侮歌同仇，要构众材支广厦。绸缪牖户子所习，以小喻大义非假。匹夫未死耻终雪，昆阳杀贼雷动瓦。不嫌吕黎誉承福，掷笔大笑忧暂写。

此为封鹤君《西园主人甄仁溥生圹诗》。甄仁溥（约1885—1940），广东台山人，南宁合兴建筑公司老板。1925年在邕江南岸江畔开辟建西园（今西园饭店处），筹建西园诗社，南宁的宿儒和诗词界人士，经常雅集唱和。1937年甄仁溥出版《邕管甄家西园集》。封鹤君曾经参与西园雅集，并在桂林独秀峰下会见甄仁溥，后者念念不忘雅集诗没有自己的作品，封鹤君劝他忘却个人名利，同仇敌忾，参与抗日。

① 斝（jiǎ）：古代盛酒的器具，圆口，口上有两柱，三足。

316

梁宗岱、马思聪共谱《战歌》

起来呀，中华的国民，胜利已振起她双臂，
来欢迎正义的大军，来鼓励英勇的战士。
暴敌还不赶快亡命，像败叶般纷纷堕地。
中华已从他雄心里，恢复了光荣的呼声。
向前冲！向前冲！向着枪林弹雨中前冲！
我们要从鲜血如泉涌，开出自由的花朵鲜红。

此为梁宗岱《战歌》，录自《梁宗岱选集（插图本）》，原编者注释：“本诗约成于1936年12月。马思聪曾把本诗谱成一首四部合唱曲，刊登在桂林《战时艺术》1939年2卷4期。”梁宗岱（1903—1983），祖籍广东新会，出生在今广西百色市。是我国现代文学史上一位集诗人、理论家、批评家、翻译家于一身的罕见人才，可谓名满文坛。此诗作于抗日战争期间，可见，虽然是一介书生，梁宗岱早已流淌着抗日的热血。1939年马思聪给此诗谱曲，发表在桂林《战时艺术》之上，更加扩大了它的影响。此曲成为桂林抗战文化的组成部分。

317

新桂系“必须顺应文化革命的潮流”

就我国地理上看，重要河流的发展，都是由西向东。而翻开中国近百年来的社会进化史来看，文化的发展，则是由东而西的。广东处于珠江下游，也就是广西的东面，首先接受了西洋的物质文明。陆氏虽以一时的武力侵入广东，可是因为不能顺应世界潮流，求其本身的进步，以之改造广西，遂陷于败亡的结局。这是我们所亲见的。假使我在当年不出兵梧州，就不能接受向上流发展着的新文化，也就不能发生革命的新力量。可是我们在当时已正确地认识，不再像陆氏那样只求武力的向东发展，与文化革命的潮流相背逆，而必须顺应文化革命的潮流向西挺进，以求广西的改造。广东是革命的策源地，当革命的初期，在封建的落伍的旧眼光看去，虽然有许多不习惯不顺眼的地方，因而引起若干不良的批评，或足以引起各方指摘的不良事实，然而革命的前途，始终是光明的，革命的工作，毕竟是进步的。那些不正确的批评，和若干必有的瑕疵，掩蔽不了它的光芒，阻碍不了革命的进步的呵！当我出兵梧州接受了革命的使命，不但广西那些旧军人，要责备我出卖本省，就是玉林方面，在当时也未必能完全谅解。处在这新旧潮流汇合的箭头的尖端上面，虽然我的箭头是正确的向西进指，但是在某一时期，与某种场合之下，就不能不作适应的回旋，借以减少可能避免的障碍。否则不顾一切，径直冲去，也许要因各方的不认识，不谅解，受到极大的挫折，而不能顺利地到达目的。而这种回旋的手腕，无论是对旧的方面，或新的方面，都是一种极困难的工作。革命的力量，实在是太伟大了！他赋予了我百折不磨、任劳任怨的勇气和精神。不论物质的，精神的，有形的，无形的，一切困难，都为我所克服，一切胜利，都为我所掌握。

此为黄绍竑《统一广西后的感想》(节录)，录自黄绍竑《五十回忆》。黄绍竑(1895—1966)，字季宽，广西容县人。新桂系三巨头的第二位，任广西省长后，历任第15军军长，湖北省、浙江省主席，内政部长等要职。此文体现的战略眼光对新桂系走向成功发挥了至关重要的作用，即在今日看来亦具积极的现实意义。

318

具有历史地位的“广西特种教育”

余秉省政之翌年，深维有教无类之义，对于此特种部族，思有以开化之。爰商之教育厅长雷宾南先生设立特种教育委员会，延省内对于特种生活素有研究者为委员，策动特教之进展。不数年间，在各县特族区域成立国民基础学校六百余所，于省会成立特族师资训练所一所，选取特族子弟入学，期以开化学子为先锋，推动整个特族社会之改进，达到同化合作之目的。现所收效者，多数特族已趋向习国语，改汉装，破除迷信，改良风俗，改善技术，增加生产等事；尤可纪者，抗战以还，关于征工征兵，都能踊跃自效。参加前线作战，大不乏人，开本省前此未有之成果，而余等数年来之苦心扶植，为不虚也。

黄旭初于1940年2月为刘介的《广西特种教育》作序，此节录之。刘介是广西特种教育师资训练所的负责人。民国时期广西境内壮、瑶、毛南、仫佬、侗、苗、水、彝、京等民族统称为“特种部族”，对之实施的教育为“特种教育”，在广西教育史乃至中国少数民族教育史上具有历史地位。黄旭初（1892—1975）于1931年7月起为广西省长，在国家多灾多难的时代背景下，苦心经营，努力推进广西的发展。《广西大百科全书》历史卷“黄旭初主桂”词条中记述：“在黄旭初主桂期间，由于政治上比其他国统区较为开明，容纳了大批各方面人士，形成了桂林文化城的抗战奇观；各项经济建设均有起色；军事上继续推行民团制度，加强了防卫能力；文化教育上，大力推行广西普及国民基础教育运动，促进了广西民众文化素质提高。这些措施对新桂系势力的发展起到重要作用，加强了与国民党中央抗争的‘资本’，在客观上对支持抗日战争起到了积极作用，也巩固了新桂系的统治。”其“特种教育”政策，符合时代的需要，推进了少数民族社会文化的发展。

319

“西江文化”的设计与开拓

民国29年迄今，我摆脱教育行政职务，转在高等教育方面用功。29年夏，继22年开办之广西普及国民基础教育研究院，创设广西教育研究所，旋主持国立广西大学。一面深感我国大学教育，须加调整，以适应新社会要求，一面认定本省高等教育，须谋继续发展，而策进各级教育之发展。28年桂南沦陷光复后，南宁地方人士，集议筹设桂南光复纪念学校，我有机会参加设计，建议此一纪念学校，宜以专门教育出之，经协议而创办私立南宁农业专科学校。诚以中国今日，仍为农业经济乡村社会之国家，大体仍滞留于农业文明阶段。为适应此现实情境，教育上之用力处，一面须改进原有农业文明，使适应现代化要求，一面须向现代物质文明，追踪而至，以谋引进科学民主生产技术于民间，而改善民众生活。为实现此要求，亟待创办合于理想之新型大学。新型大学之社会责任，第一，当侧重高深学术之研究，培养学术专门人才；其次，今后国家建设，须从地方建设着手，大学须培养地方建设乃至国家建设之专门人才；最后，举凡学术研究，人才培养，均以正德利用厚生、造福大众、化民成俗为鹄的。所有专门人才，均为民众服务。故大学当以传播智慧于民间，以改善民众生活为归宿。我因感于南宁农专，不能应此要求，所以再联合省内父老，及省外热心人士，将南宁农专扩大为西江学院。在较迟或较早间，且将扩大为西江大学。西江学院本为文理科大学教育，兼办农工法律等专门教育。西江学院以至未来的西江大学，当继黄河流域扬子江流域文化，发展西江流域文化，且将溯西江而上，使中华声教与中南半岛又与马来半岛，以至南洋群岛一带海洋文化交流，而重新创造中华文明。此一重大责任，自非西江学院以至西江大学所能独负。

录自《雷沛鸿文选》之《我的自白》，原载1947年11月18日《广西日报》第三版。雷沛鸿（1888—1967），字宾南，广西南宁人，著名教育家，在广西教育厅长任上，大力推行国民基础教育运动，创设国民中学制度，开展成人教育活动。后又在原普及国民基础教育研究院的旧址上创办私立南宁农专，因日军入侵搬到百色，改名为西江学院。其建设大学，发展西江流域文化，乃至面向东南亚，发展海洋文化的设想，可谓当今办大学面向东盟之先声。

320

当年响彻八桂的《民团歌》

谁能捍卫我国家？惟我广西民团！
谁能复兴我国家？惟我广西民团！
我们有强壮的身体，我们有热烈的肝胆！
我们要保护民众四万万，我们要巩固国防守边关！
我们不会咬文嚼字，我们只会流血流汗！
我们不会哀求讨好，我们只会苦干硬干！
流血流汗才是英雄，苦干硬干才是好汉！
快奋起，同志们，莫长吁短叹！救亡救难，任重如山！
快努力，同志们，莫偷闲苟安！强国强种，惟我民团！

周开庆（1904—1987），四川江津县（今重庆市江津区）人，1936年元月，奉命赴南京创办《中心评论周刊》，年底到华南考察，11月29日到梧州，12月15日离开桂林。在广西，他访问了李宗仁，写了《李宗仁先生的访问》；因李重点介绍了广西民团，又重点考察了民团，写下《广西省的民团》（周开庆《今日之华南》，光明书局1937年版）。收录《民团歌》之前，谓："广西现当局以及一般公务人员，对于外来的人问到民团时，一面虽然自己谦虚，说值不得一说，一面却很自负，他们认为中国过去的衰弱是大家不干，大家不协力地干，和大家没有找着适当的方法来干。而现在，他们是寻着了打开'救国之门'的这把钥匙了，并且他们在协力地干了。他们打算凭着民团的力量，不独要'建设广西'，还要'复兴中国'！"周开庆评论《民团歌》："这首歌词所表现的并不狂妄，这中间充满着'勇壮'，充满着'力'。无论他们努力的成绩将来是否能如所预期，他们这种苦干穷干的精神，已然是值得敬佩的。"

321

李济深坚持抗日斗争

1944年夏，日军攻陷长沙，衡阳告急，广西危在旦夕。广西省政府下令迁移，而李济深决心留在敌后，与敌周旋。他说："蒋介石不要的土地，我们要，他不要的人民，我们要。我们要和人民坚持在敌后斗争，直到胜利。"6月，周恩来通过胡希明向李济深转达口讯：如果日军进攻桂林，李最好是回到苍梧大坡家乡，组织民众武装，配合共产党游击队共同抗日。这意见也正好同李济深的主张相合。李济深回到家乡后，派人到贺县、昭平一带，与疏散在当地的民主人士联系，组织昭平县自卫委员会，还授意李沛霖在大坡成立"南区抗日自治委员会"，组织抗日武装，抗击日军，保护大坡一带群众的安宁。周恩来十分关心李济深在敌后的抗日活动，1944年11月，周恩来指示东江纵队派专人去找李济深，准备"以他为中心，联络蔡廷锴、张炎等，在西南敌后与未沦陷区建立半独立性的抗日民主政权"。

1944年12月25日，李济深由大坡山起程"南巡"，沿途慷慨陈词，发动民众抗日。他与蔡廷锴、谭启秀领导的三罗民众武装抗日指挥部，中共领导的粤中部队、东江纵队、郁南县民众武力指挥部等组织建立了联系，带领桂南民众坚持敌后斗争。

上文摘自中央文献出版社2005年12月出版的《李济深画传》第86页。1945年3月，李济深到广东罗定与蔡廷锴等旧部商议在两广的西江之南发动和组织民众武装抗日。与此同时，中共广东省临委和东纵根据中央指示，派李嘉人前往罗定，表达中共支持李济深抗日民主方针，希望通力合作的愿望。在罗定期间，李济深参加黄花节纪念大会，赋诗痛斥国民党统治集团消极抗日，政治独裁，背叛了孙中山先生遗愿：

为挽危亡肯顾身，对扬先烈倍伤神。
年年纪念黄花节，不愧黄花有几人。

322

李济深心系文化传承

建国初期，中国画颇不被重视，许多著名画家没有工作，生活非常窘迫。一些朋友就将这些情况反映给李济深，希望他能帮助解决这些画家的生活困难，扶持中国画的发展。李济深十分关注这件事情。有次开会时，趁会间休息，李济深将此事向毛泽东主席作了报告。他对毛主席说，国画是我国特有的传统艺术，是我国宝贵的文化遗产，是国粹，应该扶持中国画的发展。他建议，成立中国画院。毛泽东完全赞同他的建议，特交周总理办理。1957 年，中国画院在北京正式成立。后来，许多画家说，“李济深是国画界的大救星”。

1951 年，围棋名家过旭初找到李济深，请他支持中国围棋事业的发展。李济深立即写信给文化部长沈雁冰，向他介绍过旭初的情况，提出在北京成立棋艺研究社建议。1952 年，经周恩来总理批准，北京棋艺研究社成立。创社初期，经费紧张，李济深慷慨解囊，用国家发给自己的生活费支付棋社和工作人员的经费。棋社开展活动需要场所，李济深又写信给北京市副市长张友渔请求帮助解决房屋问题。

1952 年春天，北京市议迁城内墓地，位于崇文区东北部的袁崇焕祠墓属于被迁范围。李济深闻讯，立即同叶恭绰等四位爱国人士联名上书毛泽东主席，希望将袁崇焕祠墓“特予保全，并加崇饰，以资观感”。毛泽东主席批示北京市彭真市长，同意袁崇焕祠墓“应予保存”。袁墓后被北京市政府修饰一新。

上引《李济深画传》139—140 页，从中可见先生一贯重视文化传承、弘扬民族精神于一斑。

323

“文化为一切建设之母”

——李宗仁强调提高民族自信

广西建设研究会负责研究的范围，只限于政治、经济、文化三个部门，而在这三个部门中我们所应注意的是文化建设。因为文化为一切建设之母。而我们国家是有名的文化古国，我们有五千余年的光辉灿烂的建国历史，即充分证明我们的文化的妥当性，所以我们必须把我们的固有文化发扬光大，以使我们的民族自信提高，而后我们民族的复兴才有建成的希望。我们自有我们的历史，自有我们特殊的国情国性，因而自有我们的文化建设的大道。

1937年10月9日，在北上抗日的前一天，李宗仁出席广西建设研究会成立大会，并致开会辞:《广西建设研究会成立之旨趣》。上引文字出自李宗仁的致辞，致辞指出“文化为一切建设之母”“必须把我们的固有文化发扬光大，以使我们的民族自信提高”。

1934年3月，桂系通过《广西建设纲领》，提出“建设广西，复兴中国”的总体目标。此后，广西的政治、军事甚至文化的发展提升到可以与中原大省颉颃的高度，成为广西历史最辉煌的时期，民族自信力大大增强。

324

李宗仁回忆台儿庄之战

长官部夜半得报，我汤军团已向台儿庄以北迫近，天明可到。午夜以后，我乃率随员若干人，搭车到台儿庄郊外，亲自指挥对矶谷师团的歼灭战。黎明之后，台儿庄北面炮声渐密，汤军团已在敌后出现，敌军撤退不及，遂陷入重围。我亲自指挥台儿庄一带守军全线出击，杀声震天。敌军血战经旬，已成强弩之末，弹药汽油用完，机动车辆多被击毁，其余也因缺乏汽油而陷于瘫痪。全军胆落，狼狈突围逃窜，溃不成军。我军骤获全胜，士气极旺，全军向敌猛追，如疾风之扫落叶，锐不可当。敌军遗尸遍野，被击毁的各种车辆、弹药、马匹遍地皆是。矶谷师团长率残敌万余人突围窜往峄县，闭城死守，已无丝毫反攻能力了。台儿庄之战至此乃完成我军全胜之局。

战后检点战场，掩埋敌尸达数千具之多。敌军总死伤当在两万人以上。坦克车被毁三十余辆，掳获大炮、机枪等战利品不计其数。矶谷师团的主力已被彻底歼灭。台儿庄一役，不特是我国抗战以来一个空前的胜利，可能也是日本新式陆军建立以来的第一次惨败。足使日本侵略者对我军另眼相看。

台儿庄捷报传出之后，举国若狂。南京、上海沦陷后，笼罩全国的悲观空气，至此一扫而空，抗战前途露出一线新曙光。全国各界，海外华侨，乃至世界各国同情我国抗战的人士，拍致我军的贺电如雪片飞来。前来参观战绩的中外记者和慰劳团也大批涌到。台儿庄区区之地，经此一战之后，几成民族复兴的新象征。我军得此鼓励，无不精神百倍，各处断壁颓垣之上，都现出一片欢乐之情，为抗战发动以来的第一快事。

录自李宗仁口述、唐德刚撰写的《李宗仁回忆录》。台儿庄血战日寇之战，是第五战区司令长官李宗仁指挥的一个大战役，从1938年3月16日开始至4月15日结束，历时一个月。

325

昆仑关战役阵亡将士纪念碑

民国二十八年冬，倭寇既铩羽长沙，各战区犹胶着不得逞。乃潜师钦州，由龙门港登陆，掩袭邕宁，仗其锋锐进踞昆仑要隘，欲以北捣湖湘，贯通粤汉；西略柳庆，威胁滇黔，兼堵塞我滇缅国际路，断军实来源，以屈我师，势汹汹不可遏。迩时余方掌军事委员会委员长，桂林行营，承命布防。略以昆仑关，邕宁门户，关不复即邕不复，邕不复寇不可潜。倭寇袭邕兵力，初为第五师团及二十八师团。凭关据险，援寇复由粤蜂至。若寇援不断，则关不易克。乃以第三十八集团军所辖第五军之荣誉一师、新编第二十二师、第二百师，暨第一、第二两补充团，配装甲兵团攻关；第九十二师进七塘、拔八塘；第九十九军进七塘外围趾关，及堵八塘寇奔窜；第六十六军之一五九师，由永淳转进高田协攻关；第十六集团军遮寇邕钦联络线。部署既定，磨厉以须。初如虎蹲，卒如狮搏。计自十二月十八日起，无日不战，无战不烈。□□□凡十数日而关复。当我军之始攻关也，寇负固死斗，飞机更番轰炸，侧防火网伺隙扫射，冲锋恒数十百次，终不迫近。寇复纵毒气，相持五昼夜不下。迨我合围之势已成，援寇阻绝；守寇唯仰飞机济弹饷。我军连捷，士气大奋扬，乃一鼓聚歼之。寇伤亡五千余人，其第五师团旅团长中村正雄殪焉。关既复，寇谋以杀。未期月，邕宁果复。我将士夺关死者且万余人，伤哉！初，将士忠骸丛瘗[①]关侧山巅，戎马仓皇，仅封而不树。越二年，杜军长聿明始重建墓园、塔、坊，丐余表且铭之，铭曰：

东夷猾夏，大邦为仇。繄维多士，克壮其猷。秉忠执义，式遏凶虐。一往无前，神武绰绰。雄关巍峨，狂寇所资。是实我围，莫惠我师。再接再厉，寇甲崩摧。关山无恙，壮士不归。自古有死，死得其所。气薄云天，血热后土。英灵赫赫，芳草萋萋。千秋万世，视此丰碑。

此为白崇禧1940年作的《昆仑关战役阵亡将士纪念碑》（节录），碑文在昆仑关“陆军第五军昆仑关战役阵亡将士纪念塔”右侧。

---

① 瘗（yì）：掩埋。

326

张君劢分析广西地位与特质

广西地位及其性质上约有五特点：一、广西省在中原文化上为后起；二、广西人富于自信心；三、广西人有勇气；四、广西人诚朴，故易一心一德；五、广西人能刻苦耐劳，故合于革新时代所需要之清教徒精神。

……我历游各地，罕见如广西军民一致，罕见如广西当局能认识近世立国之基础。此种精神，此种态度，愿以十二分心力，为拥护广西之一人。这种拥护，绝不是出于当面恭维的意思，是为复兴中华民族，简单一句，就是为国家的缘故。希望各位把自信力坚强起来，由北而推广到西南，再进而到长江流域，到黄河流域，恐怕也不仅是我个人的私愿，也是全国人民的期望。

以上文字出自1933年张君劢在广西行政会议所作题为《历史上中华民族中坚分子之推移与西南之责任》的演讲（收入其著作《民族复兴之学术基础》）。张君劢（1887—1969），原名嘉森，号立斋，江苏宝山人。1910年毕业于日本早稻田大学。1913年留学德国柏林大学。1915年底回国后从事学术、政治、文化活动。抗日战争爆发后，任国民参政员。1939年代表国社党参加统一建国同志会，次年在云南大理创办民族文化学院，任院长。1941年参加发起筹组中国民主政团同盟（后改称中国民主同盟），任常务委员。1945年出席联合国会议，任联合国宪章大会组委员。1946年1月回国出席政治协商会议。8月将国社党与华侨中的民主宪政党合并为中国民主社会党。11月单独以民社党参加蒋介石召开的国民大会，民社党因此被民盟劝退。在1947年民社党第一次全国代表大会上当选为主席。1949年11月赴印度，1951年移居美国。1969年2月23日在旧金山病逝。著有《立国之道》《苏俄评论》《国宪议》《明日之中国文化》等书。

张君劢是新儒学代表人物，考察过广西，了解广西人的特点。由于历史的原因，广西文化相对落后，想要振作，必须“把自信力坚强起来”。张君劢看到桂系雄心勃发，而文化自卑，“自信力”之说，可谓对症下药。

327

李任仁为宪政疾呼

广西宪政协进会系根据国民参政会四次大会及中国国民党中全会之决议，以推进宪政运动，协助政府，促成宪政为宗旨。目前国内尚有少数人，以抗战期中，不宜实施宪政，此乃不明吾国近数十年来政治演变的历史，与夫全国人民进步的情形。远者且勿具论，即以辛亥革命来说，武汉一呼，不匝月而响应达17省之多，人民如此拥护，所为者是何？讨袁护法诸役，人民群起反对帝制，反对复辟，拥护约法，所为者是何？又如1926年北伐，人民热烈参加国民革命，推倒北洋军阀，所为者是何？一言以蔽之，皆愿实现民主立宪政治耳！如此犹认为国民程度不够，那么英国在13世纪初年，颁布大宪章时，其人民智识程度恐犹不及吾国现在，况吾国自经17年北伐成功后，即施行训政，迄今已历十余年之久，我们相信国民程度在暗中必提高了很多很多；尤其是抗战发动后，最高领袖，即决定一面抗战，一面建国，盖实施宪政，即为建立三民主义新国家之基础。民主立宪的政治，中国国民党既已提倡数十年，而最高领袖，又从而再三谆示我们，我们何能不尽最大的努力，以协助政府完成这件伟大的工作吗！

录自《李任仁诗文选》(《桂林文史资料》第35辑)。1940年5月28日，在广西宪政协进会成立大会上，作为会长的李任仁发表演讲。李任仁(1886—1968)，字重毅，广西桂林人，1910年加入中国同盟会，1931年6月，任广西省政府委员兼教育厅厅长；1937年10月，任广西建设研究会常务委员。1940年5月，当选为广西宪政协进会会长。连任广西省临时参议会第一至三届议长。抗战胜利后，参与发起组织中国国民党民主促进会。1950年后，任中华人民共和国华侨事务委员会副主任、广西省副省长、广西壮族自治区副主席。

328

邹韬奋高度评价广西民主宪政运动

广西宪政协进会已于五月廿八日成立，选举李任仁先生等廿九人任理事，……我们读到宪政协进会的成立大会宣言——而且是内容相当进步的宣言——这还是第一次，这在努力推进宪政运动的人们看来，可说是空谷足音，我们于不胜佩慰之余，愿对广西热心宪政运动的人士，谨致崇高的敬意。这种现象反映着广西政治有着相当的进步，我们所竭诚盼望的是这种良好的现象并不限于广西，其他各省及各地对于宪政运动也应有更进一步的开展……

广西宪政协进会成立大会宣言中曾郑重指出，它的宗旨是在“唤起民众，协助政府，推进制宪行宪的工作”；同时并郑重指出“现在距国民大会召集日期，不过五个月余，宪法为政府与人民共同信守的根本大法，宪政为民有民治民享的政治，要使宪法内容完满，宪政推行顺利，则在制定宪法的过程中，必须尽量使人民发表意见，参加意见。尽量容纳广大民众的希望与要求，方能成为全国人民热烈拥护的宪法，才能发挥最大的效力，而不致成为一纸具文”。这是我们所完全同意而希望全国同胞深加注意的要点，而且深信广西宪政协进会成立之后，必能根据它的宗旨和认识，在实际工作上有进一步的推动。

此为邹韬奋《广西宪政协进会成立》(节录)，原载1940年6月8日重庆《全民抗战》周刊第126期，此录自《韬奋全集》。关于“广西宪政协进会”，周天度、孙彩霞《沈钧儒传》有记述：“1939年10月27日，沈钧儒由重庆飞抵桂林，停留半个月，做宣传宪政、推进宪政运动的工作。他接受记者的采访，发表演讲，写文章，谈他本人对宪政的看法，讲述重庆宪政运动开展情况以及他对桂林宪政运动的期望。沈钧儒桂林之行，有力地推动了广西宪政运动的开展。李宗仁、白崇禧的智囊机构‘广西建设研究会’成立了宪政小组委员会，救国会的胡愈之、张志让均参加；还筹备成立了广西宪政协进会，胡、张二人任理事和常务理事，广西的宪政运动开展得有声有色。”

329

文献整理工作的旨趣所在

其一，历史的歪曲阐释，和歧误引申，一向成为障蔽学术思想的障碍，亦即社会进步的阻力。而历史的徵实和灼知，则又有待于文献的整理。所谓文献整理，就是任用科学的方法，根据实事求是，无徵不信的原则，搜集新旧文献资料，爬梳清洗，使得摧毁这些歪曲、歧误，解放学术思想的蒙蔽。

其二，文献是生活的蜕片，学术的资源，文化的指标，不惟征考历史沿革，民生状况所必须，而且历代学术思想，社会制度是非得失的争辩，亦将依此给予正确的裁判。是以，确立施政、设教的方针，而欲其兴革制宜，福利民生，厘定实施的具体方案，而欲其纤悉周妥，不蹈空泛，与及策谋方案，计划的实践，而欲其推行尽利，事半功倍，无不本乎正确文献资料，慎为决定，然后乃能切合实情，保证确收成效。文献既成为各项立法与施政、设教的张本，而文献整理，不惟是历史学的基础工作，亦可视作立法与施政、设教的准备工作。在这动荡的社会中，为了防止历史的逆流，与避免过去的覆辙，争取社会进步，这一准备工作，尤显得急切地需要。

此为李任仁在广西省文献委员会成立两周年之际所作的总结讲话摘录，载1949年5月出版的《广西文献通讯》第10期。当时“国事纷纷，地方多故”，李先生仍不认为文献整理是一项“迂阔”的工作，静下心来对两年来广西文献工作的成绩、经验作了详细的回顾和梳理，并提出了今后的计划与要求，希望文献工作者“立定岗位”“把握文献事业的现代意义”，担负起这一“伟大的文化使命”。

330

浙江大学迁址宜州纪事碑

将欲抗顽虏、复失壤、兴旧邦，其必由学乎？丁丑之秋，倭大入寇，北自冀察，南抵闽粤，十余省之地，三年之间，莫不被其毒。惟吾将士暴露于野者气益勇，民庶流离于道者志益坚。其学校师生义不污贼，则走西南数千里外，边徼之地，讲诵不辍。上下兢兢，以必胜自矢。噫，此岂非公私义利之辨，夷夏内外之防，载在圣贤之籍，讲于师儒之口，而入于人人之心者，涵煦深厚，一遇事变，遂大作于外欤？当军兴之四月，国立浙江大学以杭县旦危，尽其所有以迁建德；逾二月，桐庐告急，徙泰和；二十七年七月，虏犯九江，复之宜山而校焉。宜山之为县，当黔桂之孔道，其长吏若民，多通材达识，喜多士之至也，划县中之文庙、东郊之标营，暨工读学校以与焉。乃鸠工庀[①]材，修其蔽坏，涤其黝污，取蔽风雨，务绝华靡，故工不劳而集，费不侈而完。又择隙地，结茅架竹，为屋数十椽以益之。凡讲艺之堂，栖士之舍，图书、仪器之馆，校长百执之室，以至庖、湢[②]之所，电工之厂，游息树艺之场，莫不备具。于是五院之师生千余人，皆得时讲贯于其中。应变以常，处困以亨，荡丑虏之积秽，扬大汉之天声，用缵邦命于无穷，其惟吾校诸君子是望乎？

此为1939年8月校长竺可桢所撰《国立浙江大学宜山学舍记》。原碑立于宜州文庙内《宜山县城池图》碑旁，已佚。浙大校史编辑部提供原文复印件，《宜山文史》1988年第2辑特刊出。亦收入《宜州市志》《宜州碑刻集》等文献中。1938年秋浙江大学迁至宜山县（今宜州市），1940年春再开始迁往贵州，校长竺可桢至年底才离开宜山。其文出自王驾吾。王驾吾（1900—1982），著名文史学家，名焕镳，号觉吾，江苏南通人。南京高等师范学堂毕业，曾任江苏省立国学图书馆保管、编辑两部主任，浙江大学图书馆馆长。为竺校长代撰的《国立浙江大学宜山学舍记》是他的心血之结晶。

---

① 庀（pǐ）：具备；治理。
② 湢（bì）：浴室。

331

浙江大学毋忘广西的慷慨奉献

到宜山的前几天，竺可桢分别在桂林面见了广西省主席黄旭初、教育厅厅长雷沛鸿、省府委员邱昌渭和广西名流马君武等人。几经磋商，广西省政府决定，把宜山东门内的文庙、湖广会馆和东门外的标营，划拨给浙江大学作为校舍。

标营，就是清代军队驻扎的一个营地。标是清代军队编制的名称，相当于一个团。那么，宜山县城东门外，因为曾经驻扎清代一个团的军队，标营就成了这里的地名。除了地名，这里还有一座四合院式的营房。营房紧临龙江河的北面，还有一块面积大约是五十余亩的空地，可作学校操场。浙江大学到来的当时，标营还驻扎广西部队的一个团。广西省政府命令该团迅速从标营撤出来，把营区所有房屋让给浙大。广西省政府还原则同意，浙江大学到宜山后，如果还有需要，可以在县城附近的乡间，建筑新的简易校舍。

一群对中央军一度森严壁垒的桂系军政要人，却以一种宽宏大量的胸襟，为从抗战的焦土千里跋涉而来的浙大师生学子，打开广西的大门。

宜山，作为广西省政府洞开的一扇大门，自觉地承担了他们应该承担的义务。

崇尚文化的宜山，把浙江大学搬到宜山视作宜山的一大文化盛事、教育盛事。在他们的心中，也有一个美好的心愿，愿中华民族书香永存，长盛不衰！

以上文字节录自《走过硝烟的大学：浙江大学西迁纪事》(谢树强、黄柯云、黄庆军著)。新桂系时代，广西当局励精图治，严防外来势力影响发展，而当国家全面抗战之际，以大局为重，接纳了浙江大学，并提供多种办学条件，成就了书香永续、文化长存的一大盛事。

332

《桂岭双忠记》鼓舞抗战士气

舞台能说法，慷慨演瞿张。太岳真忠裔，东皋旧草堂。生应扶祖国，死遂殉封疆。正气留管弦，休教来者忘。

湘剧中兴盛，漓江良夜遒。田畴诚健笔，吴质亦工讴。青史师生谊，红闺父女愁。蛾眉成国士，张敞剧风流（剧本出寿昌手笔，饰稼轩者为演员吴绍芝，饰别山者则其女也）。

此为柳亚子《寿昌邀观中兴湘剧团演〈桂岭双忠记〉已数夕矣，忽来索诗，勉成二什，十月四日病中赋》，录自《柳亚子文集·磨剑室诗词集》。柳亚子（1886—1958），江苏省苏州市吴江区黎里镇人，创办并主持南社。曾任中山总统府秘书，中国国民党中央监察委员、上海通志馆馆长。1949年后，历任中央人民政府委员、全国人大常委会委员。1942年6月7日到桂林，1944年9月12日离开。客居两年多，笔墨耕耘，有《骖鸾集》十卷、《八步集》一卷。

此诗作于1942年10月4日。寿昌是田汉的原名。《桂岭双忠记》是田汉写的剧本，内容为：南明瞿式耜（号稼轩）、张同敞（字别山）合力抗清，坚守孤城，以身殉国。清朝时桂林人民敬仰瞿式耜、张同敞二公，建有双忠祠、双忠亭。柳亚子著《十月十日，谒瞿、张二公殉国纪念亭有作》《重过瞿、张二公纪念亭有作》《瞿文忠公遗像，为琴可题，二月十日作》《题瞿、张二公殉国史画，为瘦石赋》等诗篇，抒发了对瞿、张二公爱国精神的敬仰。

333

章士钊与“桂林少年”的忘年交

临桂词家，过江名士，光宣想见风流。豪情烟雨，醉到古吴州。纵是河山依旧，朱颜改，掷笔都休。空赢得，杉湖宅在，文藻故乡愁。　英年谁独步，靖江王远，俊裔犹留。愧谬为词客，忝为佳游。当日蕙风拂我，恨多故、问字无由。似闻说，残秋断雁，曾过赵家楼（秋雁在蜀与赵尧生唱和）。

此为《章士钊诗词集》中的《满庭芳》词，有记：“朱琴可荫龙，桂林少年，辑刻王半塘、况夔生、邓雨人鸿荃三家词，并在半塘故宅为老词人逝世三十六周年集会，赋此贻之。”1941年7月章士钊游历桂林，与朱荫龙交往最密切；这期间所写的词作，结集为《长沙章先生桂游词钞》，朱荫龙传抄，而后收入《章士钊全集》。章士钊赞美朱荫龙“英年谁独步，靖江王远，俊裔犹留”，期望朱荫龙传承王鹏运词学。朱荫龙时年未满三十岁，辑刻临桂词派代表人物王鹏运（号半塘老人）、况周颐（字夔生）、邓鸿荃（字雨人）三家词，有功于弘扬词学。“秋雁在蜀与赵尧生唱和”，指邓鸿荃在成都与赵熙（字尧生）作词唱和。邓鸿荃，字雨人，光绪初官四川候补道，著有《秋雁词》二卷。1916年，赵熙在成都与宋育仁、方旭、邓鸿荃等人士结成“锦江词社”；次年，邓鸿荃辑刻《春禅词社词》。

334

朱荫龙作词悼念王鹏运

萧疏断云过雨，揽峤西胜处。洞墙缭，明灭波光，旧宅空占尘外。画阑迴，临高气结，荷风冉冉吹衣袂。荫台碑，人去松孤，恨萦天际。　　一往幽怀，载酒吊古，趁轻镳缓辔。暗惊省，卅六年前，短箫声断吴地。莽江南，哀蝉竞咽，似都识，中仙身世。悄消凝，烟锁平芜，满楼凉意。

长门怨损，大泽吟枯。草庵剩寄蜕（翁殇苏州，寄榇沧浪亭，侧结草庵，后归葬桂林）。郁万感，墨花凄黯，谏草悲哽，痛哭危哦，响沈清季。斋空四印（黄山谷《送张叔和》诗“我提养生之四印”，盖谓忍、默、平、直也），心伤一第（翁有志用世，每以不登甲科为终生之憾，编次词集，独缺甲稿）。词哀天挺挥常浙，记庚年、鼓角秋泪。无多手泽，随意大笔翻腾，重拙洗净红翠。　　宗风未绝，此日园林，又俊才济济。驻岭表，骖鸾聊且，祭酒同倾，悼逝忧时，派开流委。哀弦自理，家山念破，杉荒榕老谁共赋，漫修堤，斜日开澄霁。摇摇湖海襟期，望极长天，鹜霞飞未。

此录自《朱荫龙诗文选》中的《莺啼序》。朱荫龙（1912—1960），字琴可，桂林市人，明靖江王后裔。毕业于北平民国大学政治系，曾任广西大学、广西省立艺术专科学校、山西大学教授。对中国韵文史、古文字学及南明史素有研究，尤长于词。朱袭文《纪念半塘老人的一次集会》：“一九四一年旧历六月二十九日，是王鹏运逝世三十六周年纪念日。为纪念这位乡贤，广西省临时参议会议长李任仁和诗人朱荫龙邀请知名人士，在杉湖畔王氏故宅集会。时政坛耆宿章士钊恰在桂林小住，也应邀参加纪念集会。签名时，李任仁请章士钊带头，章则请年事最高的龙积之。龙老谦让再三，章士钊情不可却，便率先在横幅宣纸上写下：‘旧历辛巳六月廿九日，同人为王半塘先生逝世三十六周年，集于先生故宅，士钊适游桂林，忝与盛会，辄先为题记。长沙章士钊。’耄龄老人龙积之随之签名，林素园、盛成、阳叔葆、任中敏、白鹏飞、陈志良、李任仁、万武、苏康甲、区文雄诸位继之，时年三十岁的朱荫龙签于最末。”（《晚晴文存》第1038页）

335

田汉为桂剧改革献言

在长沙时，即闻桂中友人盛道桂剧之佳，并其名艺员如小金凤，谓可与熙春、雅琴同称佳材。昨来桂林，因君武先生得上桂剧之第一课。李百岁先生隽永老练之艺首使吾人低首。次观《断桥》，如意珠女士饰白蛇，小金凤女士饰青蛇，唱来极缠绵悱恻之致。大抵桂剧从湘剧变来（其名伶泰半湘籍，小金凤即道州人），继受评剧影响极大。除胡琴过门不同外，许多腔调不甚相远。彦祥谓地方剧注重花旦与丑，都会化了的戏剧则重老生、青衣，似甚可信。马君武先生殷殷以桂剧之改革为念。观摩稍进，亦拟贡其卑见。

剑佩戎装对舞腰，非常时节可怜宵。

圣湖呜咽雷峰倒，忍听珠喉唱《断桥》。

此为田汉《听如意珠唱〈断桥〉》，录自《田汉文集》第12卷。田汉（1898—1968），原名田寿昌，笔名田汉，著名文学家，中国现代戏三大奠基人之一。1939年7月到桂林，拜见了马君武，有《赠马君武》诗，序中谓马君武“自归桂林，雅爱观剧，年来主持桂剧改进会，致意桂剧演员教育，弟子又遍梨园，则知先生推进革命文化，老而弥笃也”。马君武主持桂剧改革，以桂林南华戏院的桂剧演员为班底，组织桂剧改进会。此诗作于同时，涉及两个著名桂剧演员如意珠（谢玉君之艺名）、小金凤（尹羲之艺名）。谢玉君（1910—1982），桂林人，出身梨园，被称为桂剧“四大名旦”之一。尹羲（1920—2004），桂剧尹派创始人，桂林市人，原名尹素贞。十四岁已成桂剧名伶。1936年到桂林南华戏院客串了《虹霓关》，引起轰动，以艺名小金凤蜚声桂剧舞台。田汉所言的“彦祥”，即马彦祥（1907—1988），中国戏剧导演、戏剧活动家、理论家，浙江鄞县（今宁波市鄞州区）人。

336

欧阳予倩应邀改进桂戏

予倩到桂林是应他的留日旧同学马君武之招，目的是要他帮助改进桂戏。但他到了桂林之后，马的意见却跟予倩的不一致，也不喜欢他的《桃花扇》，因此予倩替桂剧团排了一出《梁红玉》就走了。但《梁红玉》演出后很卖座，剧团获利甚丰，他们又想起了予倩。第二次由马君武和白经天出面，又把予倩从香港接回桂林，不止把桂剧团全部交予他，还让他管广西省立艺术馆。他这次在桂林住得最久，从一九三九年初冬一直到一九四四年桂林沦陷。我跟予倩的关系也是从桂林时代最深。我自己也是两入桂林，第一次是军委会政治部三厅由武汉经长沙撤退到桂林那次，这次没有遇到予倩，却遇到马君武先生，是他邀我看了小金凤（尹羲）的《桃花扇》，我当时写了一首小诗："无限缠绵断客肠，桂林春雨似潇湘。善歌长美刘三妹，端合新声唱李香。"

上文录自田汉《惯挥箭鼓走天涯——记欧阳予倩在桂林》。欧阳予倩不仅为改革桂戏献力，还推动整个戏剧远的发展。李文钊曾盛赞欧阳予倩"在很艰难的条件下，以贷款方式，完成了桂林，不，全广西，全中国大后方唯一的话剧场——艺术馆。这是多少话剧朋友们深深感到需要，多方设法建筑都没有成功的话剧的堡垒，在欧阳先生计划下完成了。艺术馆的建筑，在中兴公司张复初先生亲自督工之下，以突飞的高速，恰巧赶上西南剧展开幕的时候落成。这是多么令人兴奋的事。这一剧场完成了，话剧有了用武之地，不再受其他剧场的限制剥削与困扰了。同时集中了几十个新旧剧团的剧展就在新馆举行。除资料展览外，戏剧的公演一直连续三个月，所有话剧、京剧、桂剧、杂剧、武术、马戏等，都参加演出，节目共有六十余个，而且同时其他的几个剧场也都借给各剧团公演之用，造成了空前未有的盛况。而千余个从各地来的戏剧工作者在一堂开会来检讨工作，是尤其有意义的。这一空前盛举，在戏剧运动史上永写着光辉的一页"。

337

“文化城中文化头”

——聂绀弩为柳亚子祝寿

文化城中文化头，一时裙屐竞风流。
樱都跃马人何在？影倩宜兴画手留。
三十几年兴与亡，人间正道果沧桑。
别来无恙诸君子，忆否谁曾共一堂？

此为聂绀弩《题尹瘦石〈漓江祝嘏图〉二绝》。尹瘦石所作之图，原称《百寿图》。1941年年末，九龙、香港沦陷于日寇，文化人士辗转流亡，先后来到桂林，桂林一时会聚群英，文化活动活跃，后来因此称桂林为“文化城”。“文化头”指文化人头像。1943年5月28日柳亚子生日，众人在桂林嘉陵川菜馆祝寿，宾客百余人，瘦石即席速写诸个主客头像；有的虽然没有与席，但也祝寿了的，席后补画像。计有四十八个人物画像。他们是何香凝、朱蕴山、陈劭先、欧阳予倩、熊佛西、叶子、田汉、安娥、廖梦醒、聂绀弩、谢冰莹、巨赞、陈迩冬、尹瘦石……以及柳亚子、郑佩宜夫妇。“文革”后瘦石将画像装裱，并征题咏。题咏者不少，其中有聂绀弩题二绝。诗中“樱都跃马”，即《樱都跃马图》，系“宜兴画手”尹瘦石于1943年为柳亚子作的画，图中柳亚子及其夫人郑佩宜双骑于樱花丛下，凭吊朱舜水墓。画意指抗日必胜。

338

王力《战时的书》认为“有书胜于有钱”

如果说梅和鹤是隐士的妻和子，那么，书该是文人的亲挚的女友。抗战以前，靠粉笔吃饭的人虽然清苦，也颇能量入为出，不至于负债；如果负债的话，债主就是旧书铺的老板。这种情形，颇像为了一个女朋友而用了许多大可不必用的钱。另有些人把每月收入的大半用于买书，太太在家里领着三五个小孩过着极艰难的日子，啃窝窝头，穿补钉衣服。这种情形，更像有了外遇，但见新人笑，不闻旧人哭了。

依照文人的酸话，有书胜于有钱，所以藏书多者称为“坐拥百城”，读书很多者为“学富五车”。有些真正有钱的人虽然胸无点墨，也想附庸风雅，大洋楼里面也有书房，书房里至少有一部《四部丛刊》或《万有文库》，可见一般人对于书总还认为一种点缀品。当年我们在清华园的时候，有朋友来参观，我们且不领他们去欣赏那地板光可鉴人，容得下千人跳舞的健身房，却先领他们去瞻仰那价值十万美金的书库。“满目琳琅”四个字决不是过度形容语。那时节，我们无论是学生，是教员，大家都觉得学校的“百城”就是我们的“百城”，有了这么一个图书馆，我们的五车之富是垂手可致了。

此为王力《战时的书》(节录)，录自王了一《龙虫并雕斋琐语》，原发表于1942年《中央周刊》。王力(1900—1986)，字了一，广西博白人，中国现代语言学宗师。其故居位于博白县城近郊，1931年王力用法文撰《博白方音实验录》。1993年博白县城厢高级中学用王力先生的名字命名为“王力中学”。《战时的书》写读书人与书的情愫，虽然处于艰难时代，但仍爱书，爱买书，爱读书，为中华延续文脉书香。

339

广西又一诗歌总集

广西诗之有总集，昉于上林张南崧鹏展之《峤西诗钞》，福州梁茝林章钜复有《三管英灵集》之辑。张《钞》起明迄清嘉庆末年，作者都二百数十家、诗二千首；梁《集》起晚唐迄清道光初年，所收几倍张《钞》。

吾桂僻处南服，风气醇朴，诗人吟咏，惟抒性灵，以标榜为耻，每深自闭藏，宁饱蟫鱼之腹。张、梁二公，网罗放失，蔚成巨帙，历代诗篇之不坠者，赖有此耳。百年以还，嗣响阒然，即有所作，如施香海之《挹苏楼同人诗钞》、李子薇之《柳堂师友诗录》，大都一时交游投赠之什，采摭未广，且又不尽为桂人。而道、咸之际，广西诗坛云蒸飚发，作家之多、篇章之富，前所未有，脱无人焉为之抄录，编次散佚。可念夫人负匡济之才，拨乱反正，膏泽斯民，固无与于诗，然余事为之，以吐其磊落英多，志其奇略伟迹。后之读其书者，未尝不想慕其为人。至若埋身草莽，有志未伸，惟假诗章写其幽忧抑郁、忍饥寒穷昼夜、雕肝镂肾，以之为性命者，身后乃无断句只字之传，九京即无所慰。吾辈生其后者，不能不引为深疚者矣。

此为吕集义《广西诗征丙编序》，节录自《广西诗征丙编》卷首。吕集义（1909—1979），广西陆川人。抗日战争初期在陆川中学任教，1940年任广西省政府咨议，1941年至1944年在广西省通志馆当秘书。抗日战争期间在桂林与旅桂文化人有交往并参与部分活动。其在桂林两年里从公私藏书中搜罗采撷并加以编次而成《广西诗征丙编》（1943年成书，8月1日作序），收录清道光至民国期间的广西诗篇。此书是继张鹏展《峤西诗钞》、梁章钜《三管英灵集》之后的广西诗歌总集。

340

广西建设干部学校校歌

知与行，不可分；文与武，在一身。理论与实践，打成一片；抗战建国，本是一程。我们以这样的精神，打通教学做，我们以这样的认识，团结军政民。

徒善不足以为政，徒法不足以自行，干部决定一切，行新政，要有新人！

同学们，向前进！新人要靠我们自觉来养成！同学们，向前进！新人要靠我们自觉来养成！

我们要，能吃苦中苦；我们要，不为人上人。我们是，新广西基层建设的干部，我们是，新中华全面抗战的机轮，要为实现抗战建国纲领而奋斗！要为完成四大建设而献身！

校歌出自电影编剧、歌词作家孙师毅（1904—1966），笔名施谊，此录自秦柳方《杨东莼在广西建设干校》。秦柳方当时任干校教导处主任。1938年秋，杨东莼应当时广西当局的聘请，筹办广西建设干部学校。次年春，开学。广西省主席黄旭初挂名任校长，杨东莼任教育长而实际主持学校的工作。由于广西的开放与包容，杨东莼从全国各地罗集人才来担任教员，教育质量得到保证，培养了秦川、曾敏之等精英人物。

杨东莼（1900—1979），早年就读北京大学，参加五四运动，在学习和工作中锻炼成为著名教育家、思想家、社会活动家。曾任中国民主促进会副主席、全国人大常委、全国政协常委、国务院副秘书长等职。他与广西的渊源密切，对广西教育、文化的发展做出卓越的贡献。1932年6月，与千家驹主办南宁技术人员养成所；10月12日，就任广西省立师范专科学校首任校长；1950年任广西大学校长。

341

夏衍记《救亡日报》在桂林

到1939年底,“救报”发行数接近了八千大关,这在当时可以说是一个奇迹。同年,爱国侨领陈嘉庚访问延安后来到桂林,参观了救亡日报,由于林林同志是闽南人,用家乡话向他介绍情况,使他特别感到亲切。当他知道我们白手起家,大家吃大锅饭、不拿薪水的时候,非常高兴,并一再问我们经济上还有什么困难。很明白,他表示愿意帮助我们。但是,也许那时倒是真的“穷过渡”吧,我们说,有七八千份销略,有一批支持我们的长期订户,有时候我们还得到桂林戏剧界的帮助,给我们“义演”筹款,所以我们可以支撑下去。事实上,在那一段时期,我们经济上确实没有困难。我们想尽办法节流开源,例如把每天销剩的报纸积累起来,订成每月一册的“合订本”,把登在“救报”、新华日报和香港星岛日报(当时的总编辑是金仲华同志)上的知名作家文章选辑出来,发刊了一种综合性的《十日文萃》,都有相当数量的销路。

上文录自夏衍《白头记者话当年——记〈救亡日报〉之二》。《救亡日报》,上海文化界救亡协会的机关报,文化界统一战线的报纸,1937年8月24日创刊,社长郭沫若,总编辑夏衍。因为日寇侵略,报社从上海迁至广州,又迁至桂林。1939年1月10日在桂林复刊,1941年1月停刊。编辑部聚集众多名流干将,其中有廖沫沙、林林、张尔华、胡敏、陈紫秋、邹任洪、华嘉、高灏、高汾、张秀、何迅明、林汝琏、林仰峥、陈秉佳、高静。夏衍(1900—1995),原名沈乃熙,字端先,浙江杭州人。中国著名文学家、电影戏剧作家和社会活动家。在桂林主持《救亡日报》的工作,主笔撰写社论和时评,理直气壮地宣传坚持抗战。由于夏衍以及编辑部同仁的努力以及当地各界的支持,报纸在桂林乃至中国产生广泛的影响,在新闻史上具有重要的地位。

342

茅盾诗赠陈此生伉俪

香岛昔相逢，意气何蓬勃。华灯危楼夜，妙绪飙风发。诗画贤伉俪，政论金木铁。风标忆仲举，文章追伯玉。丹青岂自娱，民情是照烛。借鉴学西欧，传统尊顾陆。直言多忌讳，谣诼来空穴。忧时忘其身，未敢效明哲。鼙鼓忽告警，佯战十五日。哀哀众鸵鸟，百年此历劫。扁舟夜偷渡，间关归祖国。栖迟八桂乡，悠焉寒暑易。山水甲天下，文物媲吴越。况复友情深，讵忍话离别。遥望雾中人，悃款亦倍切。踟蹰复徘徊，投袂吾心决。但得声气通，何必亲晨夕。慷慨上征途，赋此寄衷臆。风雨正作秋，后会知何日！

以上为茅盾《将赴重庆，赠陈此生伉俪》诗。茅盾（1896—1981），原名沈德鸿，字雁冰，浙江省嘉兴人。著名作家、评论家、社会活动家。曾任中国作家协会主席，文化部部长。《茅盾年谱》记载：1942年3月9日，茅盾夫妇抵桂林，始住旅馆，半月后在市郊丽泽门外丽君路邵荃麟、宋云彬住的一栋新盖木楼里挤占了一间小房，仅容一榻一桌，而桌上"摆着油盐酱醋的瓶瓶罐罐"，在这样的环境下生活了九个月，写了一部长篇小说、三个短篇小说，以及杂文、评论七十五篇，"合计共达五十多万字"。长篇小说即《霜叶红似二月花》。1942年12月1日，在赴重庆之前两日，作诗深情告别陈此生夫妇（皆广西贵县，今贵港市人）。陈此生（1900—1981），1920年肄业于复旦大学。历任广东大学、中山大学、广西大学、香港达德学院讲师、教授、教务主任。1933年参加左翼作家联盟。后在香港参与组织抗日救国会华南区总部。1946年参加中国国民党民主促进会，任中央委员。1949年后，历任政务院文教委员会委员，广西省文教厅厅长，省人民政府副主席，省政协副主席，光明日报社副社长兼总编辑。夫人盛此君（1915—1996），画家。1946年5月，茅盾《再赠陈此生伉俪》："画笔曾描战士魂，文章直指独夫心。风云五月何凶险？勇者居之浑不禁！"

343

巴金目击桂林的每一次受难

我初到桂林时，这个城市还是十分完整的。傍晚我常常在那几条整齐的马路上散步。过一些日子，我听见了警报，后来我听见了紧急警报。又过一些日子我听见了炸弹爆炸的声音。以后我看见大火。我亲眼看见桂林市区的房屋有一半变成了废墟。几条整齐马路的两旁大都剩下断壁颓垣。人在那些墙壁上绘着反对轰炸的图画，写着抵抗侵略的标语。

我带着一颗憎恨的心目击了桂林的每一次受难。我看见炸弹怎样毁坏房屋，我看见烧夷弹怎样发火，我看见风怎样助长火势使两三股浓烟合在一起。在月牙山上我看见半个天空的黑烟，火光笼罩了整个桂林城。黑烟中闪动着红光，红的风，红的巨舌。十二月二十九日的大火从下午一直燃烧到深夜。连城门都落下来木柴似的在燃烧。城墙边不可计数的布匹烧透了，红亮亮地映在我的眼里像一束一束的草纸。那里也许是什么布厂的货栈吧。

以上录自巴金散文《桂林的受难》，1939年1月中旬作于桂林。散文开篇写:“在桂林我住在漓江的东岸。这是那位年长朋友的寄寓。我受到他的好心的款待。他使我住在这里不像一个客人。于是我渐渐地爱起这个小小的‘家’来。我爱木板的小房间，我爱镂花的糊纸窗户，我爱生满青苔的天井，我爱后面那个可以做马厩的院子。我常常打开后门走出去，跨进菜园，只看见一片绿色，七星岩屏障似的立在前面。”世外桃源般的小城生活环境，巴金喜爱不已。但这种时光是短暂的，随后日寇飞机不断轰炸，桂林城遭受惨痛的灾难。巴金每次“都带着一颗（对日寇）憎恨的心”亲历灾难。巴金（1904—2005），原名李尧棠，著名作家、翻译家、社会活动家。20世纪70年代后，任全国政协副主席，中国作家协会主席。抗战时曾三历桂林，创作了一批作品，还主编《文丛》，主持文化生活出版社，出版大量中外名著。

344

叶圣陶记梁漱溟先生印象

梁漱溟先生自港回国，留居桂林（梁本桂林人），近寓所中，现之、彬然导余往访之。状貌严肃，发言颇缓而沉着。坐少顷，现之邀往吃月牙山豆腐。月牙山在研究所附近，山前有素菜馆，煮豆腐尤有名，桂人所谓桂林三宝之一。三宝者，乳腐，月牙山豆腐及女伶小金凤也。余在店中几乎每餐有乳腐，豆腐则适然遇之，是已识其二宝。惟小金凤已嫁人，不复唱戏，此宝不可识矣。谈次知梁先生持素已三十年，其动机为不嗜杀生。问其近著何书，谓方拟作《中国文化概义》，因言全书之组织并及其书之结论。结论可以一语表之，曰“中国文化之特质为理性发展得早”。理性别于理智而言。超出事物而为客观观察，是为理智。处身事物之间而求主观体验，是为理性。儒家即纯从理性上做工夫者。儒家之影响最大，以故中国社会史之种种问题皆当从此一结论出发而探求之。梁之言大略如是。

以上录自叶圣陶《蓉桂之旅》1942年6月25日的日记。叶6月4日到桂林，7月11日离开。叶圣陶（1894—1988），原名叶绍钧，字秉臣、圣陶，近现代作家、出版家、著名教育家和社会活动家。文中涉及的人物：1. 梁漱溟，前有简介。2. 现之：唐现之（1897—1975），广西灌阳人，著名教育家。系陶行知先生的学生。一生致力于乡村教育与师范教育，1930年受广西省教育厅委托回广西主持创办省立高等师范专科学校（现广西师范大学），1937年创办省立桂林师范学校（现为桂林师范高等专科学校），与梁漱溟、任中敏等并称广西教育界奇人。3. 彬然：傅彬然（1898—1978），浙江萧山人。1931年后入上海开明书店，长期在叶圣陶麾下工作，历任开明书店编辑、《中学生》杂志主编、桂林文化供应社编辑部主任兼开明书店《中学生战时半月刊》编委等。4. 小金凤：即桂剧名演员尹羲，见前文《田汉为桂剧改革献言》简介。

345

《文艺杂志》在桂林文化城创刊

当时，巴金、艾芜、张天翼、黄新波等许多文化人都集中在桂林，大家深感应该办一个像样的刊物来宣传团结抗日，反对分裂投降。巴金同志看到鲁彦有病在身，又拖着一堆孩子，实在是贫病交加。为我们的生计着想，他便主张由鲁彦编辑刊物，由我以三户书店的名义出面做发行人（实际上是生活书店发行），大家共同支持。这就是后来于一九四二年初创刊的《文艺杂志》。在极其艰难的条件下，鲁彦以顽强的毅力，扶病组稿阅稿，许多工作都是一人苦撑，经常忙到深更半夜。我一面理家一面帮他编校。由于鲁彦始终不懈的努力和艾芜、张天翼、王西彦、端木蕻良等许多同志的帮助，《文艺杂志》居然时出时停，坚持了三个年头，成为抗战期间影响最大的文艺期刊之一。

上文录自《鲁彦夫人覃英同志访问记》。王鲁彦（1901—1944），原名王衡，浙江镇海人，近代著名的乡土小说家。《访问记》称："一九三九年十月，武汉撤退，鲁彦从武汉到桂林，在桂林高中任教。同时，他担任了文艺界抗敌协会桂林分会的主席，并兼任文化供应社编辑，参加了《中学生战时半月刊》编委会，为宣传抗日而四处奔走，积极工作。在此期间，鲁彦还不顾自己虚弱的身体，挤出晚上时间继续写作长篇小说《春草》，其中部分章节曾在《广西日报》副刊上连载。"1942年1月15日在桂林创刊《文艺杂志》，1944年8月20日，病逝于桂林。1944年3月1日《文艺杂志》出版第3卷第3期，后因日寇侵犯湘桂而停刊。1945年5月25日复刊于重庆。1945年9月15日出新1卷第3期，后因抗日战争胜利宣告停刊。共出版18期。

346

李四光谈建设事业的两个原则

广西是中国的一部分，所以广西的建设事业，至少有一部分与整个中国的建设，是息息不能相离的。中国是一个广大而各地方情形不同的国家，所以各地方的建设，不得不因地制宜，分途并进。否则整个国家的建设，在事实上不易推动。这两个原则，在理论上似乎没有错误。是有普遍性的。我们不谈建设则已，若要谈到建设，无论在任何地域，都不能不顾到这两个原则；无论在寻常或非常时期，也不能不顾到这两个原则。

以上为李四光《建设广西的几个基本问题之商榷》(1939年9月发表)开篇文字。文中谈及广西建设在全中国建设中的重要性、必要性、可行性，肯定了桂系建设广西的成绩，指出存在的问题，并提出一些解决问题的办法。其论不是空谈，而是基于调查研究而得出的意见。桂系领导的广西建设，风生水起，却没有得到中央政府应有的支持。李四光早就想对广西的建设有所帮助。《李四光年谱》记载，1937年“11月下旬，国民党政府从南京迁到武汉，在武汉还未站稳，立刻又迁到重庆。迁到重庆后，中央研究院代院长朱家骅要院辖各研究所迁往重庆，不去重庆就停发经费，搬迁事宜也概不负责。由于局势很不稳定，经李四光分析，主持广西的李宗仁与蒋介石之间存在着矛盾，去广西，离蒋介石远一点，可以放心做点有利于抗日的工作，决定往广西桂林迁移。公开的理由是：重庆机关太多，广西文化落后，迁几个学术机关去有好处”。李白黄很支持中央研究院地质研究所迁广西桂林。《白崇禧口述自传》中，把李四光作为对广西有大贡献的十五位外省精英之一，其中言：“李四光：湖北黄冈人，与王雪艇(世杰)在英国伯明翰大学同学，学地质。此人很怪，中央什么职位给他，他都不干，跑到广西做地质研究所所长；马君武去世后，请他当广西大学校长，此时广西大学已是国立，李说：‘国立我不做，要省立我就做。’”

347

徐悲鸿醉心桂林美景

山水甲天下之桂林，非身历其境不能知其美。其崖壑幽深，群峰屏列。布置既煞费经营，工程亦极为浩大。尤于数百里之清水，明朗如镜，环绕城侧、宽广三里，澄碧漾漾，映照万类。可以就饮，可以就浴，故桂林之山既奇，而漓水之清，应名太清，至于不能更清，虽欲不曰天下第一，不可得也。

苦心经营工程浩大者，言当年之大六也。实则天才，应归之于造桂林城之人，临漓水，依群山，围独秀峰，凿镜湖。吾在独秀峰上观落日，羊山环列，清流映带，晚霞亘天，金光远射，几乎如人述北京耳！光为大地莫能有之妙，此其上下左右，四面八方，浑成和谐大自然之美，不能割去其一节。故摄影不能寄其美，而桂林山水甲天下，终不能否认也。

这是1935年徐悲鸿《南游杂感·桂林》中的一段文字。徐悲鸿（1895—1953），中国现代著名画家、美术教育家。抗战时期的1935年11月至1942年12月，先后十次往来广西。创作《风雨思君子》《逆风》《壮烈之回忆》《风雨鸡鸣》《漓江春雨》《晨曲》《奔马》《广西三杰》《桂林风景》《贺江景色》《冯子材》《刘永福》《桂军誓师北伐图》等作品。《白崇禧口述自传》中，把徐悲鸿作为对广西有大贡献的十五位外省精英之一，其中言："徐悲鸿，江苏宜兴人，留法，名艺术家，在中央做了好几个学校的艺术系主任，后来到广西来，黄主席很器重他，特别在桂林设'艺术学院'，请他当院长。徐以画马闻名全国，我亲自在南宁看他在五分钟内画一只马，很生动。"

348

丰子恺尊敬桂林乡人

上午作画，其一应某军官之嘱（崇德介绍，受润[1]十二元），其二赠别王星贤。正在作画，闻东方炸弹声甚响。出户细听，似在飞机场或李家村（军校所在）。有人自山上观察，言望见烟气弥漫，似乎又是桂林。在户外空地上听炸弹时，邻人某（本村人）手抱一孩立我旁。他问我敌将犯广西否？答曰：“敌在千里外，不敢犯广西。我们只须防他飞机轰炸。但乡下决不会被轰炸。像这回，桂林城里受难，你们乡下就很好。”那人摇摇头说：“要大家好才好！”说过，就抱了孩子回去。我目送他。此是仁者之言，我用尊敬的眼光送他回家。闻此人没有进过小学。于此我忽感教育之无用。今我尸教师之位，惭赧何如?

以上录自丰子恺《教师日记》中的1938年12月2日日记。丰子恺（1898—1975)，著名画家。浙江省嘉兴市桐乡市石门镇人。原名丰润，又名仁、仍，号子觊，后改为子恺。1938年6月，应桂林师范之聘，举家十口迁桂林，任桂林师范教师。次年1月8日离开桂林，至暂时在广西宜山的浙江大学任教。在桂林期间，不断有作品发表，如《卑怯和自私》《桂林初面》《绘事后素——黔桂流亡日记之一》《教师日记》等。后来丰子恺根据自己在艺术教师暑期训练班授课内容，整理《桂林艺术讲话之一》《桂林艺术讲话之二》《桂林艺术讲话之三》《艺术必能建国》等文。1938年12月28日在桂林重作《漫画阿Q正传》。离开桂林后，仍有著作在桂林出版，如《艺术修养基础》（论文集）、《画中有诗》（诗配画）、《艺术与人生》（论文集）。丰子恺的艺术原则是“艺术以仁为本，艺术家必为仁者”，认为“要大家好才好”是“仁者之言”，因而很尊敬这一桂林乡人。

① 受润：即接受润笔费。

349

齐白石自钦州归后始画荔枝

此生无计作重游，五月垂丹胜鹤头。
为口不辞劳跋涉，愿风吹我到钦州。

此为1933年齐白石《思食荔枝》题画诗。齐白石（1864—1957），湖南长沙府湘潭人。曾经游历广西：1905年，赴广西，游桂林；1906年春节后，过梧州经广州到钦州，清末大臣郭松龄之子郭人漳（字葆生）留其教画。饱览郭所藏徐渭、八大山人、金农[①]诸名家真迹。这期间用功作画，也常为郭代笔。至秋天才回湘潭。1907年，春夏之交，再赴钦州，至冬天回湘潭。1909年2月26日至北海，5月16日与人同游天涯亭，随后画天涯亭图，镌刻“天涯亭过客”印，9月8日离开钦州。画家三次在钦州，都吃到荔枝，对钦州荔枝留下深刻的印象。所绘《荔枝蜻蜓图》，右上竖行题：“寄萍老人齐白石自钦州归后始画荔枝。”《荔枝蚂蚱》题：“园果无双。予曾为天涯亭过客，故知此果之佳。”天涯亭，钦州一名胜，北宋陶弼初建于城东平南古渡头，明洪武五年（1372）迁城内东门口重建，1935年迁入中山公园内。齐白石所见的是城内东门口天涯亭。他以“天涯亭”指代钦州。后来他念念不忘在钦州食荔枝。在一幅《荔枝》图中题云：“远游不复似当年，一月钦州食九千。”1933年，齐白石《与友人说往事》诗：“客里钦州旧梦痴，南门河上雨丝丝。此生再过应无分，纤手教侬剥荔枝（尝有歌女剥荔枝啖余）。”在天涯亭，有歌女剥开荔枝给他吃，故回味无穷。

---

① 金农（1687—1763），清代书画家，扬州八怪之首。

350

齐白石景仰清初大画家石涛

绝后空前释阿长，一生得力隐清湘。
胸中山水奇天下，删去临摹手一双。

此为齐白石《题大涤子画》。大涤子，即石涛。齐白石题石涛的画作，不吝赞美之词，可见后世大师对前辈大师的景仰。齐白石的儿子齐良迟评说这首题画诗："这首诗第一句是对石涛的高度评价和赞美，第二句讲生活，第三句讲修养，第四句讲创新，把成就与生活、修养、创新的关系讲得十分简明扼要，说明石涛的创新是他拥有生活和修养的自然结果。"（齐良迟《齐白石艺术研究》）

351

献身教育的任中敏先生

驰名的词曲家任二北先生，客居桂林穿山已经十二年了。这位鬓发苍苍、年已半百的教育家，矢志要做二十年的“志愿师”。为了教育中华儿女，他热心经营穿山，以血汗建设汉民中学，东奔西走，精神矍铄，天天穿着他那套“桂皮”——京沪人称西灰布为“桂皮”，戴着深度的近视眼，光着头，从升旗直到晚熄灯号之后，他才休息。天天如此，跟学生在一起生活着，精神十足充沛。

任先生常以胡汉民先生遗教“身家清白，旗帜鲜明”，砥砺诸人。周会时，每每详加解释，并劝勉同人，鼓励学子，望能实现于生活中。他自己更以身作则，丝毫不苟。汉中之财政公开，从不靡费公帑，公私划分最为清楚，有时使人感到太寒酸、太小器，其实这正是他的廉明之处！正如中山先生所说：“人要做大事，不要做大官，做大事要从小事做起。”某日他因公由穿山入城，清晨出，晚上才回，但报账时，只报一餐饭的钱，原因是他下午一半时间是为了私事，所以只报一餐。试问公私如此分明者有几人？更记一次，校医室药品被窃，而他硬要与此案有关的人员负责赔偿这次损失，上至校长、事务主任、校医、护士，以及当天巡夜的工友，按照比例，归还药品的现值。校医、护士拒绝赔偿，结果都扣了他们的薪水。有时有人说他太过分，可是铁面无私也只有他才做得出来。这是他爱护公物的诚意。还有教职员每年加薪，独他自己不加，更不向部里（指教育部）要求。有的同人因故被教部核减了薪水，他为了维持他所发聘书的信用，而将自己薪水来填补。校中无款，他去借；搭屋无竹，他到山中去扛，事事尽了最大努力。

摘自1948年9月27日《广西日报》，作者不详。任中敏（1897—1991），字二北，江苏扬州人。著名教育家、词曲学家。北大毕业，五四先锋。曾任胡汉民秘书，1937年秋在南京创办汉民中学，开学七周即迁桂林。1938—1949年在艰苦环境下将学校办得有声有色，蜚声四海。

352

“志愿师”的责任与戒律

（一）志愿师的解释——凡立志发愿，以教导青年为事业，除期限而外，不附带任何条件的人，谓之志愿师。

（二）志愿师的戒条——

1. 不规避训导责任，而且勇于负担这种责任。志愿师的“师”包含“经师”，尤其是“人师”的意义在内，不是专门教书的“教书匠”。凡规避训导责任的，不是志愿师。

2. 工作期限不短过各阶段教育工作的需要，例如小学教师要当六年，初高中各要三年，大学至少要四年等。越长越好，长到终身更好。凡在一校服务，未满预定需要的期限便中途改变他去的，不是志愿师。

3. 终身不放弃师表的责任。师的期限可满，师的工作可停，师表的责任，应当对于社会终身负起，不容脱卸。所谓“一旦为师，终身以之”。凡在师位，勉强做作，一离师位，便作胡为，甚至判若两人，或逐渐蜕变的，不是志愿师。

4. 不争较物质待遇，甚至为笔生活费来做教育工作。这种工作是志愿，是责任，是事业，不但不是业余活动，而且是“超职业”的。至于生活起居上的种种享受，更谈不到。

5. 不争较精神待遇。准备任劳任怨，受挫受辱，甚至尽瘁舍生。

6. 不兼课兼差。

7. 不兼营副业。

摘自1942年5月13日桂林《大公报》。任中敏以志愿师自居，并为志愿师定义，立戒。这些肺腑之言既是他的理想主张，更是他一生践行的经验总结。古往今来，真能达到如许境界者为数几何？

353

外省精英——邱昌渭

邱昌渭：字毅吾，湖南芷江人，留美，在哥伦比亚大学研习政治，民国十七年得政治学博士学位，对政治学有深入的研究，好学不倦，著作甚丰，而从政后是个有守有为的人。他曾在东北、北平好几个大学当政治系教授、系主任，二十四年应邀到广西来，初任第四集团军秘书处处长，旋改任广西省政府秘书长。二十五年改任教育厅长，二十九年任民政厅长，三十二年改任秘书长。当教育厅厅长时，重在慎选师资，普及国民教育，当民政厅厅长时，根据建设广西复兴中国之政治纲领，强化基层政治，努力实行三位一体，即乡村长兼国民小学校长、民团队长，即管教卫三位一体。他为人刚正不阿，实事求是，而且一丝不苟，十分清廉，选拔人才一律采考选，考取者要受过训再看成绩，好的签呈主席任用，杜绝八行书私荐，有时主席接到有力方面的荐书，转交给他，他也不买账。

以上录自《白崇禧口述自传》(中国大百科全书出版社，2009)。邱昌渭(1897—1956)，1919年留学美国，先后入巴玛拿大学、哥伦比亚研究院学习，获政治学硕士、博士学位。1928年回国，历任东北大学教授，北京大学政治系主任，外交部情报司司长，1935年到广西效力（职务见上）。后任国民政府立法院立法委员、民主宪政会总干事、总统府秘书长等。1949年去台湾。在广西的著述，有《地方自治》《青年教育问题》《抗战与教育》《广西县政》等。1935年《广西省政府职员录》记载其永久通讯处为“湖南沅州城内魁星阁巷”。邱昌渭追随李宗仁，系李宗仁的得力干将，白崇禧对他亦很尊重。他私德甚高，为人刚正不阿，十分清廉，而脾气暴，常得罪人。李、白、黄（即黄旭初）对他多般呵护，使他能够舒展才智，为广西的发展做贡献。其“选拔人才一律采考选，考取者要受过训再看成绩”的方式，值得夸赞。

354

外省精英——黄荣华

黄荣华，广东人，墨西哥华侨，留美，可能是在哥大专研矿学，大约在民国十八年来广西当建设厅技正之类，后来当广西省委兼建设厅长。他对广西建设方面贡献很大，……广西在清代是依赖湘粤协饷的省份，民国以后自食其力了，在陆荣廷掌握时，由于智慧差的关系，生产反而退步了，而现在由于开矿植桐以及经营得法、控制得法，在经济上打开一条出路，这都是黄厅长等人努力的结果。黄厅长除了办事干练外，其赋性忠义廉洁亦值一谈。民国十九年滇军围南宁，韦云淞率少数部队苦守，文人及建设厅人员都走了，围城内并不是乐土，黄厅长夫妇本来都可以走的，但不肯走。此时城内对外联系端赖一座无线电报电台，而不幸在最危急之际，无线电报的真空管突然坏了，我们以为南宁失守了，而围城内更是束手无策，幸亏黄厅长见义勇为，写了一封英文信，派人缒城到南宁城郊外国医院去要真空管，幸而要到了，才恢复通讯，解了南宁之围。后来黄厅长主持广西经建事业，如开矿等，都是很容易赚钱的，但他一介不取，他有三个女儿，自己收入不丰，靠他太太在广西大学教英文贴补家用。……现在黄荣华在美国，三个女儿都受过大学教育。

以上录自《白崇禧口述自传》(中国大百科全书出版社，2009)。黄荣华(1895—？)，广东开平人。1930年任广西政务处处长。1931年7月—1936年10月及1948年7月—1949年11月，两度任广西省政府委员会委员。白崇禧论外省来桂精英对广西的贡献，谈得最多的是黄荣华，用了约一千八百字，叙述他在采矿、设检验局及代运代卖、鼓励种桐树、修筑马路、架设电话等方面的突出业绩。其中提及1930年7月，入侵滇军围困南宁时幸赖黄荣华设法恢复通讯才得以解围。

355

壮人风俗影响两粤人民最深而且最大

僮人好歌，正月元宵的春歌，三月的秧歌，和八月十五的中秋歌，尤为普遍各地。这些好歌的风气，两粤人民都保存着。

徐松石在1938年成书的《粤江流域人民史》第九章《僮乃岭南土著的明证》中说，“僮人风俗影响两粤人民最深而且最大”，并列举了六个方面的习俗加以说明，“僮人好歌”属于其二。徐松石（1900—1999），广西容县人。早年留学美国。民国时期历任上海崇德女子中学校长及沪江大学、之江大学、华东大学教授，1957—1974年在香港任大学教授。1975年定居美国。曾于1927、1935、1938、1940年在粤江流域（今称珠江流域）深入僮乡瑶寨，访古问俗，运用田野考察方法进行学术研究，创获颇多，成为“研究岭南民族历史文化的著名先驱之一”。“僮”，作为民族名，1965年改为“壮”。

356

壮族的文人文学

僮族的文人文学，虽然发展不久，虽然不及僮族民间文学的丰富多彩，可是，由于他们是长期地在阶级压迫和斗争中，由于他们长期住在经济困穷、交通险阻的环境中，锻炼了他们坚忍不拔、勇敢奋斗的坚强意志。因而发为文章，有不少超出了封建学说的陈言故套，摆脱了那些虚幻、迂阔、谀颂、夸大、淫邪的封建气息；相反地，其中更有一些歌颂农民、歌颂劳动、歌颂革命和斗争，尖锐地批判当时封建王朝和社会一切的黑暗，他们写出了许多富有人民性的东西。

录自刘介《广西僮族文人文学史概要》(1959年编印)之前言。刘介(1885—1968)，号锡蕃，广西百寿县西门上(今永福县百寿镇寿城村)人。民国年间，先后任罗城县政府科员，柳州中学教师，庆远中学校长，广西省立第一师范和第二师范校长，《教育日报》总编辑，广西省视学员，省政府秘书，三江、庆远、融县三县县长，广西省修志局分纂，广西特种师资训练所所长。1950年后，历任桂林民族师范学校校长，广西文史研究馆第一副馆长。著有《苗荒小记》《岭表纪蛮》《广西僮族文人文学史概要》等。

357

1928年龙脊古壮寨布告

照得今日文明国家，许人民自由集会、结社，无非令人讲兴利除弊，以图地方自治，而学会、农商会布满天下，若会员能振作精神，兢争进步，以图富强，未尝不占于优胜地位。

今我辈设会，意不在此。因吾辈命运乖违，欠缺子息，恐后启之无人，痛先灵之谁靠。不已，而推定相续之人，或同宗，或异姓，以承吾之财产宗支。使数百年继续之权，一旦失于他人之手，此中景况，难向人言。不但此也，一家相聚，难免无同异之心，父子同居，或具有彼此之见，有善无可劝勉，有恶无从规戒。不已，前派代表赴县，呈请县公署马知事。《批状》：“悉准尔承祧备案，自行勒碑，永远竖立通衢。此批。”如是而集同况之人，结为社会。又何敢望优胜于社会上也，只求宗支香烟不替，家庭相督有人，或内外房族稍有差池，可于社会讨论，互为劝勉，互为警戒。设此会者，非庆幸也，实自悲也。然无子而有子，无孙而弄孙，螽斯衍庆，麟趾呈祥，又何尝与家族有异同也。

此节录《龙脊团添丁会布告》。《广西少数民族地区石刻碑文集》收录此文，并说明：“此碑在龙胜各族自治县龙脊大队平脊寨。”龙脊大队平脊寨，在今龙胜龙脊镇龙脊古壮寨。1928年2月23日立碑，文后有会员廖肇周等十八人名单。从碑文显示，虽地处偏僻，但新时代的新思想也折射进来了，开篇谓：“照得今日文明国家，许人民自由集会、结社。”缺子息的寨民大胆结会社，以期“振作精神，兢争进步，以图富强”。他们用新的思想，解决无子嗣的家族传承大难题。

358

南下途中

在汉口，我被分配到中原人民政府秘书处任副处长。7月中旬，第四野战军十三兵团先后攻克宜昌、沙市和江陵，组织上命令我带一小队干部去接收沙市。我刚要集中人马出发，中共中央中原局组织部用电话转知我，要我立即到部里找部长钱瑛同志。

事前，钱大姐曾了解过我的基本情况。见面时，她只简单地问了几句话，就说要我任广西省委组织部副部长。对此，我马上提出在延安审干时，还留了三条“尾巴”，不得参加“七大”，现在去任组织部副部长，是否合适？

钱大姐说：“你写一份报告把问题提出来，我来帮你平反。中央派李楚离到广西任省委副书记兼组织部长，副部长还是由你担任。要你任这个职务，就是要集中干部，准备南下，凡是广西籍的干部，都介绍到你那里去，你要找个地方安排他们食宿。此外，还有一大批学生跟随你南下，他们不了解广西，你要向他们介绍广西的情况，帮助他们安下心来。”听了钱大姐的话，知道组织已经作了决定，我不好推辞了，只好答应下来。

于是，我通过中原人民政府和武汉市军管会，先找到房子，解决干部的住宿问题。然后就我所知，向大家介绍广西情况。虽然我离乡十年，所知不多，也对大家有所帮助。特别是那些从北方南下的青年，曾受有些人捉弄、吓唬，说广西气候炎热，烙饼贴在墙上都能烙得热；蚊子像麻雀一般大；还有毒蛇、麻风病……他们被吓得思想很紧张。听了介绍之后，知道这些都是谣传。

摘自陈岸《我的革命生涯》(中共党史出版社，1995年9月)。陈岸（1910—2008），原名杨善安，贵港人。1928年加入中国共产主义青年团，同年转为中共党员。曾任中共贵县县委书记、郁江特委委员、广西省工委书记，1939年奉派赴延安出席“七大”，在学习审查期间受到康生等人迫害，直到南下途中才得到纠正，被任为广西省委组织部副部长，参与领导南下干部组织工作。1979年12月当选为自治区人大常委会副主任，“处遗”中任区党委地下党处遗领导小组副组长、人事安排领导小组副组长。

359

邓小平深情怀念韦拔群烈士

韦拔群同志以他的一生献给了党和人民解放的事业，最后献出了他的生命。

他在对敌斗争中，始终是英勇顽强、百折不挠的。他不愧是无产阶级和劳动人民的英雄。

他最善于联系群众，关心群众的疾苦，对人民解放事业，具有无限忠心的崇高感情。他不愧是名符其实的人民群众的领袖。

他一贯谨守党所分配给他的工作岗位，准确地执行党的方针和政策，严格地遵守党的纪律。他不愧是一个模范的共产党员。

韦拔群同志永远活在我们的心中，他永远是我们和我们的子孙后代学习的榜样，我们永远纪念他！

以上文字是邓小平的题词，录自《邓小平与广西》中陈欣德《对韦拔群烈士的怀念和赞誉》一文。以下剪辑陈欣德的文字：1962年12月，为纪念韦拔群烈士牺牲三十周年，邓小平满怀深情，写下了长篇题词。这一题词的字里行间，饱含着对韦拔群烈士的崇高赞誉之情，也是对韦拔群烈士光辉一生最全面，最中肯的评价。在此同时，邓小平还趁原红七军军长、中共中央监委会副书记张云逸到广西视察工作之机，委托他专程从南宁到东兰县祭扫韦拔群烈士墓，并向烈士墓敬献了花圈。1981年12月，广西各族人民为缅怀红七军、红八军的革命先烈，在首府南宁的南湖公园里，建立了一座雄伟的李明瑞和韦拔群烈士纪念碑。纪念碑上又刻下邓小平如下题词：

纪念李明瑞、韦拔群等同志，百色起义的革命先烈，永垂不朽！

360

邓小平为《广西革命回忆录》续集题词

用革命的事迹来教育我们的子孙万代：像我们前辈那样，像我们的先烈那样，永远当一个革命者，永远当一个为人民大众的集体事业服务的社会主义者，永远当一个共产主义者。

以上文字是邓小平的题词，录自《邓小平与广西》中陈辉《“用革命的事迹来教育我们的子孙万代”》一文。以下剪辑陈辉的文字：1963年，广西军区政治部编辑《广西革命回忆录》续集。该部“回忆录小组”的同志们都有一个共同愿望：请邓小平为本书题词。但有的同志说，小平同志工作如此繁忙，很难顾及此事。最后，他们还是抱着试一试的心情，派“回忆录小组”成员张武前往北京办理此事。结果出乎意料，小平同志很快挥毫为该书作了题词。这一熠熠生辉的题词，既饱含着对革命前辈和先烈精神的褒扬赞颂，也寄托着对年轻一代成长的殷切厚望。

361

神奇的真武阁“杠杆结构”

容县真武阁的杠杆结构在建筑史中是一个罕见的例子，对我的孤陋的见闻来说，是从来没有见过的结构类型。在木构建筑中，乃至在任何现代的金属结构中，主要依靠这种杠杆作用来维持一座建筑物的平衡，是从来没有看见过的。

在许多其他建筑中，虽然也利用两种方向相反的推力相互对抗以取得平衡，但一般都是固定不动的。在真武阁中两个相反的推力却都来自构件本身的内部，像一把天秤那样，是“活”的而不是“死”的，是动的而不是静的。从这一意义来说，我们可以说它是建筑结构中的一个“绝招”。当时这位无名匠师必然具有极其丰富的力学知识，而且在整个施工过程中，对如何经常保持这平衡也必然做了妥善的安排。将近四百年来大自然年复一年的各种考验证明他是一位卓越的工程师。这是我们后代所不得不深为敬佩的。

节录自梁思成于1961年12月末考察报告《广西容县真武阁的“杠杆结构”》。容县真武阁，即容县城东人民公园内的经略台真武阁，建于明万历元年（1573），用于奉祀真武帝以镇火灾。《中国大百科全书》“建材·园林·城市规划卷”中的“经略台真武阁”词条：“真武阁用格木建造。阁通高13.2米，分三层。外观三层檐，歇山顶。底层阁身外有一周副阶，但在正面取消了同阁身角柱相对应的檐柱，构成底层面阔三间13.8米和进深三间11.2米的大厅。真武阁为穿斗式构架，柱子直接承檩条，各柱之间用‘穿’联系起来。檐部使用‘挑’，向外悬挑。在楼层明间缝与角柱相交的位置，增加了四根金柱，贯穿二、三层，上承屋面和三层楼面，二、三层屋檐挑的后尾插入柱身，但金柱柱脚则是悬空的，下离二层楼板面5~25毫米，成为这一建筑最大的结构特点。”

362

贺敬之《桂林山水歌》

云中的神啊，雾中的仙，神姿仙态桂林的山！
情一样深啊，梦一样美，如情似梦漓江的水！
水几重啊，山几重？水绕山环桂林城……
是山城啊，是水城？都在青山绿水中……
啊！此山此水入胸怀，此时此身何处来？
……黄河的浪涛塞外的风。
此来关山千万重。
马鞍上梦见沙盘上画："桂林山水甲天下"……
啊！是梦境啊，是仙境？此时身在独秀峰！
心是醉啊，还是醒？水迎山接入画屏！
画中画——漓江照我身千影，
歌中歌——山山应我响回声……

贺敬之（1924— ），著名诗人，脍炙人口的《桂林山水歌》，创作于特殊的历史时期，发表于《人民文学》1961年第10期，诗后记："1959年7月，旧稿；1961年8月，整理。"在国家处于特殊困难时期，贺敬之以饱满激情，浓彩重抹，抒写桂林山水之美不胜收，神姿仙态，如情似梦。作品收入中小学语文课本，数代人传唱，美丽的歌声回荡在中国大地。歌词虽有时代痕迹，仍不失其穿越时空、永远传唱的价值。

363

一个新发现的神话世界
——桂林芦笛岩

举世无双芦笛岩，彩云宫阙久沉埋。
元和题壁名犹在，嘉定留诗句亦佳。
梦入太虚游幻境，神驰仙苑拥裙钗。
天开洞府工奇巧，炼石何须问女娲！

这一首小诗，是一个月以前参观桂林芦笛岩时候的即景之作。这个岩洞的美妙景色，令人恍如置身于神话世界。可惜当时行色匆匆，诗不尽意，心中颇觉遗憾。现在补写这篇短文，如能使读者对于这个新发现的雄奇壮丽的岩洞，引起兴趣，那就是我的最大希望了。到过桂林的人，都知道那里有个七星岩，是我国喀斯特地形分布区域中，最突出的巨大石灰岩溶洞；它的迷人景色，中外闻名。然而，谁也没有预料到，桂林还有一个比七星岩更加巨大、更加美丽的洞府——芦笛岩。这个岩洞的发现，是多么令人高兴的事情啊！

《人民日报》1962年3月7日发表邓拓的《一个新发现的神话世界——桂林芦笛岩参观记》(以上文字节录)。1962年1月，时任北京市委书记处书记邓拓与胡锡奎、范瑾等全国人大代表南下视察，从广东湛江乘火车到桂林，在桂林流连三天，先后写了《粤桂道中》《桂林揽胜》《阳朔纪游》等六首诗和两篇散文。桂林芦笛岩虽然在古代已经被人关注，但在近代知之者少，经著名报人、诗人、杂文家邓拓先生的推介，名声大噪，成为经典景区。次年3月，郭沫若来游览，写下《满江红·芦笛岩》，为芦笛岩又添一笔人文资源。

364

曹靖华桂西南纪游

如果乘慢车由南宁向西南去，大约经过九小时，就到了凭祥。一出车站，举目四望，不禁惊呼："小桂林！"那喀斯特地形的千姿百态的奇峰，拔地突起，重重叠叠，罗列周围，活像一群顽童，抽陀螺抽够了的时候，把陀螺尖朝天，任意一摆，各自散去似的。

那些令人神往的"陀螺"中间，不是正在扬花，或已熟未收的金波荡漾的晚稻，就是一丛丛斜伸着玉臂，玉臂四周，满载着翠镯似的一轮轮香蕉。丈把长的香蕉，迎风舒袖，翠绿欲滴，婀娜妩媚，意态万千。那些含苞待放的深紫色的肥大蕉蕾，调皮鬼一样，从那些迎风轻拂，婆娑弄影的广袖下，悄悄儿探出来，像吸饱墨汁的魁星的大笔头，举起欲落，正要点斗似的那么神气。

不知怎的，这儿的空气，竟如此清新、明澈，直赛水晶，一尘不染！田间的晚稻，山上的茴香，庭园的含笑、米子兰、白玉兰……清风徐来，遍野芬芳。

此为曹靖华《红豆寄相思》之节录。此文为曹靖华广西抒情系列散文之一，1962年11月上旬写于南宁明园饭店，记游览广西凭祥之野外观感。曹靖华（1897—1987），原名曹联亚，河南省卢氏县五里川镇河南村人，中国现代文学翻译家、散文家、教育家，北京大学教授。1959—1964年任《世界文学》主编。

365

郭沫若为灵渠填词赋诗

北自长城，南来至灵渠岸上。亲眼见：秦堤牢固，工程精当。闸水陡门三十六，劈湘铧嘴二千丈。有天平小大溢洪流，调分量。　湘漓接，通汉僮。将军墓，三人葬。听民间传说，目空君相。史禄开疆难复忆，猪龙作孽忘其妄。说猪龙其实即祖龙，能开创。

一九六三年三月二十八日，天气晴明，往兴安观秦始皇帝三十三年史禄所凿灵渠，斩山通道，连接长江、珠江水系，两千余年前有此，诚足与长城南北相呼应，同为世界之奇观。

1963年3月28日，全国人大常委会副委员长、中国科学院院长郭沫若与北大教授翦伯赞，在广西各层官员的陪同下，参观考察千古灵渠，回桂林后题诗作词。《兴安观秦始皇时史禄所凿灵渠》诗云："秦皇毕竟是雄才，北筑长城南岭开。铧嘴劈湘分半壁，灵渠通粤上三台。江山一统泯畛域，工匠三人叠主裁。传说猪龙深作孽，英雄伟绩费疑猜。"（此诗被当作翦伯赞所作，入《翦伯赞诗集》。）翦伯赞《游灵渠》诗云："一统中原迈禹汤，雄才今日识始皇。帆樯北转湖湘粟，楼橹南通岭海航。死去三君真典范，飞来一石太荒唐。灵渠胜似银河水，流入人间灌稻粱。"在特殊的背景下（毛泽东说"劝君莫骂秦始皇"），两人都夸赞秦始皇，也赞美灵渠工程的伟大。

上录郭沫若在桂林所作的《满江红》词。离开广西后，郭沫若手书此篇赠给陈白尘夫人，略去记叙语，词后题："一九六三年春游灵渠，调寄《满江红》。书为白尘同志补壁。"

366

秦似和郭沫若《满江红·七星岩》

放眼群山，望都似，豪情飞逸。雄拔处，别开生面，应殊太乙。妙在涵虚多意境，十分造化钟其七。待诗人彩笔写芬华，描英质。

鬼神斧，凿难出，人民力，开幽闷。世轰传芦笛，名副其实。白雪凝脂铺满地，琼瑶一洞春山谧。问南来几度赋名篇？衷肠溢。

1963年郭沫若作《满江红·七星岩》，今有碑刻在七星岩，词中时代气息浓，如“问谁疑跃进歌声非实”。秦似的和作《满江红·和郭沫若同志游桂林七星岩原韵》（即上所录），遣词用句经得起历史考验。秦似（1917—1986），原名王缉和。广西博白人，著名语言学家王力之子。1940年在桂林任《野草》月刊主编，后任香港《文汇报》副刊编辑、《野草》丛刊主编。1973年春—1986年，在广西大学中文系工作，先后任系副主任、主任，广西壮族自治区政协副主席。作家、杂文家、语言学家。著有《秦似杂文集》《现代诗韵》《两间居诗词丛话》《汉语词族研究》《沈括》《巴士特传》以及译作《人鼠之间》等。

367

吊绿珠，一人唱来百人和

恩怨端凭一死明，女儿身事可怜生。
从知戴翠穿罗日，别有离乡背井情。
台榭早同金谷尽，江村犹以绿珠名。
千年换了人间世，遗恨都随逝水倾。

绿珠，中国古代著名美女，前《懊侬歌》有简介。此诗出自《绿珠唱和诗》，作者吕集义。吕集义，字方子，广西陆川人。1948年1月任民革中央委员兼副秘书长。1949年10月参加中国人民政治协商会议第一届全体会议。其后任中央人民政府政务院参事。1955年任广西省交通厅副厅长，后任广西社会主义学院副院长、广西通志馆副馆长。1962年至博白县考察绿珠故里，赋诗一首，给朋友阅读，朋友欣赏而和之。后来到北京开会，又请名流作和。岑路《吕集义及其〈绿珠唱和诗〉》谓："吕集义之咏绿珠诗一出，一时和者甚众，据不完全统计，共有300余首，实为中国诗歌史上唱和诗之最。其中有全国著名诗人郭沫若、王力、邓拓、朱蕴山、巨赞法师、叶恭绰等。区内有李任仁、莫乃群、林克武、石兆棠、张华、秦似等。"名人佳作为绿珠故里增色，在此恭录两首。

郭沫若《闻博白有绿珠里次韵奉和方子同志》：

今犹齿皓并眸明，一死换来万劫生。金谷园成民化瘠，玉楼人坠树含情。
当年抗命余英烈，故道追怀著令名。鹤已飞回枯井活，村民热泪应盆倾。

石兆棠《方子同志出示博白访绿珠故里一律，次韵和之》：

敢将一死诉神明，烈女由来不恋生。已许赤心酬悦己，那堪黑手断私情。
洛阳比富豪华梦，金谷题诗薄幸名。旷古风流余恨在，千秋哀史向谁倾。

368

一部小说，让一片土地更加美丽

现在是春光明媚，鸟语花香。村头像在一块娇绿的地毡上，织着花色缤纷的图案。梨花谢落了，树上披上细嫩的绿叶，桃树也在绿叶中结了小小的发青的果子；芭蕉换着新嫩的阔大的叶子，竹丛挺起没有脱箨[①]的竹笋；野地里铺着银色的金英、粉红的杜鹃花，鹰爪兰散发着浓烈的香气，蜜蜂在花丛中嗡嗡喧闹；鹧鸪远远地传来求偶的呼唤，斑鸠在森密的橄榄树上，不时唱着咕咕的悠长而安逸的调子，画眉躲在龙眼或荔枝树上，尽情地唱它的快乐的曲子。一场春雨过后，田洞里注满了水，新插下的秧苗，给田里添了新的生命，有节奏的水声从小溪流过。

这段文字出自小说《美丽的南方》，其写田园之美丽而富有生机，令人心向往之。小说作者陆地（1918—2010），壮族，著名作家。本名陈克惠，生于广西扶绥县东门镇。就读于广州私立培桂高中和广东省立第一师范，1938秋投奔延安抗日军政大学，次年春考入鲁迅艺术文学院文学系第二届，初为学员，后留校当研究员，继而在部队做文学教员，抗日战争胜利后，任《东北日报》副组长。1949年前发表短篇小说《落伍者》、短篇小说集《好样的人》、中篇《钢铁的心》、理论专集《怎样学文学》。1950年年初调中共广西省宣传部，历任处长、秘书长以及副部长。并兼社会职务：全国政协第三、四届委员，广西文联主席、作协主席。1960年出版第一部长篇小说《美丽的南方》。此书影响深远。十多年前南宁西乡塘石埠忠良村开始打造“美丽南方”乡村旅游景区，由自然、人文景观，而发展为广西着力打造的文化品牌。

① 箨（tuò）：从草木上脱落下来的皮或叶。

369

“文革”众生相

那时有人总说“文革”是触及“灵魂”的大革命。依我看，“文革”也是每个人“灵魂”的大展现。

有一次，因为我买了毛主席像章佩戴，被市委一个“造反派”组织拉去批斗。批斗者厉声说我是“走资派”，没有资格戴毛主席像章，还批评卖毛主席像章给我的那位干部。没料到，那个卖像章的干部在台下大声回应说：“黄云问我：‘我热爱毛主席，可以买几个吧？’我想，既然人家热爱毛主席，为什么不可以？就卖了几个给他。请大家议一议，我是不是要向他收回主席像章？”见台下没人表态，他立即大声说：“那就不收回了吧！”于是人们纷纷离去，批斗会也就这样不了了之。

“文革”初期，我的母亲和孩子搬去了梧州，原来在桂林广西师院附中初中上学的克平和建容，需要转去梧州就学。一天下午，我与克济一道前往师院附中去办理转学手续。当时学校的校务工作已经由“校革委会”来处理，那天“接待”我的是“校革委会”两位“造反派”的“红卫兵”委员。本来是一件很简单的事情，可两位“红卫兵”委员却在左右刁难，拖到傍晚也不给办理。我有点着急了，于是看着这两位不满20岁的年轻人说道：“你们这样下去是要犯错误的！”没想到他们听了，竟蛮横无理地指着我大声喊道：“黄云，你好大胆呀，竟敢骂毛主席的红卫兵犯错误！”当即就要我写检讨向毛主席“请罪”。结果事情没办成，还自讨没趣。后来，我听说就是那两位学生，在武斗中“战死”了。那时我想，像他们那样的“红卫兵”学生，当初如果能够好好学文化，懂规矩，讲道理，就不会意气用事，就不会荒唐蛮干，就不会去武斗而无谓牺牲。不过，能责怪他们的无知吗？他们都是“文化革命”的无辜受害者！

此文采自黄云回忆录《岁月如斯》136—137页。当时黄云在中共桂林市委书记任上被造反派打倒，备历苦难艰辛，这里写下的一二片段画出“文革”一页众生相。

370

深情怀念周总理

周总理大才厚德，一生顾全大局，鞠躬尽瘁为人民，是我最为敬重的党和国家领导人。总理的逝世，我思绪万千，久不入眠，写下七绝诗句——

（一）

长星如炬殒中天，八亿神州痛未捐；
一接遗踪一伤恨，人间泪雨涨重泉。

（二）

不负胸中百万兵，龙潭虎穴履如平；
大才厚德生威信，岂仗如簧巧舌声。

（三）

传统凭谁教后生，涛头砥柱抗危倾；
生不贪权死不墓，留得丹心照汗青。

这年10月粉碎“四人帮”，我又补了一首——

蚍蜉撼树谈何易，水母吹沙已枉然；
霹雳一声妖雾散，天安门上又青天。

后来，我把这四首七言绝句诗书写成“四幅条屏”，送给江苏淮安周总理纪念馆，表达我对一代伟人的崇高敬意。

上引诗文选自2008年10月所刊黄云著作《岁月如斯》。黄云（1921—2011），广东阳江人，早年投身革命。1949年12月奉调广西，先后在容县、玉林地区，桂林、柳州二市与桂西地区及自治区工交、教育等部门担负领导工作。曾任广西壮族自治区副主席，广西区党委常委、副书记、顾问委员会主任，业余勤研书法，卓有建树，出版多种书法集及诗词《桂海桑野》。

371

路璠称百色为“卧虎藏龙地”

百二晴川拟古秦，平畴极望远山暝。
右江水远邕通穗，澄碧湖宽乐接凌。
岑陆白黄曾崛起，邓韦黄赵火潜深。
由来卧虎藏龙地，一例英雄属庶民。

此为路璠《百色怀古》诗，录自《广西诗词》(第1集)。“岑陆白黄”原注：指岑春煊、陆荣廷、白崇禧、黄绍竑。“邓韦黄赵”原注：邓小平、韦拔群、黄治峰、赵世同。诗人胸怀宽阔，怀念20世纪初至30年代此地出现过的所有精英，既有闹革命的“邓韦黄赵”，也有新旧“桂系”的“岑陆白黄”，并且称他们都是英雄。在“十二五”规划期间，中央决定将红色旅游内容进行拓展，将1840年以来一百七十多年间的中国近现代历史时期，在中国大地上发生的中国人民反对外来侵略、奋勇抗争、自强不息、艰苦奋斗，充分显示伟大民族精神的重大事件、重大活动和重要人物事迹的历史文化遗存，有选择地纳入红色旅游范围，这就更有利于传承中华民族先进文化和优良传统。

路璠(1916—2003)，融县古鼎村人。1933年考入广西省立师范专科学校，1937年秋，回融县先后任和睦、浪保小学教师，1940年7月任柳州中学教师。早年加入中共，在桂北、柳北等地组织革命活动，发展武装斗争，1950年后任中共宜山地方委员会副书记，在武汉钢铁学院党委书记岗位上离休。

372

思想家梁漱溟

今天，我能来参加关于梁漱溟先生思想学术的讨论会，感到很荣幸。因为梁先生是我一向尊敬的前辈，是当代中国一位卓越的思想家。我学生时代就读过他的书，虽然没有全都读懂。但梁先生的确是一位一生从事思考人类基本问题的学者，我们称他为思想家是最恰当不过的。

梁漱溟先生在他自己1984年出版的《人心与人生》一书的第27页这样说："我曾多次自白，我始未尝有意乎讲求学问，而只不过是生来好用心思；假如说我今天亦有些学问的话，那都是近六七十年间从好用心思而误打误撞出来的。"

好一个"好用心思"，好一个"误打误撞"！这几句简单的心里话，正道出了一条做学问的正确道路。做学问其实就是对生活中发生的问题，问个为什么，然后抓住问题不放，追根究底，不断用心思。用心思就是思想。做学问的目的不在其他，不单是为生活，不是为名利，只在对自己不明白的事，要找个究竟。

我正是从梁先生的做学问和他的为人中，看到了一个思想家之所以成为思想家的缘由。他的思想永远是活的，从不僵化；他可以包容各种学科，各科学说，从前人用心思得到的结果中提出新问题，进行新思考，产生新的学问。环顾当今之世，在知识分子中能有几个人不唯上、唯书、唯经、唯典？为此舞文弄笔的人也不少，却常常不敢寻根问底，不敢无拘无束地敞开思想，进行独立思考。可见要真正做一个思想家，是多么不容易。正因为是物以稀为贵吧，我对梁先生的治学、为人，是一直抱着爱慕心情的。

此为著名学者、曾任全国人大常委会副委员长费孝通1987年10月31日在北京梁漱溟思想国际学术讨论会上的发言节录，发言对梁漱溟作为思想家的最可贵品格作了精当的阐发。

373

梁漱溟“三军可夺帅，匹夫不可夺志”

全国解放后，梁先生自四川来到北京，任全国政协委员。这是一个荣誉职。1953年他遭受不实事求是的批判，但他淡然处之，没有做违心之论的自我检讨。“文化大革命”开始，他同全国人民一样，遭到抄家、没收、扫地出门的待遇。但“文革”后落实政策时，号召大家申报所受损失，他却拒绝申请。他说：“我所受的损失，不是任何金钱所能补偿回来的。”1974年“批林批孔”运动时，他公然反对把林孔并列，提出只批林而不批孔。这种“披逆鳞”式的行动自然遭到有组织的围攻。在群众批判之后，让他表示一下自己的思想反映时，他却傲然以“三军可夺帅，匹夫不可夺志”两句话来做回答。此外，他还写了一篇《今天我们如何评价孔子》的文章，最后提出“不妨拭目以俟之，可耳”。这篇文章写于1974年6月批林批孔运动高潮当中，注明“一九七四年十一月八日立冬撰写完成不发表”。《群言》杂志在1985年第2期、第3期上分期刊出。

此为叶笃义1988年7月1日《哀悼梁漱溟先生》一文的节录。叶笃义（1912—2004），安徽安庆人，爱国民主人士，曾任民盟中央副主席，政协全国委员会副秘书长，全国人大常委会法制委员会委员。“文化大革命”中被关押在秦城监狱。“文革”以后，同梁漱溟分配在同一所公寓，来往比较方便。梁曾在信中谈及“人生经历即是真学问，远胜理想空谈也”。他还给叶笃义写一副对联。上联：“何思何虑”，下联：“至大至刚”。他认为是真理的东西，能做到心口如一，而不“思虑”个人的得失。在“批林批孔”的风口浪尖上，他直斥林彪是个阴谋家，“没有人格”，“要两面派，没有人比林彪装得更像”，“至于林彪是不是走孔子的路，行孔孟之道，我却不敢相信。我不认为林彪受害于孔子！”（见《回忆梁漱溟》，《桂林文史资料》第23辑）

374

得到邓小平重视的《广西革命回忆录》

这本书，就其内容来说，有武装起义，有英勇的战斗；有自己参军的回忆，有对革命领导者的怀念；有公开的革命活动，也有地下的隐蔽斗争；有群众工作，有学生运动；有农村工作，也有城市工作；有胜利的凯歌，也有失利的教训，还有反映军民关系的生动事实。总之，它反映着广西各个革命时期、各种革命斗争的基本面貌，反映着当时国内外的政治情况和斗争环境。

以上录自《广西革命回忆录》，系韦国清于1959年9月5日所作的序言。韦国清（1913—1989），广西东兰县人。1929年12月参加百色起义。1955年被授予上将军衔。作序时主政广西。后来职务为全国人大常委会副委员长。《广西革命回忆录》中，回忆录的作者有大将张云逸、上将李天佑、中将莫文骅（两篇）以及其他将领、官员。他们回忆亲历的革命事迹，具有重要的史料价值。1959年9月广西人民出版社出版《广西革命回忆录》，1985年再版时，加入邓小平的题词。《广西革命回忆录（续集）》1985年出版，也有邓小平的题词。其实，题词并没有针对具体的书，而是对“广西革命回忆录”一事而言。

375

韦拔群为瑶胞得解放而欢呼

如今瑶胞得解放，瑶家子弟进学堂，
民族平等样样好，瑶家骑马上圩场。
有挑有担自己挑，哪个请夫就推翻，
如今瑶胞得解放，瑶家子弟进学堂。
不给土豪抬轿子，不给劣绅当肉床，
民族平等样样好，瑶家骑马上圩场。

此为韦拔群《如今瑶胞得解放》，录自陈欣德《广西革命烈士诗抄》(广西人民出版社，1987)。韦拔群(1894—1932)，曾用名韦秉吉、韦秉乾、韦萃。东兰县武篆东里村人，壮族。出身于可以供孩子读书的家庭。1908年起，先后在东兰县高等小学堂、庆远府中学堂和桂林法政学堂就读。1915年在家乡招募百余乡友赴贵州参加护国军讨伐袁世凯，后保送进贵州讲武堂学习，毕业后在黔军任职。1920年到广州加入"改造广西同志会"，次年回东兰从事农民运动，组织农民自卫军，指挥农军三打东兰县城。1925年初入广州农民运动讲习所学习，后回东兰继续从事农民运动。1929年12月参与领导百色起义，后任中国工农红军第七军第3纵队司令员、第21师师长。1930年11月，红七军主力奉命北上，他奉命留守，坚持开展革命活动。1932年10月19日，被已叛变的警卫队长、其堂侄韦昂杀害于广西巴马香刷洞。韦拔群善于鼓动贫穷农民起来革命，系中国早期农民运动三大领袖之一(另两人是毛泽东、彭湃)。《广西革命烈士诗抄》录其诗十八首，编辑者注云："为了宣传、发动群众，韦拔群写了不少山歌和歌词，在右江苏区广为流传，这里选辑的是其中之一部分。标题有的为编者所加。"《游历三年整》和"《跟列宁向前》《四面农军齐出动》《如今瑶胞得解放》均为黄勇刹同志所翻译，刊《广西日报》1983年12月14日"。

增录一　楹联艺术

1

灵山县大芦村楹联

东壁列图书，任从教子教孙，善教家齐终有庆；

园庭攻翰墨，当勉成仁成义，名成身立自流芳。

此为灵山县大芦村东园别墅三厅廊柱上的嵌字联，作者是东园别墅的创建人劳自荣（1734—1823）。大芦村是“历史文化名村”“广西楹联第一村”，在古建筑群中的门、柱上有三百多副传世楹联。相传东园别墅二座的楹联“积善之家必有余庆，资富能训惟以永年”，乃文学家、书法家冯敏昌（钦州人）题赠。诸多楹联体现传统的道德家风，至今仍有传世的价值，如镬耳楼头座灯柱楹联：“惜食惜衣，不但惜财兼惜福；求名求利，须知求己胜求人。”名儒曾国藩在自家大堂上亲笔楹联：“惜食惜衣，不惟惜时兼惜福；求名求利，但知求己不求人。”两楹联大同小异，而似乎镬耳楼楹联更优——“求己胜求人”，活在社会中人，谁能够“不求人”？但是，“求人”之前应该先“求己”，故言“求己胜求人”。

2

湖南贡院大堂楹联

矮屋静无哗，听食叶蚕声，敢忘当年辛苦；

文星光有耀，看凌云骥足，相期他日勋名。

广西乡贤陈宏谋于乾隆二十年(1755)、二十七年(1762)，先后两次任湖南巡抚，其间为湖南贡院（在今长沙市）题楹联。联语意为：在低矮的考屋里，静静的只有举子在试卷上写字，发出像蚕食桑叶的声音，作为考官，哪里会忘记当年自己考试的辛苦；祈祷掌握文运的文曲星下凡，让才俊们科举如愿，期望举子们他日前途无量。

3

奉化县衙二堂楹联

民心即在吾心，信不易乎，敬尔公，先慎尔独；
国事常如家事，力所能勉，持其平，还酌其通。

广西乡贤吕璜遭冤狱十五年，嘉庆二十三年（1818）昭雪后出任奉化县知县。自撰《年谱》谓：“四月到任。前令贻积案七八百。”吕璜很快处理了积案。从他所题的楹联知，他办案以民心为己心，秉持公平原则。

4

广西学政衙署楹联

人生穷达岂能知，趁早，须立此可为圣贤，可对帝天之志；

客告是非且莫管，得闲，要读我有益身心，有关世道之书。

丁善庆（1790—1869），字伊辅，号自庵，亦号养斋，祖籍湖南衡阳白沙里人。幼孤，随母同外祖父刘权之一起，久居北京。道光三年（1823）进士，选庶吉士，授编修。道光十六年七月至二十年八月任广西学政。此联作为广西学政衙署（在桂林）的楹联，作者以督学身份，将之颁发到各级学校。

5

忻城县莫氏土司衙署楹联

守斯土，莅斯民，十六堡群黎，谁非赤子；
辟其疆，利其赋，三百里区域，尽隶王封。

道光二十三年（1843）开始，郑献甫主讲在宜州的庆江书院（古称龙溪书院），其间应忻城土司莫向岩的邀请，两度赴忻城游览，为翠屏山、伴云亭、织锦女题诗，作《忻城世袭土司〈莫氏宗谱〉序》，为土司衙署题楹联。此楹联为衙署提升了文化品位。忻城县莫氏土司衙署是国内唯一保存得最完整的壮族土司建筑物，为全国重点文物保护单位。

6

宜山县衙署大堂楹联

树十三面征旗，收来豪杰英雄，虎豹威，熊罴猛，吊民伐罪，只鼓一气渡黄河。战必胜，攻必取，方收我诸夏之社稷；

享两百年国祚，放着贪官污吏，豺狼性，狐狸心，暴敛横征，罔知万民皆赤子。得不易，失不难，何保尔夷狄之江山。

从天京率部出走的太平天国翼王石达开（1831—1863），于1860年晚春，师驻庆远府（今宜州市），在宜山县衙署大堂题楹联。湖南通道县县衙也有此联。可知此乃石达开出走天京后最喜欢的楹联，用以鼓舞士气。

7

柳江藏书楼楹联

地即柳侯旧馆，合六省会刊善本。汇度书仓，开国朝二百年未有之奇，恩是节楼多。试看教养兼行，蠹简共蚕桑不朽；

我来荔子名区，与诸生讨论儒修，重新讲舍，喜广厦千万间大庇之盛，功从芸案积，定卜人文蔚起，鹅山与凤岭争辉。

作者蒋兆奎，湖南长沙人，光绪十七年（1891）任柳州知府，光绪二十二年光绪候补道。藏书楼的建设，是在广西巡抚马丕瑶推动下完成的。马丕瑶（1831—1895），字玉山，号节楼，安阳县蒋村人，故居在今河南省安阳县蒋村镇马氏庄园。光绪十三年八月到十八年正月任广西布政使、广西巡抚，颇多惠政，倡办蚕桑，开设机坊，建设育婴堂、栖流所、医药局等。为推广文化，马氏还奏请在省城桂林设立官书局，先刊刻六经读本，再印有关实学诸书；并奏请调江苏、浙江、广东、湖南、湖北、四川六省书局的局刻经史及其他书籍每种十本，分置省城及各郡书楼、书堂。光绪十七年，柳江藏书楼建成，设于柳江书院（旧址在今柳侯公园内），他亲题楹联："到此方知右江雄，愿吾民兴让兴仁，庶长见云靖黔波，风清岭峤；诸君幸得书城拥，从这里希贤希圣，当不徒去华直节，子厚文章。"

8

贵阳两广会馆厅堂楹联

黔粤共比邻，聚国族于斯，更何须怅望家山，酌尽乡人，也抵清樽枌社酒；
风尘同薄宦，别故园久矣，幸此间相逢萍水，欢联异地，共开佳会竹王城。

作者韦业祥（1845—1882），字伯谦，广西永宁州（治所在今永福县百寿镇北永宁州古城）人，同治四年（1865）进士。改庶吉士，授翰林院编修。同治十一年，以翰林院编修简放贵州学政。同治十三年继续任贵州学政。《光绪朝朱批奏折》有贵州学政韦业祥于光绪一至三年的六件奏折。光绪七年（1881）四月补授直隶河间府知府、晋盐运使衔。次年六月二十八日卒于任上。与龙继栋为姑表亲，同生于道光乙巳年，后同宦予京师，时相往还，与王鹏运等同为“觅句堂”词客。

9

桂林七星岩普陀精舍楹联

城东佳景，常绕梦魂，叹半世飘零，遂与名山成久别；
岭表旧都，屡经离乱，望故乡英俊，共筹长策致升平。

楹联作者马君武。普陀精舍在桂林市东普陀山西侧山腰。周开庆于1936年12月14日游此地后记录："联后并有跋云：'民国十七年夏，偕诸友至桂林讲学，别故乡三十年，此为归来之第二次。俯仰今昔，感慨不胜，书此联于普陀山以记之。邑人马君武。'马先生的书法，原来很有名，这一副对联的写作，都可谓不错。"（周开庆《今日之华南·七星山之游》）

10

昆仑关第五军抗战阵亡将士墓牌坊楹联

血花飞舞，苦战兼旬，攻克昆仑寒敌胆；
华表巍峨，扬威万里，待清倭寇慰忠魂。

楹联作者记名为杜聿明。1939年冬，日寇在钦州湾龙门港登陆，沿途攻陷，上南宁，占夺昆仑关，企图继续北上，切断中国与国际联络的桂越国际交通线，威胁中国抗战大后方，迫使中国政府结束战事。国军以及当地民兵、民众奋勇抵抗。经过十多天浴血奋战，攻克了桂南天险昆仑关。此役是中国军队对日军攻坚作战的首次重大胜利，给日寇以沉重的打击。战后，建设了第五军抗战阵亡将士墓园。墓园的南面，有一个三门四柱的大牌坊。牌坊中门前后横额题："陆军第五军昆仑关战役阵亡将士墓园。"牌坊中门左右两柱正面、背面分别是蒋中正、于右任题联，牌坊东西门外柱正面、背面分别是杜聿明、顾祝同题联。杜聿明是陆军第五军军长，昆仑关战役前线指挥官，其题联最富有情感。

11

抗日烈士墓园武扬亭楹联

武勇羡知兵，卫国救民，御侮正凭君死守；

扬威同杀敌，冲锋陷阵，凯旋殊愧我生还。

此为灵山县太平区区长兼抗日自卫大队长谭伦为国军175师抗日烈士墓园纪念亭作的楹联。1939年11月15日，日寇在钦州湾龙门港登陆，攻占钦州、防城后，主力部队沿邕钦公路北犯侵占南宁，企图由昆仑关向桂中挺进；而以一部取道小董、板城，企图过太平后侧翼支援昆仑关的争夺。国军沿途堵截，175师524团扼守镇南村四峡坳口，民众自卫队坚守两边山头，当地群众冒着枪林弹雨运送弹药，送饭送水，支援抗日。四峡坳之役激战三昼夜，日寇的轮番进攻均被我军民击退。在我军民联合阻击下，日寇于18日下午4点败退。此役击毙日寇中队长以下三百四十多名，打伤八十多名。我方将士有二百二十九人为国捐躯，负伤六百多人。在抗日史上，由于我方武器装备相对落后，双方作战，我方殊死拼搏，往往伤亡多于敌方，而四峡坳之役是双方伤亡差别不大的战役，我军民可谓取得辉煌的胜利。1940年4月，军民合作建造了阵亡将士公墓、纪念塔、武扬亭和碑廊。

12

桂林月牙山小广寒楼楹联

甲天下名不虚传：奇似黄山，幽如青岛，雅同赤壁，佳拟紫金，高若鹫峰，穆方牯岭，妙逾雁荡，古比虎丘。流动着倜傥豪情：志奋鲲鹏，思存霄汉，目空培塿，胸涤尘埃，心旷神怡消垒块；

冠寰球人皆向往：振衣独秀，探隐七星，寄傲伏波，放歌叠彩，泛舟象鼻，品茗月牙，赏雨花桥，赋诗芦笛。引起了联翩遐想：农甘陇亩，士乐缥缃，工展鸿图，商操胜算，河清海晏庆升平。

月牙山在桂林七星山内，由玉衡、开阳、瑶光三座山峰组成，“小广寒楼”是其中的一景，楼名“小广寒”三字为赵朴初所题。1984年9月，王力先生题楹联于小广寒楼，上下联写桂林山水“甲天下名不虚传，冠寰球人皆向往”。八十四岁高龄的语言学大师，一气呵成一百三十八字长联，极言山水之美。

增录二　绘画艺术

广西书画艺术源远流长，花山壁画两千多年来闪耀着风采，桂林石刻等地点的每一件书法绘画作品自发表后惠泽历代学者。宋代书法四大家——"苏、黄、米、蔡"，有三大家曾经旅桂并留下作品。欧阳辟（字晦夫）与苏轼有交往，珍藏苏轼的作品；米芾曾在临桂为官，桂林伏波山有米芾于熙宁七年五月底的游记题名，后作《阳朔山图》，题云："余少收图画，见奇巧皆不录，以为不应如是，及长，官于桂，见阳朔山，始知有笔力不能到者，向所不录，翻恨不巧矣。夜坐怀所历，作于阳朔万云亭。"米芾《阳朔山图》，为后来漓江画派的开山之作。黄庭坚在桂林题诗，在宜州留下诸多作品，并在宜州传授书法。黄庭坚所书《戒石铭》《五君咏》在广西长期流传。绍兴二年六月朝廷颁布指令，以黄庭坚所书《戒石铭》颁于州县，今世所传完整的拓本，其碑原立梧州府廨，拓片现藏中国国家图书馆。梁章钜于道光十六年（1836）出任广西巡抚后，重建五咏堂，将所珍藏的黄庭坚书《五君咏》镌刻于五咏堂。

名家名作，影响深远。广西历代皆有擅于书画者，惜乎传世之作不多，今采录若干，以供欣赏。

1 | 石涛《山麓听泉图》

《山麓听泉图》，康熙三十二年癸酉（1693）夏日，石涛在扬州作。上端左右有题画文字，右端云：“画树倒挂枝者，人多不然，意必我作古。坡公题寒林诗云：‘不是溪山曾独往，何人解作挂猿枝。余又信之，而非作者暗中摩索，不禁爽然自失。’”后又小字题云：“久旱忽雨，兀坐亭上。再展此幅，漫笔书。”左端则题诗：“听泉入山麓，访旧到松源。踪迹无知处，高枝一挂猿。”

刘人岛《中国十大山水名家名画》收录此画，鉴评云：“画家着重表现丛林中、山麓间的堂庑亭阁。水边坡上一小亭翼然而立，松、竹、杂树欣欣向荣，布满丘壑山冈，天水一片。一雅士安坐阁中听泉。大自然与人仿佛融为一体，在苍逸的笔意、浓润的墨气中，将山川的动人清趣和盘托出，令人荡气回肠、心旷神怡。诚如画家在《苦瓜和尚话语录》中所言：‘山川使予代山川而言也。山川脱胎于予也。予脱胎于山川也。’”

2 | 周位庚山水画

周位庚（1736—？），字介亭，广西临桂人，故居在今庙岭镇秧塘店头村。乾隆二十八年（1763）进士，官至泽州知府。其山水画被时人誉为“广西山水画家之冠”。

3 | 李熙垣《江行图》

李熙垣（1780—1869），字星门，号东屏，广西永福人，故居在今永福县罗锦镇崇山村。道光十六年（1836）恩贡。山水得其岳父、桂林画家周位庚之法，后融会倪（倪瓒）、黄（黄公望）之精髓，构图雄奇浑厚，丘壑幽深。晚年隐居于崇山宜园，以诗、画自娱，并教其子侄，故李氏一门，画笔如林。道光十七年（1837），他由桂林溯漓江过湘江至长沙，后又经岳阳、赤壁顺长江到武昌，创作了三十五幅画，每画题有一首诗，成《江行图》山水画一册。上图题识：“翠岩千尺倚溪斜，流水声中一两家。闻道此中堪遁迹，寥寂深木闲烟霞。”录自《广西壮族自治区博物馆馆藏书画精品选集》。

4　| 李吉寿梅图

李吉寿（1815—1896），字纪春，号次星，又号桐江渔、万松老人等。广西永福人，著名画家李熙垣之长子。道光二十三年（1843）举人。师从著名画家金农，工写墨梅。广西博物馆藏有其光绪十六年（1890）所作《一天晴云墨梅图》。右图作于光绪二十年（1894），题识：“寒梅几点画来稀，不是春迟花也迟。为读黄昏疏影句，于今不敢写繁枝。甲午花朝，八十翁李吉寿写。”录自《广西壮族自治区博物馆馆藏书画精品选集》。

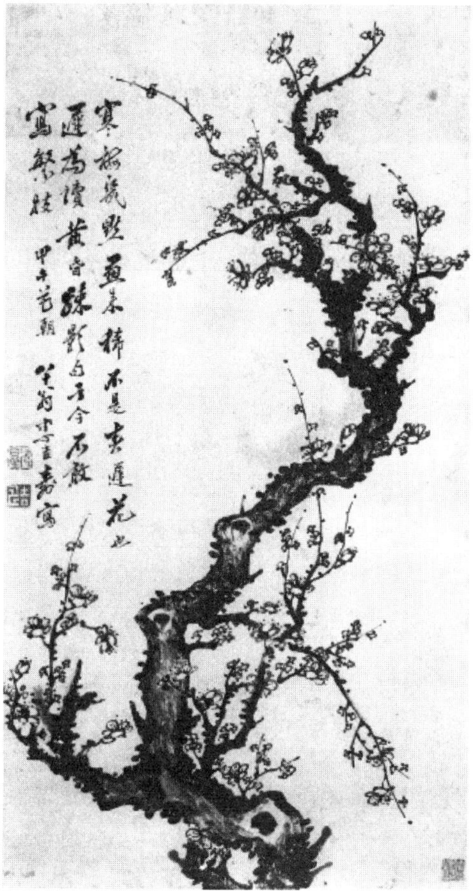

5 | 罗辰《冬景山水图》

罗辰（1771—1838？），字星桥，号罗浮山人，广西桂林人，罗存理之子。嘉庆二年（1797）从军，故后自号“武夫”；嘉庆七年（1802），参与《临桂县志》的修纂，负责绘图。道光三年（1823），两广总督阮元视察广西，在桂林与罗辰一见如故，相见恨晚。道光六年，阮元为《芙蓉池馆诗草》作序云：“访芙蓉池馆。颇治亭榭林芿，凿山股泉，仿佛城南韦杜。”芙蓉池馆乃罗氏居所，在桂林榕湖南畔。其后罗辰赴广州，为阮元、庆保和李鸿宾等做幕僚。道光十一年刊《芙蓉池馆诗草》二卷。道光十四年回桂林，在芙蓉池馆作画赋诗。左图为《冬景山水图》轴，录自《广西壮族自治区博物馆馆藏书画精品选集》。

6 | 罗杳初《群仙祝寿图》

罗杳初（1803—？），号琼仙女史，桂林人，父亲罗辰，母亲查瑶溪，皆能诗善画。淮人、邓京著《西泠印社藏旧画修复记》录其《海屋添筹》图。记此画：绢本设色，纵 174.50 厘米，横 82.00 厘米。款识："海屋添筹。庚辰仲秋桂林女史罗杳初谨绘，时年七十有八。"钤朱文方印："琼林女史"；白文方印："罗氏杳初"；朱文方印："笔砚精良人生乐"。右图出自拍卖品，设色绢本《群仙祝寿图》立轴，画于庚辰立秋日（即 1880 年 8 月 7 日）。

7 | 张祥河《叠彩山风洞》图

张祥河（1785—1862），上海华亭人，嘉庆二十五年（1820）二甲进士，官至工部尚书，加太子太保衔。道光二十四年（1844），张祥河调任广西布政使，次年在桂林独秀峰东面、叠彩山风洞有题刻。为著名书画家，传世作品甚多。其《桂林名胜诗画图》画卷，共十八图，每图均题诗。此据《广西壮族自治区博物馆馆藏书画精品选集》截取第一幅图《叠彩山风洞》，原题诗：“亭亭叠彩山，堆垛出奇构。纵如佛臂舒，横似鬼面皱。朵云瞰飞阁，浓翠凿虚窦。风回地脉通，石破天耳漏。茧窝辟混沌，螺壳伛痔覆。藤萝招暗凉，謦咳答空奏。壶小可骈筵，瓮香来卜昼。清泠历阿曲，萧爽袭衣袖。澄江驰数帆，排闼动远岫。常侍留赏佳，于越栖真寿。归途白雨纷，回首峰独秀。”

8 | 李秉绶《双清图》

李秉绶（1783—1842），字佩之、芸甫，号竹坪、信天翁、环碧主人。父亲李宜民，大富商，祖籍江西临川（今属江西省进贤县），寄籍广西桂林。秉绶曾任工部都水司郎中，人亦称“李水部”。后辞官回桂林，潜心诗画，尤以画著名，传世作品颇多。嘉庆十二年（1807）在桂林虞山韶音洞、叠彩山风洞、伏波山还珠洞、普陀山七星岩口各摩崖刻兰竹两幅。此录其于道光二十年（1840）作的《双清图》立轴（拍卖品）。

9 | 齐白石荔枝图

齐白石（1864 — 1957）于1906年、1907年和1909年三次游广西钦州，见前《齐白石自钦州归后始画荔枝》一文介绍。三次在钦州，都吃到荔枝，对钦州荔枝留下非常深刻的印象。所绘《荔枝蜻蜓图》，右上竖行题：“寄萍老人齐白石自钦州归后始画荔枝。”《荔枝蚂蚱》图题：“园果无双。予曾为天涯亭过客，故知此果之佳。”天涯亭，钦州一名胜。后来作多幅《荔枝》图，有一幅《荔枝》图中题云：“远游不复似当年，一月钦州食九千。”另一幅《荔枝》图题：“老馋虽作天涯客，纤手能为剥荔枝。”1933年《与友人说往事》，回忆在钦州吃荔枝，有诗句：“纤手教侬剥荔枝（尝有歌女剥荔枝啖余）。”又另一幅《荔枝》图题：“自笑中年不苦思，七言四句谓为诗。一朝百首多何益，辜负钦州好荔枝。”

10 | 齐白石桂林山水画

1905年7月，广西提学使汪颂年邀请齐白石游览桂林。齐白石在桂林居住了近半年，创作《独秀峰》《漓江泛舟》等作品。多年后，齐白石曾对北京画家胡佩衡说："我在壮年游览过许多名胜，桂林一带山水形势陡峭，我最喜欢，别处山水总觉不新奇。我平生喜画桂林一带风景，奇峰高耸，平滩捕鱼，或画些山居图等，也都是在漓江边所见到的。"（吕立新《齐白石：从木匠到巨匠》）

11 | 黄宾虹《阳朔山水》图

此为1947年黄宾虹《阳朔山水》立轴。黄宾虹（1865—1955），近现代著名画家。1928年夏，黄宾虹应广西省教育厅邀请，与陈柱、陈中凡、陈定谟等一行人来到桂林，为广西暑期讲习会讲学。他们畅游桂林、阳朔山水。黄宾虹作画多幅，汇集为《桂林山水册页》，陈柱作诗《黄宾虹先生桂林山水册页八首》《重题黄宾虹丈桂林山水长卷》。1935年夏季，黄宾虹应广西省政府的邀请，来到南宁，为“广西中等学校教职员暑期讲习班”主授金石学史、书法发微和国画概论。讲习班结束后，再次游广西，游桂林。黄宾虹与广西有关的画作，有《宾虹先生桂林山水诗画卷》（1939）、《粤西兴坪纪游》（1941）等。

12 | 徐悲鸿赠李济深《立马图》

李济深收藏有许多艺术品。徐悲鸿的《立马图》是其中的代表。1936年，全面抗战爆发前夕，中华民族处于生死存亡的危急关头，而倒行逆施的蒋介石却对日妥协退让、对红军发动围剿。当时，李济深正在联合国民党内部的进步势力公开反蒋，处境险恶，举步维艰。徐悲鸿的《立马图》就是这时创作的。此画画面是一翼频频回首，欲欲举步，又略感艰难的骐骥。马的体态稍瘦，腿脚修长，但十分矫健。画家既以马喻己，寄寓了自己的悲愤之情，同时又寄寓了对好友李济深的鼓励：既是骏马就不要忘记奔跑，既然爱国就不要顾及自己的危险和征途上的困难。

13 | 阳太阳《漓江木排》图

此为阳太阳《漓江木排》图。阳太阳（1909—2009），桂林人，著名画家。1931 年毕业于上海艺专，在上海与画友创办“决澜社”，提倡新绘画。1935 年入日本大学研究各国绘画艺术并积极创作。1937 年回国投入抗战，发表诗文绘画，其中有不少抗战题材。同年创编《诗创作》杂志，加入全国作家协会，创办初阳美术院，任院长、教授。参加过民主爱国运动。1949 年与画友在香港创办“人间画会”。1949 年后，历任广州美术学院院长、广西艺术学院院长、广西书画院院长、桂林中国画院院长、中国美协理事、广西美术家协会副主席、广西美协名誉主席、广西政协副主席等职。是“漓江画派”的开拓者、旗手和领军人物。

14　| 李可染《漓江胜境图》

李可染（1907—1989），著名画家。1959 年赴桂林写生。漓江风光成为他画作的重要素材，1962 年创作《漓江》图，1964 年作《清漓天下景》图、丈二巨幅《漓江》图，1973 年作《漓江胜境图》，1977 年作《清漓风光图》。1977 年、1980 年又先后作《漓江胜境图》。

15 | 黄独峰《漓江春早》图

采自《黄独峰画集》中的《漓江春早》图。黄独峰（1913—1998），名山，字独峰，以字行；号榕园，又号五岭老人，广东揭阳人，著名画家。曾任广西艺术学院副院长，中国美术家协会理事，广西美协副主席、主席，石涛艺术学会会长等职。著有《明清写梅画人传略》《中国之花鸟画》《独峰画集》等。其弟子活跃当今画坛，多为名家，其中翘楚黄格胜将漓江画派的发展推上新的巅峰。

增录三　书帖拾粹

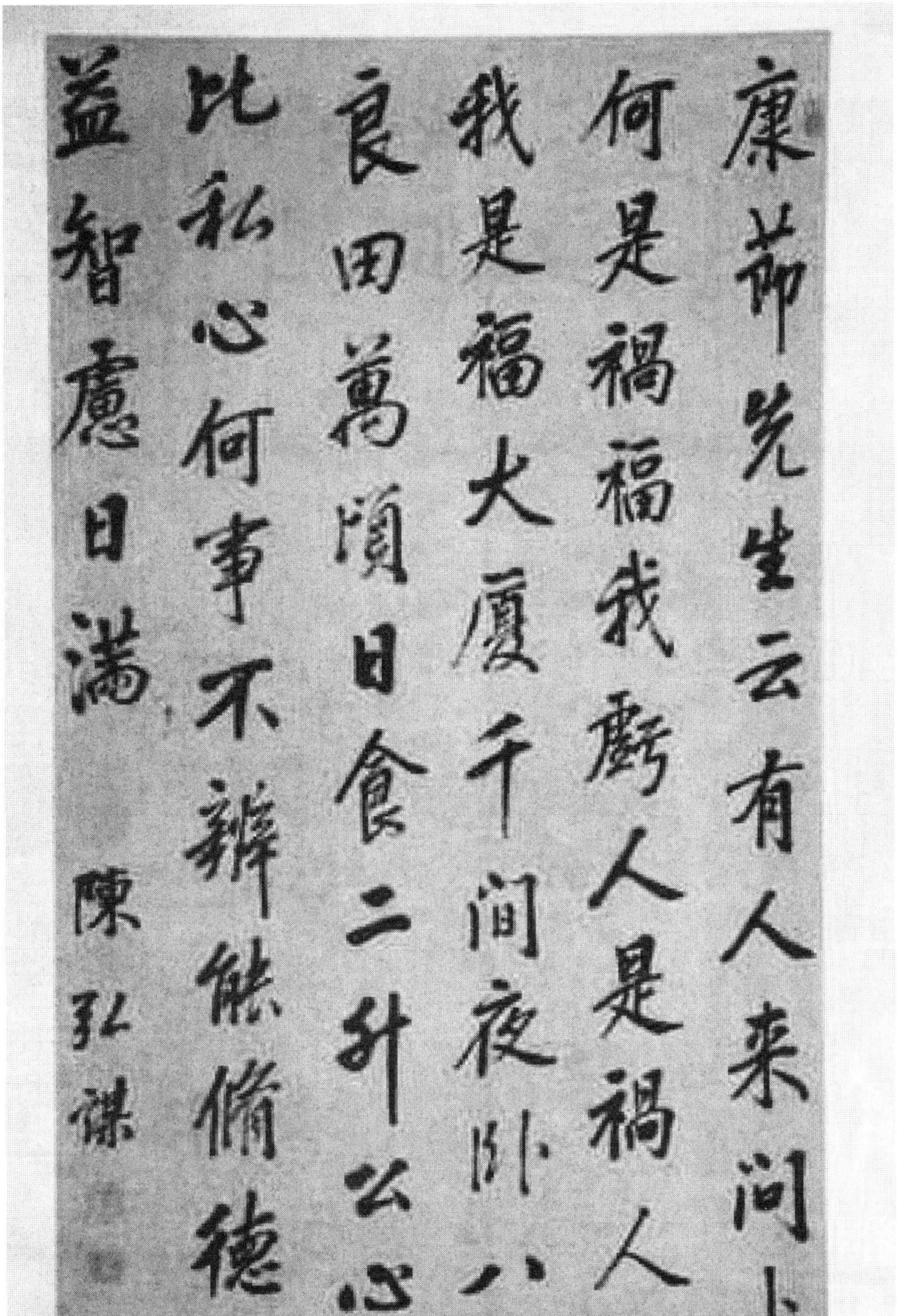
康節先生云有人来问卜如
何是禍福我虧人是禍人虧
我是福大廈千间夜卧八尺
良田萬頃日食二升公心若
比私心何事不辨能脩德自
益智慮日滿
陳弘謀

陈宏谋手迹

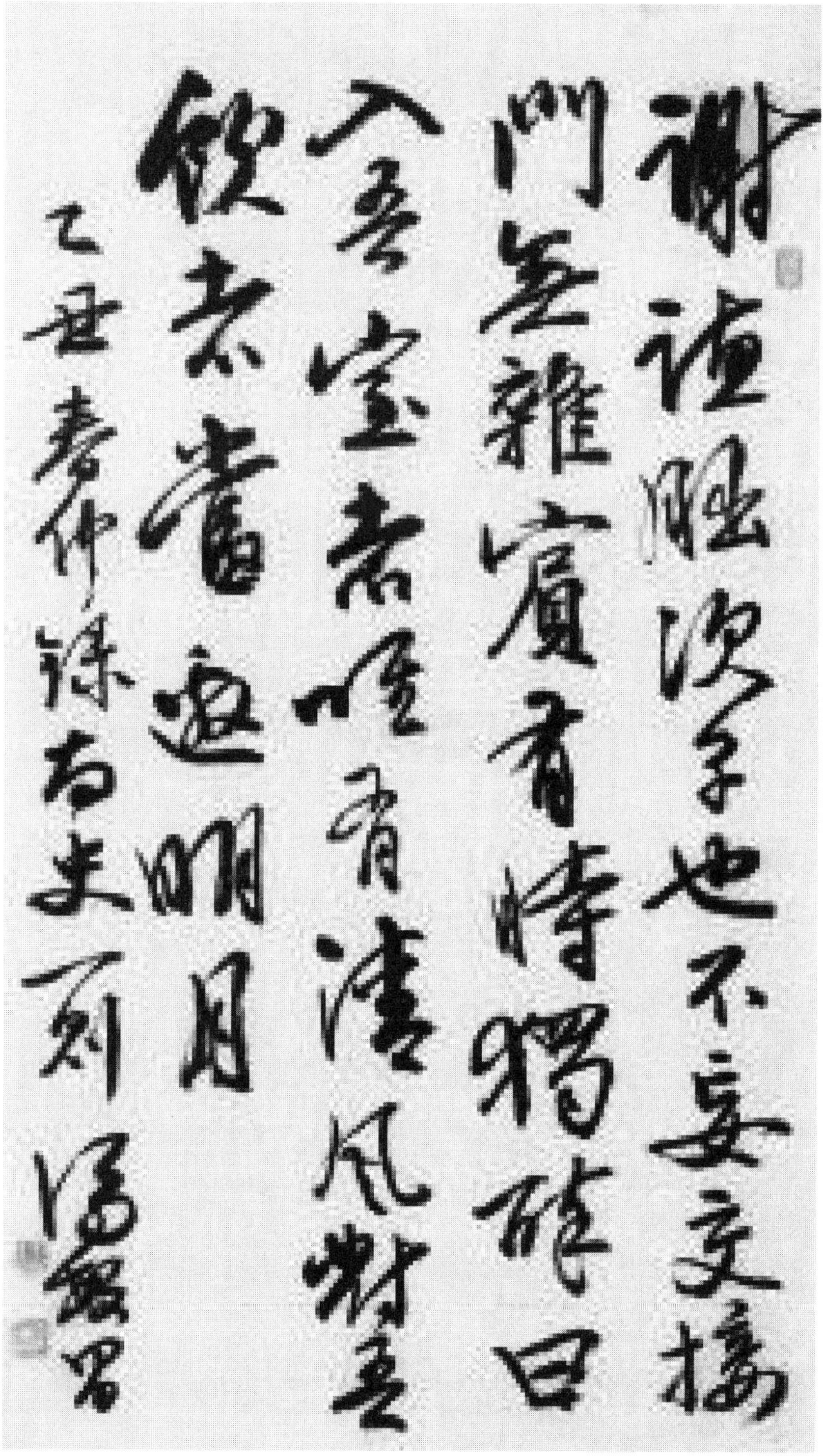

冯敏昌手迹

陈继昌手迹

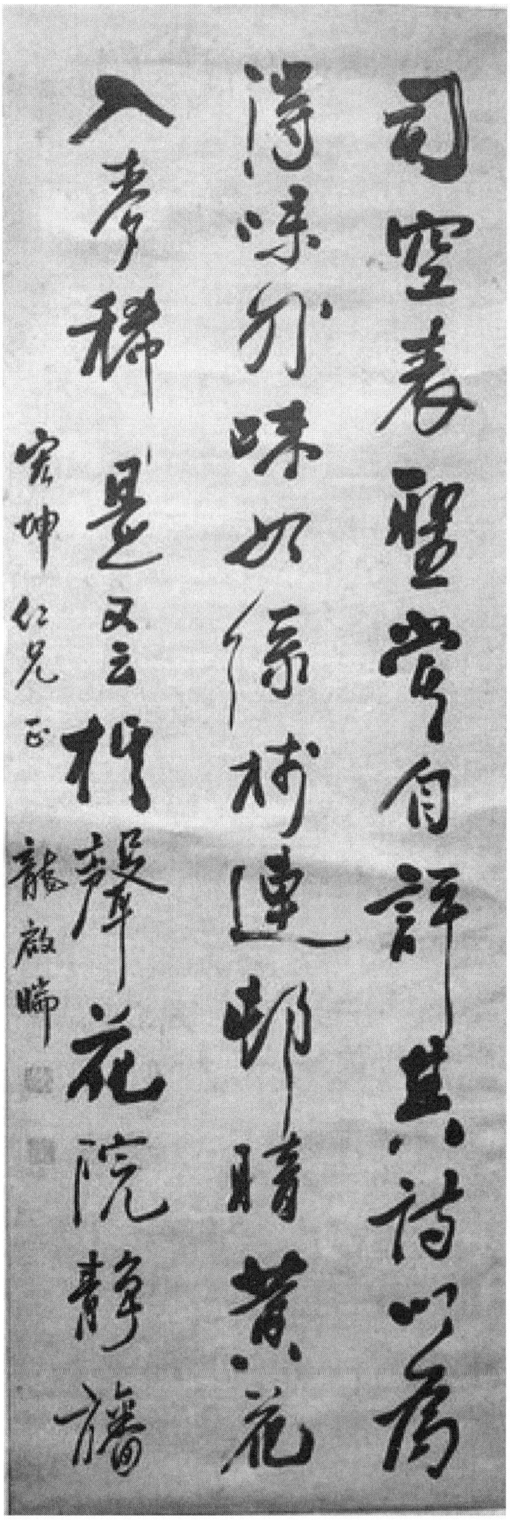

龙启瑞手迹

许懿林手迹

郑献甫手迹

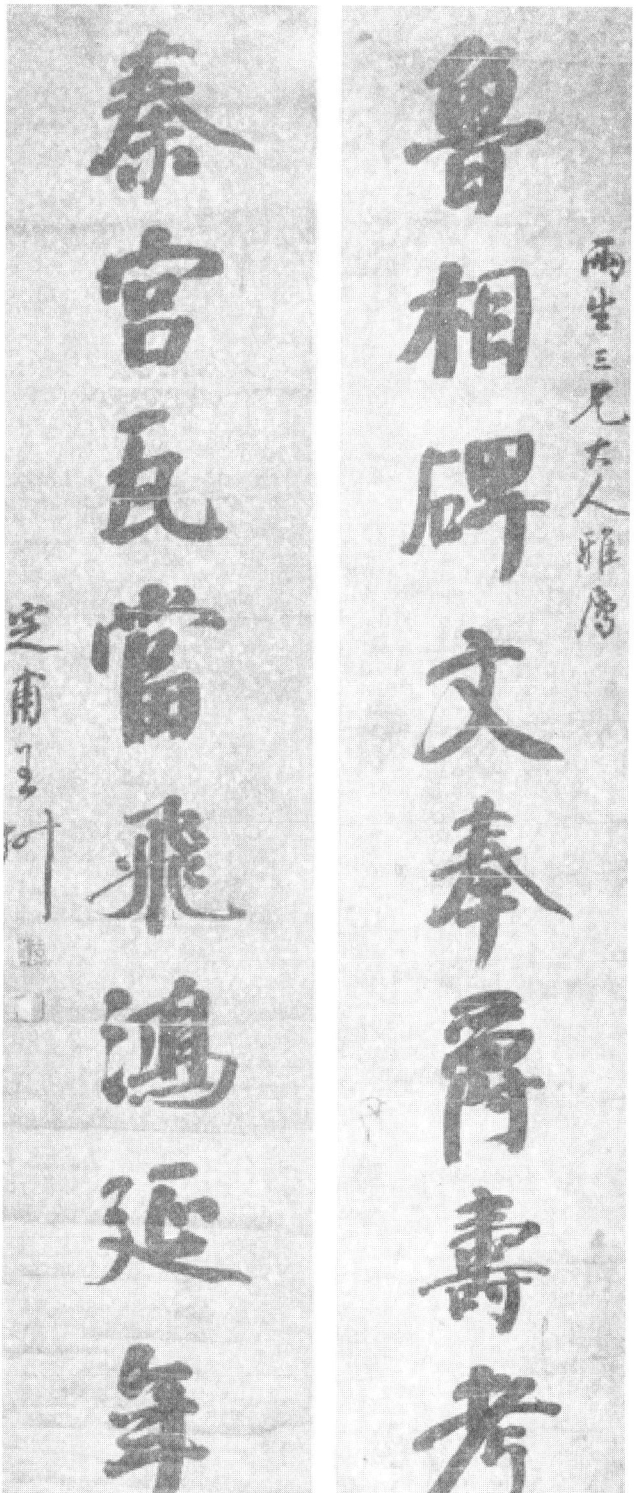

王拯手迹

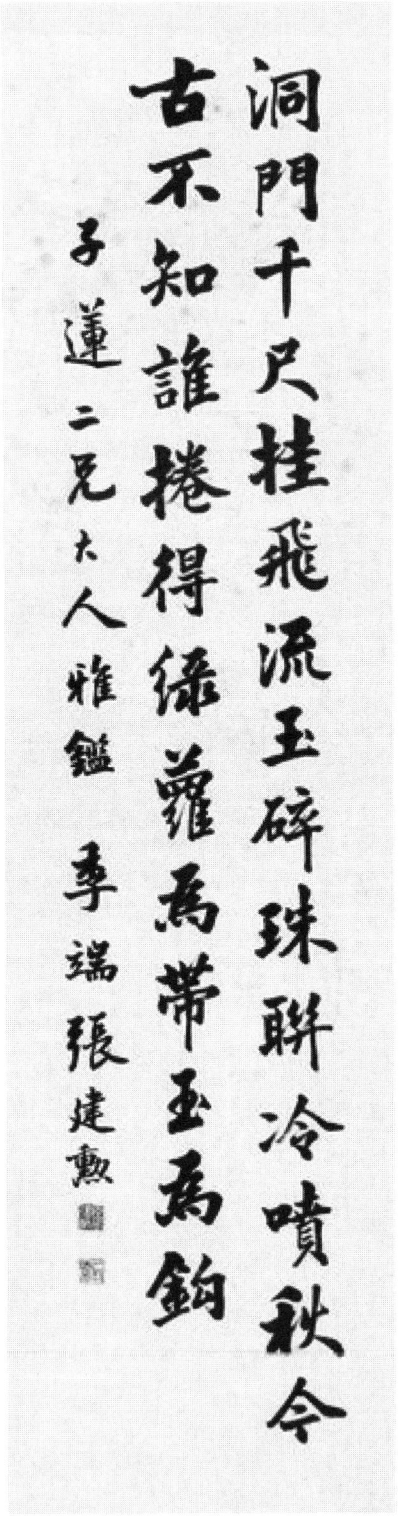

张建勋手迹

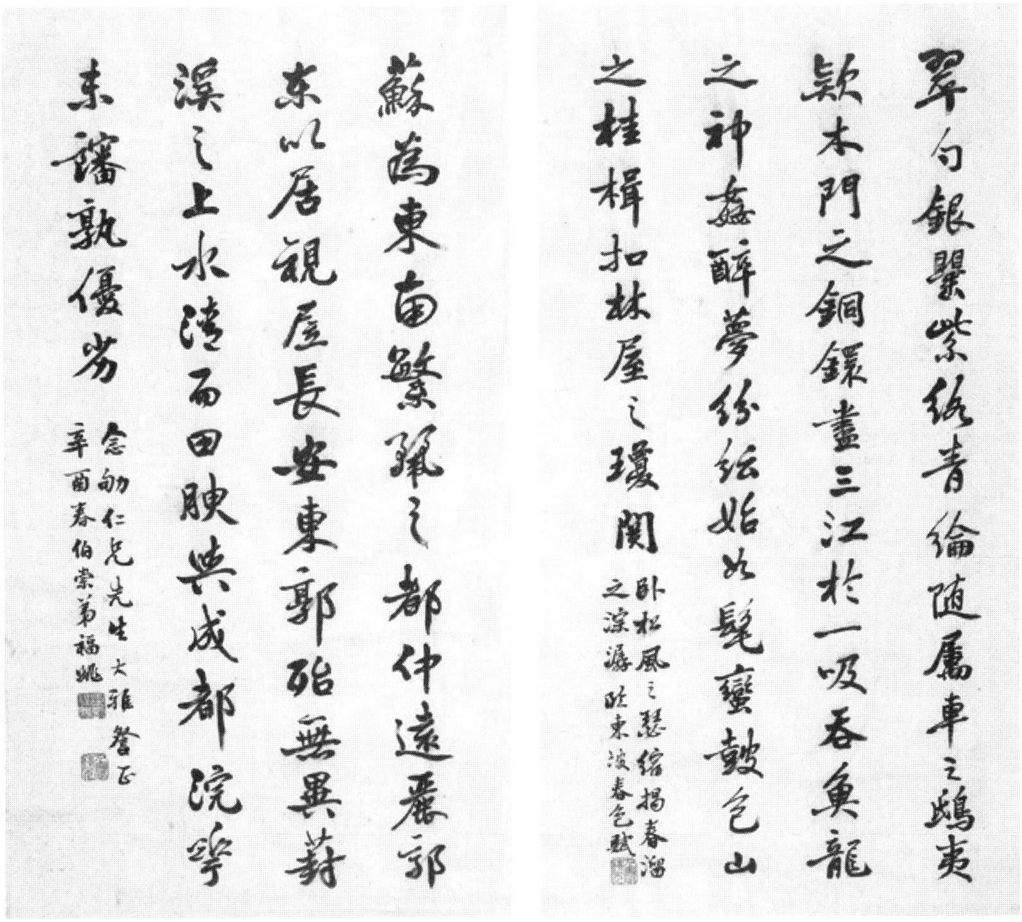
翠勺銀罌紫絡青綸隨屬車之鴟夷
欵木門之銅鐶畫三江於一吸吞魚龍
之神姦醉夢紛紜始如髦蠻鼓包山
之桂楫扣林屋之瓊關
卧松風之瑟縮揭春溜之淙潺
東坡春色賦
蘇為東南繁雄之都仲遠麗郭
東以居視屋長安東郭殆無異蔚
溪之上水清而田腴與成都浣譜
東牆孰優劣
念劬仁兄先生大雅鑒正
辛酉春伯崇弟福姚

刘福姚手迹

况周颐手迹

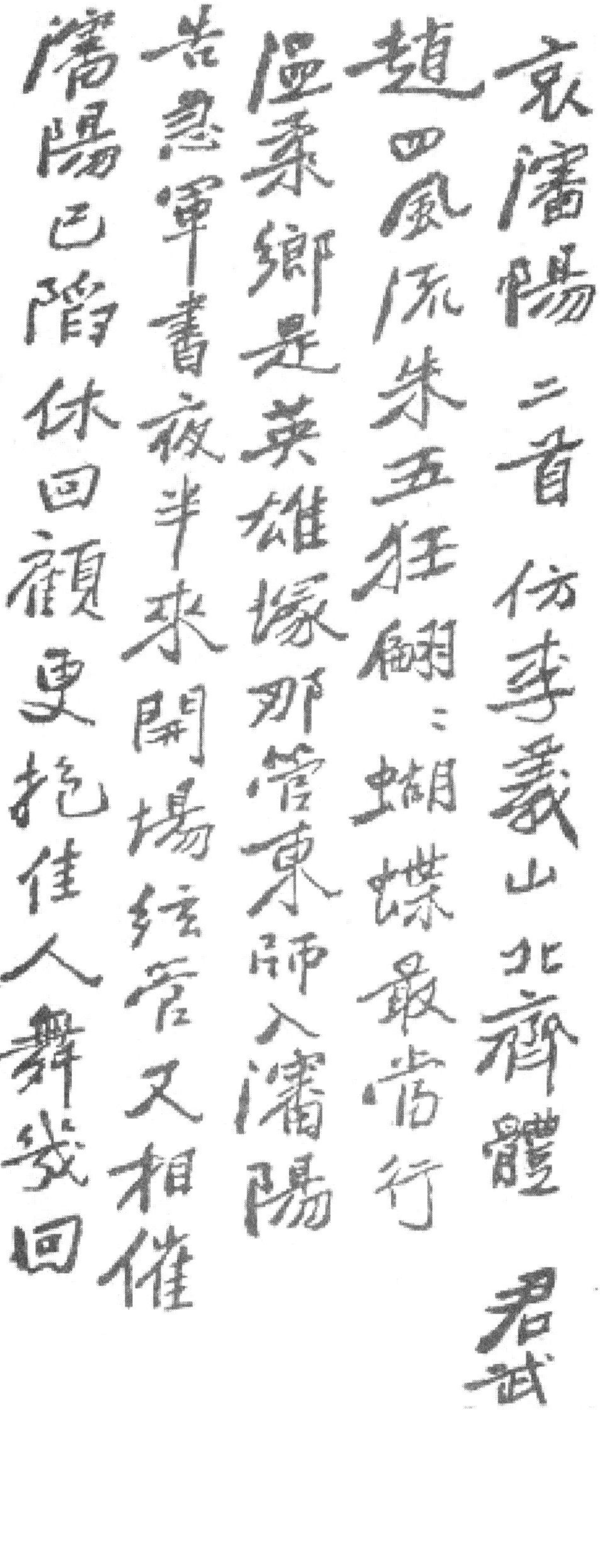

哀瀋陽二首　仿李義山北齊體　君武

趙四風流朱五狂，翩翩蝴蝶最當行。

溫柔鄉是英雄塚，那管東師入瀋陽。

告急軍書夜半來，開場絃管又相催。

瀋陽已陷休回顧，更抱佳人舞幾回。

马君武手迹

陈柱手迹

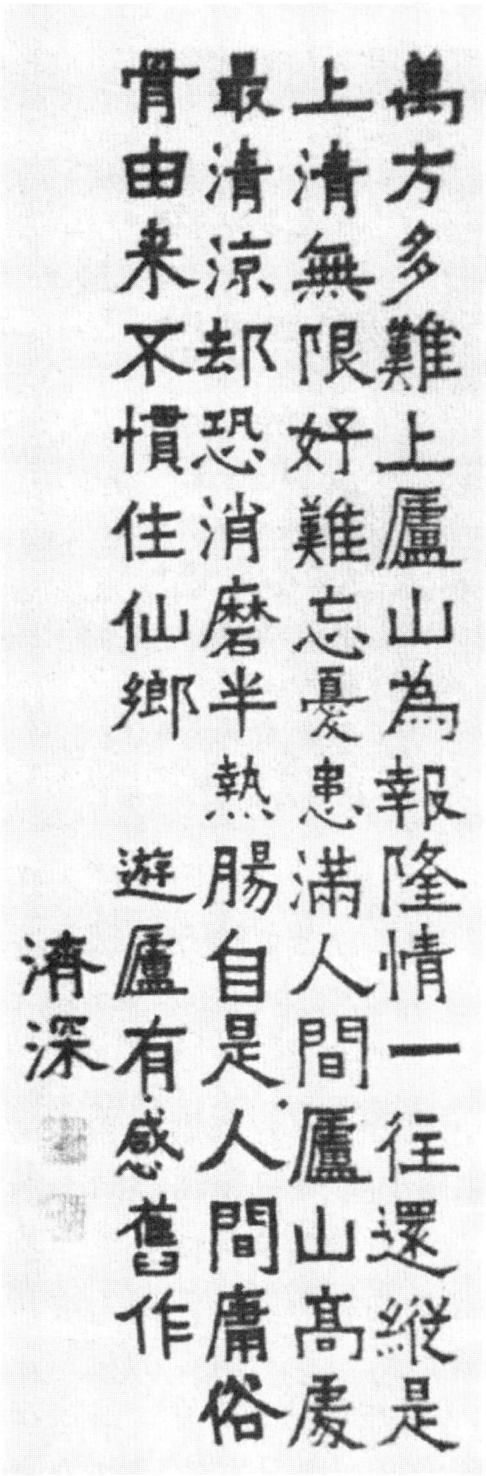
萬方多難上廬山為報隆情一往還縱是
上清無限好難忘憂患滿人間廬山高處
最清涼却恐消磨半熱腸自是人間庸俗
骨由来不慣住仙鄉
遊廬有感舊作
濟深

李济深手迹

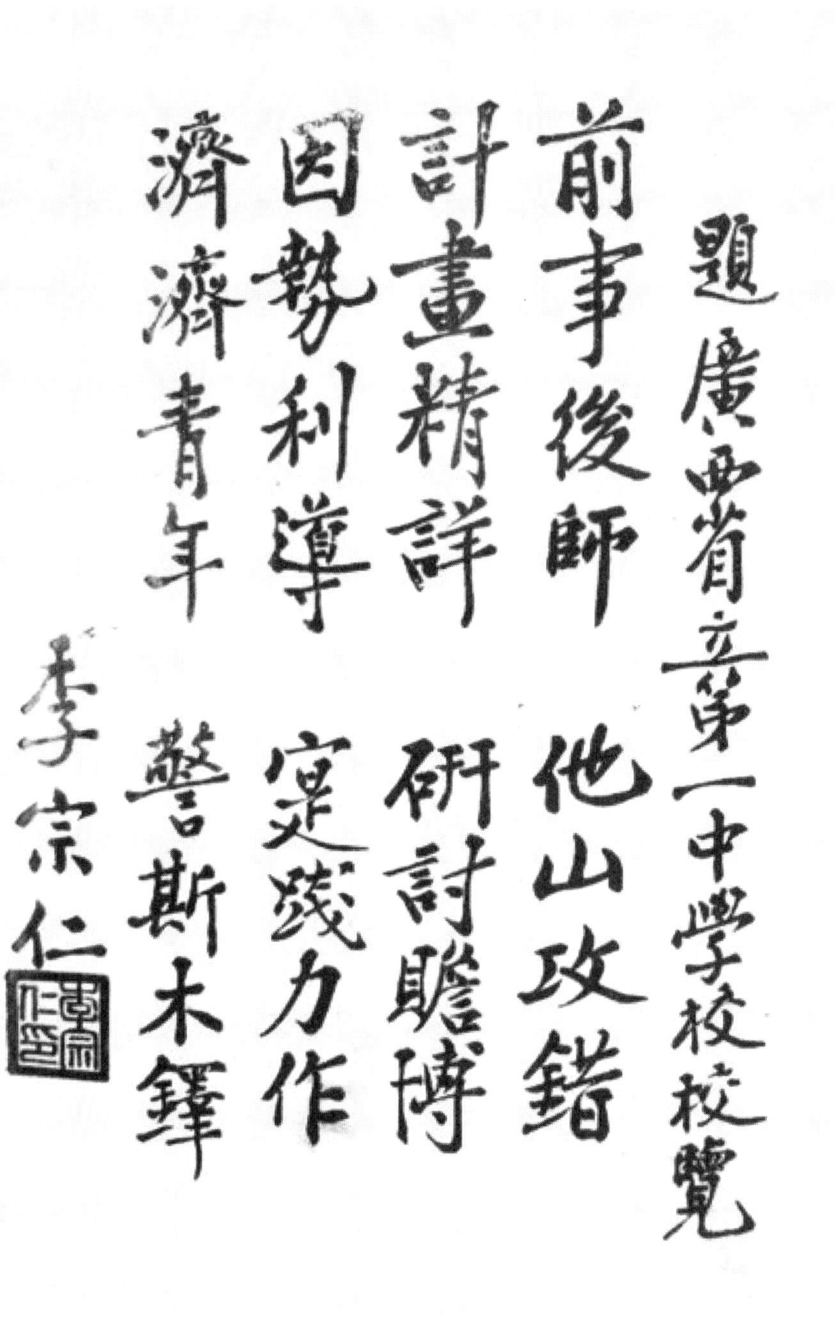

題廣西省立第一中學校校覽

前事後師 他山攻錯

計畫精詳 研討瞻博

因勢利導 寔踐力作

濟濟青年 警斯木鐸

李宗仁

李宗仁手迹

白崇禧手迹

图书在版编目（CIP）数据

日读一篇识广西：八桂文脉史痕录 / 刘硕良，黄权才选编.
—桂林：漓江出版社，2018.5
ISBN 978-7-5407-8266-5
Ⅰ. ①日… Ⅱ. ①刘… ②黄… Ⅲ. ①中国文学—综合作品集
Ⅳ. ① I211
中国版本图书馆 CIP 数据核字 (2017) 第 227807 号

RI DU YI PIAN SHI GUANGXI
日读一篇识广西——八桂文脉史痕录
刘硕良　黄权才　选编

责任编辑：张　谦
助理编辑：孙精精
封面设计：石绍康
责任监印：杨　东

出版人：刘迪才
漓江出版社有限公司出版发行
广西桂林市南环路 22 号　邮政编码：541002
网址：http://www.lijiangbook.com
全国新华书店经销
发行电话：0773-2583322　010-85893190
三河市西华印务有限公司印刷
［河北省三河市泃阳镇化甲屯小学东　邮政编码：065299］
开本：787mm × 1092mm　1/16
印张：29　字数：450 千字
2018 年 5 月第 1 版　2018 年 5 月第 1 次印刷
定价：66.00 元